教育部人文社科基金项目资助（项目编号：16YJC751010）

法兰西印象

民国时期旅法游记选编

1914—1948

景春雨　编

同濟大學出版社
TONGJI UNIVERSITY PRESS

目　录

前　言

自近代以来，中国曾有三次海外游记的写作高潮。第一次是在晚清时期，出使各国的外交人员留下了关于异国的最初记述；第二次是在民国时期，出于各种目的走出国门的知识分子记述了异国的旅居生活及其文化情态；第三次是自20世纪80年代以来，域外旅行已成较为常态化的趋势，游记的形式也更趋多元化。作为一种了解异质文化、传播异域形象的主要文学样式，域外游记具有独特的思想文化意义，因而也越来越受到学界的关注。

民国时期的域外游记作者在个体身份上与晚清时期海外游记的作者有很大不同，他们在对异质文化的记述上既有与晚清时期海外游记的相似之处，体现出某种“互文性”，也反映出其自身鲜明的时代特点和个性特征。游记作者的出访目的、行程途径、社会身份、政治倾向及个体思维形态都对游记的最终形式产生很大的影响，他们对异域国家的评说和分析显示出这一特殊时期知识分子普遍具有的文化焦虑感和民族自觉意识。据不完全统计，在民国时期出版的图书中，域外游记的数量占到游记类图书总量的近40%，从地域分布上看几乎遍及世界各个国家和地区。民国时期的域外游记不仅数量可观，在内容上也是包罗万象，从自然风光到人文遗迹，从科技成果到艺术成就，从政治制度的得失到国民经济的发展状况等，都有所记述。这些内容不仅展现了当时中国知识分子眼中西方各国的现代化图景，同时也反映出中国知识阶层在面对西方文化时的各种心态，更可见从晚清以来中国知识阶层面对“他者”、寻找“自我”的心路历程，因此这部分作品具有非常重要的历史和文化价值。不过，由于诸多原因，它们散见于各类旧刊和档案之中，不大为世人所知。

法国是近代以来对中国影响较大的欧洲国家之一。民国时期中法交流颇为频繁，中国的赴法人员较之前数量上有所增加，因而游记种类也较为丰富。本书选编收录的十种旅法游记都是在民国期间出版且之后从未再版的作品，其作者身份差别较大，有政府官员、实业家、社会活动家、学者及文学家等，他们有些是因处理外交事务或行政调研而因公旅法，有些属私人目的的专业考察，也有些纯粹出于个人游历的目的。无论这些游记的作者出于何种动机而旅法，这些形态各异的文本大体可分为两类：一类是介绍国外的社会现实，如政治、教育、农工、商业、人情、风俗等；另一类是描述异域风情，记述行旅途中的所见所感。虽然在其所用文体、主要关注点和主观态度等方面，呈现出很大的个性化差别，但这些作品的字里行间，都表达出为国内读者增长见识、为中国寻找发展方向的意愿，是当时介绍和传播异质文化的重要媒介。

曾为中国同盟会早期会员的宁协万先生在《西征纪事》中提及自己的出行及写作目的："鄙人此作，欲使我国之民知己之短，知人之长，增进其发奋之心，鼓励其有为之气。"因此他的游记中对法国的政治、教育及工商业的发展着墨颇多，不时还会与中国现状进行比较。作为中国最早一批投身革命的知识分子之一，他在游记中的立场也颇为鲜明，偶尔还会有言辞激烈之处，直言"出其所见，以献同胞，亦国民义务之一端也，于吾黑暗之社会，或亦不无小补，识者谅之"。

《战后欧游见闻记》的作者庄启早期留学欧洲，回国后投身实业和教育事业。他出国是因"欧战起，戚然亦为世界将变化，欧陆将大变化。战后必西往一观变化之所至"，所以，他更希望自己的作品能让国内的读者有所借鉴，"读此知我国政治上、教育上、农工商业上、风俗上与欧洲各国之分别，及欧洲各国间之分别，而决定其何者可法，何者当弃……读此知教育上宜注意三事……读此知战后之实业，正在尽力恢复而设种种提倡奖励研究之方法之机关……读此知战后各国交通、工艺，及生活状况与战前之不同点……读此知我国今日之外交，应如何预备国际联合会，何以能与列强同入行政院及中葡界务之宜强力速决等”。由此可以看出，作者除了想通过游记增加国内读者对异国政治、教育、农工商业、风俗等方面的了解，更想通过呈现“一战”前后国家状况的对比，引发读者进一步思考，在当时的国际政治局势中，中国究竟该如何自处。

《世界一周之实地观察》的作者黄士谦是英国格林斯大学博士，曾在上海创办中国棉业总公司，出任平汉铁路局局长。促使黄士谦出游的直接原因是一·二八抗战的爆发使他直面了敌人的狂暴，他深深意识到世界性危机的临近，迫切地想要寻找这一危机的根源。他在旅行中一方面随时注意“各国恐慌的实况”，关注影响国际形势的大事件，另一方面留意异国的风土人情和民生经济状况，试图从宏观和微观两个层面了解世界，厘清世界形势的走向。这种对时事的敏锐态度和对国家未来的忧虑，体现了当时中国知识分子的家国情怀。胡贻谷编辑的《欧游经验谈》和詹文浒的《欧美透视》也属此类作品。

本书所选作品中，既有政治家和实业家的客观冷眼之作，也有作家和艺术家的浪漫手笔。有些以浮光掠影式的描写呈现法国的自然风光，在山水徜徉中表达对故乡的思念，如曾仲鸣、孙伏园和孙福熙合著的《三湖游记》；有些则关注法国的历史文化古迹和异域化表征，如张若谷的《游欧猎奇印象》和侯鸿鑑的《寰球旅行记》；更有在专业性考察中体味世情民俗的，如南京江南汽车股份公司的创办人吴琢之的《欧美旅途随笔》，他受建设委员会委派赴法考察汽车制造业，在自己的游记中不仅记述了专业性的技术层面上的考察过程，还关注到不同国家的民族心理，觉得“所获实多”。凡此种种，视野宽广，情况各异。

尽管本书所录游记中记述的都是作者对法国这一国家某一方面的观感，但每位作者似乎都将这些局部的事实推而广之为“法国”的整体情状。这些局部的、多角度透视下的“法国”，极大地丰富了近代以来在中国形成的法国形象，并为同时代乃至后世国人对法国的认知提供了多层次的、立体的视角。其中大部分作品不是单纯地表述对法国的观感，而是抱着更多的审视与思考去走进这个国家，理解其相关的问题。这些作品中所反映出来的法国的形象，实际上是中国现代知识阶层对自身民族现状的某种比照，在法国形象这一“他者”的影像中，可以看到他们对自我的观照和思索。这些互有交叠，间或重复、碎片化的“法国”意象，既为当时的国人了解法国乃至于了解欧洲其他国家提供了重要的信息来源，也为时人理解中国的现状提供了一定的参照体系。

本书得以付梓，有赖于我的各位师友所提供的帮助。感谢上海大学中文系陈晓兰教授在课题方向及文献选录方面给我的指导和帮助！感谢上海大学中文系研究生尹源、叶雨韵、杨雅婷、杨青青、赵奇、陈星典在文献查阅及录入方面对我的帮助！感谢教育部人文社科基金评审专家对本课题的肯定及教育部社科司对本课题给予的资金支持！感谢上海大学文科处对本课题在研过程中的支持！感谢同济大学出版社张翠编辑一直以来的关心和帮助！

另，本书的编选校订以尽可能保留原貌为原则，于文字仅作繁化简及少量必要的纠错，原句读则易以通行标点。因个人学养所限，选集或有不足之处，敬请读者不吝指正。

景春雨

2021 年 8 月

間之去取亦異若中國古人之遊記。非陳宮室之麗。卽言山水之奇。本書則惟關於歷史之地稍詳。他之無關宏旨者略之。蓋今日之世界。工商之世界也。故書中屢言工廠。船隖。碼頭。鐵道。商店之事。今日之世界。文明之世界也。故書中屢言道路。公園。學校。梨園。報館。圖書館諸事。今日之世界。武裝和平。國際競爭之世界也。故書中多言國會。政府。民族。軍隊。槍礮。及海外實業與拓殖。並外交諸事。

一二十世紀。世界之大事。卽中國問題。中國國民。人人能發奮自雄。則中國強。人人猶苟且偷安。則中國亡。然欲振興國家。必自改良習俗始。故書中於雀牌。花酒之徒。痛加詆責。蓋望其放下屠刀。立地成佛。卽以渡己者渡世耳。

一此書脫稿之後。重遊歐洲大陸。新有所得。未便加入。恐亂全本秩

1914年

西征纪事（节录）

宁协万著

商务印书馆出版

作者小传

宁协万（1881—1946），字楚禅，号邦和，湖南长沙人。1897年就学于长沙岳麓书院并接触到革命思想。后以民主革命思想家章太炎先生为师，并在后续的革命活动中与宋教仁成为好友，是最早加入革命组织“华兴会”的成员之一。1905年在日本加入中国同盟会，随后受同盟会委派回长沙组织革命工作并准备武装起义。1907年因起义失败流亡日本，同年入江户政法学院攻读法律。1911年回国参加了武昌起义。1912年孙中山先生就任临时大总统后，任命宁协万为中华民国驻葡萄牙公使。孙中山先生辞去大总统后，宁协万亦辞去公使职务，赴俄国、英国、法国、德国、意大利和美国等六国进行游历，对这些国家的政治、经济、宗教、法律、教育、地理等多方面作了详细的考察及记载，先后著有《西征纪事》《留英政治谭》等作品。1916年黎元洪就任总统后，任命宁协万为海军总长。1917年黎元洪辞职后，宁协万亦去职，从此放弃从政，寻求教育救国的道路，先后在国立中央大学、私立朝阳大学、国立法政专门学校、中央政治专门学校等院校执教。1923年，宁协万应教育总长蔡元培之聘，任国立北平大学教授、法政学院专职教授，先后著有《国际公法》《现行国际法》《最近政治史》《宁庐讲演录》等著作。1937年7月，北平沦陷，宁协万拒绝与日本侵略者合作，愤而辞去所有职务，深居简出，埋头著述，在生活极度拮据的情况下数次拒绝日本方面的高薪聘请，更在家门口挂出“庐主谢客”的牌子，以示决心。1945年8月，日本投降后，宁协万为生计所迫将家中空余房屋租给国民党中央的接收人员，但所得租金却远低于正常时价，房屋等于被占，一家人生活无以为继。1946年2月21日，宁协万在灰心失望之余服毒自尽，终年66岁。

选文导读

《西征纪事》反映的是作者卸任驻葡萄牙公使后在欧洲游历期间的见闻及思考，曾由蔡元培先生鉴正全稿。作者在字里行间不断以自己的目之所及与当时中国国内的状况进行对照，一方面想通过自己对各国政治、教育、社会风俗及工商业发展情况的介绍使国人开拓眼界，了解世界，另一方面也想通过自己在文中的对照性表述使国内民众也心有所感，“知己之短，知人之长”，进而发奋图强，有所作为，从根本上改变中国的现状。

序

湖南宁君协万来游巴黎，出所著《西征纪事》，索为叙言以付剞劂。余翻视既竟，为之首肯者再。盖自悉卑利铁轨交通而后邦人士之跨勃喀湖逾乌拉岭来游欧西大陆者，踵趾恒相接。顾其来也，或襄赞外交，或调查行政，或受一方之委托，或求专门之学术，束缚于官书，拘牵于职务，未暇为访风问俗之举，故记载阙如。宁君夙具世界观念，勤学而澹于荣利，弃其所事，浩然作汗漫游，风雪长途，不惮艰苦，跋涉数万里，往来六七国，辙迹所至，举夫山川之奇险，景物之壮丽，以及政教风俗之异同，莫不详稽，博采笔之于书，累月以来，裒然成帙，将以归饷海内，使邦人之未出国门者亦得略识海外之情状，其裨益于社会者固非浅尠，又附录《劝告青年》一篇，为时俗痛下针砭，独能扶富强之本原而得其神髓者，尤实获我心焉。宁君殆不虚此一行乎！因为志数语以归之。

民国二年孟冬吴兴胡惟德

凡例

本书于未游以前，得之于地理历史诸书者有之；于正游之际，得之于采风问俗报章舌人之助者有之；于既游之后，得之于追论余感者有之。但丛稿盈尺，散漫无章，令观人有厌倦之想，故当留学英国时，藉课暇之余力，稍加修理，以成今本。

中国前此游记，梁启超氏之作尚矣，然仅及美国。康有为氏欧洲游记，则又仅详于意与法。邹代钧氏《西征纪程》，则又偏陈山川之形势。薛福成氏四国日记，则亦觉其已古。欲求欧洲各国政教工商风纪道德诸端之最近实情，甚鲜其著。鄙人此作，欲使我国之民知己之短，知人之长，增进其发奋之心，鼓励其有为之气，故于各国之政治上、教育上、社会人情上、工商业上，种种事实，多引中国比之，时或加以论断，出以激烈之语。但观察文明复杂之国，最难得其要领，况以余之浅陋，时之短促，笔墨之疏腐，其不足值大雅之一噱明矣。然出其所见，以献同胞，亦国民义务之一端也，于吾黑暗之社会，或亦不无小补，识者谅之。

此次马蹄辙迹所及之地，除中国之外，东则日本，西则俄、德、比、法、英，于七国政治，所欲论述尚多，原拟于本书之末，作《七国政治总评》一篇，以费时太久，出版太迟，故即于各国纪事，略加评论。夫本书以惠中国为主眼，比利时小矣，未遑多述，德国、日本较为完善，英吉利则尤为健全，惟法与俄，余多不取，两国政治之劣点，既挈其大者言之，关于日本国内之纪事，吾国学人，著书颇多，惟英吉利之政俗，异日尚当著一专书也。

游记之书，求之西籍，不胜其多矣。然游人之目的不同，则其记载间之去取亦异。若中国古人之游记，非陈宫室之丽，即言山水之奇，本书则惟关于历史之地稍详，他之无关宏旨者略之。盖今日之世界，工商之世界也，故书中屡言工厂、船坞、码头、铁道、商店之事；今日之世界，文明之世界也，故书中屡言道路、公园、学校、梨园、报馆、图书馆诸事；今日之世界，武装、和平、国际、竞争之世界也，故书中多言国会、政府、民族、军队、枪炮及海外实业与拓殖并外交诸事。

二十世纪，世界之大事，即中国问题。中国国民，人人能发奋自雄，则中国强；人人犹苟且偷安，则中国亡。然欲振兴国家，必自改良习俗始，故书中于雀牌花酒之徒，痛加指责，盖望其放下屠刀，立地成佛，即以渡已者渡世耳。

此书脱稿之后，重游欧洲大陆，新有所得，未便加入，恐乱全本秩序也。俟日后著书时，当再录之。惟关于法国者，间有补记耳。

民国二年冬　著者识于巴黎学校路之旅社

第一百八十五页—第二百七页

（五）游法兰西

四月二十八日正午，余车由比利时入法兰西境。最初之停车场，官吏查阅行李，旋至圣加答。

圣加答，在巴黎之东北，人口几六万，盛于木棉毛织纸类及机械诸制造。余下车小步，见法人相遇，大皆彬彬有礼，和容可掬。法人喜群聚，妇女共绣于户外，农夫共作于田间。游法兰西者，耳之所闻，目之所接，无不见其承平气象。惟闻其民多欺诈，行人当特别谨慎。

世界各国，政体各殊。共和国之最大而最著者，于美洲则合众国，于欧洲则法兰西，于亚洲则中华民国。合观三国之国势，美法皆强，中国最弱。综论三国之维新，美法皆先，中国独后，是故美法在世界文明之林卓然为一等国，中国虽自武昌首义，南北统一，而国是依然紊乱。忆英今皇加冕时，位中国奉贺使于埃及奉贺使之后，则中国于三等国之价值尚有不足。自清政府倾覆后，方期中国有气象一新者，岂意国是日非，求如昔日之势且不可得。呜呼！权奸当国，利徒云从，暴民思逞，群小蜂起，朝野上下，无一人可受中国之命者。间有数君子热心爱国，而议论相争，莫衷一是，谈总统政治者，主张取法于美；谈内阁政治者，主张取法于法。法也，美也，皆有可以为中国之范者，特恐江南之橘过江北则为枳，共和政体行于美、法，可以强国；行于中国，将以速亡。数月以来，列强蚕食中国之计划日进千里，余之亲历南北满洲，入西伯利亚，出欧罗巴，而观政于俄德诸邦，言各国经营分占中国之情形者屡矣。

余今既又躬履法兰西之地，夫法为我先进国，余能不就其政教风俗一下视察乎？若详考其山川之形势，此地理家所有事，若详考其国家之沿革，此历史家所有事，余固不能专考其地理与历史，而舍其政俗之现状，余亦不能不就其地理与历史而寻其政俗之现状，然法兰西大矣，岂许走马之士能尽其气象万千之政俗于一目耶？况余游学之目的地非法兰西，只以欲一览巴黎之胜而绕道及之，势自不暇遍履其全国，势又不能不先察其大势焉。

夫不暇遍履全国而欲窥其大势，其惟祝天传翼化鸟腾空乎？其然则余将翱翔于大西洋东岸天地之间，俯视其欧罗巴西部山川之秀，将余昔日之卧游而神驰者一一实验之于法兰西。

将见夫西北有英吉利，西南有西班牙，东有德、奥、意三国者，法兰西之邻国也。

又见夫负山阻海，易于设防，西北之大西洋、英格兰海峡及南之地中海以为池，东之阿尔卑斯山、汝拉山、瓦斯高山及西南之比里牛斯山，以为城者，法兰西之国境也。

又见夫高山为蓄水之源，加罗内河、日伦大河、罗亚尔河、塞纳河之四水类皆自东而西流，与吾国黑龙江、黄河、扬子江、珠江四水之自西而东流者正相反对，故吾国则东南低而西北高，法国则东南高而西北低，所谓法兰西之中原者，沿日伦大河以北皆自阿尔卑斯高原作斜坡形，以至于大西洋岸而止者，法兰西之地势也。

又见夫四大江流通贯东西，无数运河联络南北，江河之流通全国犹沟圳之灌溉垄亩，四通八达，皆便舟楫，德国境内之莱因河与法国之塞纳河之间原有瓦斯高山为之隔，乃亦凿运河以沟通之用，机关超度高千英尺之地，而航驶船舶，如斯之类者，法兰西之水利也。

又见夫全国铁道敷设殆遍，横山驾水，集中巴黎城市之散在域中，或沿铁道，或沿江海，若星辰之罗列，似棋子之周布，名胜古迹到处皆是，足征法兰西为千余年之古国。然其民智进化，制造日新，数十大城各有名产，虽城市本为百货辐辏之区，而法国之城，必各有其特别著名之制造，以出乎其类拔乎其萃者。如加罗内河口之波尔多以葡萄酒之富为世界最，如临地中海之马尔塞以造船厂之大博天下名，土伦则以海军镇守惹世人注意。如沿罗内河之里昂，其繁富虽次于巴黎，而实为世界织造之中心点，最盛者则为丝业。如里昂西南之圣伊坦尼，以近煤矿，便于铁工，千百之铁工厂在焉，各种武器此最著名，闻一周间可成枪支五千。如东部近山一带地方，某村居民善制时钟，某村居民善制螺钉，其他之大制造厂尚多，皆利用山间之奔流急湍，以运用其机器而制造商品，盖藉水力亦与藉电力或风力或汽力者同一作用。如波尔多东北之里摩日以瓷器著，法政府所有之色威勒厂在焉，其品之工，其价之昂，非人所想到者，闻有一茶杯，值五六千圆，有一画屏，值一二万圆者。如此之类，法兰西之工商业也。

泱泱乎大风也哉！法兰西之于欧洲也，余今身亲其地，见其人民之秀美，都市之繁多，路电之周密，工商之发达，政教之修明，而心迷于想象，目炫于观察，且余天传之翼亦倦飞，故仍还于圣加答。

方入车中，钟声已再，而余车又鞺鞺然鞈鞈然发圣加答矣。余见法国田亩之狭，与俄、德田亩相若，惟闻远不及英国田亩之大，盖英国之田为二千之田主（富人与贵族）所有，法则面积之大于英者，不足二倍，而田主之数，以亿兆计，故法国之田小于英国之田者，田主多而经界狭也。法国虽一佣力之人亦有薄田数亩，农时则身率妻子戮力耕种，以给公私，岁时伏腊烹羊宰牛斗酒相慰，宛有家给人足之相，此非法兰西之特色哉！

夫人人有恒产，不啻人人有国家之一分。法兰西国民各皆有田土庐舍，故其思乡之念深，爱国之心富。若英、德、奥、意、俄、班诸国，岁流之四方者以千万计，美洲之合众国与欧洲之法兰西，其移民之尾闾也。夫合众国之面积大矣，容纳海外移民固其所也，至法兰西之面积虽大于英、大于意、大于班而小于俄、小于奥、小于德，然多见他国之移民于法，少见法国之移民于他，其殆谓法国外无乐土耶?

且法人之贫富最均，人人皆有私蓄储于银行以备不时之需。尤有可为我国模范之一事，即法兰西各处之学校贮蓄银行。父兄欲养成其子弟为一种有实力之国民，必使之有经济上之历练，故恒与以金钱，俾其有余而存储银行，子弟因此不至向人借款移害友朋，寖假而信用著；有贮蓄心之子弟，必不至滥费，斯可免嗜酒贪淫之行，寖假而精力充。及至卒业，积款亦多，可藉此以营其业。若者纠合多人，共营大事；若者利用所有，独立自营。考其贮蓄之始，有钱半佛郎者约当中国二角银、日本二十钱，即可开始贮蓄，盖使人觉其轻而易举也。此等银行与邮政贮蓄相联属，贮蓄之数恒有千万圆以上，悉皆学生之资本。余昔于中国未革命以前，曾提倡创建中国贮蓄会，设有模范部于东京，发布意见书于留日女学会杂志，盖鉴于戊庚以还之学风浇薄，无学之士好谈大事功，无资之人好谈大实业，凡马车、雀牌、花酒以与人交际者，类皆三日志士，一鼓作气而衰而竭之气象转瞬即露，日日言大事功大实业，而终其身无成者比比也。故以鄙见，提倡创建中国贮蓄会，意在使中国人人养成一种有实力之国民，终可立于不败之地。特余之所谓贮蓄者，乃广义的贮蓄，非狭义的贮蓄，总名贮蓄，大纲有四：一曰贮蓄金钱，二曰贮蓄智识，三曰贮蓄精力，四曰贮蓄信用。发为主义，定为会旨，提倡学风，扶植实力，其办法有与贮蓄银行稍异者，职是故耳。西哲有言，一则曰欲有大发展，须有大贮蓄；再则曰有贮蓄者，无后悔。我国之民无一有完全之贮蓄者，故无一有完全之发展者，以视最富于贮蓄性之法兰西人，何不如之甚耶。

法国之中部北部，悉皆产麦，然麦之外，亦植粟、黍、糖萝卜之类。水果之美者，桃李苹果诸园盛于北境，南则柠檬橘柚橄榄桑葚之类垂实焉。桑叶育蚕，利冠全欧；葡萄酿酒，美甲世界。观此所以知法兰西之大。

余车自圣加答出发后，仅一时半之久，即抵巴黎。下车寓城中北车站附近之旅馆，余与一操英语之法人，共佣一车两马，漫游于巴黎之市。

巴黎者，法国之京城，世界之花都也。惟法兰西建国已千余年，自昔以巴黎为帝都，虽革命后多增诸新建筑，其城郭、宫室，不如雅典、罗马之坏塔、斜阳、荒宫、幽草，然大抵风物过古。康有为游巴黎，谓其壮丽不及纽约，整洁不及伯林。余自伯林来，亦洵觉巴黎有不及伯林者。若徒以人口论，则巴黎多于伯林者，几三之一。欧洲人口繁多之都，伦敦第一，巴黎第二，约有三百余万人口，伯林则仅二百余万人口也。

贯巴黎城中，有自东而西流之塞纳河。塞纳河者，法国四大河之一。自塞纳有运河，东通德国之莱因，而塞纳之流则西注英格兰海峡。其河口之市曰勒哈佛尔，实巴黎之海口也。远之则中美、南美，近之则英、德、意、比，皆以其棉花、烟草、五谷之类输于巴黎，彼泛舟而来者，易巴黎之制造品而去，亦世界之大观也与。

巴黎集全国铁道之总汇。各国名城，莫不与巴黎同轨。自巴黎起程七小时达伦敦，一旦夕达伯林，两日间达圣彼得堡，有车南行通阿尔卑斯山孙讷峰之隧道，达罗马。巴黎据水陆之利，扼交通之便，名都也。

巴黎城内有所谓伊符塔焉，拔地九百英尺，较美国首都纪功塔高四百英尺，较俄国首都圣易札克塔（出地三百英尺）高六百英尺，殆全欧洲第一之高塔乎。塔在城内，西部，塞纳河之南岸，铸造以铁，高耸半空。塔之北方有一大桥梁，伏于塞纳河之上；塔之附近有无数汽车，行于塞纳河之岸。余昔登俄国伊万塔、德国柯伦塔，皆藉以俯瞰全城，今试登巴黎之伊符塔，兴采之高当复何如！余造其巅，夫全城市景万户春光都入望矣，而尚见巴黎周城雉堞环峙，隐然若一大桃子之形；塞纳为带，东入西环，隐然若一大眠弓之状；崇楼杰阁，恰似蜂房，铁道电线，俨同蛛网，舟车之上下如玩具，人民之往来如蝼蚁，俯仰天地，极此大观，余眼福何多耶！（十月十九日余重游巴黎，再登伊符，偕游者岳阳吴德润君也。）

既下塔，仍坐马车而游巴黎街市。道傍房屋，虽不及伯林之整齐，而大都五六层。法国之民，仪容修洁。余自伊符塔前，沿桥而过塞纳河，车向东北驰入于凯旋门。仰而观之，叹羡其为巍然壮丽之大建筑，同游之法人告余曰，凯旋门筑于一千八百零六年，盖以表章拿破仑第一之武功者也。余等过凯旋门，同游之法人促马夫向东南进，即至常才理才街矣。此街与伯林之温特殿林田街相似，道路极广，车马纷驰，绿树阴浓，夹道相映，自凯旋门至康苦德广场，其直如矢，盖甲全城之大街耳。余车经此街，入于康苦德广场。广场之内，风光明媚，园林畅茂，楼阁崇宏，街衢修洁，游人至是，可叹观止。广场之东，妥罗利公园在焉。园之外，即博物院、图书馆，天下之名器珍宝，多聚于斯。广场之西，即由常才理才街可遥望凯旋门，屹立于小丘之上。广场之南，临塞纳河，横桥而过，即见立于塞纳河南岸之法国议院也。广场之北，铁柱摩空，即为有名之万度柱，实拿破仑第一之武功时代以获自俄奥诸邦之大炮铸之者，拿破仑第一之造像亦即建于万度柱侧，魁梧奇伟，英姿飒爽，犹可想见其当年慷慨誓师推倒一世之概。拿破仑第一之墓，则在塞纳河南岸之安凡黎寺院，余与同游之法人入其寺，正堂中大幽洞内即拿破仑第一之墓，见其红玉为棺，绿玉为台，忆其亡命孤岛，末路凄凉，余亦不禁泣下数行，偶成一章曰：拿帝坟陵何处寻，巴黎江上气阴森。风云万里终孤岛，长使英雄泪满襟。

余自入法境以来，所见城市村落，多悬拿翁画像，何其深入人心之至如斯耶？余昔读拿翁传，见其幼时学于兵学校，为同学所不齿，而拿翁具特立独行之性，毫不介意。及其出校独修，所获公家之费，不足成其弟妹之学，拿翁率幼弟同居一室，间作报馆论文取资以补不足。迨其壮而任事，精力绝伦伟烈，丰功照耀天地，然终流孤岛，何末路之不幸哉。余敬拿翁，余敬少年时代之拿翁；余畏拿翁，余畏少年时代之拿翁。夫拿翁之少年时代为不得意之时代，胡为而可敬而可畏耶？曰：其修养之笃足以令人敬而畏也。然则人生于少年时代，如无清苦卓绝之志，特立自重之风，其不足令人敬、不足令人畏也明矣。

际拿翁优胜之世，法兰西为欧洲最大之帝国，拿翁利用此时机，改良内政，奖励文学，图政务之敏活，统一罗马旧教，得上流社会之欢心，遍设学校，振兴国民教育，其最有名者为编成拿破仑法典一事。法兰西自封建时代以来，习惯法及成文法，殆无统一。革命时代，既二度计划，终不能成。拿翁以一千八百零三年，召集多禄苏波尔达等法学专家，使从事编纂，翼年大成，总计二千二百八十一条，公认贵族平民之同权，为现时欧洲诸国法律之基础，与罗马法典并称。日本变法亦受赐于拿翁法典者甚多。

法兰西之政治，昔为君主，今为民主。亦如合众国之有大总统，惟法兰西中央政府之法规成于立法、元老两院，而总统独掌行政之权。立法院代表全国人民，其性质与合众国之下议院同，与中华民国之众议院同。法国之立法院筑于塞纳河南岸，与英国之下议院之筑于泰晤士河北岸者其风景略似，但英之议院背河而法之议院面河也，与对岸之康苦德相望。

法国议院之议事堂，其形如半月，议员皆依半圆之圈而坐，议长坐于堂前讲坛之上。议长座下，有一讲台，闻美国议员之提议事件，或辩答问题者，身起而言，不离坐次；法国议员在堂，如有意见发表，则离坐而至讲台，但必待彼一人言毕，而后有意见者皆依次而升台致辩。至群嚣纷纷之际，则议长鸣钟止喧。

总统之宫，在塞纳河北岸，与拿翁坟墓所在之安凡黎寺院，隔江相望，盖邻近于康苦德广场与常才理才街也。

法兰西与美利坚，虽同为民主国，而性质不同。美国选举总统，必由全体国民公选，而法国选举总统，仅由立法、元老两院议员合选。美国总统任期四年，而法国总统任期七年。法国总统之年俸五倍于美国总统（美国总统年俸五万圆已耳），但法之国际酬酢费亦在其中矣。夫法美均有内阁，顾美国则无论何人皆可充任阁员，惟总统之命而已；若法国之内阁阁员，限由于立法、元老两院议员中选出。法国总统之所为国民公认之大权有四：一与外国缔结平和条约，二立法、元老两院议决之法以总统之命颁布全国，三经元老院之允许总统可以解散议会，四可量才授职。美国总统兼全国海陆军大元帅，而法国总统非经议院允可，不能与外人宣战。总统之命令，阁员之不谓然者，可封还之。总统之下，总理一人；总理之次，阁员十一。为总理者，上则提挈总统，组织内阁；下则指挥阁员，各行其政。

法国属地，十六倍于母国，故中央政府有殖民部焉。据最近之调查，法国输出属地之贸易额，年度一百兆圆；属地输向法国之贸易额，年度百十兆圆，是则法国每年必耗其十兆圆之金钱于属地也。昔法国帝制之世，亚洲之印度、美洲之加拿他皆法之属地也。嗣法国政治变成民主，人民之福过多，政府之力稍杀，印度、加拿他皆被夺于英人。但今世属地之多，除英国外，仍推法国。顾英之属地，能助母国之发达，而法之属地，反耗母国之金钱，故或则任其荒落而地利不兴，或则委而去之，而主权丧失，觇国者亦可于此见条顿人种与拉丁人种之优劣焉。

虽然世界进化，国际之竞争甚烈。法国与德为邻，感情綦恶，彼此皆扩张军备。惟法人贫富之界太均，国民皆有家给人足之概，安于承平，敌忾之气绝少，政府忧之，欲改二年兵役为三年兵役。全国之新闻舆论皆韪其说，吾知其议会必赞同无疑。（十月余重游巴黎，考三年兵役已决。）

巴黎为世界最文明之都会，亦为世界最奢华之都会。学校报馆之多，公园广场之大，宫殿寺宇之宏，商店工厂之富，兹不具论，其有最难令人忘情者，则巴黎之梨园与图书馆也。巴黎梨园建筑壮丽，陈设美备，大馆可容观者数千人，小馆亦可容千余人，世界名优驰集于此，文豪骚客多寄托于演剧之场，游人到巴黎，无不倾囊一观其梨园之胜。盖巴黎戏曲之妙，舞艺之佳，实推为全世界第一。余无观剧之暇，同游之法人引余至一处之梨园，余亦费十数佛郎数十分时以一览之，见场中二三千人皆悄然无声，惟有演者之歌舞而已，即此亦足征西人之文明秩序。（十月余重游巴黎，宁乡留法之刘玑君导余所观与前同。）

巴黎之图书馆甚多，余特乘车往观法兰西国有图书馆。馆在妥罗利公园之北、利孝友路之东也。考西国建设图书馆以保存古籍者，自十六世纪时德意志人已行之，至以图书馆为公共教育之机关，实自美国波士顿市立图书馆始。千八百四十七年，波士顿市长乾士氏议征市税以设市立图书馆，议会许之，波士顿市立图书馆遂成焉。越二年，英国仿其例，由议会提款以充建设图书馆之用。千八百五十四年，英国曼辙斯特、利物浦二市始有图书馆，此乃波士顿以后第一次继起者，其法之良，殊足开居民之识、便子弟之学。德人创之、美人倡之、英人仿之、各国风行之，一文明之制出其利民而福国者，列邦皆争先恐后竭尽心力而为之，决无徒循故事之气，此文明国之所以为文明也。即就图书馆一事论之，欧美各国图书馆之多、藏收古今书籍之富，国小者不具录，举其大国者，据千九百十一年十二月二十二号《巴黎新报》之调查，奥国有图书馆五百七十七座，计藏书五百四十七万六千册；法国图书馆五百座，计藏书四百五十九万八千册；意国图书馆四百九十三座，计藏书四百三十五万册；德国图书馆三百九十八座，计藏书三百二十四万册；美国图书馆一百六十九座，计藏书二百八十七万二千册；俄国图书馆一百四十九座，计藏书九十五万三千册。此皆举其大者，若各国之藏书家，犹未与也。

余今所临法之国有图书馆，实全世界中第一富丽之大图书馆也，其建筑陈设之美备，合古今万国之菁英。此馆藏书之富甲于全世界，盖一馆独得二百零七万九千册，几有法国藏书之半数。其阅书堂中，恒千数百子弟，而皆静穆无嚣，若在空谷。伯林大学侧之皇族图书馆，为余旧游之所，似可与此巴黎大图书馆相伯仲，惟藏书之数，则尚不如，以其仅七十万册耳。闻之罗马华棣冈图书馆内，有手抄书籍二万五千册，意人惜之，不啻鸿宝，此则为各国所不可多得云。（十月，余与荆州耿泽君再游法之国有图书馆，见其每堂数千人，勤学之风，静穆之气，与前所见者同。）

夫所谓十六世纪德人建馆藏书者，实就十五世纪德人发明印刷术后，书价廉，易于藏收而言也。若逆溯图书馆之缘起，则始于埃及国，乃古时图书馆中之最大者。其在希腊上世亦曾创建公用之图书馆，罗马帝政时代图书馆之设立已多，特国亡之际毁之耳。

巴黎之中国学生会，在中国使馆之附近，其规模较留日学会大，其陈设较留德学会全。留法者百余人，在俭学会者占二之一。巴黎城外，有一中国豆腐公司，创之者为李石曾，资本近十万，除发卖通常豆腐外，能以化学之作用制造几案等类，坚如白石，亮如明角，名誉大噪于欧洲。法商欲以重金买收之，李君竟不之许。留法俭学会事务所即在豆腐公司附近青山郭外，风景亦佳。俭学会之人热心沉毅者较多，此亦祖国可望之诸生也。（十月，余重游巴黎，曾与武陵戴修骏君至该会一膳。）

余在巴黎，无多日以从事考察，若政治上、社会上、风俗上、生计上种种调查，万不得一，固不待言，即巴黎风景、巴黎名胜，所见亦甚少，余实有负于巴黎。

二十九日午后二时许，余偕育英，由巴黎乘汽车，行三时间之久，抵加来港。

加来港者，临英格兰海峡之海港也，法兰西之大造船工厂在焉。沿岸炮台林立，特以防对岸之英。两岸相隔六十余里，其中海峡有似衣带。闻英国亦于此对岸之豆肥儿建有坚固之炮台以防法。英法之间夙多恶感，当日俄战争时，英法两国忽焉破弃旧怨，缔结新约，言归于好。然今日之世界，武装和平之世界也。余自漫游各国，见夫日俄之界，各有炮台；俄德之界，各有炮台；德法之界，各有炮台，今复见加来港之炮台，行将见豆肥儿之炮台，则英法之界亦各有炮台。凡有炮台者，类皆备之以弹以药，伺之以将以兵，若以为稍懈其防，即将有大敌至者，悟此可以识世界和平之真相矣。余且自此渡海以观英伦三岛。

糖點。所以救糖荒也。
二十六日晨謁岳君鞠如。囑介紹參觀巴黎各學校。
欲研究一國之教育。必自其教育史始。法國教育之可溯者。始於十三世紀。當時卽有十七大學。純取法於巴黎大學。至十六世紀。推廣至收取貴族及上等紳士子弟。此等子弟半先由教會培植。注意科目。始爲人類學。修辭學。繼乃有歷史學。科學。後於某教設立之小學校中。始見新教授法。至一六七九年耶穌

巴黎馬德雷教堂

1922年

战后欧游见闻记（节录）

庄启著

上海商务印书馆出版

作者小传

庄启（1882—1960）：字中希，江苏武进人。1904年就读于上海震旦学院，后公派留学比利时，获电子工程师学位。1912年归国创办常州双桂坊电话公司，先后任江苏省第一电话局、南京电话电灯厂、常州纱厂、武进电气厂工程师。1919年赴西欧考察教育期间任外交公职，回国后任苏州工专教务长。1926年任武进县建设局局长，任职期间组织完成了对武进全县的地图测绘工作，同时积极推进城市总体建设规划，改造水陆交通和农田灌溉设施，为当地工商业的发展创造了良好的条件。庄启还积极投身教育事业，先后担任芳晖女子中学、武进中学、正衡中学的校董，创办了武进教育研究社、壬午化学研究所等教育研究机构，对多所学校进行了捐助。解放后，任常州市第一届人大代表、第一至三届市政协委员。

选文导读

《战后欧游见闻记》是庄启于1919年赴西欧考察教育期间的见闻录，此行的关注点主要在欧洲各国的民生、民情及教育文化状况。作者重点对比了法国与国计民生相关的各项指标在“一战”前后的差异，由此凸显战争对一个国家发展的破坏性后果。此外，作者还对法国的教育体系进行了细致的调查，从学校的种类、性质到具体的学制和专业指向都有所涉及，这在同时期的法国游记中尤为特别，是此文的一大特色。

第一百十页—第一百二十四页

九年一月七日晨至马赛。马赛者，法国地中海之大商港也。法国旧隶罗马，至五世纪日耳曼族之佛兰克人侵入之，建都巴黎，为法兰西立国之始。至沙尔大帝而大盛。沙尔大帝卒，国裂，法兰西侯为王，法兰西之称始于此。十四世纪，与英人大战百年。至路易十四朝，文治武功均极盛，君威亦日重，乃有法国四次革命。

第一次　一七八九年　废路易十六建民主国　十五年后拿破仑第一称帝

第二次　一八三〇年　逐沙尔第十　迎路易腓立白为王

第三次　一八四八年　逐腓立白　复建民主国

第四次　一八七〇年　普法开战　拿破仑第三降普　三建民主国

至于今日，赖协约国之助，战胜德奥，收复亚尔萨斯、罗伦二省。数十年丧师割地之辱，一日雪之。

法国面积为五十三万八千哩，为欧洲十九分之一，为中国二十分之一（稍大于黑龙江省），居民三千八百九十六万人，则较庶于黑龙江二十五倍矣。

除本国外，其属地为：

	地　名	面积（哩）	人　数	商业（佛郎）
非洲	亚尔日利 Algérie	五七五三八八	五四九二五六九	一二九二〇二八〇〇〇
	突尼斯 Tunisie	一三〇〇〇〇	一八五〇〇〇〇	三二二九一八〇三八
	摩洛克 Maroc	六〇〇〇〇〇	四五五〇〇〇〇	一八〇六四〇六一八
	非洲西部 Afriq. Occid.	三一五四八三四	一二二〇〇〇〇〇	二七七七一八一五二
	非洲热带 Afriq. Equat.	二二〇〇〇〇〇	六一三七〇〇〇	五七八四六八〇五
	马达加斯加 Madagascar	五八五〇〇〇	二七〇一〇八一	一〇二八〇一八三三
	吕宁 Réunion	二五〇〇	一七七六七七	四一五二七二三七
	稣马里 Somalis	一二〇〇〇〇	二〇八〇六一	八一六二〇九九一
亚洲	印度 Indo	五一三	二七七七二三	五四五五七二一〇
	支趾支那 Indo-Chine	八〇三〇五四	一六三一五〇六三	六五一六九七三二一
美洲	圣彼而及米克伦 St. -Pierre & Miquelon	二四一	六四八三	一〇五五八五四三
	圭得鲁不 Gnadeloupe	一七八〇	一九〇二七五	三八四六二四一九
	马的尼克 Martinique	九八七	一八二〇二四	五一〇四一一二九
	圭亚那 Guyane	八八二四〇	三九一一七	二四七一七三〇二
澳洲	新喀里多亚 New Galédonie	一八六五四	五五八八六	三三五四六三二一
	余地	三〇六四	三〇五六三	二〇五八四九八一
总计		八二七四八七一	五〇四一三五二二	三二四三〇六七〇九六
与本国相较		大十五倍	多一四九倍	

法国农产极高，工制品多精密，矿产较少。自得亚尔萨斯、罗伦二省，矿产大增其额，跃为世界第二铁国（第一为美国）。

亚尔萨斯、罗伦

民元前四十一年六月九日，普法战约，德人割法之亚尔萨斯、罗伦二省，直接受德皇之管辖。

面积人口

	基罗米大方里	总人数	每基罗米大方里人数
上亚尔萨斯	三五〇八	五一七八六五	一四八
下亚尔萨斯	四七八六	七〇〇九三八	一四六
罗伦	六二二八	六五五二一一	一〇五
总计	一四五二二	一八七〇〇一四	

教育

初等教育。照战前统计。计小学二八四一所。私立者六十所。幼稚院五百十一所。女子高等小学校六十七所。

次等教育。计中学校十八所。实学校（授科学及生文等）十一所。高等实学校六所。职业教育。计农学校二所。化学校一所。极著名（课限三年。备染布业之用。第三年有颜料专科）。纱织学校一所。矿学校一所。

高等教育。有斯得拉斯堡大学。立于民元前四百四十六年。其医科为法国著名医学校之一。今此学校益为改良。照战前统计。

教员　一百七十六人

学生　二千二百人

预算　二一一五〇〇〇佛郎

藏书　一百余万卷另抄本四千卷

财政（照战前统计）。

收入　七七九二九三四一马克

直接税 二六五一四七〇〇　　关税及间接税 一九九二二五三八

通过税 一四五四八八〇五

经常支出

行政费 二九九五八五五三　　财政施行费 二二九二三五七九

特别支出 四〇一六八〇〇马克

公债（三厘息）至战前止（一九一三年底）为一三三六四〇〇马克。

农产

种　名	耕地面积（以曷克大计）	产额（以吨计）
小麦	一三八七八〇	二三八〇四八
圆麦	五五四五三	九二八八九
大麦	四九〇九一	一〇六七八
番薯	九〇六八〇	一二六六四六三
荞麦	一一二八六六	二〇九九三六
蒭（草料）	一九四三〇二	一一三七七八六
槐花	四二五七	一五九五
烟叶	一五三七	四八七八
葡萄酒	二六八三六	一八〇〇〇〇立脱而

产麦虽盛（每曷克大一五、九五），然不足供本地之食。

家畜等，照一九一八年统计。（均较战前减少）

牛	豕	马
六六四〇〇〇	二六四〇〇	七〇〇〇〇 用以耕者五四〇〇〇

养畜联合会共三十二处。地方有强迫养畜，并有补助款。

矿产

一、煤矿。亚尔萨斯、罗伦矿产之富，不亚于农产，煤矿尤甚。沙拉矿区，广至十五万五千曷克大（二千五百余亩），其长由西南至东北计七十基罗米大（一百二十余里），最宽处三十六基罗米大（六十二里余），一九一三年煤产总额为一千七百万吨，开挖处二十所，工人七万二千人，矿井八十口。罗伦矿多属私家，余由普鲁士政府开采（法国北部矿年产三千万吨，然法国每年所费之煤，一九一三年至六千二百万吨，故用外国煤甚多也）。

二、盐硝。上亚尔萨斯于一九〇四年发现盐硝矿，至一九一〇年始行开采。一九一三年从事于此者计十七户。其分销于德者，计一三七四三吨，计百分之三三八。余销于外国者二六九六七吨，计美国一二一八三吨（百分之三十），法国一〇二七八吨（百分之二五三）。

三、铁矿。罗伦铁矿为德国全国所产之四分之三。于一九一三年罗伦产铁至三九、一三七千吨。其余德矿所产，仅七百万吨耳。矿含磷甚多。矿向作东西倾，不甚深，开挖甚易。开挖者计四十六处。法国余矿可产二百万吨，合计之为四千二百万吨之年产，成世界第二铁国。其第一国为美国，年产八千万吨。

本地硝铁之数，至二一一三六千吨。在所产之半以上。余销于鲁森、蒲耳舍克司及韦司发利三处。

一九一三年德国输入之铁，计一千四百万吨，值二万二千八百万马克，为全销额百分之三十。今罗伦返法，其影响如何也？

四、其他各矿。此外有含银铅矿、银矿、钴矿、锌矿、砒矿、镍矿等。罗伦并有食盐矿，年产十万吨。斯得拉斯堡之煤油矿，计三处，佣工四百人，年产三万吨。

工业

一、冶金业。罗伦冶金业甚著名，上亚尔萨斯则以棉业著。一九一三年罗伦产生铁三八七〇千吨，钢块二二八六千吨。此为多马质，其炼成佳质者，计：

商铁	六〇万吨
铁轨	三〇万吨
承重	三〇万吨
机器用	一〇万吨
铁片	一〇万吨
余	四〇万吨

一九一三年沙而产额为

生铁（粗质）	一三七五千吨
钢（粗质）	二〇八〇吨
钢（细质）	一六五二吨

多马钢　　　　一七一九吨

马丹钢　　　　三六一顿

仅法属罗伦所产生铁，已及七百五十万吨，为世界总额十分之一。所产钢，计五百五十四万二千吨，亦为世界总额十分之一。

二、织业。亚尔萨斯织业，一九一三年计一八〇万锭，四万五千织机。其余法国各处，计七百四十万锭，十三万五千织机。一九一三年所用之棉，计六万五千吨，所织除常用布外，多上等细货。

亚尔萨斯毛织业，计五十五万锭。

亚尔萨斯不徒富于织业，尤富产织器，久著盛名。

交通

一、铁路。亚尔萨斯、罗伦铁路，计二一一一基罗米大（三千六百余里），一九一四至一九一五年之预算，收入为一六二百万马克，支出为一五二百万马克，余一千万马克，为国家之收入。铁路用人四万，运货全年二百八十万吨，载客四千八百万人。

二、航路。最大河运为来因河，直与海运无异。一九一一至一九一三年，其运量在二百万吨以上。其余支河运量约七十四万吨。

船傍岸后，待医生之检查，至十时始准客登陆。遇哥克司招待员（即翻译），嘱令将大件行李直寄利斯本。渠言递寄需时（约一月），既带件不多，不如随身带去。余与北禾乘马车访西班牙驻马赛领事，因由此至葡萄牙，道经西班牙，需验护照也。至后，西班牙领事嘱先访中国领事，折至民国路，晤中国领事。签字毕，至葡萄牙领事署。北禾之照，需纳费八佛郎，因无法币，附以十先令票一纸。仅找出二佛郎半，实则一先令几值二佛郎也。继至鲁佛旅馆午餐，所坐马车令去，索四十五佛郎。欧战前七八佛郎可矣。御者曰虽得多金，仍无大补，一家八口，薪桂米珠，中人以下，无法求存。大战数年，得此结果，犹号战胜，殊可笑也。鲁佛旅馆午餐，两人计二十五佛郎（内纳税百分之十）。复乘马车至西班牙领事署（签字费十佛郎），往返索八佛郎。继至哥克司购车票，由马赛至利斯本，两人二等车费七百七十佛郎。此时车费既巨（加税至百分之十至二十），车数反少。行车时刻，向有详表，今残缺不全，所至之处，及何时可到，均不能预知。持票附电车至车站（十五生丁），哥克司招待员代定座位。将大件行李，直寄至西班牙之拔赛鲁那，小件置于坐侧。余等即在车站右某馆晚餐，两人计二十佛郎。餐毕，哥克司招待员来引上车，并出代付各款。计

大件行李三件运费	十二佛郎
手携行李五件运费	十七佛郎半
又他费	十一佛郎二十生丁
装行李车费	三十五生丁
代定坐位	二佛郎
搬手提行李上车	二佛郎
共计	四十五佛郎零五生丁

到马赛须知

一、登岸。静候船靠岸后，一切探听明白，再行登岸，不必燥急。

二、招待。可择一公司（如哥克司）或旅馆（不住亦可托旅馆招待）托其照料。并询问一切。

三、行李。点明件数，由招待人照料，勿任意由人搬动。

四、禁品。第一烟类，余如丝、茶等。

五、膳宿。欧洲旅馆可靠者多，如携有指南（Guide），不难觅得。否则可询同游者，或招待公司。或径询旅馆中接客者均可（马赛现在每房每日之价由十佛郎，至七八十佛郎餐可合可分）。

六、欧洲每城几皆有可以游览之处，若原名可译者译之，惟避拼音。因能一欧洲文者，大都能解之也（以后均照此）。

七、代步。战前马车每次一・五佛郎，每时二・五佛郎。汽车开驶后八百呎一佛郎，以后每哩加〇・六佛郎。今价约四五倍之。

八、携费。币须佛郎。离船后即上火车者，至少当备五十佛郎。须就餐及略事游览者一百佛郎。

马赛可游处

1 Bourse 交易所

2 Vieux Port 老口

3 Hotel de Ville 城政厅

4 Pont Transbordeur 通运桥

5 Nouyeau Port 新口

6 Porte d'Aix 爱古司门

7 Palais de Justice 审判院

8 Notre-Dame de garde 教堂

9 Corniche

10 Musée d'archéologie Borely 古物院

11 Palais Longchamp 长冈宫

12 Jardin Zoologique 动物园

13 Musée des Beaux-Arts 美术院

14 Musée d'histoire naturelle 博物院

15 Observatoire 天文台

16 Chateau d'If 意夫岛

车于六时十分起行，经亚来斯、大拉士贡、塞脱，夜一时至那蒲内。车员令换车。地非大邑，时过黄昏，搬行李已无人，不得已勉力自携之。而所换坐之车须二时始至，此处已降雪，天大寒，坐待颇苦，乃出站觅旅馆宿焉。四旬长途，又在地中海少受风浪，加以下车时朔风侵骨，得一安眠处，其喜可知。且设备尚佳，房屋清洁，在欧为小栈房，在中国亦大旅馆之房间矣。馆中人均已就寝，惟留一老者招呼，问答殷勤，始终不知余等为何处人。恐此地之有华人踪迹，自余等始也。

一月八日晨九时，弃旅馆，乘火车。旅馆宿费及早餐费，两人计二十五佛郎。车至九时二十五分开，十一时许至塞贝而。法国界至此止。诸客均携行李下车，受关吏检查。斯时法国财政困难，遍地纸币，不徒金银币不见于市面，即镍铜币，亦不可多得。故携币出国，列为严禁。每人止准带一千佛郎（即纸币亦不得超过此数）。余等既无法币，又无他国现币（各国金银币亦禁出口），自无患留难。行李检查之后，继查护照。查毕，返原坐火车。开行不及一刻（十二时二十五分），至西班牙入口关。地名波埠。行李护照，均受检查（即装在行李车中直寄他处之行李，亦须在此地检查）。

第一百七十五页—第二百四十一页

十六日晚十时由马德里起行。何君驾山、周君养纯、王君彦夫，均送至车站。

十七日上午十时入法界央大亚。央大亚为法之海埠，入夏游客甚多，今尚非其时也。下午四时起行。

十八日晨八时至巴黎。杨兄仲达、廖兄叙畴、李君显章、刘君焕文在站相接。偕至若安旅馆，止焉。

十九日廖君叙畴邀至中国饭店午餐。巴黎现有中国饭店二处。一为前使馆庖人萧某所办，价廉而地方不甚清洁，留学诸子，多往就食。其二为中比人合开，地方尚清洁，而价较昂。中外人士常有在此宴客者。今闻有第三者将出现矣。

下午偕北禾至铁塔。铁塔者，世界最高之建筑物，成于民元前二十三年，设计者为爱弗而，故以名塔。高三百呎，分三层。第一层高五十七呎，第二层一百十五呎，第三层二百八十呎。其顶有照远灯。塔为中空四方锥形，底实，边长十五呎，两边相距一百呎，联之以弧，弧开七十呎，递减至顶，弧开五呎。第一层面积四千二百方呎，外边长七十呎，四周回廊长二百八十三呎，可观巴黎全景。北为凯旋门，西为塞纳河，南为马试园，东为伤兵院，拿破仑葬焉。室内可餐可饮，顶上有无线电台。

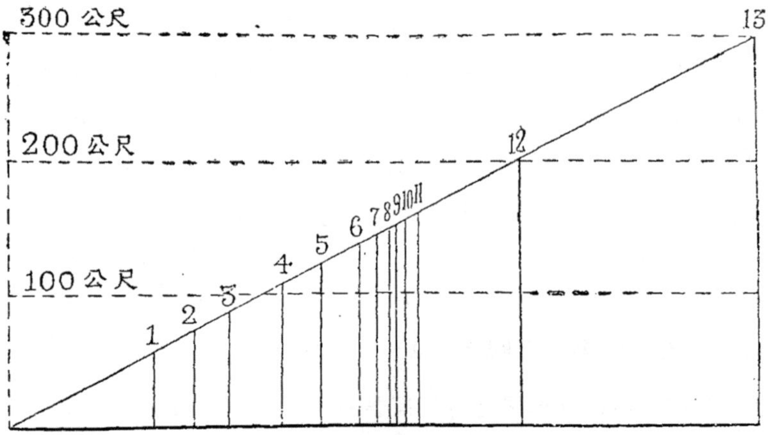

圖較比度高物築建界世

1 Are de Triomphe de l'Etoile 巴黎凯旋门

2 Notre-Dame de Paris 我妇教堂（巴黎）

3 Pantheon de Paris 巴黎先贤祠

4 Les Invalides 伤兵院（巴黎）

5 Cathédrale de Chartres 塞而得大教堂

6 Saint Pierre de Rome 罗马圣彼得教堂

7 Grande Pyramide d'Egypte 埃及大金字塔

8 Cathédrale de Strasbourg 司得拉堡大教堂

9 Cathédrale de Rouen 鲁央大教堂

10 Obélisque de Washington 华盛顿方锥塔

11 Cathédrale de Cologue 可伦大教堂

12 Gratte-Ciel à New York 攀天屋（纽约）

13 Tour Eiffel 铁塔（巴黎）

晚刘兄克鲁邀餐。

二十日晨谒驻法代使岳君鞠如。法使馆系租屋，规模虽不甚大，其侧有园，园中有中国式屋一所，外观之，若中国自建者，颇可以撑撑面子。

战时颇受惊，曾有炮落近处也。

自民国三年七月二十八日奥匈向塞尔比宣战后，八月一日德国即向俄宣战，八月二日即向法宣战，四日即犯比中立。经比国种种抵抗，至八月三十日，巴黎始落第一炮。由此攻击不绝，略志如下。

攻击巴黎，可别为飞机攻击、飞雷攻击与远击炮攻击三类。飞机分捣白及载不林二种。自民国三年八月至民国五年，捣白飞行巴黎十次、载不林二次。

一、捣白攻击

民国三年	弹　数	民国三至四年	弹　数
八月三十	五	十月八	二
八月三十一	二	十月十一	十
九月一	六	十月十二	九
九月二	二	五月十一	四
九月二十七	五	五月二十二	十三
共计十次	五八弹		

十次中死者十一人，伤者五十八人。其弹分四类：

子、球形弹。重四听半（合七斤余）。

丑、包藏小弹之梨形弹。重三听（合四斤十一两）。

寅、厚壳梨形弹。重十五至三十听（合二十四至四十八斤）。

卯、放火弹。重四听半（合七斤余）。

二、载不林攻击

民国四年至五年	弹　数
五月二十一日晨二时	七
一月二十九日夜十时	十七
共计二次	二十四

二次中死者二十六人，伤者三十余人。延烧数处，均即扑灭。地下车洞之顶，亦被击下凸。载不林之力，远过捣白。其所用之弹，有球形及放火弹二种。第一种重六十至一百三十听（合一百至二百十余斤），其燃发机关，极为复杂，惟鲜有不发者。第二种重八听至十听（合十三斤至十七斤），其燃发机关，较为简单。下堕时发一种光浪，望之心悸。

三、哥大之攻击

飞雷之攻巴黎也约二年。其第一次为民国七年一月三十夜，亦以此次为最甚，几乎全城均及，虽有未中者，然损失已巨。即近乡各处，亦饱受其累。哥大之弹，纯用鱼雷弹，其重量自十听至三百听（合十六斤至五百斤），分为二类。第一类为杀人雷，堕时喷发闪光一束，在三十至四十呎（九丈至十二丈二尺余）之圈线以内，均足伤人。第二类为毁物雷，重一百听至三百听（合一百六十七斤至五百斤），内藏炸药一百七十五听至五百听（合二百九十斤至八百三十余斤），其重三百听者，高二尺八吋，圆径三吋七吩（合八尺七寸五分及一尺七寸），其力之大，可想而知。

民国七年	弹　数	民国七年	弹　数
一月三十	二六九	五月三十	八
三月八日	一〇一	六月二日	六
三月十一	九五	六月六	四四
四月二	二一	六月十五	七
四月十二	七	六月二十六	六
五月二十一	二二	六月二十七	二〇
五月二十二	三三	九月十四	二五
共计十四次	六四四弹		

四、白打之攻击

远击炮之攻巴黎也，始于民国七年三月二十三日晨七时，自此每五分钟十分钟一次。第一日共得十八炮。后不时攻击，惟不若第一日之甚。三月二十九日，天主教中之圣星期五也，居民均赴教堂祈祷，不意祸从天降，一弹落于圣日佛教堂，穿其顶，毙于其下者百人。为白打攻击中最惨之剧。

民国七年	弹　数	民国七年	弹　数	民国七年	弹　数
三月二十三	二一	四月十五	五	六月三日	六
三月二十四	二二	四月十六	三	六月四日	四
三月二十五	六	四月十九	三	六月七日	四
三月二十九	四	四月二十一	二	六月八日	三
三月三十	二一	四月二十四	一	六月九日	四
三月三十一	三	四月二十五	十	六月十日	四
四月一	四	四月二十六	一	六月十一	一
四月二	四	四月三十	三	六月十五	一〇
四月三	一	五月一	一	七月十六	四
四月六	六	五月二十七	十四	八月五日	一七
四月七	一	五月二十八	十	八月六日	一九
四月十一	六	五月二十九	十	八月七日	一二
四月十二	七	五月三十	九	八月八日	五
四月十三	八	五月三十一	四	八月九日	一二
四月十四	四	六月一	四	共计四十四次	三〇三

远击炮毁物尚少，伤人甚多，前后共计死者二百五十六人，伤者六百二十人。炮之口径，为二吋一吩（合六寸五分）。

是真剧战。然尤可佩者，在法政府之兀立于弹雨之中，坚持到底，以至敌退。非懦夫之所能也。

三十一日偕北禾观伤兵院。院建路易十四朝，更改扩大，以有今日。其前为园，长五百呎，宽二百五十呎。其后为教堂，为博物院、医院、养老院、储食所等。而游者最注意之部，则为拿破仑墓。墓形圆，居堂之中，地下凹，周围以彩石为栏。中部为柩，亦彩石制。民元前七十二年五月，法国内务部提议，以百万佛郎之费迁回拿破仑之柩，国会全体通过之。至十二月十五日柩至，礼节之隆，无与伦比，不期而集者六十万人，其中伤感尤甚者为伤兵。因彼等不信拿破仑之死者尚多也。

二十一日偕北禾观鲁佛博物院。院旧为王宫，今成博物院。始建于民元前六百有八年。后各王相继扩充之，至拿破仑第三始告竣，并加以新鲁佛。全面积为二十万方呎。内分三部，一为财政部，二鲁佛博物院，三装饰博物院。平面为门字形，门字之上为鲁佛院，作方形，空其中，车马往来其下。左右如门字之两边。中为园。右亦为鲁佛院。左则财政部及装饰博物院也。院中陈列之品，为绘画，为雕刻，为珍宝，为器皿，或以人分，或以国别，美不胜书，决非走马一观，所能举述。须知此院不徒法国最著之博物院，恐亦举世无二之博物院也。

二十二日偕中达北禾至波罗峨林（Bois a Boulogne）。林广八万七千三百亩，经营自民元前六十年始。高者为丘，下者为湖，老者为树，艳者为花。巴黎城中，无贫富老少悉至，车者车，舟者舟，行者行。至后或坐或立，或饮于树荫，或枕肱于草地。林侧有亚克利马园，中有四时之植物，五洲之动物。除寻常代步品外，复有象可乘，殊足乐也。

晚中达兄邀至中国饭店晚餐。

二十三日偕叙畴兄往观售中国旧货店。此种店近在巴黎有三五处，均已发财。店主中法人皆有之。即寻常古董铺，皆有华货数件，尤以磁器为多，并知分别乾隆、道光或前明等窑。其物半由在华西人贩往。字画较少，亦有佳者。巴黎上中等人家，陈设华器者，亦日见其多。大都爱旧弃新，盖新者诚不如旧，仿西不像，反失固有之优点。故照现市论，似宜仿旧出口。且磁器不宜拘于陈设品，应在日用器具注意。陈设品可有可无，日用品乃必需者也。

按我国窑户，大都知识缺乏，昔时尚有少数能手，今渐凋零，故佳品日少。亟宜：

一、设立职业校。灌输普通知识。而几何学、图画学更要。

二、改良器具。俾所制泥胚不歪斜。

三、研究模型。俾可制同式之物。

四、研究火候。俾弃物可少。

神而明之，前途未可量也。若长此不加改良，以著名产磁之国，而洋磁器充塞于市，大利已去，仅赖区区旧货销售国外，真弩末矣。

二十四日偕北禾参观华侨协社。社在巴黎乡间，自购社所，向之华法教育会、今之留法俭学会，均在此。此时侨法学生约二千，工人数万，工而学学而工者均不乏人。惟工而学者必稍有普通知识，学而工者必具充分之腕力，否则均甚苦。在社与张君寄君，晤谈甚久。出至豆腐公司，公司成立十年，国内驴子所推之磨，此易已机轮，初见之颇觉别开生面。惟豆腐究不甚适西人之口，大都不得其吃法。公司中附制之饼干，销售颇广。近复制罐头菜点，华工购之者甚众。晚张君君劢邀往晚餐。

二十五日偕北禾观巴黎市街。大凡乡下人上城，无有不赴大街进城隍庙者。巴黎为世界之大城，其城隍庙其大街非仓促可尽到。其所以成此局面者，由来已久。五世纪时，巴黎始有居民，其名曰水中居，一小村耳。渐扩至六百余亩。历千余年之改革、十数王者之经营，而有今日。其扩大之次序，略志如下。

时期	面积
民元前一千四百二十六年	六百余亩
十二世纪	四千一百余亩
亨利第四朝（十五世纪）	七千九百余亩
路易十三朝（十六世纪）	一万八千余亩
路易十六朝（十七世纪）	五万五千余亩
拿破仑第三（十八世纪）	十二万七千余亩（即二百三十余方里）

普法战后，无过大之扩充。然筑街通巷，建塔造桥，亦正未已。兹择

其尤著之空场、大街、园林及各建筑物，列一中法文表。

古迹及建筑

1 凯旋门 Arc du Triomphe

2 古物院 Trocadéro

3 铁塔 Tour Eiffel

4 埃及古柱 Obélisque

5 马德雷教堂 Eglise de Madeleine

6 瓦白拉戏院 Théatre de l'Opéra

7 鲁佛宫 Palais du Louvre

8 下议院 Chambre des Députés

9 伤病院 Hôtel des Invalides

10 先贤院 Panthéon

11 圣心教堂 Eglise de Sacré-Coeur

12 上议院 Palais du Sénat

13 交易所 Bourse

14 我妇教堂 Cathédrale de Notre Dame

15 圣若克教堂 Tor St. Jacque

16 城政厅 Hôtel de Ville

17 天文台 Observatoire

18 王宫 Palais Royal

19 爱理塞宫 Palais de l'Elysée

20 植物园 Jardin des Plantes

21 艺术院 Conservatoire des Arts et Metiers

22 七月柱 Colonne du Juillet

23 审判厅 Palais de Justice

24 拉塞墓 Cimetière Père-Lachaise

25 孟拔拿墓 Cimetière Montparnasse

26 亚克利马园 Jardin d'Acclimatation

27 都雷里园 Jardin des Tuileries

28 卢森堡园 Jardin de Luxembourg

29 国家博物院 Musée Nationale

30 巴黎沟渠 Egouts de Paris

31 望登柱 Colonne de Vendômer

32 战胜喷水 Fontaine de la Victoire

空场及大街

一　星场 Place d'Etoile

二　共歌场 Place Concorde

三　马斯田 Champ de Mars

四　瓦白拉场 Place d'Opéra

五　鲁佛沿 Quia de Louvre

六　爱里塞街 Avenue des Champs Elysées

七　共和场 Place de la République

八　大郭街 Boulevard de Madeleine, des Italiens, des Capucines, Montmartre

九　瓦白拉街 Avenue de L'Opéra

十　波罗峨林 Bois de Boulogne

十一　太平街 Rue de la Paix

十二　里福里街 Rue de Rivoli

十三　古垒场 Place de Bastille

十四　小田街 Rue des petits Champs

十五　巴黎旧区 City

游巴黎者，至少须两星期。若仅环游一次。亦须四五时。兹拟一环游路程如下。

由瓦白拉场（四）起左右均为大郭街（八）。右行至马德雷教堂（5），式仿雅典之天父庙，始建于民元前一百十八年，工程时断时续，至民元前七十年，始行告竣。门前历阶二十八级。铜门石柱，守以石像。其中分部甚多。由此进而西行得凯旋门（1）。门在星场（一）之中。始建于拿破仑第一，历十余年而成，费九百万佛郎。其刻石东面为出征，西面为阻碍，南面为凯旋，北面为和平。常时可升。历阶二百七十三级。

由星场折而东行为爱理塞街（六）。老树成荫，游人如织。其右为爱理塞宫，旧皇宫而今总统府也。又东行至共歌场（二）。场长二百五十余呎，广一百七十余呎，合四十三万余方呎，即七十余亩。恐世界之空场，无出其右者矣。其中为埃及古柱（4），乃埃及某王所赠。柱作四方锥形，高七丈二尺，重二百五十吨，乃独块石质。上刊埃及文，盖有历史以前物。柱立于石墩之上，墩高一丈二尺余，下有石座，高三尺余。墩之一面刊有此柱载运及建树记，并附以图。此柱之外，有铜像八，代表八城，寓团结之意。周围各道分注。东行入里福里街（十二），折而北行入太平街（十一），得万登场。场有万登柱（31），柱高十三丈七尺余，对径一丈二尺余，其顶有拿破仑第一之像，御罗马皇服。柱始建于民元前一百有六年，熔敌炮一千二百尊成之，四年而工竣。民元前九十八年，联军入巴黎，自下锯之，柱折碎。后五十九年而复建。

由万登场北行向东折入小田街（十四），入瓦白拉街（九），巴黎最热闹街之一。径行至鲁佛宫（7），为世界有名之博物院。院之对面为王宫（18），其右有园（27），花木之外，多美术刻像。每逢夏日，有军乐之奏。

由里福里街西行，过鲁佛宫，至圣若克塔（14），古圣若克教堂之塔也。高四十八呎，其侧有战胜喷泉（32），志拿破仑战胜之功也。由此向塞纳河行，过桥入巴黎最老之区。迎面而立者为审判厅（23），亦旧皇宫。上有大钟，其左为我妇教堂（15），巴黎最大最古之教堂，毁后再建于民元前七百四十九年，七十三年而工始竣。现占地一万九千六百余方尺，顶高十一丈，历阶三百六十八级而及堂。内外建筑均极高古，其中最大之钟圆径八尺一寸余，重十六吨，其锤重四百八十八听（约八百十余斤），遇大礼时始击之。

我妇教堂之左为城政厅（16），向西行至古垒场（十三）。垒址犹存，中有七月柱（22），革命纪念也。柱高十四丈六尺余，重一百七十四吨，历二百三十八级而至其巅。柱上金字，英雄姓氏也。由此北行至共和场（七）。场中有共和像，高曰三丈，立于石墩之上。墩围三像，所以表自由、平等、友爱三义者。由共和场右行，入大郭街（八）。道中车毂击，人肩摩，商店如林，陆离光怪。道虽康庄，望之仍无异苏州之观前、北京之大栅栏也。渐入空场，即瓦白拉场，为环游之起点。

是日偕北禾仿佛环游一周，倦后欲觅糖点店，久之不得。既知今日为星期三，禁售糖点，所以救糖荒也。

二十六日晨谒岳君鞠如，嘱介绍参观巴黎各学校。

欲研究一国之教育，必自其教育史始。法国教育之可溯者，始于十三世纪。当时即有十七大学，纯取法于巴黎大学。至十六世纪，推广至收取贵族及上等绅士子弟。此等子弟半先由教会培植，注意科目，始为人类学、修辞学，继乃有历史学、科学。后于某教设立之小学校中，始见新教授法。至一六七九年耶稣教官某始创初等小学，教法渐类学校制。法国之有完全学校制，在革命以后。耶历一七九十年宪法，规定公共教育制，凡在属地国民，均得就学。而于某某必要部分，免收学费。始有初等学校、中等学校，一七九四年，乃定高等教育制，而有多科专门学校、师范学校、工艺学校、武备学校之设。至教育集权中央，乃拿破仑所为。一八一一年，颁设立大学令，全国教育，几直接受皇帝之管辖。中等教育，大见发达。各大学院增设文科、理科、法科、医科及神学科。此时小学校纯在教会之手，国家鼓励及补助之。至一八三三年始规定每县区设一小学校，或二三区设一小校。每省区或居民六千人以上之区，设一高等小学校。至一八五〇年颁大学校直隶国家之令，及中小校教育自由之令。一八六七年四月十日，令各县制教育预算，定设立学校之费，并规定居民五百人以上之处，必设女子学校，同时设立学校图书馆、学校储金。而第一女子中学，始现于法国。并创立各高等学校。三次革命以后，教育更行发达。一八八一年定初等教育为免费教育，又五年定为强迫教育。筹定的款为教员充分俸金之用，并各教员得入师范校，研究教授法。自后随时更变。中等学校，渐有应时改章之令（一九〇二年），大学有自由教授之令（一八九六年）。

故法国教育乃有统一之教育。虽时有变更，总不脱旧制，而注重理算，已成风气，实前人提倡之力。今诟病者甚多，有谓其教育为不若英德者，有主张其拉丁希腊文之教授，不宜再有者，大有类乎我国新旧文之争。然两方立论均不免过偏。余谓人不一类，故教育亦不可执一。第一步在使人有吃饭本领，第二步在使人有容易吃饭本领，第三步使人能研究高深学术。吃饭之法，依时而变，故教育亦宜因时而变。法国教育经四十年之经营更改，乃成今日之制，其最近统计为：

校　别	校　数	教　员	学　生
幼稚园	三九七六	八七三八	六〇八三一五
小学	八三〇九五	一九九九三二	五六六九二五一
中学	三四三		一〇〇二〇三
私立中学	一三八		三三二八二
大学	一六	本国　男 三一七九一	女 二三二八
又		外国　四四三一	一七〇一

法国教育为三级制，即：

（一）初等教育。凡法国人皆当领受，于小学校或中学校之初年级行之。

（二）中等教育。中人子弟或穷人子弟之得有公家津贴者受之。除公立中校外，私立校甚多。

（三）高等教育。设于大学各科，及各私立校，欲得高等及专门知识者入之。

五十年前国家教育费为三亿二千万佛郎，今增三十五亿佛郎。国立各校，初等教育，概行免费。为父母者，必令其子修业终了于小学校。自六岁至十三岁，或入国立校，或入私立校，或自行教授，或延师教授。因此不识字者得逐渐减少。计：

年份	百分数	
	男	女
六十六年前	二一．六	四七．四
五十年前	二五．〇	三七．四
七年前	四．〇	

对于中等教育，近来甚注意于女子。而高等教育，犹有可言者。六七十年前，教育总长不允外人参观医科，以其设备之残缺，实足为法人耻。后耗八千四百万佛郎，为建新校，置器械之用，乃有今日。然今日所用，恐不逮前数之半，尚未足言完善也。

初等教育

每一小校，有学务公所维持之。不徒输学生以知识，且授以处世之道，有时给以皮鞋、冬衣及午餐。不仅恤贫，且使注意衣食之清洁。

高等小校未普及之处，有川资若干额，俾无力远行者，得至他处求学。

高等小学毕业之后，对于志愿入商界者，有旅居外国费若干额，以便其学习外国语言。对于有志投身工界者，有国外参观费若干额，以增长其见识。此等费现且推广至于女学生。

初等教育细分之为：

一、保姆学校、幼稚班

二、初等小学校

三、高等小学校及各初等小学校之补习科

四、职业学校及工商业实用学校

保姆学校，实非学校，乃家庭与学校中间之一种设备。幼童自二岁至六岁入之。教员均女师范校毕业生，附以一服务之妇。其中分为二级。第一级（五岁至六岁）课为：

一、玩物、唱歌、运动

二、手工（各沙工、纸工、针公等）

三、伦理要纲

四、最要知识

五、语言、说古事、计算

六、最浅图画、读诵、写算

第二级为二岁至五岁之儿童，无定课之可言，在周领者量情启发之而已。

保姆学校，半在工业发达之处，以便其母因谋生出外、不能顾其子女者，可送入之。幼稚班介乎保姆学校与初等小学之间，幼童之四岁至七岁者入之，大都附设于保姆学校或初等小学之中，其课与保姆学校之第一级及初等小学之初级略同。主持者为女师范毕业生。

小学校为六岁至十三岁之幼童而设。苟附近有保姆学校，小学校止收七岁以上之幼童。否则所收幼童，应自五岁起。

小学校教员，可男可女。小学校有男校女校及男女合校。

校课分为：

一、幼稚级。自五岁起至六岁止。可一年或二年，视所收幼童为五岁或六岁而定。

二、初等级。自七岁至九岁。课分两年。

三、中等级。自九岁至十一岁。课分两年。

四、高等级。自十一岁至十三岁。课分两年。

幼童入校，视其程度，分入各级。并视人数定班数。

每周授课三十小时，每年放假六星期。如设补习班或假期课者，可延至八星期。

所授之课，为：

伦理及公民教育　读写　法文　公尺公斤算法　法国历史及地理　实物教授及科学浅识　浅易图画唱歌手工　体操及兵操

幼稚级	初等级	中等级	高等级
伦理　谈话、短诗、小史	以家庭为围范、心记、读本、在教室实行之	整理（读本附解释实习）	家庭、社会、公正、友爱、慈善、祖国、伦理常识
公民教育		法国组织法　公民邑省国	法国政治组织及诉讼组织
读　第一读本	寻常文及释字义	寻常文及解释	显明读本
写　第一步	粗体、细体、中等体	常用字体	常用体、圆体
法文　正体、拼音、记忆、读本	名字、静字、代名字、动字、多数、阴类、文法分析、默写	浅文法、文法分析、口讲、笔写	文法、成句法、口讲、笔写、各实习
算术　两位数之四法	四法诸等数	分数比例、利息、米大制、常用题	元数大公生小公倍利息配分比例米大制
几何	平面各形、立体观念、眼力比较	黑板空手画、各平面、立方、棱、锥柱、球等观念	平面体积量法（男生加实习及水平线释义）
簿记			浅义
史　小史	名人大事、各种谈话至百年战	法国自十六世纪至今日（注意大事）	温前级、现今史、世界史大略
地理　谈说、边界	四方、四季、天文地理、本地地理、地球分配、地图浅义	法国及其属地、人文地理、政治地理、画地图	温前级并详之、各国地理大略
物理　博物		博物浅义、各体之三质（气流固）	天然物浅义、物理化学浅义
农学	校园实习	地土分类、肥料、器具	农事常识、农业簿记、养畜及种树法
实物　能依四季尤佳	人动、植物、矿物、收集标本（于出游时为之）		
图画　空手、铅笔、装饰画及拼凑	彩色铅笔、简单物件、实物、课中各物默画	同上级材料为装饰画、几何画及记数法	模型画、（动植物）装饰画、模型制造、几何画
唱　小段安适歌	歌拍	共唱谱	续上级
手工　裁、剪、摺、编、（女）针	（男）割、模型、匠（女）缝、补、针、挑	（男）硬纸制造、铁丝及木模型、用器（女）缝绣、制小儿衣、挑、钩	（男）依所画图制物、木工、铁工（女）缝、挑、钩、用机器
体操　玩圆圈、合拍运动	成队跑、跳手绳	十岁以上者授十呎内之视准线	走跑呼吸（男生加木棍、拳术、放枪）

高等小学校年数，至少二年。其有三年者，谓多习学校。其止有一年者，谓初等小校之补习科。凡入高等小校者，必具有初等小校文凭。多习学校，加数种特别课，为诸生投身工商业之用。每生入校以后，有分数册一本，按期分数，均载入之。

男校课表：

	时间 课目	第一年（各级同）	普通班		农学班		工学班		商学班	
			二年	三年	二年	三年	二年	三年	二年	三年
公共课	伦理	1	1	1	1	1	1	1	1	1
	公民教育		*	*	*	*	*	*	*	*
	法文	5	5	5	4	4	3	3	4	4
	外国文（生文）	3	4	4					4	4
	本国及世界史	1	1	1	1	1	1	1	1	1
	本国地理及世界地理大略	1	1	1	1	1	1	1	1	1
	数学捷算法代数几何	4	4	4	4	4	3	3	3	3
	博物物理化学及卫生常识▲	3	3	3	3	3	3	3	3	3
	图画及模型	3								
	写字及体操	1**	1**	1**	1**	**		▲▲	1▲▲	1▲▲
	唱歌	2	2	2	2	2	2	2	2	2
	共计	二十四	二十二	二十二	十六	十六	十四	十四	二十	二十
	*公民教育合普通法及政治经济于特别课教之　**尚有二时之体操及兵操于休息时授之　▲卫生课仅授于第三年计十二课　▲▲尚有一时之体操及兵操于暇时授之									
特别课	商业地理								1	1
	民法及政治经济		1	1	1	1	1	1	1	1
	工艺常识				1	1	1	1	2	2
	农学原理				1	1				
	农用化学工用化学				2	2				
	力学				*	*	1	2		

（续表）

	时间 课目	第一年（各级同）	普通班		农学班		工学班		商学班	
			二年	三年	二年	三年	二年	三年	二年	三年
特别课	** 工用电学						1	2		
	簿记				1				3	3
	几何画美术画模型画		3	3	1	1	5	5	1	1
	速写及打字								3	3
	工厂实验室农及园实习	4	4	4	9	9	12	12	1	1
	共计	四	八	八	十六	十五	二十一	二十三	十二	十二
	* 公共课中有一时之力学在四时之数学等课中　** 此课有不授者									
共计		二十八	三十	三十	三十二	三十一	三十五	三十七	三十二	三十二

女校课表

	时间 课目	第一年（各级同）	普通班		商业班		家政班	
			二年	三年	二年	三年	二年	三年
公共课	伦理	1	1	1	1	1	1	1
	法文	5	5	5	4	4	3	3
	外国文（生文）	3	4	4	4	4		
	史	1	1	1	1	1	1	1
	地理	1	1	1	1	1	1	1
	数学捷算法几何	3	3	3	3	3	2	2
	物理博物化学实用卫生常识	3	2	2	2	2	2	2
	图画	3						
	写字体操	1	1	1	1	1	1	1
	唱歌	2	2	2	2	2	2	2
共计		二十三	二十	二十	十九	十九	十三	十三

（续表）

	课目＼时间	第一年（各级同）	普通班		商业班		家政班	
			二年	三年	二年	三年	二年	三年
特别课	簿记				2	2		
	公民教育		1	1	1	1	1	1
	商业地理				1	1		
	专门名辞学				2	2		
	日用经济		1	1			1	1
	图画		3	3	1	1	3	3
	速写打字并实习				4	4		
	衬衣裤	2	3	3			3	3
	衣服	2					3	3
	女帽	2					2	2
	厨房居屋收拾园田等		3	3			6	6
	共计	六	十一	十一	十一	十一	十九	十九
共计		二十九	三十一	三十一	三十	三十	三十二	三十二

补习科专为温习及补足高等小学功课之用。二年以后，学生得择习其愿习之课。假期八月一日起，至九月三十日止。

高小校毕业后，可请领官费求学。应受口试笔试，每年十月一日举行之。

最近统计：

年　份	报名者	得费者
一九一〇（男）	三〇六五	一二七〇
（女）	三八三七	一一九〇
一九一一（男）	三二三六	一二四四
（女）	二九三〇	一二二九
一九一二（男）	三〇四六	一二三二
（女）	三一一〇	一三一二

高等小学毕业学生，已足自立于社会。按一九一〇年男生之毕业者一万一千八百七十九人，女生六千七百六十六人，离校所往之处，为：

	男	女
就学他校	二〇一一	一八〇一
小学教员职	二二五	六四一
入专科学校习一种专业	一〇七二	一六九
入海陆军	一五六	
作政府省治或县治及电报邮政机关职员	七〇七	三六九
作铁路职员	一九七	三六
作商店职员	二四六三	四六一
作农人或工人	一二七九	
入银行或财政机关	四九七	三九
遣赴外国习语言或商业	一一九	七〇
在家执旧业农工商	二〇九九	七二四
回家执业未定	九七五	五五四
航海商业	二七	
家政		一三三七
死	五一	五九
共计	一一八七九	六七六五

一八八〇年有设手艺传习校之令。此种校为幼童之愿习一种手艺者而设，其程度略近高等小学校。其课目参合高等小学校及职业校成之。此种校于工人大有裨益，政府提倡甚力。近商部且有令高小校兼办。

此项学校可分为：

一、国立职业学校。

二、实用工商业学校。

三、专业学校之不在前二类者。

国立职业学校为培植工人，使足以胜工头之任。或为艺术学校及他专科学校之预备。修业四年。惟升校之学生，修业仅三年。

课目分讲义及实习。其讲义为：

伦理及公民教育　写　法文　史　地理　卫生常识　数学　代数　几何　三角　簿记　物理及工业物理　化学及工业化学　力学　工艺常识　装饰画及工业几何画　外国文（随意）

其实习为：

铁工　木工　织工　模型（随所在之地而定）

实用工商业学校略似织业校，惟尤注意于工商业之手艺，视地方而定其专业（现有木匠、电匠、织工、印刷匠、军械匠、刀匠、刷帚匠、钟匠、旅馆业、瓦匠、石匠、居屋及装饰画工、马掌铁匠、棉花业、呢业等班分布各处）。课目各有异同。其通用之式，为：

男校

课目＼时间	商业校			工业校			
	一年	二年	三年	一年	二年	三年	
						第一期	末三月
伦理	0.5	0.5	0.5	0.5	0.5	0.5	
史	1	1	1				
历史及地理				2	1		
卫生			1				1
图画	2	2	2				
图画及摄影画大略				6	7	7	7
法文	6	3	2	3	2	1	
物理化学	3	1.5		3	1.5		
力学						2	
数学及代数演草	3	3		3	2		
几何				3	2		
商律		1	1				
商业经济			1				

（续表）

课目 \ 时间	商业校			工业校			
	一年	二年	三年	一年	二年	三年	
						第一期	末三月
工业经济及工人法律						1	
地理	1	1	3				
工业电学						1	
商业簿记	6	3	3				
工业簿记				1			
商品	1. 5	3	3				
实习				20	23. 5	28. 5	}38
艺术常识				1. 5	1. 5	1. 5	
书法速记打字	3	2	2				
英或德文	6	6	6				
他国文	3	3	3				
各种职业			5. 5			2	3
受监督之自修	9	9	9	6	6	6	2
共计	45	45	45	48	48	51	51

女校

	课目 \ 时间	商学班			工学班		
		一年	二年	三年	一年	二年	三年
（一）专课	商业簿记	4. 5	4. 5	4. 5			
	外国语	4. 5	4. 5	4. 5			
	数学代数	3	3	3			
	地理	1. 5	3	3			
	写字	3	1. 5	1. 5			
	商业化学		1. 5	1. 5			
	法律			3			
	商业经济			1. 5			

（续表）

	时间 课目	商学班			工学班		
		一年	二年	三年	一年	二年	三年
（一）专课	工场				24	27	30
	图画				6	3	3
	共计	16. 5	18	22. 5	30	30	33
（二）公共课	伦理		1. 5	1. 5		1	1
	法文	4. 5	3	3	3	3	1. 5
	图画	1. 5	1. 5	1. 5			
	史	1. 5	1. 5	1. 5	1. 5	1. 5	
	地理					1. 5	1
	博物及卫生		1. 5				
	几何		1. 5	1. 5		1. 5	1. 5
	物理	1. 5			1. 5	1. 5	
	化学						1. 5
	日用经济			1. 5			
	数学				1. 5	1. 5	
	簿记						1. 5
	裁缝	3	3	3	3	1. 5	1. 5
	写字				1		
	共计	12	13. 5	13. 5	13	14. 5	11. 5
（三）	自修	4. 5	4. 5	3			
共计		33	36	39			

成丁校（亚杜得校）于晚间授课，所以输授普通知识于失学之国民。来学者长幼俱有，大都目不识丁。此种教育对于失学国民，非常有益。近复加以公共演讲。

中等教育

旧时法国中等教育，专预备学生毕业后升入文哲二科，均注重拉丁希腊。自民元前六十二年，始改为自第四年起，有科学班及文学班之分。后改为第三年起，科学班较少一年，所预备者为算学，毕业后升入科学班之学士级。民元前四十七年，复创特别班，预备农工商各科学生。修业四年，另加预科一年，渐增至五年，继又除去预科之名，而改修业期为六年。至民元前十一年，科学班及特别班，合为时班。旧有之希腊拉丁，易为两生文。惟学生入时班者甚少，其心目中以为此班较低于旧班，即所学生文，亦仅能读而不能讲。不一年而有中等教育新制，分为二回，每回复分为各班。全文成一厚册，计二百三十页。各篇可以抽讲。其总篇为：

一、幼稚班、预备班、初等班（自第十一级至第七级）

二、第一回（自甲乙班第六级至第三级）

三、文科第二回（自甲乙班第二级至甲乙班哲学级）

四、科学班第二回（自丙丁班第二级至甲乙班算学级）

中等教育施行之处，首为里塞，余校与里塞规则略同，或仅授其一部分。

里塞有外学生、内学生、半内学生。外学生仅到校就学，内学生学习膳宿并洗衣等，均于校为之。半内学生，为学膳而不宿者。此外尚有自备食品，校中为之煮炙者。

最初级　最初级所收学生自六岁起（视学童之体质之智慧而定，可稍事出入）。

中分幼稚级及初等级、二级。一女教习任其教授与抚育。

初等级　初等分为第九级、第八级、第七级。由第七级毕业者，得入中学之第一回第六级甲班或乙班。

中等教育本级　入此级后，宜别为：

一、无拉丁希腊文之班。入学后直至卒业。

二、有拉丁希腊文之班。至第五级以上，应决定学希腊文与否。

三、至第三级以上。已学希腊文者，仍可决定其所愿，或由此改入第二级之乙班、丙班、丁班。其未学希腊文者，可决定其入第二级之丙班或丁班。

四、由第一级之甲或乙班，直入哲学级之甲或乙班。由第一级之丙或丁班，直入算学级之甲或乙班。

五、但甲乙丙丁四班学生，均可补受未学各科之试验，以改其学科。

第一级各班之升级共有十六道。兹图示之。

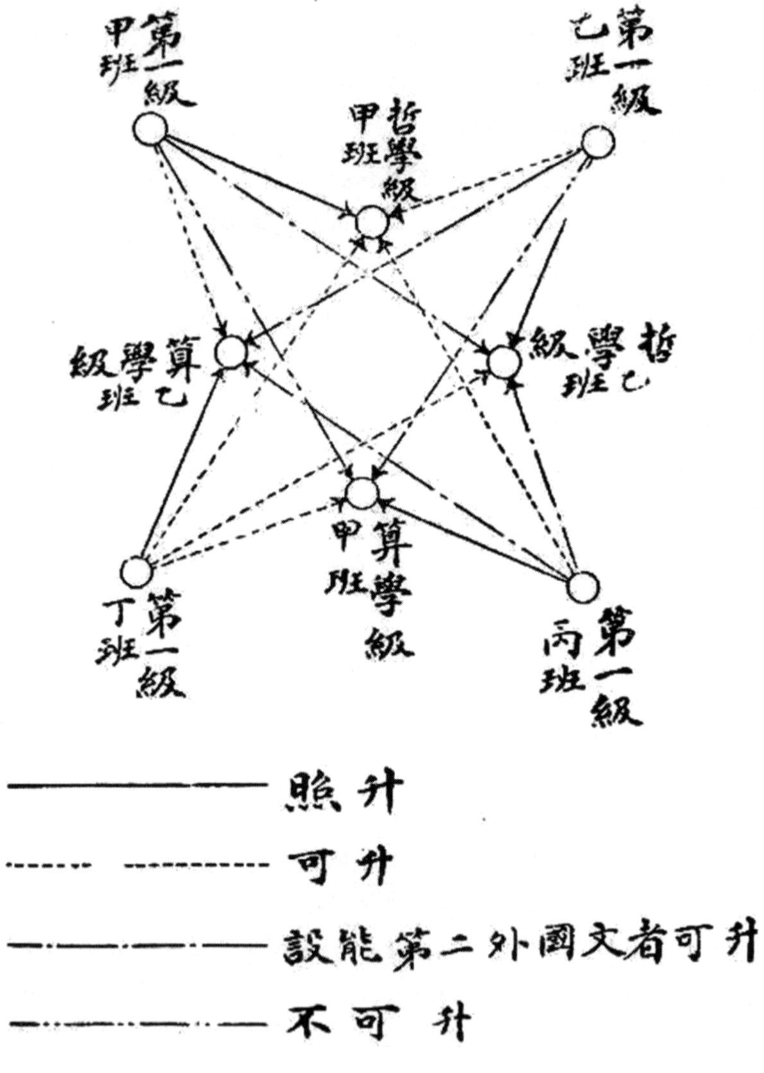

兹再将中等教育汇列如下表：

第一回		第二回	
甲类　拉丁班	第三、四、五、六级 希腊随意	甲班　拉丁希腊文班 乙班　拉丁外国文班 丙班　拉丁科学班 第一、二级	甲班　拉丁希腊（外国文随意） 乙班　拉丁随意 甲乙班均为哲学级
乙类　无拉丁希腊	第三、四、五、六级	丁班　科学外国文班 第一、二级	算学级甲乙班

凡仅能受四年之中等教育者，应入乙类，所学较切应用。其愿任农工商各界及政治机关寻常职务，亦以乙类为宜。

甲类学生可任教员，就政治机关较优职务，或研究文学掌故等。至科学之教员，甲类之丙班为宜。惟乙类之丁班，亦能胜任。近因常有工商业之诉讼，故律师事务所，常用甲类丙班学生。

甲类乙班足胜外交官员之任。惟甲类甲班于毕业后加习一种外国语，亦可膺此任，而知识且更广。

甲类丙班，宜升入武备校。惟乙类丁班亦可由此道（入巴黎中央学校者亦宜由甲类丙班及乙类丁班升学）。

入医科者，可由甲类丙班第一级、第二级，或哲学级甲班，或甲类甲班，或修了甲类乙班。

此种甲乙丙丁四班，并非全数里塞，均有此完全设备。

高班第一级之设备，于数校见之，为师范学校之预备，或文科学士之预备。

科学特别演讲，于无算学级之校行之，为转入他校之需算学者之预备。

对于算学不敷应用之班，亦有算学之特别预备。

特别算学班曾于数校见之，收已受中等教育学生，为预备各高等校之入学考试。

中等教育，既非强迫，亦非免费。惟有公费，可于受试验后得之。

另有一种中校，名为白利答内，专为海陆军军官之子弟而设。

除里塞之外，有自由中校甚多。组织与里塞略同。多有仅授前数年课者。

第一回修业终了，得领中等教育初级证书。

二回完全修了者，得应拔塞里之试。拔塞里旧译作秀才，固毫无解释。今秀才已无，新名未现，不知译为何名方合。简言之，大学入门第一步耳。

拔塞里考，分为二部。第一部分四种，如里塞之甲乙丙丁四班（拉丁希腊、拉丁生文、拉丁科学、科学生文四班）。其第二部照里塞之哲学级、算学级而分二班。每学年开始及终了时，在各大学受考，临时组织主试各员。所考各课。为：

第一部

笔试　法文（四班）　拉丁（三班）　希腊（甲班）　外国文（乙班及丁班）　算学或物理（丙班）

口试　甲班　希腊拉丁法文外国文　历史　地理　算学

乙班　所试与甲班同，惟无希腊而多一外国文

丙班　拉丁　法文生文　历史　地理算学　物理　化学

丁班　所试与丙班同，惟易拉丁文以第二外国文

第二部

哲学级之笔试为　哲学论说与科学（物理及博物）叙述　其口试为哲学　哲学名人史　现今史　地理　物理及天文地理　博物及卫生

算学级之笔试为　算学　物理　哲学　口试为算学　物理及化学　博物及卫生　哲学　现今史　地理

文凭于考后三月可领。

女子中等教育，于下列各处施行之：

一、里塞及科来区与中等课。

二、荣誉教育处。

三、自由教育处及自由课。

一里塞及科来区。

分期	第一期			第二期			
学年	一	二	三	四		五	
岁数 课目	十二至十三	十三至十四	十四至十五	十五至十六		十六至十七	
				必需	随意	必需	随意
法文	5	5	3.5	3		2	
生语	3	3	3	3	2	3	2
历史	2	2	2	2		2	
地理	1	1	1	1		1	
算学	2	2	2	2.5 或 0.5		2.5 或 0.5	
博物	1	1					
裁缝	2	2	2		2		2
图画	2	2	2		2		2
音乐	1	1	1		1		1
体操	1.5	1.5	1.5		1.5		1.5
伦理			1	1			
物理及化学			2	1.5		2	
日用经济及卫生			一时之讲演十二次				
古文				1			
解剖学动植物生理学及卫生				1		1	
关于伦理及教育之心理学						2	
外国文						1	
法律常识						1.5	
共计	20.5	20.5	21	16.5 或 14	8.5	18.5 或 16	8.5

有延长至六学年者，为塞佛而之师范校之预备。校中时间之分配，约为：

八时至九时	九时至九时一刻	九时一刻至十时一刻	十时一刻至十时半	十时半至十二时	十二时至一时半
课	休息	课	息	自修及针黹	餐
一时半至二时	二时至三时	三时至三时半	三时半至四时一刻	四时半至五时	五时至六时
自修	课	自修	课	吃点心	自修

毕业后受考试，由教育部给与中等教育修了证书。

二荣誉教育处。全法有三，授女子以自立之技能，并坚固其爱国心。入校年龄，自十岁起。修业七年。贫者免费。

三自由教育处甚多。规则各异，不胜枚举。自由课因里塞之加增，已渐减少。

高等教育

高等教育施行之处，为一大学，二多习校或预备校，三科学大设备，四高等专门学校。

法国现有十五大学。大学分各科及各高等学校如下:

法科　医科　医药合科　科学科　文科　高等药校

预备校及多习校者，为各城所设，授医科及药科，不属于大学。其学生与大学各科学生同等，惟亦有相异者。

科学大设备者，为:

法国学校 Collége de France

博物史院 Muséum d'histoire naturelle

天文院（天文台）Etablissements astronomiques（observatoires）

测象院 Etablissements Météorologiques

艺术院 Conservatoire national des arts et métiers

拔斯多校 Institut Pasteur

高等专门校，为:

高等师范学校 Ecole normale supérieure

实用高等学校 Ecole pratique des hautes études

东方生语学校 Ecole des langues orientales vivantes

掌故学校 Ecole des chartes

雅典法国学校 Ecole francaise d'Athénes

罗马法国学校 Ecole francaise

人类史学校 Ecole d'anthropologie

自由政治学校 Ecole libre des sciences politiques

社会学校 Collége des sciences sociales

高等社会学校 Ecole des hautes études spciales

前六者为国立，余者自由建设。因照民元前三十七年七月之法令，高等教育，亦完全自由也。

以上四类之设备，半沿旧制。此外另有一种专科学校，其毕业人才适合社会之需用者，如下表所示。

校　名	数	年　龄	所属国务部
农校、林校、兽医校等	八	十二至二十五	农
商校、艺术校、巴黎中央学校	四	十五至十八	商务实业
陆军校、军医校、巴黎多科专门校	三	十八至二十六	陆军
海警校、舰用机器校、海军医校、海军校	四	十六至二十六	海军
属地校	一	十七至二十八	殖民
美术校、掌故校、东方生语校、男女师范校	八	十五至二十四	教育
矿校、桥梁校、建筑校、里昂中央校、北部实业校、工业物理化学校	八	十八至二十六	工务

此外省立城立各种学校甚多。规则互有同异，无从举例。欲为某种学校之选择，或某校内容之考查者，可向各书馆购取各校章程，分购全购均可。或购一少年年鉴，所得亦甚广也。

二十七日叶兄汉丞自德来，夜，胡君征若邀至瓦白拉戏园观剧。剧情之高尚、布景之肖妙，实无他处可与伦比。其布景不徒园场宫室，并可以作雷电云雨，可称巧夺天工。瓦白拉戏园，即国家音乐院，开幕于民元前三十七年。其建筑本著盛名，费工十五年、佛郎六千五百万而成，共占面积一万一千二百四十方公尺。除剧场外余室甚多。剧场可容二千二百人，长五十四公尺，宽十三公尺，高十八公尺。来者男客大都礼服，女客去帽露肩。每年政府津贴甚巨。

二十八日偕北禾借中国饭店宴客。

二十九日偕北禾至繁例戏园观剧。此园亦一老戏园（始于民元前一百零五年），无唱戏，而专演白口戏者。

三十日廖兄叙畴邀晚餐。

三月一日，本约今日赴里昂，因铁路罢工中止。

有看似极平常之事，而甚紧要者，各译音是也。中国之单音语，与世界各国语，可谓毫无关系。故译事止可达意，不能译文。惟遇特名字，如人名如地名，则万分困难：（一）不能准也。西文音既有为我之所无，欲求吻合，自系难事。（二）不能统一也。西文之来处既异，译者所解之外国文复不同，最通最佳之法，为译其原文，即英人英地译英音，法人法地译法音也。此既做不到，译者照其所知之文译之，如英人英地之以法音译者有之矣，德文德地之以英音译者有之矣。然此尤非其最大病，最大病则我自己之音不统一也。同一名也，粤人译之则如此，闽人译之则如彼，致一西文可得十中文译名，而十名中或无一相合者。如里昂二字，不知何人所译、所译何文、用何华音译成。一言蔽之，无论如何，不应得此音也。窃意我国于此问题，亟宜解决。

偕北禾及张君君劢谒法人某。谈法国教育之施行方针。

凡欲听他人意见者，必先自预备，乃能领悟及辨别之。欲知一事之组织，必先自研究始，继乃取其不足，质其所疑于人。若仅听一方之议，一人之叙述，不徒不备，且每足误事。此次所晤之某君，不免守旧。其意谓：“法国教育施行方针甚善。希腊拉丁文，非读不可。”所言不可尽取，且不足代表法之教育家。

晚偕北禾汉丞至蜡人馆。

记得薛福丞四国日记提及蜡人馆，于是到巴黎者，莫不至蜡人馆。其实此处并无蜡人馆，所有者为克洛文博物馆，乃一种游戏馆。惟其中所饰人物，惟妙惟肖，置真者于侧，往往不能分别。曾有某中国学生入馆休息，一般女客见之，疑为蜡制，争告同人，馆中新增一华人。此学生屏气不动。某女客戏曰："此我夫也，胡在此?"此学生乃应之曰："愿与吾妇偕归。"全场大哗。

今所增者为德人焚某城景，为威廉第二、威尔逊、福煦等像。其状威廉也，形容枯槁，身处囚笼。一世之雄，而今安在? 所可佩服者，在其工之巧，使向之仅见英雄盖世之威廉者，今一见此像，能不万分感慨乎。

三月二日偕北禾观国立美术校。

此校建于革命期内，合一六四八年所建之绘画及雕刻学校及一六七一年所建之建筑学校而成者。所授之科，为:

绘画　雕刻　建筑　金石　木刻画　石印等

内分（一）关于美术各课。（二）本科。学生经考取之后，得受各实习及他有奖考试。内分三科，即绘画雕刻及建筑也。（三）工场。计绘画雕刻工场各四，建筑工场三，刻画一，石印一。

其所授课为:（一）历史学，（二）生理学，（三）透视学，（四）材料力学，（五）投影画，（六）物理及化学，（七）颜色化学，（八）平面图，（九）建筑，（十）居屋法律，（十一）建筑原理，（十二）文学，（十三）古物史，（十四）美术及美观史，（十五）建筑史及法国建筑史，（十六）装饰画，（十七）装饰集合法，（十八）雕刻实习。凡本校学生、本校各工场学生及各校廊学生（本校各走廊均陈列名刻名画，常有学生分驻临摹）之持有入校证者，均得受以上各课。

入校学生须年在十五以上、三十以下，每年招考二次，主试者为绘画家或雕刻家。

工场有正工场，及随意工场之分。正工场须依入校成绩指派，随意工场，各学生均得入之。对于受课考试，及有奖考试，两工场各生，均无差别。

校中富于收藏，各名刻名画木石模型等甚多。其美术图画馆，藏书二万五千卷，雕刻片、照片百万件。博物馆每星期公开。

于此校可见其组织之意，在养成一种高等美术家，非仅预备一种工人，或工头也。

继至实用建筑校。

校专授建筑，所以预备投身建筑业者之必需知识，或愿投考国立美术校之建筑科者。中有中国学生王君，在校成绩甚佳，现服务于法国建筑界。校长言不知余等之来，否则当招王君到校接待也。

修业期仅二年，可得建筑上必需之原理及美术知识。不能来校者得函授。函授章程：第一年为建筑、影景、剖石各图。第二年为建筑学、建筑规则及法律。第三年作一全部设计。

校内课与函授略同。大别之为：（一）建筑画，（二）模型画，（三）几何代数投影画、口试，（四）算学实习，（五）工场。

三月三日偕北禾观建筑专门校。

校为私立，而经国家认为有益社会者，入校无年岁之限，受试及格者，均可入校。修业期为三年。入校试为口试。所试各课为数学、代数、几何、投影画、世界史及地理，并交投影画图若干纸。其得拔塞里文凭者，可免入学试。

修业期为三年。所授之课，为投影画、远景画、剖石学、地质学、建筑学、普通算学、测绘学、美术史、材料力学、建筑用物理学、建筑用簿记、建筑用机器、实用电学、解剖学及生理学、居屋卫生、建筑法律、经济（政治工业社会）学、中古美术、现今美术、建筑原理等。

校中设备分教室、工场、图画室三部。

晚偕汉丞北禾至天堂地狱，乌有饮馆，玻璃房子。天堂地狱者，一种饮馆，惟其中布景意拟天堂地狱，其侍者饰天使地鬼耳。入门之后，共桌而饮，向外各有小台。开幕后，有女优饰剧数出，或裸体（留卫生衣裤），或披锦纱。所演或表教经各格言，或示列国旗徽，或作凭空之舞，或状火烧之惨。来者络续而至，结队而去，习以为常。

乌有饮馆者，亦一饮处，其中多饰尸骨，饮桌均作棺式，故有人谓棺材盖上之饮。以乌有二字，则译馆名之意也。馆中侍者均素衣，呼来客曰某鬼、某病夫，呼所饮者曰痨血、曰病水，一言一语非病即死。继而四壁彩画，均变成枯骨，颇寓玄意。其后室有小台，赖幻灯之设备，能将任何坐客，延入棺中，变其形容，由青白至死灰，终乃成骨架。

玻璃房子者，妓馆也。欧洲妓馆，与中国妓馆，绝对不相同。中国妓馆卖色或卖体，欧妓则止卖体。其作此生涯，直无异于剃头修脚，来一个招呼一个。所较善者，受公家医生之检查，或可免染毒之患。来客若非实行家，惟有开慧眼以旁观耳。玻璃房子者，大约因此种去处，大都有一室，上下四围，均饰明镜，故名。可观各事，为：（一）玻璃室全馆妓女裸体跳舞（仅一纱蔽下体）。（二）幻灯春片。（三）两女相戏。而常有之要求，则为吃香并酒耳。

淫业除此而外，尚有：（一）男女相交。（二）两男相交。（三）犬与女交。惟犬与女交，闻近时已无，因教熟之犬已死也。

此业组织与他业略似。每馆有主，招致各女，而分其所入之资。或包养数女，而馆主独得所入。战后因生计大难，妓女亦罢工，今嫖价大涨矣。

业此者毫无掩饰，其接客亦视若无睹。然妓馆不悬牌，不登报。其登广告者，有一种擦浴处，即擦身之浴所，惟擦者为女。入门先选所爱，相偕入一浴室以行所愿，乃淫业之别开生面者。

嫖之最可患者，在因嫖得病。此种妓虽皆受医检查，惟检查后是否可靠，仍一疑问。故有种种预防方法，兹录其一，乃见乎《巴黎时报》。据云行事之前，满涂此膏，可以无虞。大战时英美兵至巴黎，因嫖受毒者甚多，此方所以救济此辈者。

此种妓馆，无爱情之可言，无久恋之可虑，故亦无沉溺其间者，较不住馆之妓，为害或较少。然其最易缠绵者，则似妓非妓之女，及纯讲爱情之女。今日散步，明日看戏，甲事相托，乙事必需，其累真无穷也。

三月四日偕中达汉丞北禾游凡塞尔。

凡塞尔之名之印入华人脑筋也，由于数次和约之签字，其地乃法国历史上一大要点。凡塞尔宫，始建于路易十三（民元前三百零二年），扩大于路易十五，直至法国革命，均为王者居。革命后改为博物院。规模之大、构造之精，世罕其匹。门前空场一、大街三，门内为一大院，左右两厢，继乃入正宫，即此次和约签字处。其余各室，或以画胜，或以装饰胜，或以布置胜，或为内寝，或为宴室，或为书斋，不及细举。其后为一大园，一望无际。中有喷水，入夏则放。园中花木铁石像，棋布星罗，而不碍轩敞。

正宫之外，有得利亚能宫者，虽不若正宫之著，亦大有可观。宫凡二，曰大曰小。大宫为路易十四所建，小宫则路易十五所居，革命后，与正宫均成国产。正宫器皿曾受拍卖，而得利亚能宫幸免。拿破仑与第一妻离婚之后，常来此居之。

三月五日偕北禾观化学校。

此校属于大学之科学科，专为培植专家而设。入校年龄至少十八岁，须应入学试验，试验之课为算学、物理、化学、代数、几何。其有拔塞里文凭，可酌加分数。其出自巴黎多科专门校、中央学校、大学物理学士级者免考。

各生至大学科学科听讲，惟至本校实习，修业期为三年。所受课为应用化学。此外有外国语，学生得请免受某课，惟须受此课之试验。三年修业终了之后，得化学工程师文凭。

午后廖兄叙畴来告，明晨可赴里昂。晚岳君鞠如设宴于使馆，招往晚餐。

游巴黎须知

一、到前。巴黎范围过大，初至者不有熟人招待，殊多不便。宜于到前电约并须告所到之车站。

二、到时。巴黎火车站约二十处，以引四方来者。下车之后，各站有自备之车（或汽或马），小者可置二人，大者十余人，并行李等直送之各处。亦可将行李存站，出空身体，访友觅栈，随后来取。

三、膳宿。大都悬旅馆招牌者，均可投宿。价在十佛郎以上者，均清洁可住。

四、游览。见前巴黎环游段。

五、代步。巴黎车类极多，兹依次举之。

马车及汽车上皆有价表，随时指价。其价格如下。

甲、（马）/（汽）第一段之六百四十五/六百公尺或九/四分钟

〇．七五佛郎

乙、（马）/（汽）除甲外每二百十五/二百公尺或每三分/一分半钟

〇．一〇佛郎

丙、（马）空待或特令缓行每十五分钟　〇．二五佛郎

丁、（马）/（汽）出巴黎至乡外加　〇．五〇/一．〇〇佛郎

戊、（马）/（汽）在乡空回每哩　〇．二五/〇．五〇佛郎

己、（马）（汽）/（马）（汽）行李一件至二件每/又三件以上

〇．二五佛郎/〇．七五佛郎

此为战前之价。今约三倍之。

瓦都车　车有二层。公汽车之一种也。

瓦母尼车　公汽车之一种。线路二十余路。

电车　七公司。线路四十余路。

地下车　两公司。线路十路。

轮船　行于塞纳河中。

初至巴黎之人，除马车或汽车随时可得外，欲择一公车，往往不知何从。多有坐地下车者，价廉而有定向。且各指南书多半指明欲至某处，可坐地下车至某处。至搭地下车，则无论何处均可。因全城皆通，而换车续进，费不加也。

六、携费。应携之费，殊不易言。若仅以膳宿零用为限，每日不过二三十法佛耳。

三月六日赴里昂。铁路罢工，尚未终了。由里昂万国货样会与铁路局商量特开专车，同行者各国代表均有。中国到客，为廖叙畴、陆士寅、叶汉丞、刘北禾及余五人。

同舱者为捷克驻法领事。捷克自离奥独立之后，极意经营商业，常劝人作白拉克之游。后起之有希望国也。

1923年

欧游经验谈（节录）

胡贻谷编辑
上海青年协会书局出版

作者小传

胡贻谷（生卒年不详）：江苏苏州人，1906年毕业于东吴大学堂（又称东吴大书院，始建于1871年，辛亥革命后改称东吴大学，是今苏州大学的前身），曾在上海基督教青年会工作。1922年6月从纽约前往欧洲旅行，同年7月回国。他翻译过很多著作，如《信仰的意义》《服务的意义》《社会的组织》《思想的方法》《法西斯主义的研究》等。

选文导读

《欧游经验谈》中收录了同时期几位作者的欧洲观感，他们在文章中谈到法国的时候不约而同地关注了战后法国社会的一些变化，而且已经意识到，战后欧洲暴露出的一些问题如果不能及时解决，会给全世界带来灾难性后果。他们认为可以经由自身的实地观察，为中国有意了解欧洲各国的学者们提供补充性的信息，使后来者少走弯路。因而这本文集的视野比较宽广，所涉及的问题也显得较为丰富。

第五〇页—第五九页

第三节　法国北部

波隆至巴黎

自波隆至巴黎，快车大约四小时。我们预先函知旅法中华学生青年会干事郑道儒君，所以到车站时，由郑君招待，至附近巴黎大学之 Select Hotel 寄宿，每日十五佛郎，房间还算清洁。我们在法止住了四天，所看见的事物很有限，且待我写在下面。

巴黎之著名街衢

巴黎街道建筑的计划，非常美备，不但面积宽广，并且浓荫夹道，远望十数里，成一直线。其最著名的街，是康瓜特，为世界最大的中衢，在一八五四年筑成的。与他相接的是多来里园道，周围石像很多，中央水池设喷水石像。再往前进便是香斯来瑞路，是十七世纪末叶所规定的，延长数里，直达凯旋门，路的两旁，美术石像，络绎不绝，芳草奇花，处处皆是。在附近一带，有圣末大拉礼拜寺，圣马丽亚礼拜寺，亚历山大桥，拿破仑墓。按香斯来瑞路，宽自三百二十码至四百四十码不等，从前是富人住宅的荟萃处，如今商店旅馆，接踵而起，已是日趋繁盛了。

路华博物院 Musees de Louvre

路华宫是把十二世纪奥古斯多腓力的卫城，增修改造而成，靠近绥茵河旁，现在大部分已改为博物院，内藏美术品极富，都很著名。第一层，是古器和中世与近世的石刻像；第二和第三层的一部，是意班英德法古来各派名画，计共三千余件，拉非尔的作品尤多，另有十七八世纪之美术品用器；第三层，是十九世纪的法国油画。种类繁多，若要一一细看，非用几天的功夫不可。

碧泉宫 Fontainebleau

碧泉是巴黎近郊的一个小镇，那里林深菁密，为避暑的好所在。名为碧泉的缘故，因在那里有一个碧泉宫，这个皇宫，是一一八〇年路易第七所建，以后亨利第四、路易第十三、拿破仑三世，都有增益的地方，外观虽不是十分壮伟，内藏则很名贵。除拿破仑和他的后所遗各物外，有一特辟的中国博物院，其中所藏的中国古磁、漆器、宝鼎、古铜器、军械，大半是一八六〇年用武力由中国内廷搬运来的。环绕碧泉镇的是碧泉林，面积周围五十六英里，为法国最幽雅美好的去处，其东北界绥茵河，迂回曲折，极饶风韵，驱车遨游，真有特殊的兴味。

凡尔塞 Versailles

凡尔塞现有居民六万左右，凡尔赛宫是路易十四所建，壮伟绝伦，当年平地造园，装置水管，和修筑直达巴黎的御道，共用工人三万六千名，马六千匹，费了十几年的工夫，方才告成。建筑宫殿之费，达二千万立雷，强迫劳役，还不算在内，正是空前绝后的大工程，非威权极盛贪欲极奢的专制君王，是万做不到的。现在每年修理费，尚需二万六千立雷，叫四方游人，都可瞻仰那独夫无道的成绩。凡尔塞宫，北面对凡尔塞城，是一个凵形的建筑，从前守卫宫禁的军队，都驻扎在这一方面。南向是极大极美的花园，长六百三十五码，有五彩画窗三百七十五扇，欧战后各国所订的凡尔塞和约，即在此处签字的。宫的建筑，画栋雕梁，穷极奢华，是不必说的了；出宫门而入园囿，各色的花，在各种形式的花畦中，争奇斗妍，或成字形，或作画景。更往前走，便可见池水遥接天际，林木高冲霄汉，周围数十里，层峦叠翠，曲径藏幽，处处有美术石像，点缀其间。因为一人的享乐，而起造这么样大的园囿，不管他怎样增加一般人民的负担，这真是专制君王的本色了。

先贤祠 Pantheon

先贤祠是十八世纪中之建筑品，第一人葬的，是法国革命有功的密拉巴 Mirabeau，时在一七九一年四月十五日。同年七月十日，福禄特尔的遗骸，亦来归葬。以后嚣俄、罗梭、若安等各名人，都先后入祠。该祠的建筑，是希腊式，作十字形，中央圆顶，高离地面二百七十二尺，径七十五尺，正中立着一个铜像，叫做“思想家”，是罗丹的作品，一九〇四年才告成功。

里昂中法大学 Institute Franco Chinois

里昂中法大学，实际不过是补习法文，预备考入里昂大学的一个中国学生的寄宿舍。去年十月初才开幕，当时吴稚晖先生，带了学生一百五十人，由华赴法就把该校校舍住满了。该校房屋，是一个旧堡的一部，在山的顶上，法政府允许拨作中法大学之用，都是出于蔡元培、吴稚晖、李石曾诸位的力量。但是里昂大学对于此事，发生异议，在中法大学树立学校匾额时，竟来干涉，最后由中法大学向里昂大学订立租借三十年的合同，期内年纳租金一佛朗，而里昂大学与中法大学的名称，便在匾额上并列了。该校发起的宗旨，原想借此为由，运动法国退还庚子赔款，留其一部分，在巴黎设立中国式的大学和博物院，使巴黎五光十色的美术品中，更添上一个中国的建筑物。又希望法政府退回庚子时自中国搬去的各种珍品，陈列在中国的博物院中。此项计划，一时未能成功，所以暂在里昂办一个学堂。但是校舍有限，现收的一百五十人，已觉得非常局促，其中有女生二十人，寄宿舍与男生隔绝，设护视员一人，是一个中年的法国妇人，专司女生出入等事。膳宿费和学费，全年二百墨圆，学校常年经费，由南北政府分担，北政府积欠已久，南政府尚还没欠。校中粤省学生最多，因南政府津贴款项中，原设有免费学额若干，可以多派人来。校内所授学课，以修习法文为主，每日有法国教员到校教授，主持该校校务者，现为曾褚二君，是吴稚晖先生所委托的。学生课外生活，大都在围墙内余地，种植花果，二三人合种一畦，目的在于养成学生的审美观念。校内备有全套的排印机器，学生可随意应用。图画室中所藏中国书籍杂志，大半多是吴稚晖先生由华运去的。在学校中，大多数人都极端主张恋爱自由；近来寄宿舍中已有男生女生各二人，彼此恋爱，正式宣告结婚，移住校外。据说在进求学业的一件事上，他们仍能照常进行。

中国使馆与学生问题

驻法中国使馆，是中国使馆在世界各国中场面最阔房屋最美的一个，近来使馆所整天忙的一件事，就是应付留法的中国学生。据馆中人说，他们近来，除了办理学生事业外，几乎没有工夫去办其他事务。他们所办的学生事务：（一）应付为饥寒所迫，到馆借钱的学生；（二）应付官费无着，到馆吵闹的学生；（三）考试落第，请求说情的学生；（四）经费短绌，请求荐事的学生。学生因经济匮乏，身处绝地，中国使馆当然有维持协助之责，不过有许多留法学生，不知自爱，非但叫热心的人灰心，并且有玷国体。我们在巴黎的时候，同人中有一位与陈箓公使交好的，在碧泉与公使一同吃饭，那时，看见一个中国学生，左右挽着两个很轻佻的法国少女，笑声杂沓的走来，陈氏定睛细看，不觉叹了一口气道："这个学生，不是昨天到我那里哀求借款，自称连饭都没有吃的麽，怎么钱才到手，便去干这勾当！"照此看来，留法学生的前途，实在有些可虑哪。不但这一个中国学生如此，照我们在巴黎街上或餐馆中所看见的情形，有好些中国学生，实在太不像样，不能不说他是有碍于社会的安宁和幸福。社交公开，男女交际，青年们应有自由，这是稍具新思想的人，都是同此主张的，不过所交的是何等样的人，交际的时地是否适宜，交际的方法是否正当，都该辨别清楚才是。

法国社会状况的观察

近来法兰西军国主义极盛，军事上的成功，既为一般人所崇拜，整军经武的计划，便着着进行，不遗余力。就是美术馆中的名画和通衢大道所建立的纪念坊，都含有提倡军国主义的意味。从前普法战争，法被德战败了，他们的美术品和建筑物，便拿“莫忘国耻”的意思，深镌在人民的脑中，如今战胜了德国，又耀武扬威的显出一种“惟武力能扩张国权解决国际纠纷”的样子，加意的在军备上用力，这种现象，恐怕究竟不是世界的幸福呢。

法兰西全国有大学十八所，小学遍布全国，中学则不能普及，但力量较足的小村，大概亦都设立中学。高等教育，附在大学堂内。凡当小学教师的，都须有相当的资格；中学以上的教习，都由教育总长亲自考验；高等以上的教习，必须由一定的阶级历升。小学年龄，自五岁至十岁；中学，十岁至十七岁；中学最后数班，注重专门科，预备升入大学。中小学校的学生，都须受初步的军事教育。欧战以后，一般学生都倾向科学，打算发展工业，增加入款，但是实际所得的结果，则适相反，这是出于他们所不料的。此外为伤兵和平民所办的平民教育，则大都由私人举办，国家有时亦予以津贴，但是战后的经济恐慌，已成为法国普遍的现象，教育事业之有退无进，但看他们学堂内的设备，就可明白了。

法国社会习尚，向来是奢侈的，大战以后，已大衰落，号称世界最繁华的巴黎，今日非但远不如纽约，就是连伦敦也比不上了。不过浮浪女子勾引男子的风气，却是极盛，无论市上，或咖啡店，或餐馆中，处处都有他们的踪迹，其实这也是由于经济压迫所致。

法国各城最多见的一种店，就是咖啡酒店，有时这种店几乎接连不断。他们的桌椅，侵占了他们门前的全部走道，行走的人很不方便，但是在座中沽饮的人，都显得是很优闲的，与美国纽约的匆忙气象，恰是相反。

巴黎街道上的公共建筑物，如厕所等类，不如伦敦那样清洁；最不解的一件事，就是止有男人的而无女子的，与英美二国比较起来，平等自由发祥地的法兰西，反而相形见绌了。大概法国女权不很发达，所以社会间尊重女子的习惯，还不如美国，加以欧战后，男子数目锐减，男子的身价，特别提高，女子的地位，因此不免又经一度的降低。

法兰西是信奉天主教的国家，天主教有种种仪式，近于迷信，在今日新思潮膨胀时代，不免激起反动，所以法国的人民，大要可分二派：一派是迷信宗教，牢不可破；一派是排斥宗教，极端自由。这二派都有所偏，不知底细的人，卷入他们的旋涡中，无论受那一方的感化，都是有害，所以我们到法国去留学的，不可不慎之又慎。所不幸的，在法陷落人的试诱，所在皆是，而与恶势力对抗的或助人建立品德的机关，则绝无仅有。最近中华基督教青年会全国协会，始在巴黎设有留法学生青年会，专为学生尽种种的服务，图谋他们真正的幸福，虽在新创之初，办事多有困难，但学生在实际上，已大得帮助，凡明达的人，都该作他的援助，使他的实力扩充，为留法以至留学全欧的中国学生，作有力的保障，这才真是国际的幸福呀。

第八八页—第九二页

第九节　法国南部

尼斯 Nice

法国尼斯城，宿以名胜著，车抵该城，旅馆汽车之招揽生意者，纷纷而至，在欧游历，选择相当旅馆颇难，我们已略有阅历，即将行李暂存车站，先往打听各旅馆价目及一切设备，最后我们寻得番鲁旅馆 Hotel Funil。该馆前有小花园，可资休息，价每日连饭食二十五佛朗，不兼饭食，每日十佛朗。

尼斯在法境阿拉伯山麓 Alps Mt.，而临地中海，气候温暖，不分四季，为避冬最宜之地。英美人来此者甚多，每年自十月至二三月，外来游客络绎不绝。但夏季甚寂寞，旅馆多闭门，大戏园亦多停业。该城有戏园五所，大游戏园二所，建在海边。临海为马路，左边有多数上等旅馆，骤观之，有似美国大西洋城 Atlantic City。我们到时，为下午七点钟，在彼处散步二小时，颇有不忍去之意。是夕，同往观夜景，情形与法国其他大城无异。次日，复同往闲游，过商市，市场设在一片大树林之间，长约里余，布置整齐，略类吾国上等摆摊。就中营业，以卖花果者为多，见我们为外人，意可抬价，故争来兜售。尼斯虽为法国边城，而人民风俗，颇类意国。妇女多不穿袜而游行街市，为我们在欧陆经过各地所未曾见，或者因天气太热，所以不顾多费工夫麽?

加罗山 Mt. Carlo

七月二十七日一时，我们乘汽车往加罗山，所经之路，山景绝佳，令人欢赏。友人告我：法有四美，美术、美酒、美女及美景，目睹之，此言非谬。加罗城在山顶，为门拿哥小王国 Monaco 之一城。该国为世界最小之国，人民不过百余万，以产酒著；唯国王专赖赌博税以维国库。我们乘汽车，约二时许，到加罗，高山环城，风景绝佳。城内有大戏园一所，建筑不亚巴黎戏园。大赌场一所，名克新露 Casino，布置极华丽，场内有桌十二张，铺以青呢，每桌有照料员四人，专管收钱及发牌，赌博人不动声色，每日输赢有数十万之巨，外人之醉心赌博，于此可见。场之后面，有小戏院一所，专供赌博人消遣之用。加罗城实为欧美富翁虚度光阴之所，西人称该城为“万恶天堂”，名符其实。我们进门时，必须先验护照，经场员斟酌多时，始允发入场券，防无赖之徒，乘机生事。我们下午六时回尼斯。

第九节　法国南部—马赛

尼斯至马赛

二十七日晚十一时四十五分，由尼斯往马赛，次午五时十五分到。维多利旅馆派人来车站相迎，盖同伴刘君湛恩，于先一日到马赛，为我们预定旅馆，雇汽车，约十余分钟即到，每人车资五佛朗可谓奇高。法国自战后，物价胜贵，船上用的篷布椅，每只须五十多佛郎，而外人旅行费更昂，凡旅馆、饭馆，均特加税自三分至十五分不等，我们受此等苦处，实在非浅。

一八三〇年，法占亚奇尔城 Algiers，一八六九年，苏彝士河开浚，于是马赛城变成法国南部重要商区。一九一二年，进口货吨数，有四五二七三二七吨，出口货竟达二八五五一七三吨。主要进口货，为煤、皮革、羊绒、糖、咖啡及牲畜。出口货，为香料、面粉、油及香皂等。马赛虽为南法古城，而著名古迹绝少，街道远不如巴黎及尼斯之整洁。我们到此，正值炎夏，天气甚热，夜间则颇凉爽。

十时，我们往观法国殖民地出品展览会，就中有法机械馆、安南馆、非洲殖民地馆，多排设欧战时所发明之各种机械。战胜而骄，是今日法国人之通病。

二十九日，我们乘电车往游海边，沿途多富翁别墅。车抵卜答多街 Ptado，下车观卜答多海滩 Plaze du Ptado，景佳绝。卜答多街两旁均种高树，约延长二英里，甚宜炎夏游行。距此不远，有博利公园 Parc Borily，树木颇佳，中有跑马场及运动场，到马赛者，不可不一到此园。

三十日，我等往浪声园 Palais de Longchamp。该园建筑壮伟，园内有植物园及博物馆，虽为马赛名胜之一，其景却不如博利园。旋往露旦大礼堂 Notu Dame-de-la-yard，该礼堂地址，系法中古时之炮台，用以拒西班牙者，今却改为宗教中心点。该堂高约数百尺，须用升降机，登高俯视，马赛全城，尽入眼底，此亦到马赛者不可不到之地。

第 63 页—第 83 页

从瑞士到法国　庄泽宣

瑞士西部实与法国无异，人种语言风俗人情无一不与法国相同，因为历史上本极相关而同一来源的。从日内瓦到法国边境不过数英里。如在日内瓦乘汽车到乡下去玩，所走的路随时可出境入境。境界的划分本没有天然的界限，所以在日内瓦出去玩不可不把护照带在身边，出境入境都会要看。如带行李，海关也须检查。

我这次自日内瓦到里昂，三等票只须七个瑞士佛郎。在日内瓦买票到法国去，瑞士佛朗法国佛兰车站上都收，据友人告我，用法国佛朗价或稍廉，因为铁路公司是法国人开的。我未出国以前，听人说法国火车最齷齪，三等车最坏，这次到车上一看，也还可以过得去，比之中国二等差不许多。长途火车上三等车也有房，额定八人一间，但六个人坐便算多了。同路一对夫妇，一位教士，还有一位太太带了一个“团团”。

火车走了半个钟头便出境了。到法国的第一站叫 Belleguard，瑞士和法国的海关人员和检查护照的一一上车来查物。记得在意大利上岸的时候和从意大利到瑞士过境的时候，海关人员都只问带有香烟没有，并没有打开来看，这次法国人居然要看，但也只打开一只小箱子，大箱子未动。不过同车上的人带私货的，我相信一个没有，同胞们西来的切不可乱带，万一查到了，与国体上很不好看，罚款犹在其次。法国海关人员对于火车四角可带私货的地方倒很注意，但也没有查到什么。

同车的小姑娘，只有两岁多，但极活泼可爱。初看见我这个“洋鬼子”，有点怕，后来同我熟了，也来同我玩。我是向来喜欢小孩子的，可惜法文已经忘记干净，尤其对小孩子讲的话，一句也说不上来，只好在皮包里拿点有图画的书出来给他看。他看了很高兴，但老是问他的母亲为什么我不同他说话？他岂知我这个“洋鬼子”，有说不出话来之苦！

自日内瓦车行三个钟头便到了里昂。里昂共有三个站，第一站未停，第二站在城中，友人嘱我勿在此下车，需到第三站始下，因离大学较近。车入站后，便见中山大学两个同学来迎。中山大学在创办的时候，便与里昂中法大学发生关系，派了几十个人来留学。近年以经费困难，人数渐少，但也还有近二十人。

他们已经替我定好了一家很好的旅馆，我们便把行李拿到这家旅馆的接客汽车上，同到旅馆里去。这家旅馆叫 Royal Hotel，在城里广场上，是里昂一家有名的旅馆，有百余间房，最好的取价百五十个佛郎，饭食不在内，但有浴室。近来欧洲经济状况极坏，游客不多，因此减收八折。我住一间三十佛朗的房，实收二十五个，还不算贵。每间房均有电话，除洗面盆外还有洗脚盆，其作用不言而喻。

在旅馆休息片刻，便同两位同学上山到中法大学去拜访同胞，中法大学情形容另详。山上市面也还不小，不过道路多旧式，因为里昂旧城本在山上，还有不少罗马时代的遗迹。山下的市是新开辟的，道路整齐，但比瑞士的清洁似乎差些。法国和意大利间除阿尔卑斯山外，便是里昂附近的山，所以阿尔卑斯山是法国第一道防线，里昂附近是第二道防线；山上炮台颇多，在军事上甚为重要。中法大学便在一个旧炮台上，欧战时美国军队曾驻在该处颇久。

七月廿四日里昂

法国教育的猛进　庄泽宣

法国教育素称保守，行政集中，方法守旧（参看拙著《各国教育比较论》——商务版），但近年以来亦渐醒悟旧日之非，余未抵里昂之先，即承同事崔载阳先生（里大哲学博士，对于教育学极有研究）函托里大教育学教授转向行政当局接洽，俾到各中小学参观。法国教育行政系行大学区制，大学校长兼任教育行政长官，但一切事务几全由大学区视学掌理，到后复承里昂中法大学秘书长刘厚先生直接函致区视学，当由区内派一小学视学员 Lebosse 先生招待。法国区视学之下设若干小学视学员，惟实际上小学视学员权颇大，实等于中国之教育局长，每一小学视学员管理五六百间小学，一切行政及计划几完全在彼手中，区视学实区办事处行政人员兼视察中等学校而已。

余抵法时，中学均已放假，小学亦大部分已放假，仅有少数小学尚有学生。Lebosse 先生引导我到郊外参观一男子寄宿式小学，一女子寄宿式小学，此二小学均称 Ecoles en Flein air，有译为露天学校的，名称实不符，或可译为山林学校。校址均在山林间空气最清洁处。男校系新建，成立已二年，女校系由旧住宅 Chetean 改建，成立未满一年，两校办法均与在意大利所参观之露天学校大同小异，或亦受意教育新趋势之影响，或为全欧新趋向，要皆为打破旧日书本式教育，而作生活上整个训练，对于身体发展之注重尤甚于心智发展。两校均有空地极多，学生时在新鲜空气中工作及游戏。宿舍如医院，窗户虽严冬不闭。来学者多身体较弱之儿童，但家长愿送来者虽身体强的亦不拒绝。学生每人须纳膳宿费月二百四十佛郎，实际上需费颇大，全由公家支出，而家贫者尚可减收。女校校舍建筑已五百年，内容颇为富丽，原主人系十五世纪以来旧家，但闻子孙多不务正业，犯案颇多，尤以诱奸妇女为著，由政府没收其产业，充作公用，亦社会集团化之一指数。

归途过一大规模之人造丝厂，厂旁附有工人子女学校，校舍颇大，由厂建造，惟教员薪水仍出自政府。此校男女兼收，但仍分班，法国通例中小学均男女分校，此校因附近无小学，为便利工人子女求学起见，特变通办理。中有中国儿童二三人，大约系留法华工之子女，在厂内作工者，与谈华话，瞠目无以对。又经过一儿童乐园，亦富商捐建，成立不久，系幼稚生游戏之用，亦有风雨操场，墙上标语颇多，教儿童如何清洁身体，保护动植物等。

七月二十六日里昂

尼司风物与新教育会议　庄泽宣

世界第六次新教育会议从七月二十九日晚上开始活动，我因在里昂吃同学姚君的喜酒，直到那天下午七时半才赶到尼司 Nice。讲起尼司这个地方是很有趣的。它是法国东南角上的一个小城，人口约二十三万。再过去便到了世界有名的最小的小国 Monte Carlo，过了这个小赌国便是意大利。从前这个地方本是意大利的，在拿破仑三世的时候，意大利因为统一运动，需法国军队的帮助，就把这块地方做了交换条件送给法国。这块地方背山面海（地中海），气候在冬天不冷，是欧洲避寒胜地，百花终年盛开，所以附近有法国最有名的香水制造厂，夏天气候也不算热，比上海还凉爽，晚间可以盖夹被，夕阳西下的时候海滨游泳的极多，因此旅馆有三百多家，公寓还不在内，据说盛时冬季游客可达三万，近年不景气弥漫西欧，但夏季来游的也还不少，尤以太太小姐们为多。我们到海边一望，便可看见许多穿游泳衣浸在水里的，穿大脚裤子坐在海滩上的。甚至在马路上也时时看见穿大脚裤踏空头拖鞋，足趾上还涂上鲜红的胭脂，真是资产阶级的消金窟！小赌国的赌场固近在咫尺，就是海边上也有赌场。

我们到的晚上，尼司市长便开茶会欢迎，市长住宅前的花园里用不见灯头嵌在树上的电光反映出各色光线，酒及汽水任客自便，园内乐队徐奏，一会儿木屐高邻便拉了市长出来照镁光相。我们在园内走了半点钟，便不辞而别。第二天早上大会开幕，以地主关系推法国人主席（即国联中国教育团团员朗极万教授），照例拿了一大叠打好了的稿子宣读开会辞，次由副主席培克及布肥 Bovet 两先生演说。培克就是国联中国调查团团长，讲时不用稿子，先用德文讲，再自己译成法文，表示是一个精通语言的德国人。（他是柏林大学阿拉伯文教授，上次到广州时，记者亲闻他用阿拉伯文与回教领袖谈话，他的英文也很流利。）还有一位副主席本是伦敦大学纳恩教授，可惜开会前病了，于是请日内瓦卢骚学院布肥教授代替。这位先生不用稿子，用法文随便说了几句话，表示他是一个爱好自由的瑞士人，最后讲话的是新教育联会伦敦总会主干恩宅太太（Mrs. Ensor），用很漂亮的英国话宣传一番，虽没有拿住稿子讲，却印好了一份法文的，分给不懂英文的听众（要出钱买的），表示一个讲生意经而又目空一切的英国人。（读者注意：这一段望勿译成西文，以免引起误会。）

这次会议出席的有四十四国，计共一千二百人。每日日程大致相同。早晨九至十时举行分组演讲会，十至十二时同时举行分组讨论及研究会。下午天气较热，到五时至六时半有各国新学校生活影片或报告。晚八时至十时举行全体讲演大会，每晚约二人，多各国家教育名家，在讲演前有音乐及会员合唱。分组讨论会有文化与职业教育组，家庭教育组，休闲教育组，师范教育组等。分组研究会则有法美德三国新教育三组，儿童心理及心理卫生组，个别教学组，德可乐利教育方法及其应用组，蒙台梭利方法及其应用组，儿童创造性表现组（音乐，舞蹈，艺术，图画等），科学与新教育组，文特的卡方法组。研究会由专家主持，每日不换，几等于上堂听讲，有时附以练习及实地观察。早晚演讲亦无甚讨论，此外在星期日有交谊会。

中国此次出席者有前江苏教育厅厅长陈和铣君，前北平研究院教授郑绍文君，里昂中法大学校长孙佩苍君，留法生物学家朱希君，青衣专家程艳秋君（均由李石曾先生邀来），前岭南大学教授何艾龄女士（何东的女公子），及记者共七人，前五人均已在欧洲数月至数年不等。日程中排定由陈和铣君作一早会演讲，嗣陈君改请程君讲。记者承会中邀作一晚间演讲。何女士也承会中邀作早会演讲一次。

演讲及讨论多用法文，英文次之，德文最多。研究会则看主持的是那一国人，即用那一国文字。惟蒙台梭利夫人虽是意大利人，却用法文。第一日演讲用一种文字的即译成其他两种文字，后以费时太多，且到会者多懂两种或三种文字，于是就不译了。蕞尔欧洲，语言上的麻烦竟如此！

会中琐记　庄泽宣

这次国际新教育会议，除演讲讨论研究会外，有两次交谊会。一次本为大会会员互识的会，可惜会员有一千多，而且那天早上因为法国教育总长赶来到会，所以不得不请他演说，他所讲的当然是一番表面很中听而实际上并无意义的话，但因此占去大半时间，结果交谊目的全未达到。一天是尼司本地人的各种表演，有音乐，有跳舞，有对唱，有游艺，全用土话，虽懂法文的人也不解所云，但颇饶兴趣。此外奥国维也纳有一班青年“游鸟”（德奥青年运动的旅行团，读者可参看中山大学教育研究所丛书之十五《德国青年运动》一书——民智书局），在一个下午向会员作各种歌唱及表演，他们来的时候是步行的，计十个男青年五个女青年，由一位教授率领沿途表演，集资以供膳宿，藉此可见欧洲大陆青年刻苦与冒险精神。

会中两次旅行，一次是到附近一海滨及参观著名香水厂，我因准备讲稿未去。第二次是到小赌国及意大利边境。上午九点半乘大汽车出发，沿 Grande Coniehe 大道盘山而过。此大道为欧洲南部 Riviera 著名的风景，美丽的汽车道，沿路可望地中海及海滨各城镇乡村，中途过一罗马古城，城堡及街道遗迹犹在，有一泉源自罗马时代发现，数千年水流未息，中午过赌国边境，达法国边境一镇，称 Mentone，稍息便向意大利边境出发。因过境时须检查护照，我等在后，竟候到两小时，有人说意大利向不与新教育表同情，所以故意留难，不知确否？在意境 San-Remo 停一小时，向后转到小赌国去。

这个国可称世界上最小的国，周围只数方里，靠赌吃饭，不过近来因海滨浴场及风景，吸引游人也不少。国名 Moraco，内有三城，以 Monte-Carlo 为最大，内赌场颇多，以 Casino 为最大赌场，外面有大花园，内部富丽远胜皇宫，入场须购一十佛郎券，下注则以四佛郎起码，但多数为数十或数百甚至数千为孤注之一掷。赌法亦很简单，一个盘上有一至三十六号码，一个皮球滚到那一号，那号下注的便得三倍，与在里昂附近的相同。我等到时在傍晚，赌者不多，闻夜间较盛，但夏季赌客终不及冬季的多。

会议期中除正式演讲讨论研究会外，尚有数次非正式的小组讨论会，我得参加的计有两个，一个是远东教会事业讨论会，由一位曾在中国生长的美国人发起，到会的有英美印度及中国人。他们问我们对于教育事业的意见，我们虽未畅所欲言，但指出他们许多不对的地方，如派人不当，不研究远东固有文化，不了解我们的思想与生活，只知传教讲道而并无像耶稣那样的高尚人格与牺牲精神……等等令彼等汗颜不置。

另一次非正式讨论会系由会长召集各国领袖约三十人，远东各国仅我一人。所讨论的题目是这次大会的重要结果，经两次的详细讨论，将大会结果分成三类，即共同意见、未决问题及个人贡献。共同意见在消极方面为对现状的不满，所谓现状不仅是学校制度，实指西洋整个文化而言；在积极方面为指出不仅学校，其他社会一切机关均负教育责任，对于受教者应将世界上的一切和盘托出，不可因偏见而隐藏，且须将不同的观点，甚或相反的主张一一举出，同时应告以相恕相敬的精神，对于儿童的人格及其全部的生长应予以自由的充分发展等等。

下午的演讲中有一次系苏俄教育现状。此次会前，曾多方设法邀俄国参加，乃俄国答复以经济状况不容许派人参加为辞，终无人来。此讲演系由一新从俄回的美国女教育家 Lucy Wilson 担任。伊曾赴俄三次，对于俄国教育深表同情。据言近年以来，不独方法上新颖，即新建筑的校舍也不少，每年教育费达二十万万美金，最近的重要发展系实业界与学校的沟通与联络。其法系由各农场或工厂欢迎学生往作详细的参观，甚至允许参加实际的工作，而在农场和工厂的文化方面，则由学生为之担任，如各种广告及说明书，识字运动，图书的供给，通俗演讲等，均为农工阶级感到迫切需要者。因此关系非常密切，农工知识既因而提高，而学生对于社会实际状况亦藉此而得到深刻的认识。

巴黎与伦敦　庄泽宣

巴黎与伦敦我们同胞到过的很多，见之于记载的也已不少，当然用不着我来多讲，只就我所见到的随便谈谈。

大家一般的观念都以为巴黎是世界上最繁华的地方，其实照我的经验，巴黎与其他名都比，如伦敦纽约，也不见得怎样热闹。也许在数十年一百年以前，巴黎胜于伦敦纽约，在现在看来，或者有所不及。以人口而论，伦敦纽约争称世界第一，都比巴黎多。以建筑而论，巴黎的房舍大都是四五层，伦敦的就有十层的，纽约的还有近百层的。以公园而论，巴黎四郊虽有大森林，城的中心并没有像伦敦的海特公园，纽约的中央公园那样大的公园。也许在冬天，到巴黎来化钱的人，比到伦敦纽约的多，各种玩艺儿多些。法国的香水，巴黎的时装，也许能撩人心乱些，但照我看来巴黎的极盛时代似乎已经过去了，即在战前柏林与维也纳已能与巴黎争呼游客，不幸的是欧战以后，德奥两国受重大打击，以致巴黎还可在大陆上保持首都地位，但靠兵力来维持，也就可怜了。

还有一层大家误解的，是以为法国女子最会化钱，其实在法国化钱的，多半来自国外，法国女子，尤其在战后，实在很节俭，绝对不肯乱化钱。法国人的经济，在我所经过的国家可称第一。以吃早饭而论，法国人大都只吃一杯咖啡一两块面包，连牛油都少用，绝不像英美人非火腿鸡蛋不可（近来伦敦的人也有多用“大陆式”早饭的）。以电梯而论，多半由乘客自己开，而且只是上去的时候用，下来的时候总是走的多。法国人吃的面包又粗又硬，据说在战前面包是很好的。以街上灯火而论，远没有伦敦纽约的光耀，在大街上，店铺的灯已较少，街灯且因此而减少。在电车里，多半是站着的，只有老太婆坐下，因为有些电车上的坐位是要另外出钱的！巴黎的地道车极简单，路程无论远近，价钱一律七十生丁（约华币角半），在早晨九时前，为优待工人起见只需八十生丁便可买来回票。法国在战后是战胜国，然而如此经济，无怪今日在欧洲是最富的国。可是法国用在国防和军事上的钱也真不少，据说与德国交界的地方，暗筑战壕甚多，与意大利交界的地方也是如此。

巴黎的中国饭店几乎全是北方人开的，这些人大半是勤工俭学和参加欧战流落在法的华工，只有在留西外史中占重要地位的万花楼是广东人开的，其中有跳舞厅，中国政治舞台上许多名人在此消夜过。伦敦的饭店大半是广东人开的，照顾的多是南洋一带跨国籍的华侨。

巴黎的中国学生，据说盛时有一两千，近来因金价日高，每只船几乎都载有回国的。因为各人多有政治色彩，开会时总是打架，学生会是无从组织。伦敦的中国学生则分两派：一派是跨国籍的华侨，讲体育与交际，英文颇好，腰缠富有，但对于国事和国文不甚了了；一派是直接来自祖国的，关心国事，可惜多是穷措大！

伦敦的交通，虽也有地道车和公共汽车（闹市内不走电车），但因区域大而地道车特别快很少，且换线的站多相隔远，故费时颇多，以致许多大店和机关都非十点钟不开门。伦敦城中心的街道最难找，往往一条街的几段有几个名称，不见诸地图，曲折犹其余事。英国人向以保守著称，最近泰晤士河上建一新桥，两月前由国王开幕，至今行者寥寥，多数人宁绕道，因为向来走惯如此！

英国的国王可称为世界上最写意的人，每天吃饭睡觉拿钱不做事。皇宫别墅很多，常住的在城里称 Buckingham，比之法国总统府大数十倍；在乡下的称 Windson Castle 也很大，内藏各种战利品，在此地我们看见锡兰康地国王上朝坐的宝座和从印度取来的象牙椅！

牛津、剑桥两大学离伦敦都不远，约两点多钟火车，当日可来回。至于伦敦大学散布全城，几乎无从找起。大学办公处及数学院均在 Russell Square 附近，国立博物院及图书馆亦在此，可称为伦敦城中的文化区。由此南行便到政治区。各政府机关多在 White Hall（可译为白宫街），在此附近便是著名内阁总理住宅（No. 10 Downing Street），再南便是国会，东行便是皇宫。Russell Square 一带有九个旅馆联成一起，称 Imperial Hotels，从最贵到最廉的房间都有。

寰球旅行記卷五

第一章　法蘭西

第一節　由英倫至巴黎

六月三十六日早餐後。即乘九點車。偕潘周唐張（宗成）等。結件離英赴法。車價。三等英金一磅十一先令十一辨士。既上車。覺車箱之座位甚寬。據張君云。三等車以英國之車箱爲最優。同車座者。余等五人外。尚有五英人。男二女三。蓋英國三等車箱以十人爲限也。十點三十五分。車至 Folkestne 福克斯東一名福克斯敎。停車驗票。改乘輪船渡海。此海即英法交界處。既登舟。海風狂迫。海霧迷漫。寒氣直透胸臆。頗爲冷咽。周君見余面色慘淡。勸余向艙中暫避風冷。余乃隨周君往艙中。適船員驗票。乃魚貫而入至船員辦事室。驗護照。蓋英法交界船入法境。必驗護照也。驗畢即向艙中餐室。署坐飲茶一杯。食麵包二枚。又靜坐片時。人頗舒適。十二時三十分。船停白洛耐。Bolmogme 一名布倫。乃法國四大海口之一也。出車站。稅關驗查行李畢。即雇塔克綏至章君韞胎寓。蓋張君豫爲函託章君代定旅館。故晤章君後。即導余等至所定旅館。按置行李。而寓所既得。各分室而休息焉。塔克綏及運行李之小車共索去十五佛郎。蓋初到法國。既不能法語。當然受給也。所寓爲呂拘夏士街。Rueeujas 二十號門牌。愛克賽司尤旅館。Excesior-Hotel 余住一樓六號。周君住二樓十七號。潘君住四十七號。唐張二君住五十七號。下午六點鐘。即偕章君等至直隸人所開之飯店。曰雙興者。晚餐。風塵勞頓之餘。而得飽餐故國菜羹。滋味。愈覺適口之甚矣。

1925年

寰球旅行记（节录）

侯鸿鑑著
无锡竟志女学校

作者小传

侯鸿鑑（1872—1961）：又名侯葆三，族名侯鸿鑑，号梦狮、铁梅、病骥、沧一，江苏无锡人。1890—1896 年间曾四次参加科考落第，转而自学数、理、化等现代西学，并组织西溪算学研究会，编辑《积志学会月报》等。1902 年赴日留学，入读弘文学院师范科，研究东西方教育学说，并积极参加中国留学生的革命活动。1903 年回国后，仿效日本办学模式，创办无锡竞志女学校，为我国近代最早创办的有影响的女校之一。同时，他还先后组织理科研究会和女子理科研究会，并与志同道合之士合办商余补习学校、西城速成师范学校，撰著《教育丛书》3 册。1906 年应江苏提学使的聘请，任省视学，1911 年又任江西省视学。1912 年起先后担任江苏、江西、河南、福建各省教育厅视学。1924 年为考察世界上其他国家的教育情况和国家兴衰强弱之由周游世界。他曾三次当选无锡教育会会长，发起创办无锡县图书馆、县通俗教育馆，主编《无锡教育》杂志，著有《古今图书馆考略》《无锡图书馆先哲藏书考》《锡山先哲丛刊》《塞外纪游》《西秦旅行记》《东三省旅行记》《南洋旅行记》《环球旅行记》《嵇古旅行记》《单级教授法讲义》《七个学年单级教授法》《解放诗钞》等。还编写了《无锡乡土史地教材》，辑《无锡金匮县志补遗》等。曾应邀出席苏南区各界人民代表会议，后又被选为无锡市人大代表及政协特邀委员。

选文导读

1924 年，作者怀揣见识“美雨欧风”的梦想从上海出发踏上周游世界的旅程，《寰球旅行记》即为作者此次旅行的所见所感。作者每到一国都先去瞻仰其名胜古迹，继而参观各类博物馆和艺术展览馆，事无巨细地描述自己置身其间的感受。在法期间作者对巴黎和里昂的教育情况进行了细致考察，与徐悲鸿先生就中西艺术的相关问题进行了深入交流，这些都促使其在回国后以更大的热情投身中国的教育事业。

自序

余之好游也。始念拟遍游中国，而后作欧美游。以全国游毕，为幼稚园毕业；以世界游毕，为国民学校毕业。乃屈指卅年来，仅游行省十六、特别区三，而云贵川桂甘新之六省、热河川边之二特别区，犹未尝往游。今乃欲作环球游者，是幼稚园未毕业，已越级豫修国民学校之课矣。此喻虽不伦，然余冒险孤行之决心，固一往直前，无稍畏葸。尽使经济困绌，言语艰难，群以为斯行之可笑，在爱我者且相劝阻，以为苦行之可危，皆不以余之游也为然，乃余锐进之念，不容挫灭。于是筹措进行之方，筹集款项。调查同乡亲友留学欧美者，为余译助。复以赴美登岸之不易，办理护照验病签字等手续之周折，往返京沪甯锡者，两阅月。然后整装出发，才达余漫游之目的。暮春三月，由沪鼓轮东行，过日本，渡太平洋，抵美之西方。既登岸，横新大陆而东，凡所止之埠六，曰西雅图，曰三蕃市，曰芝加哥，曰华盛顿，曰波士顿，曰纽约。由美而渡大西洋，历英之伦敦及苏格兰，法之巴黎及里昂，过比利时，抵德之柏林，由柏林而游瑞士，抵意大利之罗马，而还法之马赛。乘船而经地中海，入苏彝士运河，过红海，泊非洲埃及之普赛港及法属之吉波的港。渡印度洋而登锡兰之哥伦布岸，经南洋群岛，而北行越南之西贡，入七洲洋，而至香港，反掉沪江。则江浙风云方起，卧病沪寓者凡两旬。秋风八月，绕道还乡。屈指时日，自春而秋，凡百五十七日，海陆舟车，环球九万零七百里，耗费金钱三千百七十枚。自问所得者几何？仅此旅行记九卷。藉邦人旅外者之译助，竭余五阅月之心思脑力，以及形骸肢体之痛苦艰难而成之者。东鳞西爪，曷足窥管豹之全；美雨欧风，因窃叹驹隙之过。他日者，辅修幼稚之课，或再作修学旅行。余之游未竟，即余之苦学犹未已也。今则既载余笔，聊征行迹于一时；自勉他年，重扩智囊于世界。是以覆瓿遗讥，绝不之顾；拈毫抒写，或有所裨耳。自弁数言，敬贡阅者。时民国十三年十月病骥自序。

第一页—第五十四页

寰球旅行记卷五

第一章　法兰西

第一节　由英伦至巴黎

六月三十六日早餐后，即乘九点车，偕潘周唐张（宗成）等，结伴离英赴法。车价，三等，英金一磅十一先令十一辨士。既上车，觉车箱之座位甚宽。据张君云，三等车以英国之车箱为最优。同车座者，余等五人外，尚有五英人，男二女三，盖英国三等车箱，以十人为限也。十点三十五分，车至 Folkestne 福克斯东，一名福克斯敦，停车验票，改乘轮船渡海。此海即英法交界处。既登舟，海风狂迫，海雾弥漫，寒气直透胸臆，颇为冷咽。周君见余面色惨淡，劝余向舱中暂避风冷。余乃随周君往舱中。适船员验票，乃鱼贯而入，至船员办事室，验护照。盖英法交界，船入法境，必验护照也。验毕，即向舱中餐室略坐，饮茶一杯，食面包二枚。又静坐片时，人颇舒适。十二时三十分，船停白洛耐 Bolmogme，一名布伦，乃法国四大海口之一也。出车站，税关验查行李毕，即雇塔可绥至章君韫胎寓。盖张君豫为函托章君代订旅馆，故晤章君后，即导余等至所定旅馆，按置行李。而寓所既得，各分室而休息焉。塔可绥及运行李之小车，共索去十五佛朗。盖初到法国，既不能法语，当然受给也。所寓为吕拘夏士街 Rueeujas，二十号门牌，爱克赛司尤旅馆 Excesior-Hotel，余住一楼六号，周君住二楼十七号，潘君住四十七号。唐张二君住五十七号。下午六点钟，即偕章君等至直隶人所开之饭店，曰双兴者，晚餐。风尘劳顿之馀，而得饱餐故国菜羹滋味，愈觉适口之甚矣。

餐后，章君导游巴黎市街一周，如公园礼拜堂河桥等。风景优佳，建筑宏古，与英伦又不同也。

按巴黎之最初，法人在赛纳河中间之一岛居住，周围皆水。渐渐人多，屋宇亦大为扩充（此即巴黎之最初命名者，仅此片岛耳，今则扩充京城），四周筑以桥梁，于是跨河而通行车马之桥，凡三十余架，无一式同者。其工程最大而建筑最难者，即亚历山大桥也。当年行桥工填础式时，法皇驾临举行重大典礼。桥工既成，各国工程师，均来参观，谓此桥为法京三十二桥中最坚固最新式之桥云。返寓甚疲倦，得诗一。

由英伦抵法京巴黎

匆忙行迹别英伦，白洛风狂渡海滨。

关吏稽迟检行箧，朋侪欣晤拂车尘。

餐加饥后食尤美，意倦神馀乐自真。

一角寓楼灯火晚，繁声满耳笔花新。

晚写致里昂孙立人表侄，函询其能否来巴黎陪余游玩。

第二节　巴黎之游观

二十七日，偕张唐周潘四君出游。先往凯旋门。此门又谓拿破仑之纪勋门，盖拿破仑奏凯后所建者。楼高八十馀尺，有楼二层、窗四辟。登高望之，道四通，巨观也。楼下有无名英雄之墓，花圈围绕，观者脱帽致敬。

北望一方塔式之石表，乃昔自拿破仑第一征埃及时所得者，高二十七丈，四周有埃及文字。再北望有小凯旋门一，是皆拿破仑自旌其勋之建筑物也。在此一直线中，可望见罗浮博物院外之森林风景佳甚。乘车往游铁塔，五人一车，而潘君所坐铁凳之足，忽压余足趾，痛甚。乃周君所坐之铁凳足，又从余手背压下。两痛相并，不觉失声。嘻！一手一足之烈，顾如是耶！

铁塔高三百迈，当合中尺九百九十余尺，塔底一百八十四步见方，铁尖上指，国帜高扬，实为巴黎最高之建筑物。用电机升降，分四层。其第一层以塔势倾斜者，故电机亦斜上而斜下。至第二层，则电机直上而直下矣。每人购电梯票三佛朗。余等乘电梯上升至第二层，周设小店数十处，以备游人购置各种风景片及各种纪念物。又有咖啡店，可以饮茶食点，备客登眺休息。至第三层亦然，惟场地较小。亦有商店十馀处，设望远镜多架，每人用望远镜一次，须给一佛朗。自上而下，见行人如蚁，汽车络绎，往来如豆荚壳。由镜中望远，则遥见巴黎乡村景致。余等徘徊塔上，约一小时外，而最高一层，则以工匠修理，未能登览。即乘电梯下降。余购以彩色绘铁塔玻镜，以为登塔之纪念品。其他各物，欲购置而价甚昂，故未果。

铁塔

扶摇直上拟腾云，下界纷纭似蚁群。
远瞩山河皆入幻，纵观宇宙总成文。
自由升降谁之力，不尽炎凉我所闻。
盛气凌霄高万尺，几多好景夕阳曛。

往访宜兴徐悲鸿君。此君学美术，曾留德两年，留法三年，所学图画，至能精造。下午偕其夫人蒋碧薇同来。据云，昔曾肄业宜兴女学，在十馀年前，余视学该校时，见余者。今习音乐，在巴黎音乐学校，学钢琴及披霞诺云。于是偕张周潘唐徐蒋诸人，同往洛克逊布大公园。园中有森林大湖，风景之佳、地方面积之大，周围十数里。乘电车至此，先见一大喷水池，四围树木森列。过此入林，参天老干，匝地浓阴。行行复行行，至湖畔，雇小舟二，余与周君及徐君共坐一舟，潘张唐蒋共坐一舟。荡浆湖中，树荫低覆，锦浪沦涟，一幅天然画图，在美术家心目中，故别有佳趣也。少顷，两舟遥隔十馀丈，盖余等所坐之舟，以徐君善划桨，故行较速；彼舟以潘君不善荡桨，故时见其舟之退缩，且向斜面去。后改由蒋女士划之，舟乃前进。至两舟相近处，周君摄影中流。两舟分划两岸，至一瀑布处，但见瀑布，自高岸潺潺而下。余等停桨隔岸，遥望之，颇饶凉爽。余与徐君纵谈。徐君议论风生，力持反对白话文字，而以尊孔好古、发扬中国美术，为今日之要，待将来中国文艺大发达之后，再融洽中外图画、雕刻、音乐等等，以为集中之大成。意议坚卓，自信甚深。余真不料徐君留学法国自由之邦，而有如是之议，可佩也夫。

少顷，划舟至一餐店，登陆茶点。绿树荫中，列长桌，设铁椅，有饮冰者，有饮咖啡者，或饮茶者。杂谈半小时。凉气逼襟袖，晚风徐拂，芳草如茵，小鸟啼舞于草地，晚景殊佳也。

登舟返棹，重游湖滨。曲折随流，回至原处。舍舟登岸，纡徐而行，乘地道车还巴黎。晚餐后，又往一公园，道经 Notre-Dame 教堂。建筑宏丽古雅，为各帝克式 rtylegothsque。此为巴黎最古之礼拜堂，乃十三世纪之古建筑也。

公园中有一铜像，乃八世纪统一欧洲之 Chamagne 大王像也。此时电灯照耀公堂，绿树荫中，乘凉者男女老幼，谈话游戏，往来不绝。余等择一空场之铁凳，坐谈久之。余欲返寓，潘周唐等游兴尚未尽也，余乃先行。徐悲鸿君恐余迷路，乃送余先返旅馆而别去。

第三节　续前

二十八日晨，往驻巴黎中国总领事馆，访赵颂南领事。谈顷，知此君钦佩吴稚晖先生到极巅。询及此间留学界同人，知巴黎仅有数十人。全法国除勤工俭学生百馀人外，仅有官费生七十馀人，私费生二百馀人，至女生仅有十数人耳。

往驻巴黎中国公使馆，访陈任先公使箓，及李显章秘书骏，晤谈久之。陈公使询及陈鲤庭君近状及吴稚晖先生之近状，并允即写介绍信致巴黎大学校长，明日即将函送吾寓也。

翌日为二十九日，赵领事来，约嘉定廖世劭女士来谈，并偕往万花楼。赵领事邀余午餐，午后参观美术展览会。以此会已开三月，明日为闭幕期，故今日必往观之，至所观之美术品，另详后节。赵君约廖女士陪余参观学校（廖女士在巴黎大学肄业，哲学教育科者）。

三十日，偕张徐潘周唐五人，观罗浮博物院，美不胜收，另详后节。是晚陈公使邀余晚餐，座有福建沈君林君，宝山朱君，广东李君，句容戴君，以及赵君等。陈公使之夫人及儿女均在座。

晚归，得孙立人表侄来电，谓明日夜半来巴黎。

第四节　罗浮博物院（以美术品为大多数）

罗浮 Louvre 博物院，为巴黎一百馀处博物院中之最多美术品者。此院本为皇宫所改，自八世纪至十八世纪第三共和时，均为皇宫，自后即改为博物院。建筑宏广，有大院、第二院，有一骏马持刀之铜像，为法国前经在美国驻华盛顿独立之将军拉佛其铜像，石刻名人之像甚多。

又有一著名之像。为一千八百七十一年之伟人刚必大 gamlell。其心葬在国葬院。其他名人石像，不胜详记。

罗马古代时之石椁，碣石像，石柱，及铜像甚多。而裸体者尤多（约分三大部分，一雕刻品，二皇室品，三图画而以油画为最多）。希腊纪元前五百年之大雕刻。

非提亚司之雕刻石像，亚历山大之石像，仅有一首。世界上今仅有二，一在意大利，一在此，是以名贵之至。

希腊古时之石像。

范及司女神 Venus Demilo 之石像（立像无手，缺一足），出土时，在一千八百十八年，希腊古剧院之地中掘出。同时得一手，不知如何装置，经几多之美术家，想多数之方法，欲添装其手与足，而竟不能。今像旁另设一玻匣，仍置原手于中。另有著名雕刻家，配一足，亦不克装置，而另置一匣于旁（按此女神即爱神）。

Nosaigue 模色画在地面配置颜色，鲜艳处鲜明之至，黯淡处宝色深藏。

希腊女神九。其一为悲剧之神，高二丈馀，手托一人头。

希腊诗家荷马 Homere 石像。

希腊大拳术家赫罗斯 heros 之石像。

台也纳 Diane 出猎图。

雄辩家代姆司多 Demostnene 石像。

罗马祭神图，石像，牵牛羊祭神，男女老少，雕刻多种，各极精细微妙之致。

有大石盘二，相隔十馀丈，有同声相应之奇。两人俯首，向盘中低语，此人何语，彼人可听得；还语如何，此人亦能听得。语时倘出盘面，则彼此不能听闻。

古油画中之佳者，不胜记载。择其尤者，志数十种焉。

一室中有油画数十张，盖在欧洲所谓文艺复兴以前之画。又一室中为文艺复兴之时，有费音椄 Leonorooda Vena 所绘之油画。每张至少五十万定价。盖其人不仅以画名，且为诗家、文家、物理学家，故美国人有以重值购其一画，岂知为赝鼎，又以百万购之，始得其真迹，想见其画之可贵矣。今此室中有费音椄之真迹十馀张，可宝之至。今见在此临摹其画者有五人，所绘者亦均可观。

拿破仑第一皇宫之陈列品，今均移至罗浮博物院，另辟数室陈列之。其中最著者约举数种。

（一）皇冠有二冠，完全为金刚钻石成之者，光辉夺目，五色相间。其中最大之钻石，异彩焕发中，以红与蓝者，为最贵而亦最大。一为长形不等面者，如小指面大；一为椭圆形者，如拇指大。又有一冠，面顶钻石，竟大如鸽蛋，真为无价之宝矣。

（二）佩剑完全为宝石及真珠成之，金黄灿烂之剑柄及剑托，镶以豆大之夜光珠、五彩之宝石，其价值亦可观矣。

其馀服用品、文具、武具、装饰品、日常起居应用之器皿等，无非金银珠宝晶玉翠石等等所嵌镶者，指不胜数，笔不胜述也。

每室屋顶皆油画，壁间亦皆油画，多名家所绘，是又特选之品，而为藻缋此数室者。

过此数室，又皆油画遍处。徐君悲鸿，特为导观最著之名画而选记之。

拉飞耳 Rophaello，为意大利人。所绘之油画，每张均昂贵，无定价。此间各室，有拉飞耳二十馀张之名画，皆杰作也，真贵之至。

芒登庄 Mentogna 所绘之大幅跳舞图，生动活泼，形神毕肖，真为有价值之杰作。

意大利人 Coueggis 寓来习绘摹耐厉王之像，笑容可掬。一千四百九十八年至一千五百〇二年间所绘之画，则与费音楼所绘之画同其价值，亦为罗浮博物院之光。

范袖司盖 Velorgoge 之名画，有数幅皆可珍。费雪而 rnvxrllo 之名画亦可珍。

罗浮培司 Rvbens 之名画，在十七世纪为比国派，其临终时，有三千幅，今世尚存其八百馀幅。园中仅数幅矣。

荷兰大画家伦勃郎 Rembano，绘其兄之小像，数年前为一波兰人捐来者。盖伦勃郎虽为名画家，当时誉著各邦，而临终时贫无以为殓，致棺木均为其友人所助。

又一室中，有伦勃郎所绘之大幅油画十八幅，昔日皆在法皇宫中者，今移来此。曾先移悬上议院，后始移至罗浮博物院云。

福朗茫克酸 Tromenxor 为大文豪、大画家，所绘之打猎图佳极。

法人挨耐 J. J. Henuer，一千八百二十九年至一千九百〇四年之人，所绘裸体女像伏床阅书，神妙之至。

法人梅叔年 Meisssex 绘一千八百十四年拿破仑于莫斯科兵败后振旅归装图，神妙生动之致，能将拿破仑之虽败仍有英雄气概之态度，跃然表现，可谓神肖之至。

现实派创始之人，挨治罗史 I. angelvs 之画像。

米莱 Millet，所绘农家归耕图。

考莱脱 C. corot 所绘之农村。此二图皆现实派之名手。

欧洲文艺至十九世纪而愈盛者，在法国文艺，可以代表也。是以以上数人，皆近世画派所宗。而挨耐、梅叔年等，尤其著焉者。

荷兰派之画亦精采。有一大幅五色鱼及汲瓶，又有绘农家风景，及乡村房屋各种，则以伦勃郎为第一。

又有所谓杜先生 GerareDou 者，所绘皆精细绝伦，如线毯及各种织物，能妙肖到秋毫之巅。

徐君悲鸿云，伦勃郎可为画中之圣，其学识可比我国古时老子之态度。

又一室，专陈列十六世纪名画。此室陈列之画，均未受意大利画之影响者。

过此室，又有法国十九世纪之印象画派，所绘之印象画，盖此派多求神似，不求形似。如 Mpressionrme 亦为此派所绘。一白衣女卧，一黑人在旁观之。其用色纯用黑白二色，各分浓淡深浅，远望之，其神妙之至。

麦耐 Manet，为今代现实派之领袖，所绘之画甚精致。

孤而白 Covbbet 所绘之画，李加耳 ricard 所绘之画，皆一时之杰作。

汤巷 troyon 所绘之牧牛大幅，亦可为名画家之著作。

又有孤而白所绘之大幅油画，皆写实之最佳者。

古典派之领袖安葛尔 Ougeus，亦有大幅工细之名画。

今日浪漫派之领袖杜雷而史 Delacrois，亦曰近情派，自绘之像，形神生动，着色鲜活。此派最注意色之配合。

创浪漫派者，谢里果 Geurcvuld 所绘之覆舟图，形容船板四散浮于海面，外人呼救，抱木浮沈，婉转情状，惨不可言，神妙极矣。

一室中，为十八世纪之名画，以法人华都 Wootteav，一千六百八十四年至一千七百二十一年间，为最有名之画家。此室所绘之大幅油画，有十数幅名贵之至。

泼吕动 pruchsn 所绘之画，亦有多幅，其最著者，一拿破仑皇后像，二公理复仇追逐罪恶图（古时一恶人杀其兄弟，上有二神以火烛于云端），三神飞，四妈亚像（先为学生，后为夫人），盖泼吕动生平，最以妈亚为最慧、最美、最爱之人，故幼时竭力教之，后即娶之，故为之画像，尤能曲肖妈亚慧美之状态。

意大利人巴登而 bottielli 所绘墙壁上之画，后人将其墙壁搬移至此。

古典派殷爾而史 ingres，所绘之一裸体女像，手一瓶，倒水状，娇艳活脱。

达维 David 为古典派之祖，所绘拿破仑加冕图，及达维自绘之像，均佳甚。

达维又绘拿破仑战争图，亦生动之至。

谷雪罗 Coohereae，为达维之高弟子，年十九岁死，生平仅传一图。此图乃绘一画室，有一人在室中写生。此幅之价昂贵无比。

谢澜 Gerard，亦达维之高弟子，所绘爱神图，价值甚昂。

在此室内，临达维一派之画者，见年老之教员，及有名之画家，并学生等有十馀人。

爱倍为法国最近之画家，所绘风景、人物、肖像之油画甚多，至九十馀岁而卒。

铅笔白描之画，有数室甚工细。其中有泼吕动之油画初稿，亦为白描神品。

以上之画，因时促不及遍观，仅举其著者。此外美术之雕刻桌椅器物等，不下数千件，而亦皇后之榻，及各种饰品。最为珍奇可贵。又有一桌，以五彩之石，拼成之，极美丽精工之致。

磁器室中之磁器，多中国品，陶器亦有，中国古器尤多。

又见法人大诗家、大画家白罗囊 breton，名绘甚多。一肩麦女人，二巡行图，三割麦图。

李厚尔脱 reguanet，绘一人手斩一人倒地，鲜血直射，形状如生，可观也。

法国音乐家白耳茶 Berlioz 之像，为孤而白所绘。

波兰音乐家楷而丑英 Cropin 之像，为特拉克拉 Delaesovx 所绘。

于爱 Huet，绘深林夹溪流图。

写实派培罗 barze，绘双狮图。

梅叔年，在一千八百十五年至一千九百九十年间，最有名之画家。mevssorier 所绘之图，大有至为昂贵之杰作，今日所见，尚不能尽其所长也。

滑稽画家杜弥爱 Davmier 绘狮最著。

偷驴之贼，名画也。东方派 Dctamps 所绘，为一猴一猫，而室中之反光，全能绘出，神妙之至。

英人刚苏推白而所绘之风景画，甚有价值。

埃及古物，有亚历山大王时代，纪元前六十世纪，大里于斯王，造皇宫中之物。已入地数千年后，为法人掘出之。皇宫之墙，及古物，均完好如新。

有一皇宫之模型，其墙上之花纹，即现在陈列之墙砖是也。古石器、古用具、古武器、古石碣、古雕刻种种，均有埃及古文字。木乃伊多具（按欧美各国博物院中，无不有此，今吾国则何如），埃及古画，皆数千年前之墙壁。而今掘出土中者。

古漆器，古陶器，古饰品，古殉葬之陶磁像及器具等。

以上埃及古物及文字，何以能知其为埃及古时代之物？乃有十九世纪之初，向百里崇 Champollion 者，能识埃及文字，考古博学，最为精邃。仅此一人。死后一百年，在去年一千九百二十三年时，为向百里崇开死后百年纪念大会，盖皆以此人有功于后世、稽古之学甚大也。

又有巴比伦以前，爰自极赖哀 Assjrie 雕刻石像，及铜钟铜狮石刻之古像不完全者。

国立音乐院，格而念 Garnier 建筑者。其雕刻最佳之人，为格而波 Carpeau 所雕之一跳舞者，为十九世纪最著名雕刻之一人。又有一室，为日本古代之书画及铜器等。

另有一处，为中国之磁器、玉器、象牙雕刻、古铜雕刻种种等。

总之法国博物院之多，有百数十处，而以此院为最。萃古今美术之精华，成世界独有之宝库也。余之所见，尚未窥全豹。余之所记，凡关于图画雕刻方面，均由徐君悲鸿，特别提出，指示周详，择其尤可宝者，而记之耳。（按：以上所记皆徐君所谓罗浮之宝也。）

第五节　法国教育之谈话

嘉定廖世劭女士之谈话

法国学校之性质，约分四种。（一）大学为国立，中学、小学、幼稚园为市立。每市必有一中、一小、一幼稚。全国大学十八。巴黎分二十市，内有一二市区较小者，则两市联合而为一中学。巴黎外之县，大约每县一中学区。所有学校，均一律收取学费。（二）贫民学校。由幼稚至大学一律均关于实用者，如工艺学校等毕业后，即可出校服务社会者，此种学校，其费皆出地方教育经费，其有工业学校不收学费者，且有住校之生，亦不收费者。惟国家所立之校为然。（三）教会所立。有小学、有中学、有大学，其费皆由教会担任。（四）私人所立。亦有小学、中学、大学等，其费皆由私人担任，或私人结合之团体担任之。

如县各市之 College（楷来其），与各省之 Lyell（李赛），程度相等，资格较为严格。凡中等学校，每连小学设立，且有连幼稚班附设者，其中年限，大抵幼稚二年，初小三年，高小三年，中学三年。

中学教员，均高师毕业。凡高师毕业者，可任高小教员。初师毕业者，可任初小教员。贫民各校，亦由贫民高师毕业。所谓贫民不收费之学生，其主旨，在令其所学皆关于实际，可以应用社会为第一义耳。彼公立中学以上之校，以研究学理为主，故普通大学，非贫民学生所宜入者。

凡高师学生，必经过硕士之考试，方能作中学校长。如任遇中学校长，方能应大学教员之考试。必须经过大学教员之考试，方能任大学教员。

师范例不受外国学生。盖硕士一种学位，只能给本国人，不比学士博士，可给外国学生。是以外国学生无硕士学位者，即在本国人应考硕士，及应考中学教员等考试，亦颇难考。盖每一学期，统计全国需用若干中学校长，及若干中学教员，方取多少之额。所以应考硕士，及应考中学教员，颇非易事。故考硕士，难于博士多矣。盖普通大学毕业，可得学士学位。再进研究院二年，或几年，有著作等，应博士考试，即可得博士。是以学士博士无定额，硕士有定额者，故难耳。

一千七百四十年后，完全对于人民，施行强迫教育。凡儿童迟至十四岁，不入学校者，政府须惩罚其家长。

贫民子女，不入李赛 Lyell 者，可考取得费而入之。

中学学费，每一学期，大抵一百佛郎。寄宿费一千佛郎。

小学学费，各处虽略有不同，然公立者，大抵每学期以五十佛郎为限。

大学学费，各科不同。廖女士习文科中之哲学教育，故所言仅言巴黎大学。文科哲学之学费，一年仅七百佛郎。巴黎大学学生无寄宿者，即普通中学亦甚少寄宿者。

中学毕业后之考试，名排加罗虽亚 Bacelauriat。此种考试，在法国非常郑重。盖大学之功课，可任学生自由，而中学之功课严重，稍不勤勉，即不能应排加罗虽亚之考试。此中学毕业之一阶级，在法国非常严格者。

巴黎大学之文科哲学，分四种。一哲学科学，二纯粹科学，三文学科学，四纯粹文学。在习哲学文学者，以研究希腊文拉丁文为必修科，对于纯粹科学则可不习。是以从前之不入哲学科及纯粹文学者，可不习此两种文字。乃自去年教育总长郎盘盎特 Leon Berard，定凡入大学者，一律须习希腊文拉丁文，今年又易新总长，前月新废此令。盖新政府为社会党得势时，故反对教会，又反对旧文字。

农业学校，国立者四。美术学校、音乐学校等，各省皆由地方经费设立之工业学校，有为国家设立者，有为各省设立者。

中等学校，累皆男女分校，所用课本，亦均不同。男学之书，程度较高，且稍倾向于政治方面。女学之书，稍倾向于文艺方面。

凡国立及地方立之女子中学，毕业后，不能即进女子高师。另有一种女子高等补习学校，二年毕业方可进高师。亦有一年毕业考入女高师者，仍须进预科一年，方可入本科。

私立女子中学，往往不用公家所编之中等教科书，累皆提高程度而教授之。故与私立之女高师，亦可直接升学。其毕业成绩，与国立者，程度相等。

至于教授方面，史地用问答式及自动式，理化用讲演式及问答式。文学哲学等，均讲演问答兼用。每月有一总考成绩之报告，每一礼拜考一科，如第一礼拜考文科，第二礼拜考理科之类。待各科考毕，再总各科，而作一总考。其馀平时有笔试，学期有口试笔试兼用者。毕业考试，行政方面，必派人监考。毕业考试过后，方能再往应排加罗虽亚之考试。如不取，亦有仅将中学文凭，往应高师考试者。

高师毕业生、初小教员，此二项之人，颇能研究教授方法者。中学教员，未必尽知教授法。盖有专门学校之毕业者，未能知教法者多也。

女中学之管理，甚为严正。寄宿舍中，规则尤严。女生出校，必有人同行。女生会客，学监同至客堂会话。社会交际方面，完全干涉。且有一最奇之事，中学校不准阅报。求学方面，于科学及文学，均甚注重；于政治方面，就绝对不注重。总之，过此中学一阶级，则人人自由。所谓社会交际，所谓政治运动，皆法所许者。

以上所记，皆余以两次与廖女士谈话，有所询问，而廖女士所答之语，大略如此。（按廖女士所言法国女子中学之管理状况，吾国今日之女子中学教育之任职者，盍亦有所法乎。）

第二章　法国之二

第一节　美术大院

每年有数次之展览会，本年美术展览，已阅三月，本月之末日，已将闭会，故赵领事导余与廖女士同往参观焉。所见者志之如下。

（1）石旁雕刻。（2）白石雕刻。（3）紫铜雕刻。（4）木雕刻。（5）磁器。（6）玻黎器。（7）木器。（8）饰品。（9）各种铜器。（10）织锦。（11）玉器。（12）银器。（13）至（28）皆图画也。此中陈列品，必须曾经得过奖者，可径送作品来院陈列。未曾得过奖者，须考试后方可送陈。吾中国人此次得送陈者，徐君悲鸿之油画二幅，曾仲明夫人方氏之油画二幅也。余等参观所及，择其优者而志之。

油画中多大幅者，皆名人所作。有极精细之画像，系缩小之精细画。此种精细画，无以名之。徐君悲鸿云，译意可称为细画，其原文为弥尼亚 Miniatne 的，盖有极细之意也。又有古挨雪 Govache 画，介于水彩画粉画之间者。

粉画看似粗，远望之，神情栩活。水彩画不多。

徐君悲鸿之油画。（1）悲鸿自写小影。（2）悲鸿为六岁儿童写生。按徐君平时所绘，多理想派，惟此为写实派。其佳处，在光采有与众不同者。

曾夫人方振璧所绘之油画。（1）吹笛女子。中国装，乃其女友之像。（2）执花女子。亦中国装，为某女士之像。二者皆写生也。

其馀名画及雕刻，并应用物品，兹特由徐君赵君导观，指录一二。（1）前任农商部总长之铜像。（2）军人战死家属哭临之石像。（3）灯光返照，一妇夜坐作针线。（4）一妇披纱巾而坐，肌肤深浅毕现，神妙之至。（5）最新式之房屋布置。用反光照射，不见灯而视之有光。最新式之器物，椅不用靠背，器皿不用花纹，纯用玻磁两种。（6）风景画有 2326 号及 2327 号、2888 号，均魄力雄厚。（7）人物画像，有 2991 号及 2169 号跳舞图，3640 号及 2291 号阅书状，2733 号裸体女子，皆近人之著者。

315 号为费里盎 Friand 所绘。764 号之女像，黄巾红裙，白衣红花，为西班牙人著名之画家所绘。1387 号之女像，裸体而两臂上伸，筋脉俱现，两足屈跪，股肉及足尖最为饱满。此三幅为有特奖之名画也。

2490 号、2494 号、2495 号等，皆细画中之著者。

1505 号之大幅画像，以及 2421 号之男子画像，2420 号之女孩画像，并麦克斯 mancncr 之画像，福而苏大幅裸体画像，其价均在一万佛郎至三万佛郎云。

至工艺制作品之多，不可胜记，以匆匆一周，不克详载。徐君导余至一室云，此间有名画一幅，不可不记。盖台房培司之写实名画也，其画题曰，逝者之思。盖画三人，一逝者之母中立，作张目锁眉张口欲哭之状；左立一妇，为逝者之妻，愁眉闭目满面作一种惨极之状；右立一女，为逝者之妹，愁容满面，伏首作深思状。三人并立于一桌前。吾人对视久之，真觉三人眼中竟若有泪流下者，然悲容惨状，不可思议。此人现仅五十馀岁。此幅价值，恐十万佛郎尚不足以偿其代价也。

徐君又导余往数室，择学要之画幅指示之。

（1）徐而培耳所绘之画，活泼生动，猛视之，觉此画欲跳出纸外者。（2）美术学校前任校长蓬堆 Bomnat 好古嗜学，已逝三年，所绘赖赛朴斯之像，及第三次共和之总统提哀像。（3）侯囊像（近世哲学大家），乃其三十馀岁时所绘。一教士入狱视囚图。（4）一女子独立深思图。神情活泼。（5）孤而摩 wrnon 所绘之学生生活图。（6）筛拉推 Salat 所绘之太平曙光大幅油画。气魄雄厚，寓意深远，乃绘石器时代之熊。（熊之反面）伤一女人，而一老人、一少年用木抬之。是皆最有价值之画。

是晚赵领事来谈话，并同往万花楼晚餐。赵领事所谈，及关于教育及种种，后章另节详言之。

第二节　巴黎之教育

七月一日晨，孙立人表侄，自里昂乘夜车来巴黎寓。握手倾谈，快甚。是日廖女士导观巴黎大学之一部，并往访巴黎大学校长。盖中国公使馆，具函致大学校长，请其为余介绍参观各学校，并余备有关于教育之问题，请廖女士译问者。抑知巴黎大学校长，官气甚深，仅接受陈公使之介绍函，而令其秘书写一总介绍函，致各女校及中学小学等，下列一单，嘱余等持往参观焉。孙立人表侄随余亦同往参观各校。巴黎大学，分文科、理科、法科、医科，附药科。各科组织不同，毕业期亦不同。文科三年，理科三年，法科三年，医科六年，药科二年。哲学科附于文科中者，故哲学中之科目，哲学史、心理学、社会学、论理学、伦理学、拉丁文、科学、哲学、教育等。而社会学中，又分社会伦理、社会经济等；教育学中，又分教育原理、教育史、教育心理、教育教授法等；理科中，又分数学、生理学、物理学、化学、植物学、动物学、地质学、采矿冶金学等；法科中，又分法律、政治、经济三科，各有细目；文科中，除哲学一科外，又有专门语言科、历史地理科等。而本日所见之文科，校舍讲堂，仅哲学教育科所用者。适见有数教室中为考试，一为文科中某科之学期考试；一为中学毕业生，受排加罗虽亚之考试者。考试者三五人，高坐于上。受考试者，轮流口试及笔试。后设木栅，任人观览。所奇者，观览者，出入不禁，且语言喧嚣，为各处考试所得未曾见，姑志之，以俟参考。

女子师范学校，附属中小学校、幼稚园。此为国立之校，编制分幼稚四岁至五岁、六岁不等，小学七岁至九岁、十岁，中学十一岁至十四岁或十五岁不等。本日所参观，授课状况，略志于下。

幼稚班（六岁至七岁者）。识数用纸制之鸭，辨认之，令其写数目于黑板，更令他生批评其是否，辨色用纸板所绘之杯箸等。以色圆板置某处，有某物为某色所遮掩，或某物为某色等，互相间答之。

又一班（四岁至五岁者）。辨色用纸板圆圈，分给学生，令其详细辨认。复以套色纸之法，令认识之。当以纸板分给学生时，令学生各以所得之问答语，互相间答之。

小学班（七岁至九岁者）。算学以数目令学生演述于黑板。二十分钟休息，令诸生起立唱歌。

又小学一班（八岁至十岁者）。读法有三生罚令面壁，馀生诵读课本而已。

又小学第五年级。地理课（如中国高小程度）因前一节为家政未毕，故本节接授未毕之家政。女教员云，暂停十分钟之地理，诸生试将前节实习之樱桃糖之制法，完毕后，如何？诸生皆喜甚，于是见其将酒精炉中之火，复加炽，糖锅中之樱桃，复加辅佐料，以热之。约未到十分钟时，两年将糖锅移开，灭炉火，谓糖已成。教员云，明日家政科授课时，分食之。

即授地理。材料为某地出一种草，可编草帽者。因指示法国地图，用讲义式，略含问答式，以教授之。约二十五分钟，即休息。

师范以学期考试，不克参观。师范三班，每班五十人，共一百五十人之谱。中学亦以学期考试，不能参观。中学三班，与师范生同。小学六班，每班多者五十馀人，少者三十馀人，平均四十五人，共二百七十人。幼稚三班，平均四十人，共一百二十人。全校共六百八十馀人，经费概由国家教育费中支出之。

是日又参观一女子小学，为时已晚，不克见其授课。编制九班，幼稚三班，小学亦六班，学生数共三百馀人。学校办法，与前校大致相同。校舍则不及前见之校宽敞。

第三节　续前

二日，孙立人表侄陪余参观巴黎第五区之女子小学校。此校学生六百人，中学六班，小学三班。所参观之授课状况如下。

中学第二年学生，皆十五六岁。女教员授地理课，教问法国对于英之殖民印度情形如何。生答语多不同，共三人相继起立而答之者。教问法对于安南情形如何，生答有与印度比较者。教问安南物产，生答西贡产米之所以多者。因气候及地理上，有水之适宜故。教指一生，问安南京城及海洋情形，并中国之关系。此生不能答。他生举手者四五人。即指明一人答之。然以答语未能详尽，教者乃以与云南相近，甚富饶，出煤油，及其他产物。又问交通上以何者为运输之便，及安南种族，及其他要地之名，并地方情形等。以生之答语未详，教者复告以米之外，又有蚕之利，且云旧法用石臼，新法用机器，得米较多，更有渔利、棉利，种种物产。结束以板示安南出产总数。（1）米。（2）棉。（3）茶。（4）加非。（5）甘蔗。（6）糖。（7）渔业。（8）蚕桑。（9）水果。并言法有此种属地虽好，惜道路较远，如水果等运来法国，已不甚佳云。（按：法国学校中之教育，其对于学生之所输入者如此，吾中国闻之，应如何坐立不安乎。）此时来一学生，向教员作数语，即向学生捐款。有即付数法郎者，有言明若干，随后付者。盖校长将去职，同学捐资，集送校长纪念品者。余观此教室之教授，不禁有感触者数端。（一）今日适遇授安南地理。（二）教室规则之严正。（三）问答时，教室中肃静无声，而答语之生，走上教坛，侧立，而高声发言，群众皆能闻之。是否，听者各举手以表示之。

小学第二年学生，皆八岁，或有九岁者。女教员授法文，教文法之先，行字辨阴性阳性之别。教问，生举手，教指名答之。又问字之由来，生一一答之。

中学初级一年，体操，走步，用优美之姿势，作舞蹈状而进行之。操场不大而中植树，随地势之高下，作环形之练习法。至善也。

中学第三年，读嚣俄诗，指二三人，诵毕，教问有何感触，生轮答之。

小学第三年，读法，教师墙壁所贴图画成绩甚多。

参观是校时，承学监导观，至幼稚班。而每一教室，统由各教室内之上课教员，互为递引。末至参观毕，即导至校长室，由女校长赠校章课则一册。略询行政状况，据云，凡公立之校，大抵皆同。详章见课则。教法虽系各人不同，而管理上一律以严整为第一要务。又往一女校，因考试，谢绝参观。约星期五，午前，可往参观。

第四节　博物院

法国博物院甚多，大约可分为五类。（一）古物陈列之博物院。（二）美术陈列之博物院。（三）皇家珍贵之物所陈列之博物院。（四）关于科学上之品物所陈列之博物院。（五）杂今古之品物所共陈列之博物院。余所参观之博物院，大小约七八处，而以美术及古物之博物院，观览较多。

在女中学相近之街，有一博物院，余与立人购券入览。所见有可志者如下。

（一）近三百年中之古物。多雕刻及金属制之器皿、用具等。（二）武器。有水战用具，潜水用衣甲等。（三）图画。佳者甚多。其最著者，有一妇人若有所思，坐于门内，一女侍者，垂手立于门外。而人影适半透入门内。窗外阳光，射入门内，而阳面之光，透明，阴面之器用什物，隐隐皆可略辨之。此幅高悬于壁上，吾侪自此室过彼室，远望之，仿佛楼上一人独坐。日光射入而有此影也。及近视之，尚未识为真画，犹疑为真境。细视之，方知为图画也。绘画到此，神妙极矣。又有著名画家罗别脱 Robert nantsuil 者，所绘虽维 Sevignd 像。虽维为一千六百二十五年至一千五百七十八年中间之著名女文学家，故此幅颇有价值。（四）路易十六之像，及其用具，并衣饰。（五）革命旗及武器。（六）断头台模型。（七）古乐器内有一古琴，为埃魄 Harpe，其弦凡三十六，其式为，乃某名人之遗物也。（据守者云虽维家之遗物。）

（八）名人遗物。（九）虽维室分四室，一为虽维之用器及其遗物。有一人专门讲述虽维之事迹。及其遗物者。（十）虽维之女，亦以文学著名。Madome Griguon 画像，与其母均有价值。并其遗物，均保存焉。

翌两日，立人导余往观赛吕思机博物院 Cernuschi。购券入门，多东方古物，而以吾中国之物为最多。约志如下（按：Cernuschi 又可译为成那思骞。）

（一）石像。（二）石碣。（三）造像。（丈二尺高）（四）释迦铜像塔一。铜斛二。关帝铜像。彭祖铜像。（五）陶器。（六）玉器。（七）湖南产之唐代古玉器，及铜器陶器等。（八）琴台二。乃三代之遗物。（九）俑（陶制者）。达摩像，魏时造像。（十）魏铜像。及造像大小二十馀件。汉玉大小六十二件。次者亦百馀件。（十一）清秘阁之额，盘龙金边。（十二）造像。西文注此石像，为第六世纪之物，由中国运来者。（十三）明张宠章浦湘八景卷。（十四）元明间之皇宫待漏图。（十五）魏造像。及汉唐涂金佛十一尊。（十六）象牙玉骨陶器等百馀件。在一玻橱中，乃周之遗器，雕刻甚细，在河南发见而运法者。（十七）唐瓦像。周鼎。唐壶。周匜。（十八）魏铜器两橱。（十九）魏造像。（而是）钟鼎数十件。中有数物，为黄河北邙山开掘所得者。（二十一）蜡制龙首（即螭吻）。及磁陶铜器千馀件，注明在一千一百零八年顺德府所得。（二十二）汉画像。长八尺六寸。（二十三）周卣鼎槃牺尊簠簋敦虎彝等。二十馀件，注明在陕西省所得。（二十四）周煮牛鼎。径四尺。（二十五）古画像七大幅。（二十六）日本铜佛一座。（二十七）日本铜器及画像等。（二十八）宋刻本佛像十一幅。（二十九）汉画像。（三十）汴鲁新出土之汉画像十馀幅。内有子昂画马一幅，吴兴钱舜年（选）绘苏武牧羊图一幅，为希世之珍。（三十三）魏石像新出土者三。大景泰蓝花瓶，高六尺。余参观此博物院毕，不仅慨叹吾中国数千年之古国，有如许多之珍奇物品，自己不能搜集，而竟为法人所得，成此一中国博物院也。吾中国人见之，能无愧死。是以此次返国，到处应提倡多设博物院、图画馆，二者为博览古今之要钥。（按：煮牛鼎与余在河南开封所见周器同。）

第五节　自然科学院及国葬场

三时晨，徐君悲鸿，导余往观自然科学院，亦可译为生物院，其原文为 musil jhistoise natuselli。中间包括（1）动物院。（2）植物院。（3）（甲）现在之植物动物标本。（乙）古动物之化石及骨。（丙）人类之骨及人之塑像照片等。（4）地质院。以余等参观所及，略志如下。

（1）动物院所见，略志其大者。（一）河马。（二）象。（三）鹦鹉。（四）狮子。（五）熊。（六）虎。（七）山猫。（八）孔雀。（九）鸣禽。（十）兔。（十一）猴。（十二）袋鼠。（十三）猛禽。（十四）象。（十五）鸵鸟。（十六）斑马。（十七）斑鹿。（十八）两栖类。（十九）蛇。（二十）鲸。

（2）植物院。时适雨，在植物院中，周行林圃间，未能详志植物分类之名。即至第三院，此院楼房五层，陈列之品甚多，惟以参观之路线，志所见之品，未能分类详记也。

（3）生物标本及人类之骨、古动物之骨。（一）生物学家拉马耳铜像。（二）原人时代之生活。石像之雕刻，有一野人，为人刀伤腰部，腰子已出堕体外，乃野人复将此人扼其喉而死之。（三）异胎。有一首而两身者，有一首两鼻双眼者，有一孩向前多两首两足而一尻者，有一身而两首者，有一下身而上身为二人对面并坐者，有两首四足而下身则一者，有一猪而两首者，其身则前四而后两，有一羊而两首者，有一猪首而两猪身者，有牛胎马胎之奇异者，此种标本，共十馀橱。（四）各种人首及兽类之骨。（五）各种脏腑之模型。（六）各种鱼类剖解之模型。（七）各种海产之骨殖。（八）鲸之骨。（九）鳄鱼之解剖。（十）象首之解剖。（十一）狮之解剖。（十二）古大兽之化石。（十三）古恐龙之化石。（十四）古象之化石。（十五）古兽化石 Tstaorpctwm mgmur。（十六）古三叶虫化石。（十七）藻类及珊瑚类。并鱼类之化石。（十八）贝蛤类之化石。（十九）翼手龙化石 Phgtsogroptus pgrms。（二十）鸵鸟骨殖。（二十一）埃及古尸五，小孩尸身二。（二十二）人种各像。中有中国人之铜像三，一为翎顶辉煌之前清官吏，一为垂辫于颈旁、手执烟枪之男子，一为伸手表示其有长指甲之女子。又有李鸿藻等之照片十馀人，皆将其发辫翎顶，设法表见之，有侧立者，有背立者，有斜坐者。（二十三）各种人类足之模型中，有蜡制之中国人小脚三。一为初缠者，一为已缠至中年者，一为老年最小者。（二十四）中国有名之人画像二。一为刘永福画像，一为冯子材之画像。（二十五）人脑之模型。（二十六）墨西哥之大树一段。重四千启罗，合八千馀磅。（二十七）飞鱼标本。（二十八）文鹿斑鹿。（二十九）大飞鱼与大鲸鱼，并各种大鱼，均奇怪之至。（三十）大蝙蝠、小猴、野人、古大猴、山猫、豹、山鼠、黄狼。（三十一）牛、犀、羊、鹿、袋鼠、河马、海豹、海狗、海象。（三十二）拂子贝，偕老同穴。珊瑚类。贝蛤类。（三十三）涉禽类。水禽类。鸣禽类。（三十四）猛禽类。有大白鹦鹉，见人高声鸣之。（三十五）爱独皮加 ethrpzga 类之五彩小鸟。新尼李史 cpnrigcis 类之五彩小鸟。此两类之小鸟，状细小如小指大，羽毛灿烂，多翠碧色。其一种灵巧可爱之态，虽为模型，然真令人见之，可爱特甚。（三十六）珠贝有二十馀种。珠之大者，如棋子，有四蛤，腹中有四条小鱼，亦珠光灿然可见。

其平时在海中食小鱼，而未化之故。又有人工制蛤，腹中之佛像甚多。（三十七）加里司脱 Corysates 之小蟹。爱及里挨 egecia 之长足小蟹。独豜来浮 doclea 之蟹。培利绥亚 Pericera 壳上有刺之蟹。（三十八）蝴蝶之种类甚多。（三十九）绿虫（与余昔日在南洋茂物儿园中所得者同）。（四十）龙虾类、海车盘、海星等千馀种。（四十一）蜘蟹有长大之壳，径至五尺，其足一尺七寸。（四十二）各种昆虫类之标本。

（4）地质院。（一）门外之岩石，大者甚多。有在太平洋古火山岛上取来一大石，高七尺，重四千馀磅，上作眼鼻人头状。（二）大块水晶。（三）树化石。（四）紫晶、蓝晶、黄晶，皆径尺之高。（五）大金刚钻。如拳石，比之拿破仑之冠上珠，尚较大，尤为名贵。（六）奥斯大利亚产之厚配来 Pab 宝石，此石比金刚钻次之，颜色之灿烂特甚。（七）玛瑙水晶宝石等，约有千百万种，其最贵之玛瑙，竟有百馀种之多。（八）猫耳眼。（九）大云母石片，有径尺者。（十）煤数百种中，有五彩之光色者一种。（十一）墨晶之大者有六，四方之立方晶有五寸厚者。（十二）芦木化石。（十三）轮木化石。（十四）大鹦鹉贝之化石（闻此种化石，里昂山上甚多）。（十五）空青，丹黄，及各种化石。（十六）乌斑之宝石有十数种，皆有奇彩。（十七）模柴以克之石 Nosiguse，此种石，即古时作模色画之用者，今之模柴以克。石拼成画像及人物鸟兽等之画，虽不如古，然亦一种美术画之甚有价值者。至模柴以克之佳品，其价竟值数百佛郎至数千佛郎不等。即极小之模色嵌画，有径寸大者，亦非数十法郎不能购。至于教堂中之教史画，美术馆中之名人画，往往无价云。另有一室，有十数橱之世界奇果之标本，偶望之，必不疑为果实。盖有似植物形者，有似器物形者，有似腰形及肺形者。世界万物之奇，真为无奇不有。

午后偕立人往巴黎国葬场。由导者入墓道，曲折指观。（1）卢梭墓。（2）复尔堆墓。（3）苏福隆墓。（4）法国第二任总统某之墓。（5）某名将墓。（6）麦苏等三人之墓。（7）哀弥勒（教育家）。（8）维克脱罗。（9）拿破仑时之内阁六人之墓。（10）拿破仑时之勋臣三十二人。（11）鼓吹革命之人物 Claut mazeso 及 Oiaftstgian 皆在 1429 从军而死者。出国葬场墓道之门，即在国葬行礼场，周览油画及模色画之画壁，大抵皆名人遗画。即屋顶所绘，亦甚佳之名画。左为国家，右为天堂。又有第三世纪之名人培阿 Romuad 及莱探伏尔 Bdsnie 等所绘者，第五世纪之菲洛索菲亚及第六世纪法帝第一之战史等，皆为有价值之画壁。此外有著名之历史画数种，b mntzu clr At Penis bouint, Attila ot Asn arwee on manhnuotinis Pehaywsg, Atc Smeuiine ronthes confian 4t b odue dn Sinsiun ofraye de I wppuche psixiln, St Ioui xeula gustue.

又有一孤女，因战争而用计诱导敌兵至死路，得以使国家之军队战胜。既而此孤女为敌人所获，用木柴烧死。种种惨酷情状，皆一一绘出，以见此女为国捐躯也。特画于此壁，以昭忠魂耳（按：此孤女名约安达克 Jeanne D'arc，百年战役时，年才十六）。又有铜像石像等，皆古名人及勋臣等之像也。

第六节　改良留学方法之谈话

吾国留学生之在法国者，人数不多，而分散数处。约可分为数种。（一）苦志力学，学有成就者。（二）学有根底，专门精进，日事勤勉于所学者。（三）有留学费而尚知自勉者。（四）学费甚难，而不知自爱者。（五）学费不多，而所学尚未毕业，虽欲还国而无从者。（六）学费甚裕，而不知勤学，专从事于巴黎繁盛之场者。（七）国学甚优，所得新科学甚少者。（八）国学不深，而新科学尚多所得者。以上种种，固概举大略而言之耳。赵颂南领事，所以有改良留学方法，而有提倡幼童留学之举。赵先生国学甚深，日前屡来寓中谈话，所言多心思新颖，其最佩吴稚晖先生，为中国伟大人物，尝谓吾国人欲改造土货而为洋货，胡以不知改造土人而为洋人之方，是以有鉴于外国学术之博大精深，断非数辈留学数年，即能尽得其真相者，故提倡十岁以外之幼童，留学国外方法。赵先生偕其徐夫人，愿为留学幼童尽起居饮食调护之劳，以十年为度，另有章程附后。余闻其言，并叩其究竟。赵先生云，有子三人，长次已各留学法国毕业矣，一农学，一电学。三子则习医学，于前两年，为汽车撞倒，呕血数升而逝。此种惨目伤心之事，闻者当亦为之惨然。既思与其为己子谋学业，不如为他人子谋有造，故夫妇二人，愿为中国众幼童之大父母，教导保护，以冀其造成真正有外国学问之人。又以年长者，国学虽深，所得无几；年少者，国学虽浅，年久而所得必多，此两种心思汇集，而始成此幼童留学之方法也。余闻赵先生言，窃思幼童年龄过小，似亦不甚相宜，不如以高小毕业、国学略有程度，来法学习法语一二年，入中学校，三年再入专门学校，或大学四年或五年，共以十年为度，然后返国，再习国学一二年，乃可以向社会服务。此则余与曹先生之意见，稍有不同者，办法略殊，而目的则同也。

第七节　十九世纪美术博物馆及拿破仑墓并军械战胜品陈列所

四日上午，偕立人同往参观十九世纪美术博物馆。购券入场，所观各品物，乃雕刻及图画二者为大宗。而其中之著者，姑志一二焉。

（1）法兰西之灵魂 Sorrabeyolles。此种石雕刻，为至宝贵品物。（2）战士归命处 Neuwille。此幅大油画，前方营葬战死之将士，畚锄忙迫之不暇，后方敌人紧迫冲来，又互相激战。其情形至为惨淡，可见战争实为世界之罪恶矣。（3）医生用手术治疗疾病图。此为 H. Iewex 所绘剖腹易腹，神态活现。（4）收成时之乡村。此为有农家乐环境者 Ehermitte 所绘也。（5）法国前总统米勒项油画像。为 Baschet 所绘。（6）最后之归去。用牛车载柩前行，有多人送葬在后，各人面容之悲惨，状至不同。此为 Berteoux 所绘者。（7）海中之牺牲。此为 Gottet 所绘者。（8）独坐静思图。一种采光之明暗，浅深之细显，为一时无二。Fomont 所绘者。（9）阿剌伯音乐队图。（10）秋林摘果。E，R. Monard 所绘。（11）风琴围观。Hfontine-otowr 所绘。多人围观一女子调琴之状，神情活泼。（12）唱新祷歌。为 Allort Daswant 所绘。（13）一线光明图。此谓在黑暗世界中，能放一线光明以济世者，惟宗教耳。为 Jwles Sofalure 所绘者。

拿破仑之墓。建筑宏壮，墓上陈列各种纪念旗及花圈等。余等以是日为非开放之期，故未能入墓道参观也。外有一楼，约数十间，为陈列战利品之场所。观览一周，计有石像数十尊，画像战利品，皆陈列之。墙上战史甚多，以一千八百零九年九月十九日恶加捏之战图，最为精细雄壮。计有军队三十馀队，敌军数十队。两军混战，死者死，逃者逃，追奔逐迫之情状，均跃然于毫端。此为 Bataille Docena 所绘者。楼上陈列炮三十二尊，楼下陈列，右有六十四尊，左有一百二十尊，门外四十尊，又十六尊，共二百七十四尊。炮弹不知几许，其最大者，约五尺高。庭有过山大炮一尊，盖为欧战时，德国所失，为法所夺来者。又有吸收各处电信之机，有七听筒，在一千九百十七年至一千九百十九年为法国所制。

出观亚历山大桥。此桥为巴黎第一大桥，镂金刻石，架空虹飞，叠阶平衔，跨河酾水。过桥广场，有一公园，森林浓荫。风景殊佳。余小立桥头。写风景画一幅。立人往树荫中闲步，少顷，同返寓所，知刘君文岛来约午餐相左。是晚，刘君文岛偕其夫人廖世劭同来，与赵领事等，同往茶馆，饮水乘凉。刘君湖北籍，昔留学日本，习法科，今来法，亦已两年，仍习法科。赵先生又谈及吾人须有世界知识，必与世界各民族无特异处方可至大同之域，云云。余以赵先生为外交官，而绝无官气，目竭力主张培植后进，及改良中国种种习惯等，议论通畅之至，殊可佩也。

第三章　法国之三

第一节　中国美术品之贩往法国者

凡华商之贩售古董者，每能致巨富。以法例，三百年前之古物出入，皆可不纳税故耳。盖法国物产，以三美名：美酒，美人，美术品也。入法国而无人不饮酒，与入美境而禁酒之令甚严者，固天壤矣。巴黎妇女脂粉涂抹，服装奇异，吾见其为繁奢华侈而已，未见其为美也。美术品，则法国集各国之大成，而发皇于一国，真有美不胜收之多。而华商之贩卖中国美术品往法者，法人亦往往不惜重金罗致之，故各博物院之中国美术品甚多者，半自法人来中国搜罗而得，半自华商贩售而去者。

赵颂南先生既嗜书画，复缔交华商之收藏美术品者，是日导余往观一华商家中，收藏之中国古画。余既浏览三小时，并志其略。

（一）木刻罗汉。明代之物，高五尺。（二）木刻塑像。高一丈二尺，亦明代之物。（三）唐王维山水。斗方，绢质。（四）李唐山水。亦斗方，绢质。（五）宋李营邱墨笔溪山深秀图。树叶之老，山势之奇，人物之细，不愧工笔画也。（六）苏东坡墨竹。有题云：乙卯中秋当月写此消遣。此幅闻价值一万五千佛郎。（七）唐贯休和尚文殊像、普贤像二幅。有印度笔法。（八）宋胡神奇马图。（九）宋董北苑人物。有章得象、晏殊、杜衍、富弼四人之题：庆历三年侍驾天章阁，获观，奉刺恭题。（十）倪云林幽亭古木图。翁覃溪题签。云林自题云：隐隐寒山欲雪，萧萧古木凝烟。得句恍从空际，置身独坐亭前。此云林于既绘之后十五年而复题者，纸质，墨痕浅淡，疏落有神，的是云林真品。定价一万八千佛郎。仰乡贤之遗墨，虽在人间，惜价值之过昂，已流海外，观玩久之，无力购回，诚憾事也。（十一）宋夔禹玉观海图。嘉靖庚子全邬徐乘题签。（十二）宋董源仿汉陈蕃夏山图。有政和二年八月缉熙殿御览之章，有董其昌真迹题跋，称为宋代第一名笔。（十三）管夫人大幅画竹。款为天水管道昇绘。至治二年秋九月子昂题云：夫人写竹如写字，不堕画家蹊径中。料得山房明月夜，翛然叶叶动秋水。古木修篁石似云，纵横八法自成文。何当截作韶华琯，吹落春天紫凤群。此幅约八尺长，定价二十二万佛郎。（十四）宋朱羲春郊放牧图。大幅。（十五）苏汉臣绘小儿及猫。（十六）宋赵焯风雨归舟图。有益王朱印。画笔工细，得风雨真势力，水波芦苇之神韵，极情尽致。（十七）米友仁云山图。（十八）唐尉迟乙僧吉罗果林佛像。黄麻纸本，有希世之珍题字。宋侧理纸装，又有永兴陈印僧署賻天禅寺宝藏印，麓云楼书画记等印章。此画即中国古印度之油画（一菩提树下坐一老僧）。（十九）宋马世荣孤松高士图。设青绿，色古黝，人物工细。孤松，一老人坐石上，一童抱琴来。（二十）宋艾宣残荷双鹭图。（二十一）宋陈所翁云龙图。此幅云雾苍茫，神龙见首不见尾，无题识。余顷刻题二十八字云：墨痕惨淡如云雾，龙首跃舞龙尾藏。浪花怒涌排山起，衬托妙笔浑而茫。（二十二）宋丘庆馀棠实鹦鹉图。（二十三）宋钱舜举紫茄神品。自题云：早日毗山爱写生，瓜茄任我笔纵横。自怜巧处还成拙，学圃今犹学不成。有名人题跋。并有翁方纲题云：肯向徐家乞写生，茗溪且倚暮云横。疏畦几日经秋雨，补得山居一幅成。小款乾隆甲子方纲。（二十四）宋王孤云滕王阁图。有南昌胡仪题，希世之宝四字。（二十五）李文卿山水册页。（二十六）唐宋名人书画大观册页：（一）米芾墨迹。过洞庭作一诗：洞庭南去水如烟，八百湖风送客船。只有岳阳楼阁迥，至今犹说洞宾仙。（二）米友仁审定米芾临本题跋。（三）宋蔡襄手迹。（二十七）无名氏牡丹。红白紫蓝绿灰色三十八朵，大横幅。气魄雄厚。设色之佳，近世不易见之作品也。（红色者二十四朵，白色者五朵，紫色者四朵，蓝色者三朵，绿色者一朵，灰色者一朵。）（二十八）五代杜霄惜衣仕女图。有文徵明、唐寅、王宛三人题诗。（二十九）仇英人物。（三十）元仲美之大幅花卉。以上均于数百种美术品中，摘出最有价值者，略记之而已。承华商某君赠余中国名画一厚册，以为此行之纪念品。

第二节　赵领事家藏之美术品

赵领事约余往其寓所，观其所藏珍品。余既偕徐君悲鸿同观华商贩卖处之名画，又同往赵寓，晤徐夫人（无锡徐仲虎先生之女也），及公子赵建、赵武。并参观陈设各品，亦略志之。（是晚晤林君立，习矿科者，赵长公子习电科，次公子习农业制造者。）

（一）秋室余集画仕女。（二）仇英仕女。工细甚，有文徵明题。（三）扬州王小梅素仕女。以梧桐绿竹补景。（四）尤求披红纱仕女。（五）沈用小幅山水。（六）无名氏青绿山水。斗方，又菊花。（六）曹墨琴女士天竹水仙月季。（七）明吴小仙人物。风吹杨柳，人坐石床，逸品也。（八）金门画史冷枚仕女。（九）无锡乡贤邹一桂荷花芦雁。款署仿管仲姬老人。（十）恽寿平临北宋本罗汉松天竹梅寿带。自题有以尔为三友，真能耐岁寒之句。（十一）溉夫绘桐竹高卧图。题云：晚风吹梦尽茫然，日影高高碧树圆。客有叩门都不应，自支高枕听新蝉。（十二）文徵明溪山高隐图。此幅山石之苍，老树木之层次，房屋之位置，均斟酌美善。（十三）改琦戊戌季夏绘苏小妹三难新郎图。大横幅，东坡在假山石后探望，秦少游在大金鱼缸畔徘徊，作进退维谷状，神妙之至。（十四）栖霞山人月季花之藤。马之驭题：夏首春兰花蔓菲，庭柯寻丈许相依。不嫌束缚成枯树，笑似山僧著紫衣。（十五）汪士道八骏图。乾隆壬午绘。此幅纯用白描，不愧老手。以上为名画。

（一）蓝色金龙碗一。（二）绿色龙碗一。（三）景泰蓝瓶二。水盂一。瓶一。（四）套红鼻烟壶。（五）玛瑙水盂一。上有大小二蝇，雕刻甚细。（六）犀牛角所雕刻之画像，甚工细。（七）霁红大瓶一。（八）黄龙罩团瓶二。（九）景泰蓝碗。（十）景泰蓝大盆一。（十一）大磁瓶（康熙）一。上绘百子图，甚工细。（十二）内府藏红雕漆挂屏。以上为磁器及雕刻等物。

余以为时甚促，不克遍观。承赵先生赠余陆子欣公使所刻赵先生译法人某所著之《谒林日记》，及陆公使所刻林纾、叶于沅所译法人克里孟索所著之《膜外风光》两书，以为此行之纪念品。

第三节　悲鸿寓楼之读画

徐君悲鸿，留法学生中之巨擘，吾江苏苦学力行之士，赵颂南先生称为新画家之名家也。日者偕碧微夫人备午餐，饷余等同游诸子于悲鸿寓楼。回首江南，饱啖家乡风味；赏心海外，纵谈世界名家。出历年辛苦搜罗，不愧奇珍希世；尽数载临摹挥洒，遍观大笔写真。名画则古今俱备，新稿则中外咸宜。其最著者，悲鸿之师美术大学校长之油画，及某名人之画稿，并悲鸿自画之稿。（一）奚我后一幅。绘农人待雨状，取后来其苏意，寓意深远，为悲鸿画箧中第一稿。（二）绿郊一幅。绘郊外绿荫，一人欲系马于树荫下状，取意亦深。（三）临写一模达。筋肉之力毕显，而一臂一腿之脉络，谚云劲道十足也。（四）为碧微夫人写午睡图。其馀数十幅，悲鸿面嘱不必记载，以皆非惬意之作。此虽谦辞，然病骥不知绘画，而窃好之。此次来巴黎三美之都，参观美术品独多。矧遇悲鸿快人快意，纵谈古今，导我良多，故略记数语，以志钦迟。爰赋七绝三首，五绝一首，附以跋语数百字以赠之。诗录下，跋语未录。

人不好奇世不知，怆然俯仰欲何之。

唯唯诺诺吾方耻，掷笔江山姑待时。

时至何妨任我之，美人香草楚骚知。

农田万顷云霓望，端借生花笔一支。

万里海山荡胸臆，一楼风雨藻乾坤。

（在悲鸿寓楼，适逢风雨狂骤，玻窗明亮者，亦为之暗。而雨水入窗，悲鸿画稿亦为淋湿。）

吟情画意天然趣，端为先生来写真。

结想驰云表，游踪寄海隅。

如余嗟老病，能许着鞭无。

时有潘君慨余年老出游，斯行未必有所得，余深以为然。嗟嗟天马行空，悔不早生三十载。哀鸿遍野，奚为后我五千年以未死；雄心老骥，岂甘伏枥得时霖雨神龙，亦足苏民。此余读悲鸿之画，而愈觉感慨太息于无穷矣。

翌两日，悲鸿来余寓所，以半小时之时间，在电灯光中，为我写铅笔照一纸。余既感谢悲鸿之待我良厚，又佩悲鸿之技艺特精也。悲鸿以教育部欠留学费一年，故穷愁慨无米之炊，陈蔡等绝粮之厄。余因为之函致罗雁峰次长，代为呼吁。乃隔两周，而悲鸿寄书马赛舟中，谓爱老人手迹，此书不发矣。悲鸿真亦奇士哉。悲鸿论罗浮博物院之画，曾云，写拿翁战绩者，为霍而斯浮脱，其人之画，价值甚高。其馀如杜雷克斯 Delacraix、赛福尔 Scheffer，皆有杰作。如 Clouis 大王、Tallioc 之战，为赛福尔精作。尚有罗尔 Boll 之法德两战争，骑兵肉搏图，亦一时无二之精品也。也是皆为前日参观罗浮博物院时之所未及者，故悲鸿论及之。

第四节　学校教育与社会教育

五日上午参观圣路易小学，男女兼收。编制分幼稚二级、小学六级，学生总数四百人，每级五十人。教授方法，见幼稚一级、第二年小学一级，亦第二年教材。幼稚级用积木堆作房屋，及巴黎铁塔、凯旋门等。女教员指导儿童为之。有一幼生，约七八岁，久之未成而泣，女教员乃令年长之生，为之代作而成之。小学级读法，讲授及轮问轮答，有数生不能答者，女教员诘其何故而不能答。一生举手，谓彼生平时听受不专故也。教室内至为镇静。盖法国中小学校之教室规则，至为严重，与美国小学之活泼儿童，真有天壤之别。

欲往一博物院参观，适以星期一闭门，未克往观。遂往一大公园，绿树中休憩。巴黎公园之多，约百馀处，每一公园，必有雕刻石像，及古时美术品，点缀其间。而公众坐椅，及花木，并饮料处，皆能整洁。另设竹筐，悬于园隅或篱旁，以待游憩之人，弃置废物及污秽之物者。晚间或早晨，自有人来收取之。至于街头转角处，常有一亩半亩之地，为植树数行，设铁椅三五，或有喷水池，或有花草等，以备路人之休息者。此即吴稚晖先生译为街圃者是也（研究社会教育及欲整理市政者，盍有所取法乎）。

体育为法人最注重处。男女交际，亦极自由。尝见有一园林，设秋千架、荡船等。随便有儿童游玩。每到夕阳欲下，绿树荫中，时时见妇女儿童，拍球竞走，作种种游戏。甚至一早一晚，妇女坐树荫下，作手工，旁置一摇车，载小孩或自由车篮，由年长之女孩，推往树林中游。少顷，又推回。亦见有男女席地而坐，喃喃小语，或并肩树林之中，笑语嬉戏，行人往来不知避。或在咖啡店、酒店，为男女消闲谑语之所。法国大街之旁，咖啡店，酒店。皆林立。每到夜深，十一二时，客座犹为之满也。

图书馆与美术院甚多。阅书须先报名，领一阅书证，自后随便可以入馆阅书。美术博物馆，与古迹游观处，大抵皆临时购券入览。更有各种风景画片，风景画册，历史画册，随地可购也。

此次法国开世界大运动会，余以时促，竟不及往观，殊为憾事。但闻开幕时，中国之旗及牌，竟无中国代表，躬自执而游行，不得已而为两法人代为执行。不知我中国政府，对于此种世界共同之举动，竟未派代表乎？抑派而未到乎？而吾中国之外交官闻之乎？用志之，原他日阅此者，知此种大缺憾，将何以洗吾国之羞。

第五节　凡尔赛镜宫 Veceainlles

六日，余偕徐君夫妇、孙立人表侄，及潘周唐张诸君，共八人，乘车往凡尔赛，游镜宫。入门，即见广场中，法皇路易十四骑马之铜像。场之周围，有石像十四，皆当年法皇路易十四时之将佐也。此地在门外望之，甚不足观，一入铁门，则觉规模宏显无比，房屋高大绝伦。按此为路易十四之故宫。在一千八百七十一年，德国威廉第一，战胜法国时，即在此宫议和。法皇受降，德皇即帝位，宣布命令，召见群臣，皆在此宫。故在法国，认为奇耻大辱，子孙必报。抑知五十年后，法又胜德，而德败议和签字，亦在此宫。于是凡尔赛镜宫，遂为法德胜败签字之所。矧吾国在欧战后，对于德奥拒约不签字者，亦在此宫。可见此凡尔赛镜宫，在世界战史上有甚大之关系者。

既入宫，先往宫后树林间休息，过喷水地甚多。是日为星期六，据闻每月之第一星期六，必全园喷水，故今日之游人，较之往日尤多。

地方寥阔。此宫占地一千八百馀亩，有湖可以划船，有林可以射猎。当年穷极奢侈，可见一斑。今则游船可划，射猎则无矣。种植树木之多，建筑宫庭之丽，笔难尽述。兹特记两事，以实吾游记。

（一）环楼。连接四十处，陈列皇家所用之衣服、饰品、冠冕、器皿、床榻、几椅、文具、武器等。其镂金错采，瑰丽珍奇，固不可殚述。兹特记其优者。（甲）镜宫云者，因四面皆大玻璃装成之窗及屏风，前后十二间，镜面相照，如迷楼。几次和议即在此厅。（乙）有一桌，长凡八尺，阔凡三尺，金缕朱色。其四围也，金边云模。其桌面也，即德法一胜、一败之两次签字之桌，亦即吾中国拒约不肯签字之桌也。（丙）路易十四平时所用之衣物，及皇后之衣饰。其中有珠冠及裳饰之钻石，为无价之宝云。（丁）关于历史战事之大幅油画，及屋顶之画，并织锦画，模紫衣克画，尤皆络绎不绝于眼前。（戊）有一室，为路易十四晨起眺览湖景之所，三面大玻璃，随处设一椅，皆可从高处眺览湖景。此室适在楼之西南，宜截一角之高，览全湖之风景处也。

（二）喷水。各处树林中之喷水，约十馀处，高者十馀丈，至二十馀丈不等。余等从北往南，道经一树林，见树隙间之喷水，几同瀑布，自上而下。迨至近处视之，乃一池甚大，周围且有小喷水柱三十六处，同时喷之，凉爽特甚。又有一处喷水最高，约二十馀丈，适为日光斜照，虹彩飞扬，至可观也。园之中间，有一池，中有铜像，四围猛兽，皆口喷大水，如长鲸。又一小池，周围皆树木。池旁有石栏，池中一石像，骑一兽，水自兽口斜喷，约七八丈。余等游观久之，皆有倦容，乃休息。闻徐君云，有一最大之池，今日午后，须有数十喷水处，聚于一池，可往观也。未几，各喷水处之水，皆停止。游人群集于园中大池四周以待之。约半小时，地上喷水处，凡二十馀处，同时喷水。最高者二十馀丈，最远者亦二十馀丈。池边有一铜像，骑一大兽，兽口中忽喷大水，其远竟有二十七八丈。一时飞泉怒涌，日光闪烁，虹霓之影数十条，风拂水沸，变幻无定，真大观也。

是日，适遇蔡孑民先生，偕其新夫人，及女公子，由比利时来法国，游览星期六之镜宫喷水。与余已八年不见，握手晤谈者久之，且云，此行必有所得。余不禁慨然曰，先生久旅欧洲，而有如是之问耶，余斯游也，殊可笑甚。盖言语经济，两者之关系，困难殊甚。是以所得真有限，还祈先生等有以指导之。

既而由大树林绕出后面，至一最高处，俯视宫庭。有一园圃，中有一池，周围皆花草，而水平如镜。回首遥望，有层峦叠嶂，遂由石桥而前行。未数十武，乃绿树森森。即前疑为峦嶂者，盖镜宫园景之佳，尤非笔墨所能尽述。爰赋一律，以结束之。

凡尔赛镜宫园景

五十年来胜负间，迄今陈迹未全删。

故宫芳草薰风碧，猎苑鲜花落照殷。

凿地池圆平似镜，撑天树绿远疑山。

喷泉百道遥倾射，虹彩飞扬水四潺。

第六节　蜡人院及方丁白罗皇宫

七日，赵领事来谈，为余绍介意大利友人函。余偕立人往观蜡人院。购券入门。则见游客往来，与蜡人几不能辨。细视之，始为讶然。惟所见最著者，约记数种于下。

（一）拿破仑最终之夕。一室惨淡之灯火中，有床榻几椅，陈设拿破仑用具。床前一椅，坐一医生，作绝望状。床上悬帐，一人偃卧，即盖世英雄之拿破仑也。余等在室外望，仿佛见当年拿破仑临终之状态云。

（二）路易十六被刺之夕。一室设一几一椅，路易十六仰卧椅上。旁一椅倒地。路易之首，喉已半断，倒于椅背。胸右一刀插入，创口流鲜红之血，淋漓满地。颈间血肉模糊，惨状至为可怖。旁立一人，作惊骇欲倒状。门外一人，掀帘探首，作欲入而不敢状。室外两三人，有武士装者，亦有蛮人装者。一观此室，可想见当年法皇被刺情状。

（三）古代人兽斗搏状。大室中蓄猛虎野兽等，门有铁栏，外有裸体妇人及小孩。盖将欲以此妇人，投入铁栏给虎所噬矣。而小孩作涕泣状，妇人亦涕泣，作不忍舍此孩状。旁有男子，礼服往观。而铁栏中有一武士与兽搏，尚未败，而旁观者方作鼓掌状。此种残酷景象，是以表见古时惨无人道凶暴之政矣。以上三种，为最惨淡者。令人见之，莫不毛骨悚然。

（四）耶史之送终及祈祷等类。皆在深室中，装置紫绿色电灯，令人见之，有一种黯淡欲泣状。

（五）法皇勋臣之像，及宫殿起居侍者之像，战士之像。此种类皆威严显赫，令人见之，如睹宫仪，如入凌烟之阁，如登凯旋之楼。

（六）游观贩卖商品及工作等之人像，又皆从容不迫，仿佛如百货店论价状，及工人作工劳苦状。其最奇者，游人杂沓之中，有一礼服而手杖者，摇首欲言，及游息可坐之长椅，与人欲语，手指彼方蜡人之可观。并观览蜡人时，有一老妇，伛偻欲出者，均蜡人也，而非游人。余与立人观之，真莫辨其为孰真而孰假矣。因得一诗以记之。

死死生生真乃假，形形色色假偏真。
天堂地狱眼前境，惨绿残红镜里人。
一代帝王悲末日，一般奇巧悟前尘。
乐园撮土都堪比，大造难翻花样新。

往方丁白罗皇宫 Fontanbleoa，此即拿破仑之皇宫也。亦即当年被拒后，与人握手辞行处也。今亦为博物院。余与立人购券入览，仅得观十分之三，已摇铃闭门，故不及遍观。怅怅而出。所见者略志如下。

（一）石雕刻之名人像。（二）昔日拿破仑之陈设品（有大石瓶四，高七尺，雕刻之细，无以复加）及日用品。（三）乐器及图书（图书部分有三室，首一室中，均罗马及古埃及之书）。（四）皇冠皇服珠宝装饰之品，皆贵重之至者。（五）金钟一座。为胜普时所铸，高凡八尺。（六）美术画。则油画锦画。仅观其一部分而已。返寓后，又得一诗，咏蜡人院者。

疑假疑真事最奇，真偏疑假假还疑。
天堂地狱试相比。古是今非总不宜。
如入迷楼多幻境，岂无觉路警斯时。

（有落花亭一座，以玻璃凹凸大小不等，游人入之，目为之迷。）

形形色色莫穷究。惨剧欢情两自知。

是晚唐君启宇张宗成，往柏林，余与立人往里昂。乘夜车十点三十分钟赴里昂。车箱人满，寻多时方得一客座。余与立人分隔两处。久之，有人告立人云，此间尚有一空座，可移来，乃得两人同坐一处。盖法国三等车，一车箱，两面坐八人。时在未开车时，送客者皆在座；故至将开车时，始得空位也。气候甚热。一室八人既拥挤，且酷热，人颇不舒。车行八小时许，天既明，始到里昂。

第四章　法国之四

第一节　里昂之学校

八日七点钟，车至里昂。即至一旅馆 Hotelonbais 35。余稍休息，略食茶点，立人往中法大学休息。九点钟，立人来寓，同往参观里昂女子中学校。校长有事，未克晤谈，仅晤学监某女士，询问一切，略观校舍即出。此校学生七百人，小学六级，中学三级，此外尚有预备考稚士者一级，补习师范者一级（即二部师范）。所谓稚士者，即排加洛赛亚 Bacalacrea 是也。预备考稚士者，即中学毕业后之考试也。补习师范者，亦即中学毕业后，不思升学，而欲服务教职员者，非补习师范一年，或二年不可。盖教育方法，必补习之，而后可以任小学事务也。全校教职员共四十人。授课时间与管理方法，皆与巴黎各中学校同。盖校既国立，章则无有不同者。在校长学监等，均奉守颁行之章则而已。惟管理方面，有寄宿者，事务稍多。而执行者，稍有宽严之不同耳。

乘上山之电车，用绳升降者，以山巉而斜上不便，故驾齿轮之电车，以铁绳推行于齿轨耳。

至中法大学。此校原为里昂大学中国学生之一部分。学生一百三十人，内有女生十四人，入里昂大学上课者七十馀人，往校上课而不寄宿于此者约十人，其馀皆补习法文及算学科学，有补习教师五人。此一部分留学同人中，有江苏同乡十七人，入大学者三人，入美术学校者一人。未入大学，豫备入专门学校者，无锡同乡中三人。

补习教室四。宿舍者，男生两楼，女生一楼。膳室、阅报室、娱乐室等，均在楼之下层及第二层，寄宿在第三层。有秘书处，即曾仲鸣先生主理校务者办事处也。

经费由中国担任者，北京政府十万佛郎，广东政府五十万佛郎，法政府七万五千佛郎。自欧战后，广东政府之款，已不缴（前亦仅有半数），今所恃者，惟北京政府之十万佛郎，以及法政府由外交部每月借三万佛朗以支持耳。

学生膳费方面，昔以广东担任经费独多，故广东学生不受膳费，且每月有津贴，每人一百佛郎。今以广东未能如原议缴费，遂变更办法，先不发津贴，次全体一律不收膳费，而学费亦不收（昔除广东学生外，无论何省，皆受膳费及宿费，今则一律不收膳宿两费矣）。

补习教员授法文者三人，授科学者一人，授史地者一人。往里昂大学授课者，学费理科每人每年三百佛郎，文科每人每年一百佛郎，法科一百佛郎，医科与文科同。往专门学校者，美术、化学、工艺、商业、农业、建筑、兽医、制革、纺织（缫丝在内），学费不同。以兽医及化学、工艺、制革数科为最多，须每年二千佛郎，商业、农业一千佛郎，美术、音乐及建筑不收学费。今习音乐者一人，习美术者十馀人，建筑一人，理科四十馀人，选二科者二十馀人，文科十八人，法科十人，医科三人，兽医一人，化学四人，工艺三人，制革一人。以上状况，皆由江苏同乡留学于此者言之。至于中法大学之将来，能否有继续办理之法，及在此数年后，以现有之同人毕业归国，此校舍究竟作何办理，并中国政府对于中法大学，究竟应如何结束，或继续派人等，种种问题，是皆吾人所当研究者也。

夫以留学法国之一般学生，苦于散处四方者言之，则中法大学之一机关，殊为重要。盖以多数人相处一宿舍，既无离乡背井之感触，亦有互作协助之精神。如有行为不检者，众目注之。此则中法大学之一机关，不可不谋久远者一也。以法人对于中人之感情，较之英美德日皆佳。盖法之文学、科学，绝无秘而不宣之意。稽古则文学确有渊源，考今则科学日多新异。其一种自由求学之心，与美国相同；其一种统一教育之制，较英国尤胜。是留法与留学英美，所得未必逊，而且能兼其长。如是则留学于法，似较胜留学于英美，此中法大学之一机关，不可不谋久远者二也。就经费言，中政府倘能每年以五十万佛郎，或七十万佛郎，继续派人来法留学，较之在国内设立大学、培植学生，似觉费省而功倍也。或者中政府无意于斯，各省行政公署，倘能联络数省，共得五十万佛郎，或七十万佛郎，之费。亦可合力选派学生来法学习。非然者，必致使中法大学之名，化归乌有，徒令发起中法大学之同人，空有一番之筹画，为可惜耳。

第二节　里昂之古迹及山洞

下午参观中法大学之古迹。此地本为法国驻兵之地，旧有炮台、营房、地道等。今虽残废，建筑工程及地势，均有可观。又有高高在上者，如桥门然，壁立十馀丈，凡三四五段，石坚泥固。顶有一屋，门向南启，俯瞰高冈绝壁。由下仰首望，无阶级可上，此为罗马时代之古建筑遗迹也。

余偕五人及顾君楫，乘二点半钟电车，往游一山洞。往返四十馀里。既至，风景殊佳。山虽平衍，而山麓布置不俗。有乘凉处，可以饮茶。绿阴密接，山静似太古。购票易衣。票价每人五佛郎。衣为灰色者，所以罩于身，以备山洞中之淤泥所沾耳。

既至洞门，有导者，指讲种种。盖洞门殊宽大，酷肖吾江苏宜兴之善拳洞口。既入洞，右行曲折，奇石纵横。均黑暗。人手一烛台，从黑暗中伛偻而行。导者所指讲之名称，大抵皆以象形而定其名。所经行之路，大抵皆有起伏，有匍匐，有侧身而进者。绕出东面石罅间，有一画像，乃法皇某之骑马画壁。有一石室，导者谓当年曾有鼓铸钱币者，在此开炉私铸，受官军搜捕。又有一铁梯，既登，沿崖筑铁桥，俯临黑暗之石壁。下有水声，汩汩然。以烛俯照，深不见底。过此危桥，又登一铁制之台，更从石罅中，缓缓偻曲而进。所见之石，皆钟乳石，及云白石，而玲珑窔奥，窍孔铿然，能发金声。由东而北，至一最幽深处，下石级四十馀层，导者将余等所燃之烛一律灭之，令余等坐石俯视，方见一泓寒水，凉气逼人，有一小舟，系于岸左。西望一石洞，高五六尺，水声潺潺，由此流出。导者乃另燃二烛，置于鹢首，登舟解缆，撑篙向洞中去。余等从黑暗中侧望其洞，深不可测。但见一舟荡漾入洞，若近若远。约行数十丈，舟向右进，似一水湾。数分钟时，渐不见烛光，知其向石洞中右方撑去矣。约十数分钟，忽闻歌声自水间出，而迷离恍惚中，烛光自右透射而来。须臾，一舟荡漾，鹢首之烛十馀支，与水中之影相射，仿佛数百支烛光，由水湾石洞间，随歌声簸动，若远若近而来也。此时余等在黑暗中望之，的是可观。少顷，舟抵石岸，系缆灭烛。导者重燃余等手中之烛，乃相与攀跻越级而上。复鞠躬俯首而下，左右盘旋，数百武，始得豁然开朗而出洞门云。导者给以十佛郎。余等乘电车已迟，是日未晚餐。立人及顾君楫，又复购汽水饼干，以解渴，且充饥。迨返寓，已晚十一时矣。立人与顾君返中法大学。余亦倦甚，即卧。

中法大学之古迹二处。得二绝句以志之。

桥门十丈土犹坚，屈指遗传千百年。
最是高高一椽屋，俯瞰绝壁孰登先。
萧条故垒夕阳晴，阶级盘旋似石城。
此日登高揽形胜，里昂全景尽分明。

游里昂山洞

洞壑幽深不足奇，人工坚筑费吾思。
每当绝壁疑无路，特设悬梯登有时。
神秘凿开夺天巧，光明披露得机宜。
水声歌韵摇红影，最胜山游其在斯。

（此洞为世界第二著名山洞，闻比利时之山洞为世界第一。）

第三节　里昂留学同乡之谈话

里昂留学同乡之籍隶江苏者凡十七人，故校中有江苏同乡会之组织。

九日晨，立人来寓，同至中法大学，江苏同乡欢迎会。江宁章君桐主席，述开会辞。余述此次周游之目的，及美英法三国教育不同之点，并赖同人之助力，苟有所得，当志之于册，公诸同人，惟以学识固陋，不敢有所评断也。江宁刘君大绶，毕业文科，将回国，演说物质文明，与精神文明之互相为用。太仓狄君福鼎，述中法大学之由来及现状，并希望回国者提倡国中续派人来学。灌云汪君德耀，亦有演说。其次李君亮恭等。自由谈话，并茶点。内有两物，甚有趣味。一曰 Melon，译名亦可谓香瓜，状似北瓜，色红黄，味清凉。一曰佛郎糖，状作大小金银币。立人笑谓余曰，因侯表叔游资不足，同人特献此为寿。余笑受之。剥食一枚，其味甚甜。馀则纳诸囊中，曰敬谢同人意，藏之以备不虞之饥渴也。同人鼓掌大笑。即席摄一影，又在校门摄一送别影而散。

狄君又言及里昂教育现状，述之如下。

里昂分十四学区，自一千九百零六年规定后，至今未变更也。学校则男师范一，女师范一。小学则男校五十三校，女校五十二校。高小学六，幼稚四十四。中学则女校一，男校一，附小学五。教育费五兆佛郎。

章君桐言及送其夫人刘梧肄业竞志时，曾与予晤谈两次。刘生现亦在中法大学，是日在座，并询竞校近状。余告以双十节将开念周纪念会，调查旧生成绩，以为纪念。

某君言此间有王少云者，任小学教员，有华侨托其子女于王君，任监护教导之责者。在此数年，友人之子女，成绩甚佳。故年幼留学之说，较之年长者，进步较速也。此说与赵领事幼童留学说相似。

武进陆伟士先生之侄振轩，亦在此。是日到会者刘狄汪章四君外，顾君楫，荩臣先生之子，陈君洪，仲瀛先生之子，徐君仲年，虞君炳烈，李君亮恭，及立人等六人，皆无锡同乡。吴君凯声，为宜兴同乡。方裕、方蕴两女士，为武进籍。刘生梧，江宁籍，即竞志旧生，原名天放。尚有吴继新女士，亦武进人，是日未到会。

余以即欲乘车返巴黎，故章君、刘君、狄君、汪君、刘生等，送余至校外。刘生复言拟送余至车站，余以道远谢之。刘生又询冰兰先生近状，并问安。余偕立人返寓，即收拾行李豫备启行。

第四节　里昂市况及由里昂返巴黎

里昂为法国第二大城，地居山麓，较巴黎为胜。风景亦佳。物产向以丝织物著名，以里昂为法国产丝之区也。其他则著名之货物甚少。故市况则不及巴黎多矣。盖巴黎为一国之都会，里昂为法意交通之要道，亦为全国铁道之中心点，又为由马赛至巴黎之中枢，故其位置在法国为巴黎之次。街道宽敞。凡大街数条，两旁皆植树木，电车往来，与马车路人行路皆分道扬鞭，左右列肆，亦复可观。人民住居及大商店股东之住宅，均在山上，用齿轨及齿轮绳车上下也。

有大河二，稚晖先生译名所谓浙江、洪江者是。一在市之北，一在市之南。两河有大铁桥，共十馀座，建筑之式，均不同。两河之水，滔滔滚滚不绝声。河畔闲步，绿荫蔽岸，风景亦可观。午后二点钟，至车站，送余者顾君楫、陈君洪、徐君仲年、汪君德耀、立人表侄等五人。余以立人此次来巴黎，招待余之游也，耗费甚大，故临行还伊往还车费佛郎一百。伊再三不肯受。余坚不之许，更握手道谢，且与顾君等一一握手话别。余既登车，立人复来车中，殷殷道歉，且致惜别意。少顷，车将开，立人下车，又复攀车窗而郑重作别。时来法人三，一老人，一童子，一幼女。立人向此老人。告以余不能法语，至巴黎时，望代为招呼，途中亦望照料。此老人诺之。立人复紧握余手曰，表叔行矣，途中珍重。余为之黯然。盖余出游以来，舟车话别，虽历几多友人之相送，从未有若此次里昂同乡之厚谊。且有至亲近之立人相送，依依之情，真且切也。汽笛声起，立人跃下，及诸同乡均脱帽扬巾，余亦探首车窗外，举帽以应之。顷刻间，车行至速，送客者已渺不可见。余惟有返坐车箱，默然而已。因思人生离合，真片刻间耳。此次与立人于数万里外，相处旬日，余心甚慰。立人年少，尚知勤学，暑假后入农业专门学校，约四年后，可毕业。对余恳挚之意，亦以来法两年，未见家乡亲戚者久。故一接余信，即电复翌日来巴黎，陪游各处，为余通译。今日之别，余既感陪游之乐，复念骨肉之亲，更嘉年少勤学之心。在里昂两年，尚未往巴黎繁华之地，想见平时之不妄行也。在今日之少年中，而能老成持重若此，将来学而有成，更为余寒厓表兄，庆此佳儿也。在车中得一诗以寄之。

留别中法大学江苏同乡并谢送余至车站之汪顾陈徐四君

苦行五万八千里，欣遇宁苏十七人。
几度纵谈感交谊，一番话别慨征尘。
托居异域思乡切，睠念宗邦爱国真。
良晤不常离绪绕，骊歌忍听海之滨。

寄别孙立人表侄

年来亲故渐凋零，矧是孤行万里经。
一电飞驰欣握手，连朝陪侍感劳形。
游观洞壑岩云白，历碌车尘灯火青。
旬日相依遽言别，最难堪是黯离亭。

第五节　地雄及巴黎车中所见

余在车中与同坐一老人，勉以英语谈。彼伸三指，告余车经三站，即下车。询余何往。余指地图上巴黎告之。彼点首者再，复以两手作十一时指巴黎，知须晚间可到，余亦点首是之。少顷，停车站凡三次，彼携女孙及童子而去。又有一法妇人，及意大利夫妇两人，来此车。彼一男子之帽，为大风吹去，一妇将此事告之同车之妇，彼此拍手大笑。

少顷至地雄 Dyon，车停，此三人拉余下车，同向街市，略为游观。此间有礼拜堂，有最高之塔一，在小山上。风景甚佳，街市亦宽，屋宇高敞，商廛连接，至为繁盛。往来火车，至地雄而同时换车者五六起，货物自马赛载来地雄起卸者甚多（按地雄，一名地藏，又名提从）。

地雄有大学一所。法国共有二十六大学，此为二十六大学之一也。吾国留学于斯者，有陈君荩民，浙江天台人，北京师范毕业，在此习数学，本年已将毕业矣。

自地雄开车，又来法人二，一为少年，一为少妇。同至巴黎者，途中见此二人，彼此甚相敬，与巴黎市所见之男女相对、以笑谑相戏者不同。每至一站，两人必下车向站台散步，及购食物等。且上车后，将所购之物，必让余食。余笑谢之。余亦以食物让彼食，彼亦谢却之。

下午又来一中年妇，坐余对座。少顷，见座旁为前最早上车携小孩之夫人所遗之孩衣一袭，彼即拾而藏之提箱中，而彼少妇则目笑之。此妇不顾也，乃漫声谓吾家有一小孩，故需用此耳。彼少年甚鄙其言，而默自阅书。少顷，此妇待车停，即下车去。彼小妇乃偕少年语久而笑彼妇之作为。似言此人拾人遗物之为非者。

晚十一时五十五分，车至巴黎，余即下车，自雇搭克缓，返回吕拘下士街，爱克赛司尤旅馆。入门已半点钟。时旅馆主人已睡。复寻房间，盖前所住之十号室，已有人住，乃托周君转请王君通译，以十八佛郎，开一房间住之。王君江都人，习地质学者，来余室，谈地质学。余以所采之岩石，请王君定名。王君因言定名之难，徐细检其中含有何种质地之成分若干，方能定名。因略为分类数种而去。

第六节　巴黎琐记

余本拟先游意大利而瑞士，而柏林，而丹麦，而俄国，由陆路归者，故在美时，已往俄领事处，设法电莫斯科，领护照。乃来巴黎后，潘君又欲由马赛海路返上海，唐张二君是以先二日赴柏林行矣。余在里昂时，乃电周君，亦为余代购马赛船票，困迟到无舱位故也。余自里昂返巴黎寓中，知马赛船票已购定二等舱位，用去美金二百元合法币四百五十九佛郎，合中银四百九十元之谱。又购定自巴黎赴柏林之二等车票，价二百九十九佛郎九十五生丁，合中银三百十馀元。

余在巴黎游览之胜迹及参观之美术品，并教育方面之各种，较之在伦敦所得似稍多。且有赵颂南先生之谈话，徐悲鸿君之美术指导，廖世劭女士及孙立人表侄之通译，故匆匆两星期，为时与伦敦相仿佛，为益似法胜于英也。惜自里昂返巴黎，翌晨七时，即离巴黎。本约赵领事谈话者，竟不及话别，仅留一诗寄去。

赠赵颂南先生

（先生之祖母，为无锡荡口华氏。先生之母，为无锡石塘湾孙小槎先生之妹。先生之夫人，为无锡徐仲虎先生之女。先生之家，即三代为无锡人之甥，故操锡语，人皆以先生为锡人也。）

天地一逆旅，吾侪据一隅。
立国蜗之角，旋磨蚁同驱。
撮土为军垒，胜败何贤愚。
种族泯其异，世界为具区。
偶来巴黎域，方叹吾道孤。
乃遇松雪裔，握手相欢娱。
纵谈聆高论，治乱均无虞。
人类须改造，统一贵群趋。
民物共胞与，此志悲拘迂。
年长不足训，幼习性与俱。
造端本蒙始，欧亚自无殊。
见解诚独辟，登高试一呼。
应者疾如矢，改造其庶乎。
世有大同日，珍重文明途。

留别赵颂南先生

相聚无多日，高谈佩子昂。
临歧太匆促，不及语行藏。
伟业从何起，短歌聊寄将。
海滨挥手别，豫晤约江乡。

以巴黎为世界繁盛之区之一大都会，在学术方面，固无论为物质科学、精神科学，均有独到之处，足以自存于此万国竞争时代者。然有两问题，则男女交际自由，为各国之冠；人之嗜酒，举国若狂，亦为各国之冠。是二者，均有可以研究之点，则在快乐与卫生。明知斯言为老于法国者闻之，必为之哑然失笑，然以余之所闻，在法国一般学生中，其长于交际，喜与女友缔交者，其学业之进步、成绩较逊。盖谚云，心无二用也。至于一般男女，人人嗜酒，其酒病之中于脑及胃者，据医生之调查，十人中必有六七人源于此。是则在法人心目中，亦有以此二问题，为研究之人，欲求无上精神之快乐，及极端卫生之方法者。恐十年二十年后，必有解决此种问题之人在。

巴黎短歌行

巴黎自古繁华场，翩翩少年气昂藏。
有女飘然来道旁，肩披狐领体纱裳。
帽式奇眩羽轻扬，风飘巾带口脂芳。
少年趋前意翱翔，握手挽臂步双行。
咖啡酒排座相将，擎杯劝饮郁金香。
接吻蜜语夜未央，巴黎市廛灯辉煌。
晶钻宝石云露光，车如流水往来忙。
剧场艺曲音乐良，舞场技术柔且刚。
终宵达旦无炎凉，女权美术酒千斛。

文明物质寿而康，巴黎自古繁华场。

巴黎戏剧为世界最有名者。余在国素不喜观剧，而喜编剧。出游时，朱少屏先生谓余曰，至巴黎不可不观剧。既来巴黎，闻巴黎之剧场有四种。一为国家所立，如 Okero House，译言大音乐院，乃剧场中之最高程度者，完全用音乐歌词为之。入场之票，其价值甚昂。一地方或商家所立，所演多法国史剧，亦用音乐辅之。其价值次于大音乐院。一纯粹商家设立，所演为普通戏剧。一为艺术场，多用技术上之种种，如中国江湖卖技者。而其技术之能力，则高于江湖卖技者多多，且以跳舞及幻术等辅之。余曾偕潘周唐张四君，同往国立大音乐院，观剧一次。观者等级分十数种，余等坐第三层楼之包箱，每人二十五佛郎。兹特将所见，摘要如下。

（一）剧场之布置。入场经层楼崇阶，皆饰以古白石雕刻之人像，大都皆古今有名之文艺家及戏剧专家之像，而云镶霞镂，灯彩电光，如入美术院中。驻足周览，均有古文学古美术之价值可言。绕至剧场之东厢楼，每包箱一间，设阶级式之六座。余等五人，分两室。入坐后，纵目四瞩，知广场中，座分前后四等；四周廊座，分左右前后对面五等；楼上包厢，座分六层之楼，远近十二等。周围锦绣之画壁，五彩之电灯，所谓琉璃世界，宝光璀烂，色色形形，皆足擅特殊之装饰品者，剧场之前，则音乐队。此队共三百馀人，乐器共数十种。剧幕之布置，每幕更换之奇彩，遥望之，无论城市、山林、原野、宫殿、民居、园庭、池沼、地狱、战场、早晚、月夜，种种皆似真实之境。

（二）演剧者之歌曲艺术，与观剧者之程度。演剧者既皆从文学史、美术史上占极高之位置，其歌曲之一字一句，艺术之一动一静，皆与音乐队，有息息相关之处。其高低疾徐，进退行止，不能不丝毫恰合，按节奏而起动作，正不独态度真确，形容曲肖已也。在观听者之程度，大抵皆富于美术思想，人人有审美情操者，且寂静之中，寓一种愉悦翕和之象。每一幕毕，均鼓掌不绝。演剧者必鞠躬谢。掌声再起，幕已下，演剧者必再返身鞠躬谢，如是者至少二次，否则三四次。然后掌声止，幕乃闭。其最可佩者，演剧者人人具躁释矜平之态，观剧者人人有赏心乐意之真。

（三）剧情之略述。是晚所演，为悲剧。以一某国之王，遣某大将，征某小国。既获胜，并得其公主，以为宫婢。适王之公主，将与某大将有缔婚意，而某大将则不愿也，乃有意于宫婢。久之，彼此皆未表明其意。时某小国方起兵欲复仇，王又遣某大将出征，复得胜，且获某小国之王而凯旋。当时此宫婢之情状，有不堪者，既悲乃父之被获，且思设法以救之，又惧公主之夺所欲，思设法以限之。既而王与后及公主，夜游公园，乘船步月。适某大将已受宫婢之托，而释其父，乃宫婢得于公园中，父女晤谈。一则慷慨淋漓，一则悲歌婉转。竟为公主知之，而报告于王，遂定某大将之罪，入狱论死。公主复向狱中说明，欲营救为结婚之媒介。某大将不可，遂定活埋之罪。而宫婢则先入地坑，偕某大将同穴死。其父则仗剑被发，从间道归，他日再谋复仇之举矣。共十二幕，余赋一诗以志之。

从来艺术岂天成，理达言诚爱感生。
太息欢场皆幻象，相看悲剧在钟情。
鹣鹣虽已死同穴，虎虎难忘战短兵。
国有兴亡人有限，古今真美鬼神惊。

目次

1931年
三湖游记

曾仲明、孙伏园、孙福熙合著

开明书店出版

作者小传

曾仲鸣（1896—1939）：福州人，1912年赴法留学，后获文学博士学位。回国后历任国民政府秘书、国民党中央候补执行委员、中央政治会议副秘书长、铁道部次长兼交通部次长等职。

孙伏园（1894—1966）：原名福源，字养泉，笔名伏庐、柏生、桐柏、松年等，绍兴人。现代散文作家、编辑，有民国“副刊大王”之称。1918年经周作人介绍，与其弟孙福熙一起到北京大学旁听。1921年1月与茅盾、郑振铎等人共同发起成立文学研究会。同年任北京《晨报》副刊编辑，在其主持下，《晨报》副刊成为新文化运动的一处重要宣传阵地。1924年11月与鲁迅等人发起成立语丝社，出版《语丝》周刊。1927年3月任《中央日报》副刊编辑，其间发表过毛泽东的《湖南农民运动考察报告》、郭沫若的《脱离蒋介石以后》等文章。1926年冬赴广州任《国民日报》副刊编辑，兼任中山大学史学系主任。1928年短暂任《当代》主编，随后赴法留学。抗战期间曾任重庆中外出版社社长。1939年3月当选为中华全国文艺界抗敌协会理事。1941年初，应社长陈博生之邀任重庆《中央副刊》主编，后因刊发郭沫若的历史剧《屈原》而被解聘。抗战胜利后在成都华西大学文学院、齐鲁大学、四川大学中文系任教。建国后，孙伏园被任命为政务院出版总署版本图书馆馆长。

孙福熙（1898—1962）：笔名丁一、春苔，浙江绍兴人，孙伏园之弟。1915年毕业于浙江省立第五师范。曾参加“五四”运动。1920年由蔡元培介绍赴法国留学，先在里昂中法大学任秘书，后入法国国立里昂美术专科学校学习。1925年回国。1928年任教于西湖艺术学院。1930年，再次赴法攻读文学和艺术理论。1931年归国后任杭州艺术专科学校教授。杭州国立艺术专科学校教授。1934—1937年，先后在上海、南京、广州、北京等地举办全国性美术展览。抗战爆发后加入中华全国文艺界抗敌协会，先后到武汉、绍兴、昆明等地展出抗日美术作品。建国后，任上海中学校长、上海市教育研究会主席。1951年，参加上海市第一次文代会，次年加入全国文艺工作者协会。1951—1962年，任人民教育出版社高级编辑、北京编译社高级编辑等。1952年加入中国作家协会。

选文导读

丽芒湖（Lac Léman）位于法国和瑞士交界处，法方称其为丽芒湖，瑞士称其为日内瓦湖。安纳西湖（Lac d'Annecy）位于阿尔卑斯山脚下，属法国萨瓦省，是法国第二大湖。蒲尔志湖（Lac du Bourget），今译布尔歇湖，位于法国东南部，也属萨瓦省。这三个湖都以风景秀丽著称。孙伏园与孙福熙先生的游记更多是在借景抒情，于湖光山色中谈古论今，怀念故乡，追忆故人，而曾仲鸣先生的游记则直接以法国诗人拉马丁为主角，创作了一个发生在湖畔的爱情故事。三篇作品在行文上都颇具浪漫气息。

谈谈《三湖游记》

今年七月四日，我从巴黎的医院出来，到威斯温泉去养病。过了两个星期，我收得伏园的一封信道：

“……你寄来的江上杂咏，我觉得‘江上烟消景最清，琴声渡水更分明。岸边柳絮天边燕，飞饶船旁一样轻。’那一首，最为悠扬。我们日内就到丽芒湖畔的圣祥奇尔夫村避暑，你回巴黎时，若是我们还没有走呢，大家尚可晤谈，若是我们已经走了，便请你也往丽芒湖边，和我们同游几日。……”

七月二十四日，我返巴黎，就到世界旅舍——两孙的寓所。旅舍在巴黎城的第六区，我进去的时候，有一中年的胖太太坐在柜旁，她的身边，立着一个八九岁的小孩子。胖太太见我走进，用着大力量，把粗肥的体子，慢慢的移动，站起来向我微笑问道：

“先生，你找什么人?”

“我找孙福熙先生，”我答。

胖太太举头看看悬挂锁匙的牌子，用着大力量，转过身来，对我说道：

“孙先生，他今早已去沙维华了!”

我又问她道：

“那么，有胡子的那位矮先生，也不在么?”

胖太太身边的小孩子，急急的接着道：

“孙先生的爸爸么?”

小孩子的话还没有说完，胖太太就喊道：

“小孩子不要多话!”

胖太太说后，又用着大力量，转过身来，对我说道：

“孙先生的哥哥么？他也去沙维华了!”

我在巴黎勾留几日，八月一日也到丽芒湖边的爱维昂城。君璧先几天，早已由威斯到那里。我们所租的别墅，叫做波斯别墅，是一间百年老屋，壁上挂古画甚多，室中陈设的器具，和窗棂的装饰，都带有东方的气味，屋前有小廊，廊畔的雕栏已朽旧，缠着藤萝，而墙角蛛网，为风所吹，无数游丝临空飘荡，似美人的散发一般。屋面湖，对岸为瑞士的洛桑城，入夜，灯火明灭，如缀万千金刚钻的长带，浮在湖上，我的行装甫卸，便作信通知伏园春苔，爱维昂离圣祥哥尔夫只有十几基罗迈当，我就约他们前来相会。

我到爱维昂，此次算是第三次了，前次来时，系住波斯别墅隔壁的美境旅舍，如今倚栏闲眺，风景仍旧，旅舍的片叶短草，一一可数，重来虽已相隔三年，徘徊瞻瞩，似与久别的朋友，忽然再逢，辄恋恋不忍去。然而无知的草木，遇风摇动，向人漠然，若不相识了!

八月十日，我晨起旁栏，遥望湖上，浓雾重叠如幕，远城高山，全已没灭不可见。少顷，朝日东出，雾气渐散，对岸的村落亦渐现，日愈高，雾愈薄，远峰愈明。无何，日光照波，波影闪闪如金鳞，雪山古寺，尽已在望，似蜃楼，似仙岛，或从空际，或从水面，忽然现露，使人对之，恍惚如入梦中。我正在沉思着，忽见海岸旁走来两个黄种人，先行的穿着黑斗篷，戴着阔边帽。腕下握着一堆画卷。在他的后面，系一胡子，摇摇摆摆的慢步向我们的别墅行来。我再细看，自己说道：“这不是伏园和春苔么?”不多时，他们果然上了楼，我们稍稍谈叙，就想同去洛桑游览，又想到湖边散步，我说：

“两黄姊妹都在离爱维昂不远的多农附近居住，我们为何不去探视她们，使她们出乎意外的欢喜……”

君璧本来要去看明敏伟惠，对此提议，极为赞成，我们四个人便赁一辆汽车，即刻动身，由爱维昂到多农，约离十基罗迈当，汽车走了二十分钟就到了。不过两黄的寓处隔多农还有十基罗迈当。她们所居的小乡村，叫做奥丝耶。我们停车，问了路径，便又启程。奥丝耶村系在山巅，所以车行甚慢，徐徐的绕曲径而上。沿途古木参天，枝叶繁盛，受炎日，芬芳四散，使人闻罢，勃然大有生意。我们的汽车上山许久，只遇着一二樵夫，有时遥见三四野兔，忽忽的从乱草里穿过，有时又见农妇驱耕牛向坡下的田亩而去，我们因那里境清人稀，几疑走错了路。车行又五分点，渐闻喔喔的鸡声，再两分钟，见礼拜堂的尖塔，插入空际，不久，茅舍野店，都已见到了，春苔道：

“真是仙境，她们住在这里，快要成仙了！”

我们的汽车刚刚停住，许多居民均跑出观看，有口卸烟斗的老叟，有手抱幼孩的妇人，一般男童少女，更围着我们，争相问道：

“你们来看‘中国的小姐’么？”

明敏伟惠在楼上听见下面的声音，也来到走廊观望，见是我们，大声喊道：

“我们就下来了！”

我们在奥丝耶吃了午饭勾留半天。到下午四时，就决定别了两黄姊妹，下山回爱维昂去，汽车开至多农，我们谈起法国的三湖——丽芒，安纳西，蒲尔志——我们四个人中，除伏园外，大家都在三湖游览过，我们正在比较和批评三湖的风景，我就对伏园说：

“这里距安纳西不远，今日我们的游兴这般浓，那个湖你又没有去过，我们索性一齐去，痛痛快快的游览一下子！”

君璧拍手说道：

“是呀！好主意，即刻就去！”

伏园微笑，以手轻捻他的胡须，慢慢的说：

“改日再去罢！”

我没有等他说完，便对车夫商量，直赴安纳西湖，不回爱维昂了。车夫只管有生意，也不顾伏园的摇手阻止，过了片时，已经看不见丽芒湖，汽车如飞一般跑去，上山下岭，两旁的树木田舍，接续不断的走过，好像展阅一副长画，随观随卷。我们在途中闲谈，春苔对于婚姻问题，总是持他的高论，他以为没有婚姻制度，就可以打破婚姻是卖绝的传统观念。

我忽然想起某小姐对我说："男女相爱，到最狂热的时候，最为有趣，最为快乐，若使两人误信这种狂热，可以长久而结婚。结婚之后，一定渐渐的淡下去，倒觉得无聊，大家便觉得爱情也不过如此而已。"我转过来对春苔道：

"你的意思，也是如此么？"

春苔听着，笑而不答。他熟背我前寄他看的"旧时流水，旧时垂柳，况是旧时庭院，斜阳无赖恋雕梁，照来去恹恹孤燕。相思谁诉，悲凉谁语，瘦影阑珊谁见，别来长夜久无眠，正怪得梦中寻遍。"那首鹊桥仙词。他说，"我甚爱其中'斜阳无赖恋雕梁，照来去恹恹孤燕'的两句，但是这首词究竟为何人而作？……"我正想答他，伏园指着窗外，忽大呼道：

"你们看罢！那边的一线碧绿，不是湖么？"

原来我们只管谈话，不知不觉，已到安纳西湖了！我们叫车夫直接开到带罗涯村中，停在比斯旅舍的面前，找了两间临湖的房子，房前有游廊围绕着，大家饭后，并立楼前闲眺，月色轻映湖面，微风徐起，岸边的芦草摇动不定，草端飐波，波纹吹绉，月影亦随着而忽散忽合。我说：

"风景这样好，春苔长于描写天然，此次归去，一定有一篇好游记。"

伏园说：

"我们大家都做一篇罢！"

我以为每人做一篇同一地方的游记，倒无趣味，便对他们说：

"我们不如在法国的三湖中，每人选择一湖，做一篇游记，集成《三湖游记》，将文稿卖了钱，作将来再游别处名胜的旅费，不更妙么？"

伏园赞同我的意思，就说"我做丽芒湖游记，"春苔决意写安纳西湖，并约君璧画几幅湖景，我就认定记述诗人的湖——蒲尔志湖，——大家约好九月底交稿，这就是《三湖游记》的缘起。在那时，大家高兴，随便说说，原不想真的可以守约。

我们在安纳西湖游了一天，就回丽芒湖畔，隔了三四天，伏园有信给我说，他的丽芒湖已经动笔写了三千多字，他的信中并且说道：“我的游记不知道做得好不好，但是我可以自夸，我能够第一人缴卷呢。”他又催我快快的写我的蒲尔志湖。

八月二十二日夜，君璧在波斯别墅的游廊看书，我便静静的在那里写蒲尔志湖，君璧开编闲读，见卷中旧日所藏的玫瑰花瓣，偶有所感，填了一首念奴娇词：

“埋香卷里，倩诗魂为侣，恰称馀艳，试问孤根何处是，剩此残红片片，寒籁箫中，淡痕月底，瘦梦随风颤，关河萦绕，杜鹃一夜啼遍。遥想小立闲阶，枝枝摇漾，飞影添裙练，冉冉斜阳人去后，恨与天涯俱远，莫启零编，深存幽思，谩教愁心见，旧痕犹在，斑斑新泪重染。”

她把此词抄出，我们同至栏边细看，阅竟默然，见地上树影扶疏，流动不定，举头一望，则明月如镜，已悬林杪，君璧说：

“原来月已圆了，今夜是旧历七月十五日么?”

我把阴阳历对照表一察，果然是七月十五日，君璧又说：

“乘此月夜，我们何不泛舟一游丽芒湖呵?”

我说：

“这种夜游，一生能有几次，我们或者还可以泛舟到圣祥哥尔夫，看伏园春苔，并且探探伏园的丽芒湖，已经脱稿没有？春苔的安纳西湖，已经动笔没有?”

我们泛一轻舟，停在湖心，四远无人，万籁沉寂，时已夜半，我对君璧说：

“我们还是回去罢!”

君璧倚舷无语，刚刚咏成绝句一首：

“依稀山影堕烟螺，月曳银裙漾碧波，风露微侵云鬓冷，桨声沉静浪声多。”

君璧诗成，始答我道：

“如此良夜，使我忆及前三年，我们在西湖的夜游。那时的湖面，风冷夜静，只有我们的片舟，容与波间。岸旁数枝垂柳，一弯残月，俨如一副图画，你还见到么？我们因衣单露清，紧紧的并肩而坐，忽有一大鱼，跳至船畔，作声砉然，我们为之一惊，你还记得么？……现今夜阑，我们还是回去罢！”

我们正摇桨转舵，忽闻岸边的树阴深处，有奏中国乐的，音响凄咽，我们移舟向岸，乐又停止，心里颇为抑郁，我就填了一首念奴娇词：

“满湖月色，渐风清露冷，一舟孤独，双桨打波山影碎，片片沉沈如玉，搅断鸥眠，惊残鱼梦，上下争飞逐，船停浪静，依然万顷凝绿。正念飘泊经年，垂杨阴里，忽起江南曲，渺渺家山何处是，各自无言极目，烟飐芦边，雪明峰际，云把遥天束，夜阑归去，潮声寒咽空谷。”

我自此次夜游之后，就把蒲尔志湖搁起，不再续下去写。九月中，伏园春苔都由圣祥哥尔夫回巴黎；九月底，我也回到巴黎，我们谈起三湖游记，伏园的三千多字，依然没有加增一字。春苔决意到近郊，静心的一气写完他的安纳西湖。我呢，我总是说：“九月底过了，再迟一个月，展限到十月底，我一定可以缴卷。”

十月十日，国庆日，我们邀了许多朋友在家中欢宴，伏园也在。春苔正由夏多纪爱理归来，他的安纳西湖已经脱稿，我们争相传观。他的文章，既精细，又幽洁，时时表现飘逸潇洒的画意，我的酒量，本来不大，那夜因为读了春苔的佳作，一连饮了几十杯。伏园陪着我饮酒，竟然饮醉了，跑到窗边，口里只说“室中热得利害，换换空气，倒也舒服，”实则他偷偷的俯向街中大吐了。

我因春苔的安纳西湖既已写完，自己也兴奋起来，续写我的蒲尔志湖，十月底缴卷的计划，给我侥幸达到了。

我把春苔的安纳西湖，和我的蒲尔志湖，都交给伏园，只等他的丽芒湖写完之后，便可一齐寄至上海，孰知我忽然要回国，整理行装，匆匆忙忙的于十一月二十七日离开巴黎，伏园将春苔和我的两篇文字都交来，嘱我自己带回。他并附注一行道：

“此两篇请你先带回，我的一篇，一定写好后寄奉。”

我离法京的那天，取出一把白折扇，请留在巴黎的朋友们，每人书几个字，留作纪念。有的写“风波一失所，各在天一隅，”有的写“且复立斯须，”有的写“春草明年绿，”有的写“从今后”三字，有的写“南浦”两字。春苔写的是：

且莫忆

三湖游记，

只回去，

吃你的

四盘一汤。

春苔因我将行的时候，曾对他说：“我在船上没有事，想写一篇谈谈三湖游记，”他以为沿途的天气，非常酷热，怕我过于辛苦，所以说“且莫忆三湖游记。”春苔待友，每每忘了自己，只念别人，他的好意，我真感激，我如今却不从他的嘱咐，偏在这炎日如火的红海中，写这谈谈三湖游记，春苔知道，一定要怪我呢！至后面“只回去，吃你的四盘一汤”那两句，说起来，更为好笑。国庆那一夜，我曾说：

“住在欧洲长久的中国人，初回国中，往往忘了中国的习惯，弄出许多笑话，我记得我初归国到上海的时候，我和君璧走到一间四川菜馆，按着外国进餐时每人一汤一肉一菜的成例，就点了四盘一汤。孰知菜馔送上来，竟是四大盘，和一大碗的汤，我们两人食来食去，总食不完，心里只好暗自吃笑。”

春苔记住，便特意的写在扇面。

现今，我离法国已经九日了！隔久别的祖国，日近一日，离巴黎的许多知友，亦日远一日了！咳，祖国，亲爱的祖国，我时时刻刻都记挂着你，我想起你，我就心跳，我希望能够早早的见你，我又不想就见到你，我没有见你以前，抱着无限的企望，我只怕我的双足践着祖国的土地以后，我无限的企望，又成了泡影，这种情怀，从何说起，我从前有一首去国咏：

“去国已十年，相思知无尽；梦里见家山，无端泪呜咽!”

我至今每次去国，每次也都有这般的感想。咳，祖国，“祖国”两个字，音响何等缠绵，打入游子的心坎，使游子即刻记到祖国里溪流潺湲的清声，和枝叶摇曳的妙音。“祖国”两个字，笔画何等婉转，触到游子的眼波，使游子即刻见着祖国里的青山绿水，和天末的飞鸟，空谷的斜照，咳，祖国，我忘不了你，我永远忘不了你!

我念祖国，我不久便可亲近祖国了！我念巴黎的许多知友，我只能在梦中与他们相逢。我的孤舟，向东前进，我却常常凭栏，临风西望，微月在波心跳荡着，群星悬空中炫耀着，海天茫茫，人生聚散，更为茫茫，我想此时，伏园正在斗室中，对寒灯，抚短鬓，埋头无语，写他的丽芒湖，他从前说：“我可以第一人缴卷，”如今，过了期限，他已着急，他怕我们的三湖游记，不能早日出版，所以拼命的想把丽芒湖，从速写完，他偶然停笔，举首外望，窗际白雪霏霏，他一定捻他的长须，抽他的雪茄，而对春苔说：

“仲鸣此刻正在红海中，他或者不听你的话，又在那里，浑着汗，对着碧波，写谈谈三湖游记呢!”

一八，一二，八，述方斯舟次。

丽芒湖　孙伏园著

暑假旅行在欧美已成风气，法国人对于这一点还算是比较后起的，但远没有到暑假时节，老早就甲问乙，乙问丙了，“你今年往什么地方过暑假?”被问的乙丙，也会即刻答得上来，说他今年往丽芒，往安纳西，或往蒲尔志，——除了这著名的三湖以外，还有往海边的，往外国的，甚至也有少数往极东的，或往北冰洋的。

暑假旅行是为的避暑吗？那也不尽然。法国的一般气候，大概与中国的北部仿佛，即在盛暑，也不觉十分难受。而且有的人，竟从凉爽的地方，旅行到炎热的地方去，这又是为的什么？一个最简单而稳妥的答案是：为的旅行。

自然，在暑假旅行中，旅行者也许增加了多少学问，也许证实了多少试验，也许完成了多少著作，至少，也许新交了多少朋友，发起了多少组织。但是，这种都是旅行的副产，主要的目的还是为的旅行。

“暑假”两个字，在中国是教员学生辈的专用名词。暑假者，教员学生暑中不上课之谓。但在西方，暑假是一切人暑中不作工之谓，或暑中旅行顺便作工之谓。以巴黎为例，许多店铺暑中都关门，连赛纳河边的旧书肆也显着零落，这便是因为他们的掌柜和店员都到别地方过暑假去了。那么暑假中巴黎便很萧索了吗？不然！暑假中的巴黎，比平日只有热闹，因为巴黎也是别处暑假旅行者的目的地。

暑假中工作最起劲的，要算是与旅行有关的各业。男人还穿着厚呢大氅，女人还围着狐皮的时候，便见街上满贴各旅行社的广告了。广告的内容很简单，一点也不啰嗦，只是一幅极动人的风景画。下面注着：如愿去者可访问某某机关。说来奇怪，我们中国人来往欧洲常乘他的轮船的所谓“大法国火轮船公司”，负有运送法国帝国主义者往极东侵略的使命的，在这个暑假旅行的当儿也广贴风景画，劝人在暑假中往极东旅行，里面有一幅是中国的宫殿。

在这样热闹的空气里，有的写信往甲地问那里的生活费用，又有的写信问朋友是否也愿同去乙地，火车，轮船，汽车，旅馆，甚至在风景地有余屋出租的房主，一天到晚忙碌的无非为着这件事。

这便是暑假旅行已成一种风气，一句过于犀利的话是一个朋友说的，“即使不出去，也要在家中躲几天，表示这几天的确没有在巴黎，这是受着中产思想的支配而无钱或无暇旅行者的行事！”足见要违抗这种风气的不易了。

但在我们中国人，对于这风气却另有一种态度。中国的士大夫阶级了解风景本比西洋人早过多年，对于风景地的点缀，能力也远出西方之上。游览山水，在西洋人是趋时，在中国读书人是本色。工作能力百不及人，游览兴趣从不让人，这是我自己对于暑假旅行的态度了。何况我在巴黎本是游客，大旅行中为什么不可有个趋时的小旅行呢？这样决定了我的丽芒湖之游。

七月二十三日——初到

也许比做旅行事业的人还赶早，曾觉之兄在春间便将丽芒湖介绍给我们而且约定暑中同去。不幸得很，觉之兄得到家中的电信，因为母亲重病不能不回去，比游湖更大些的计划也都只有暂时停顿着；我骤然失却一位指导一切的良师，不能同游丽芒的事倒反而觉着不值的惋惜了。

觉之兄去年暑中住的是丽芒湖（Lac Léman）畔圣祥哥尔夫（Saint Gingolph）村的贝格杭（Chalet Berguerand）木屋。木屋是瑞士特色之一，因为山中多木材，屋内一切如门窗墙壁等无不用木材做成。觉之兄和贝格杭木屋的主人贝格杭先生贝格杭太太都要好，本来去年便约定今年再去，但是不测的风云难用人力挽回，问我们弟兄也一时不能决定，于是在临走时他先将傅怒安兄介绍给贝格杭木屋主人。怒安兄在六月初旬便去了，因此他继觉之兄而为我们的丽芒湖边的向导。

昨晚八时半在巴黎动身，与夏敬农兄口也不停的一直谈到开车。谈话的内容一大半是由中俄交涉引伸出来的梦呓。说也奇怪，中国有一点点小事，立刻可以影响到我们游客或侨民的体面，比用科学方法制造出来的寒暑表还要准确。这个升降据说已经有好几次了：辛亥革命升，袁氏复古降，袁氏推倒升，军阀内战降，国民党北伐升，国民党腐化降。尤其是最末一次，国民党北伐胜利的时候，据说中国人在卢森堡公园散步，也会无端有人来握手，并大赞许一顿中国的有希望，而一到国民党腐化以后，他们，看见中国人便转过头去理也不理了，这一次升得特别高，降的也特别下。因为有这种易感性的寒暑表在，怪不得侨民或游客的爱国心连梦里也要油然而生了。这几天因为中俄的交涉，中国的态度居然有点强硬，引起了巴黎一个旧派报纸《人民之友》的称许，影响忽然及于法国的一般人。敬农兄到警察署去签“动身”，警官对他特别的敬礼，问他“是不是要回国从军去了？这几天中俄的消息很紧张，我希望中国人打胜!”巴黎大学的俄国同学，路上碰见也要站下来谈一谈，说道“我们现在是交战国了，但不妨趁大家没有上战场的时候，各人抛开了自己的国家观念谈一个畅快。”从公寓里往车站，我们三个人坐在一辆汽车里，汽车夫开车略微不谨慎了些，几乎与一辆从横路里出来的汽车相撞，那辆车里的车夫出言便不客气了，结论是“你以为今天车里面坐了中国人便应该横冲直撞了么?”从这种零碎事实里，东引伸西引伸，像煞有介事的，完成了我们的中国独立梦。

为了要做这个中国独立的梦，连战争也不觉得应该诅咒了，现在的俄国是不是旧皇时代的俄国，现在的中国是不是明治时代的日本，这些事实也顾不得了，人在做梦的夜里真不知道有过去的昨天和未来的明天的呵，我们的谈话真是梦呓!

八时半了！我和三弟在车上，敬农兄在站台上，三个人荡漾在中国独立的梦里，万分舍不得的分别了。

八时半从巴黎动身，直到今晨七时，在车中整整一夜，或坐或站，或行走，或打盹。照例，三等车是八个人一间，这比中国三等车的长条板凳有时竟连长条板凳也不可得者自然好得多了，但人心不知足，觉得没有卧车还是缺憾。同室临窗两个胖商人，当初是忽而饮酒，忽而把衣箱直竖起来当作打牌的桌子，忽而不打牌了，两个人向邻座道一声对不起，各脱了上衣，擦身子，换新衣，忽然起坐，忽在躺下，这样历历碌碌的闹了一夜，直到天明才下去。平心而论，胖子而略黏微汗在身，的确是十分难受的。我曾当几年胖子，这一点很了解，只可惜现在渐渐办着交卸，对于邻座二公的历碌颇有视同秦越之感了。只是对于没有卧车认为缺憾一节，倒还双方意见密会无间的。

二公下去以后不久，七时余，车到贝勒加德（Bellegarde）了。这车是从巴黎直往日内瓦的，我们往圣祥奇尔夫的客人须在贝勒加德下车。自贝勒加德到圣祥哥尔夫，虽然只有九十六基罗米突，但车站倒有二十二个，而且是每站必停的。这些站当中，只有安纳马司（Annemasse），多农（Thonon-les-Bains），爱维昂（Evian-les-Bains）三个是大站，其中尤以爱维昂为最大，游客也最多，所以自巴黎到爱维昂有直达的头二等车，至于三等客，那只好多观光几个车站。

贝勒加德四境荒凉，虽然火车站规模也尚不小，但因为一夜未得安眠，觉耳闻目见一无是处，荒凉者固然加倍荒凉，规模不小者亦似无可容足。三弟却有甚好兴致，他自幼便如此，即使在窘迫的境地里，也会设法自娱。今日便又是一例了。他主张在车站里吃东西。这在我是绝不需要的。我现在需要的是漱口，是洗手脸，是换衬衫裤，是找一个凉爽的地方酣睡。总括一句，我现在需要的是圣祥哥尔夫。然而这那里谈得到呢？九十六基罗米突路，二十二个车站，如果你没有本领即刻生起翼子来，那只有贴贴服服的坐在贝勒加德车站里当“顺民”。至于吃东西，我是老早看见的了。月台上摆着桌子，上面整整齐齐的排着大碗，旁边是一把大咖啡壶。客人一下车来，便群聚到桌旁。真骇人，这样大碗原来是装咖啡和牛奶的，还加上大盘子的新月面包！“这里许是乡下风气了，所以人们的食量怎大，”我这样想过便算了，并不起丝毫艳羡之意。然而三弟却主张与这些大盘大碗去发生关系。说也奇怪，大碗的咖啡牛奶虽然替代不了圣祥奇尔夫，然而喝下一碗以后，精神居然振作多了。于是把行李放在月台上较僻静处，两人随便在车站内外走走。贝勒加德虽是一个各路交叉的大站，然四面望去，无非是高高低低的小山头。本地大抵没有什么工商业。这仿佛像中国的郑州，然而不，那到底还有裴度墓等三两古迹，这里却也没有。只是有一点，或者是我主观的，觉得渐渐有到沙维华（Savoie）的预感。虽然是高高低低的小山头难道也已经有沙维华的风度了吗？至于车站内，却照例贴有风景画，那却是一点不含胡的沙维华。我们在贝勒加德车站的一小时余，一半就在这风景画上消费去的。

十时半到了爱维昂。现在可更久了，在贝勒加德只等了一小时余，这里却要等四小时，下午二时二十分才有车到圣祥哥尔夫去。我暗忖铁路公司的心理，以为从巴黎到沙维华一带来，爱维昂已经是尽头了，还要再往圣祥哥尔夫等处去，那是不在计算之内的了。而我们却偏偏做了他们计算以外的客人，于是有先看爱维昂的眼福。

这时我所需要的依旧是圣祥哥尔夫，我们身边负担的依旧是重重的两件手提行李，然而爱维昂已在脚下，丽芒湖已在眼前了。其实丽芒湖早在眼前，车经多农以后，便一路沿湖而行，不过此刻坐在车站对面的一家咖啡馆里，四小时功夫尽着享用，赏鉴湖景比在车中时远远的畅快了。

我们谈曾觉之兄。他是从前极爱西湖的，然而他说，丽芒比西湖好得多哩。比西湖好得多的丽芒现在是在眼前了，但从前极爱的西湖我们也还在心头，于是心头一副西湖图，眼前一个丽芒湖，我们一样一样的比较去。

我们现在算是坐在“西园”里喝茶。和西湖的龙井茶一样闻名世界的，是这里爱维昂的矿泉水。但是我们桌子上并没有，因为这是在全法国无论什么地方都喝得到的，正不必急急然一到爱维昂便喝。我们桌上有的依旧是啤酒和汽水，却外加一张丽芒湖的地图。现在按着地图隔湖望去，对岸迷迷濛濛中似乎极繁华的，相当于西湖蚕桑学校的地位，这是瑞士的名城洛沙纳（Lausanne）。因为丽芒湖的两岸是分属两国的，靠旗下的一岸是属法，对面蚕桑学校等的一岸是属瑞，所以洛沙纳是瑞士的名城，正如此岸爱维昂是法国的名城一样。洛沙纳这个字是近于原音的，这地方前几年开过一个国际会议，在中国报上看见的地名却是“洛桑”两个字，好像他们预先知道我今天要用洛沙纳来比西湖的蚕桑学校，所以特别将“沙纳”二音写成“桑”字来迁就我的比喻似的。

坐在西园里，擎起左手来，一直指过去，远远的，远远的，那不是净慈寺雷峰塔的一只角上吗？不，也许还要远些，一直在南山的山坳，桂花业的中心，又有一个瑞士的，甚至世界的名城，这就是日内瓦。它是卢梭（J. J. Rousseau）的故乡。它也是世界最大装饰品的所在地。装饰品？那不是说巴黎的著名香料铺胡愎刚（Houbigant）吗？是的，那是女子的装饰品，这是男子的装饰品，国家的装饰品，——国际联盟！

右手斜对岸，似在山脚下，似在水中央，楼阁玲珑的，不是国立艺术院么？不错，一点也不模糊，在丽芒湖里照样有一个，是西蓉古堡（Château chillon）。

现在回过来看旗下这一岸，法国方面除了爱维昂之外还有什么大城吗？有的，是多农。这是在爱维昂的左首，相当于钱王祠的处所，我们来时火车经过的。至于右首钱塘门的旁近，那便是我们的目的地圣祥哥尔夫了。

丽芒大势，已在指掌，而时间却还不过正午。山德维支，权当午餐，盘子已经空了；不空的却是摆着空盘和空瓶的桌子，和我们的肚子。四周的景物人事，可以看的都看厌了。甚至望着对面车站门口，旅馆的接客汽车一辆辆的开到，一辆辆里跑下接客的人来，衣冠挺肃的，眼光注着车站出口，车站出口一个个的跑出客人，一个个的对着汽车视若无睹，于是汽车夫一个个的都懊丧，一辆辆的汽车又重行开走。他们是懊丧，我们坐在西园咖啡馆里是厌倦，于是也趁着他们开走的当儿，将两件行李付托西园的女侍暂时收存，我们却到湖边去闲逛。

刚才从咖啡馆远望各旅馆的接客者，于懊丧之余，解开了挺肃的厚呢制服，知道我们此刻是在阴地里，而且饮下了如许冰水，倘在太阳光下，气候是颇炎热的。我们虽然已经休息了久久，已经吃过了早午餐的代替品，到底一夜未得安眠的事实依然存在，一身的微汗依然无法摆脱，所以走出旅馆来，仍不敢多向太阳光下去跑路。好在爱维昂有的是树荫，菩提树呀，洋梧桐呀，盖满了到处。爱维昂是一个山城，靠山面水有着许多条路，这条车站门前的大路刚在高下适中之处，上面是别墅住宅的区域，下面是商店街市的中心。贯串上下的，小路固然甚多，但重要的则有一条上山电车（funicnlaire）。我们心中念念不忘我们的目的地圣祥哥尔夫，不愿细看爱维昂，所以上山电车既没有去乘，十余矿泉中最有名的一个嘉夏泉（Source Cachat）走过也没有去饮。打了一个圈子以后知道本地的名产是珍珠，以及螺钿的各种小器具，我们坐下的咖啡馆旁边便是一个珍珠厂，其他便毫无所得了。回到车站附近，坐梧桐荫下，再饮冰水，然后提出行李上车。

三时，我们到了圣祥哥尔夫。

七月二十四日——圣祥哥尔夫

想望了许久的圣祥哥尔夫居然在抱了。昨日下午三时，一下车来，它给我们的第一印象就极好。它是十足的乡下气。如果仍以西湖来比丽芒，那么圣祥哥尔夫之与爱维昂，确像钱塘门之于西园。

真是乡下了，在车站里一问贝格杭木屋便知道，站员即刻指示我们去向，而且对我们说，行李不妨寄存在这里，等一忽儿给我们送来。

与在爱维昂一样，出车站门便是一条大路，而且出车站门第一样看见的也就是从爱维昂一直伴我们来到此地的丽芒。只是，所谓大路者，是圣祥哥尔夫惟一的大路，而且，因为圣祥哥尔夫是法瑞交界的乡村，圣祥哥尔夫既有半村属法，半村属瑞，于是这条大路也跟着半条属法，半条属瑞。

我们正在大路上行走的时候，巧遇了傅怒安兄。虽然我们昨天有电报给他，但两方都算不准爱维昂到圣祥哥尔夫的路程，所以只好在路上巧遇。他穿了一套轻快的夏服，这在巴黎是极难看到的，首先令人觉到现在真是暑期了。他是到湖中去洗澡的，既然巧遇了我们，便先做我们的向导。

“圣祥哥尔夫半村属法半村属瑞我们是知道的了，但我们住的究竟是法半村呢，瑞半村呢?”我先问他。

“是瑞半村。”

“那么以前我们在巴黎与你通信，都作本国信寄，倒不算欠资吗?”三弟问他。

“所以，有许多地方因为这是一个特别的村子，不能不通融了。村里有两个邮局，法半村里一个法邮局，瑞半村里一个瑞邮局。法邮局接到法国境内各处寄给瑞半村的信，理好打一包封，交由瑞邮局分送。瑞邮局也同样办理。大家都不算欠资。”怒安兄答。

“那么寄出去呢?”我又问他。“你就牺牲一点脚步，寄法国的交法邮局，寄瑞士的交瑞邮局?”

“那自然！一封信里要便宜两封信的邮资，谁也愿意牺牲一点脚步的!”

“如果有一个人寄情书，一心只在情人上，这样复杂的门槛倘一忽略了，倒是要受罚的，——受罚自然是甘愿，只是信要压迟一班了。”

“伏老又来了！其实这种小村子里，几天住下来，便满眼都是熟人，即使真的糊涂到这样，邮局也会送回来让你贴好了再寄，甚至会代你送到另半村的邮局去的。”

怒安兄从邮局又讲到税关。国界上的税关最注意两国价格不同的东西。瑞士禁酒，人民团体与政府机关协同办理，所以捐税极重；而法国是一个酒国，法国人管理小孩子别的都极严紧，而对于饮酒的放任却认为理所当然。因为两国风气如此不同，所以瑞半村的税关最注意法半村里的酒。但同是一种风气，瑞半村禁酒绝不会影响到法半村来，法半村饮酒倒极会影响到瑞半村去。于是住在瑞半村里饮酒的人便苦极了。

“曾经有过一个故事的，”怒安兄说，“有一个人住在瑞半村里，从法半村买酒回家，被税关搜出了，捐得极苛；第二天他背了一张桌子，放在法半村的边界上，坐起来大喝特喝；喝罢回家，拍着肚子对税关人员说，酒在这里，你还捐不捐呢?”

说到这里，我们三个人真走到法瑞两国的边界上了。割开一个乡村而定为两国的国界，初听似乎好不自然，其实也有它自然的界限，这是两山之间的一条小溪。溪上架一条石桥，就把两条大路连而为一。桥左是法国税关，边界上站着四个税吏，桥右是瑞士税关，边界上也站着四个税吏。两方都恭恭敬敬的静听着桥下两国共有的潺潺的水声。

对于法国方面，我们要出境，不必费什么手续的。入瑞士境的时候，税吏以外还站着一个国家宪兵的兵官。这似乎两国是同一制度，法国也这样，无论如何的穷乡僻壤，必有数名国家宪兵驻扎着。有时只有一名，兵也是他，官也是他。这站在瑞半村里既高又大似乎要和我们为难的大概就是这一类了。但是奇怪，傅怒安兄跑到他面前，把我们介绍给他说，“这就是我常同你说起的两位朋友，现在来了。他们大抵不会住久，两三礼拜便回巴黎去的，你也不必验他们的护照了。”他毫无异议，我们便容容易易的做了瑞士人了。

于是接谈我们的税关。法国方面的四个税吏注意的是什么呢？是烟，钟表和巧格力糖。烟在法国是国营的，价比别国都贵，外国烟尤其贵。美国的吉士牌烟卷，在上海值小洋两角的小包，在法国值六法郎，合中国小洋八角。和瑞士比，相差虽然没有这样远，但已和瑞士特产的钟表和巧格力糖有同样被注意的价值了。

税关之外，还有铁路也是如此。我们从贝勒加德来的车，是一直通到瑞士去的，但在圣祥哥尔夫有两个车站，我们刚才下车来的是法国站，现在步行要经过它门口的是瑞士站。也和在大路上步行一样，乘火车越过国界，须受税关的检查。

铁路之外，还有轮船也是如此。丽芒湖上有一种轮渡，从日内瓦起，走着“之”字的路线，左岸停一埠，就到右岸去，右岸停一埠，又到左岸来，一直走到圣祥哥尔夫，再走着“之”字向日内瓦。轮船大小约如南京渡江的“澄平”，但共有二十艘，船名都用与丽芒有关的一切，如“丽芒”，“日内瓦”，“洛沙纳”，“沙维华”，等等。这可以说是丽芒与西湖不同的地方。西湖有四千号“划子”，数目固然可惊，然如跑到葛岭上面一看，好像一片桑叶上的蚕蛹，满湖几全是这种一条条灰白色的东西。丽芒有二十艘大轮船，但我们所看得到的，常常是全无影踪，至多有一艘两艘经过。至于税关的问题，轮船倒是没有，只是在船头和船尾插两张国旗，表示它来往于两国公共的湖上便了。不过乘客须随身携带护照，虽然未必会验，如爱维昂洛沙纳间的对渡，却不像在圣祥哥尔夫来往于法半村与瑞半村那样简单，总须有一本小书模样的东西在手（甚至不是护照!）才妥当。

我们三个人一边谈话，一边鉴赏着圣祥哥尔夫的风景：前面是丽芒湖，不必说了，后面却是高山，参差错落，与湖滨其他各埠迥然不同。圣祥哥尔夫不及其他各埠的繁华也许以此，他能够保持他的乡下气，令人觉得比其他各埠更可爱者也是以此。就在这高山的脚下，怒安兄指点给我们：仿佛在一张绿色的桌毯上，摆着一件象牙的雕刻，工作是细致而又质朴的，那便是贝格杭木屋。木屋造成还不很久，而且主人爱素淡，所以未加油漆，木材的本色用山景衬托出来，造成这样惊人的美丽。可惜他们的余屋已经答应了一家朋友，所以怒安兄给我们预定了别一处，是德立发夫人（Mme Derivaz）家。我们便跑去见德立发夫人，但两间屋只有一张床，于是我先住下。不久车站里的行李送来了，我们便尽量的把夏衣换上，但叫人佩服的是送行李来者原来就是刚才的站员自己。

昨夜怒安兄归贝格杭木屋，我住德立发夫人家，三弟到美景旅馆暂住一夜，三人约定今早相见，同去游湖。

今早三人在美景旅馆里相见，我把怒安兄当作圣祥哥尔夫的主人，向他盛夸昨晚气候的凉爽。这仿佛像前年我从武汉跑上庐山一样，初秋盖了薄棉被还嫌太冷，现在而且是盛夏。三弟则除了觉得凉爽以外，又听了一夜的水声，因为美景旅馆正在法瑞两国交界的溪旁，溪水就从他房间的窗外流过。

“丽芒的可爱不仅是这些哩。今天上午我们一同钓鱼去。我出来的时候已经将钓鱼的器具放在船上了。”我们于是依了怒安兄的提议，三人一同走出美景旅馆，到了湖边停船的处所。船的模样，也仿佛就是西湖的划子，不过江浙人皮肤娇嫩，划子上必用遮阳，这里却是没有的。所谓停船的处所者，如在爱维昂那种大埠，几十条船由一个人经管，你选定了那一条船以后，便由他给你解缆，约定几小时以后还他。圣祥哥尔夫村子较小，游人不多，所以怒安兄熟识的那一个埠头，虽然也有十几条船，却值不得由一个人经管，租船时须自己跑到市上一家咖啡馆去接头，解缆系缆都由租船者自己担任，回来时自己跑到咖啡馆去付船租。这与西湖的每一条划子有一个船夫的情形大不相同。

我们三人便上了船。照这里的办法，所谓三人乘船者，这三个人当然既是乘客，也是船夫。但他们两位是丽芒式的，我却是西湖式的；丽芒式的人跑到西湖去，垂拱而天下平的事是谁也会干的，我一个西湖式的人跑上丽芒来却束手无策了。恰好怒安兄忽然敬老起来，我便划了船头一席地作养老院，两个少年桨手都非常努力，我趁着便宜一路顺风的同他们驶向目的地去了。

“我到现在还没有看见你的钓竿呢，”养老院里的老人照例是多嘴的，“你所谓钓鱼器具放在船上，到底放到哪一条船上去了？”

“说来话长哩，器具在这里！”怒安兄此时从船板底下摸出一个白铁罐来，罐里头一束线，线头上亮光光的一个白铁钩。

“没有别的了？”我们出惊的问他。

“都在这里了！”怒安兄用法语回答。

“那么引饵呢？”三弟总有点疑惑。

“那是没有的。钓鱼本来须领照会，与巴黎塞纳河（Seine）上钓鱼的办法一样。但照会只限于有钓竿的人，不用钓竿可以省六法郎的照会费。至于引饵，那是随便的；我因为小鱼之类都脏得很，而且听本地一个小孩子说，只是亮光光的一个钩子荡在水中，鱼倒会来吞，有了引饵他反不会来吞了。我试了几次，果然。”

“但我总替你担心呢，这似乎是一注买空卖空的生意经！”

“你老先生还是躺着罢，我们预算今天中饭够三个人吃的鱼呢。”少年的勇敢的态度，可爱的少年的勇敢的态度。

目的地是离圣祥哥尔夫二里许一个临湖的庄子的树荫下。“这是伯尔尼（瑞士京城）一个大商人的别墅，只有盛暑来住一个月的，平时都空着。”怒安兄说。

太阳光下两里路的生活，养老院里的我都觉着真是盛暑了，何况在手不停桨的两位少年。现在树荫下正好是休息的机会。照法国老辈的说法，这样的一暴一寒是于身体有损无益的，所以从太阳光下到室内，最好是先在屋檐下半阳半阴的地方站立几分钟，免得到室内骤然接触冷空气。但是这里是树荫，刚刚合于这种哲学。太阳光依旧继续的照下来，但被树枝树叶筛成零零碎碎的小块。他透过树枝，先照着我们，使我们不致受寒。再照到水面，水面受微风吹动，金光闪烁，与树影织成透明的锦被。再透过锦被，照入水中，使我们看见我们的敌人的一举一动，还清清楚楚的看见敌人的背景的湖底。鱼也许和我们一样，觉得太阳下太暖，阴地里又太寒，所以群聚到这树荫里窜来窜去的罢？还是舍不得这明媚的湖光，不忍让远客独享，必亲身加入，而为美景中的一部演员，然后这美景才算尽美呢？还是它们已经窥破了远客的心事，早已成竹在胸，所以毫无畏惧的神气呢？

“照平常，这许多功夫，已经几十条都钓起来了。而且平常还没有这样多的鱼。”怒安兄一边牵着钓丝，一边这样的叹息。

“也许你平常是在阴地里，他们看不清楚；今天在太阳光上，明明垂着一个亮光光的白铁钩，他们岂肯来上这个当呢！”三弟帮着牵动钓丝，这样答他。

怒安兄看着表，“现在已经十一点一刻，今天午饭看去吃不成鱼了。再等他五分钟，如果再没有来的话，我们也该动身回去吃饭了。”

“在我倒觉得观鱼也有意思，钓得钓不得反若不关紧要似的。如果要吃鱼，等一会到美景旅馆叫一个吃不是一样吗？”

“二哥真是东方思想得利害！”

午饭我们果然在美景旅馆里吃鱼。美景旅馆门口一个临湖的院子，上面密密的盖着菩提树的枝叶，树下参差的摆着几十张餐桌，是一块午餐最适宜的地方。本来吃饭的时候最忌吹风，法国人尤其视为一种真理，因为是屡试不爽的。所以在家庭里吃饭，如果女仆上菜时双手托了盘子，逢开了一忽儿门，老太太们便万分着急：“玛利！玛利！快快快！关门关门！”但这所谓风者，一定是指两头窗门，或一头窗门一头门同时开着的流动空气而言，倘只开一头，便没有什么忌讳了。火车里，电车里，有的不懂法国风气的外国人，开了两头窗门往往会受责问的。但索性在整个儿空旷的地方，便又不怕了。盛夏，也是不怕的。现在美景旅馆门口，当着这样的盛夏，对着这样的美景，吃着虽然不是自己钓来而其味当然一般美的鱼，微风拂拂的扑上身来，我们自然只有好感，不会畏惧的了。

饭后三人分散，各睡午觉，到三时再约齐了同到湖上去洗澡。怒安兄已经有了一帮洗澡朋友，每天下午不是他去约他们，便是他们来约他。我和三弟虽同他们一起去，但都没有洗，却坐在一块岩石上看风景，谈闲天。

晚饭我们学瑞士风气，只吃一杯牛奶和一块面包，没有其他荤食和咸食。怒安兄说，“我当初也吃不惯，一次两次以后就不觉得什么了。”我说，“这可动不得，一之为甚，其可再乎?”以后便继续上天下地的乱谈。但我总觉得有一件事没有做似的；拿起烟斗，抽了几口，也不自在；这才觉悟到千不是万不是还是因为晚饭没有吃咸食。但是此刻还有什么法子呢？如果丽芒换了西湖，那么跑到“碧梧轩”，叫上一碟“鲞品鸡”，不是一切问题都解决，只要继续上天下地的乱谈便好了吗？即使不往碧梧轩，在自己家里做一碗蛋炒饭，不也就是咸食了吗？但在饭食如此有规定时间的西洋，不单是不能如此实行，就算是如此空想也会被人看成疯子的。此刻是什么时候？是午夜十一点钟了。除非在巴黎，那还可有半夜饭吃，但这里是圣祥哥尔夫。固然德立发夫人家里的锅灶可以借用，但此刻去借用锅灶不是叫人笑话吗？而窗外是大风忽起，雷电交作，雨点像乱石般的向窗上掷来了。幸而三弟记得，我们行李里头还有罐头带着，开了一小罐鹅肝，空口吃完才算了事。

幼年听大人们的教训，小孩子不要太安逸惯了。安逸惯了会吃不起苦的，长毛时候是连想吃一碗白饭都得不到呵！唉，现在国内又在那里过长毛时代了！

怒安兄直到雷雨完了才回贝格杭木屋去。

七月二十五日——溪流

昨天傍晚，我们三人同到本村的轮船码头去乘凉。太阳下山以后，轮船码头成了人人必去一转的热闹处所。轮船靠岸的次数是减少了，不比日间，站立不上一二十分钟便有轮船来到，住在湖滨各埠的游客，有的整日乘船游览其他各埠，圣祥哥尔夫村子虽小，亦有大批的客人上下，我们站在码头上谈闲天的人，理宜替他们让道。还有那些整日工作的，现在已是休息的时间，本村没有报纸，他们所认为社会新闻栏者，也就是这个轮船码头。小孩子群聚着在码头栏杆的铁杠上盘斛斗，老年人嚼着烟斗慢吞吞的警告他们，“小心，你们会掉下湖里去的！”此外，则是东一丛西一撮人的谈笑。

“您今天钓得不少罢，先生，”这是怒安兄在码头上问他一位钓鱼同志，黄胡子，高细身材，我们往往看见他不慌不忙的钓得极快而且多的。

“今天一起三四十条。”是回答。

这自然是值得令人艳羡的。他似乎真是老手了，只要看他钓得一条鱼以后，从从容容的拿出一把小刀来，向鱼口中取出钩子，复将鱼放入罐内，再取引饵置钩上，重新垂下水中去，这种有条不紊而且行所无事的举动，便已使我们叹服，何况又有用此不慌不忙的举动换来的三四十条鱼呢！

如果是一个视得丧成败为无甚区别的衰朽，这种新闻也和其他社会新闻一样，春风过耳，转眼便没有影踪了。而我们当中偏有一位勇敢的少年。同是一个消息，在衰朽者听来是过耳春风，在勇敢的少年听来也许是惊天动地的大事业的萌孽。怒安兄转过头去，瞥见了嚼着烟斗向那翻铁杠的小孩子下警告的老头子。我猜想他一定是刻刻不忘上午的失败，但倘没有听见黄胡子三四十条的消息，那即使瞥见了老头子，也不会即图再举的。

“明天上午你的船可以租给我么？”因为老头子是划子主人，要图再举第一步须租船。

“明天上午有大风雨，你要船来做什么用呢？”这样一来倒把我们的兴趣转移到听他的谈话，他的话匣也被怒安兄的一问引开了。可惜的是，在他自己以为最精彩的，听众也十分动容的，是关于月亮的圆缺的一段。“所以，在天将黑的时候出起来的，一定是圆月；如果是缺月呢，那不是未黑时已出来了，便是已黑了还未出！”这在我们中国人是家常便饭，人家没有用过数千年阴历的，不是像他那样在湖上有三五十年的经验，真不容易知道罢。而在我们，却十分注意他认为不甚重要的一句“明天上午有大风雨”，因为此时天还是好好的呢。

昨日晚上我一边吃罐头鹅肝，一边听着外面的风雨，三人几乎不约而同的说出来：“老头子的预言真准，只是提早了十二个钟头！”后来雷雨初止，开开窗门来一看，见到远远的红光，我对怒安兄说，“月亮出来了！如果是老头子，又可以讲他的一篇大道理，而且此刻见到红光时，可以先与人打赌，说今天出来一定不是圆月，因为现在已经快十二点钟了。”

谁知美人者人恒美之！自己以为月出的迟早总不会弄错的了。昨天是阴历六月十八，大概日入后一小时许月出地面，此间面窗是高山，延迟一二小时亦是意中事。不料今天早上德立发夫人进来，说起昨夜雷电为灾，邻村多冈（Torgon），被雷火所击，几乎全村烧去，只剩了两所房子，现在还有八十人没有地方住呢。问了一下方位，才知道昨夜的红光确是火警，与月出何干！德立发夫人更指着桌上摆着的一把牛奶壶说，

“你们知道这是什么吗?”

这一个问题倒确是来的非常突兀，不大容易索解的。细看牛奶壶时，我觉得它非常古朴。这倒不在话下，我对于古朴的瓷器素有偏好。在黄河上旅行时，我曾向船夫要过一只他们吃饭的粗碗。上次与三弟及曾觉之兄同到蒙摩杭西（Montmorency）旅行时，房东借给我们一把牛奶壶，我也把玩不忍释手。我的所谓古朴，可是很容易对付的，一点没有玄妙的解释，只是简单的两句话：瓷色忌白，花纹忌细。德立发夫人家里的这把牛奶壶，对于这两个条件是吻合的。它是在玉黄色的瓷质上，画着两朵大玫瑰，三五片大叶；但特别的是这种幽暗的玉黄色不曾在别处见过，而且瓷面上有极细的冰纹。这种冰纹，不但是壶的里面及外面无花纹的地方有，连花瓣上花叶上也是一样有的。中国的碎瓷是极可爱的，但也不与它相同。

“这个碎纹是怎样的呢?”三弟问她。

“就为此我要问你们呢。这把牛奶壶是一个纪念呵！说来已有四年了，

也像昨晚的多冈村一样，这里还有一个邻村叫诺弗尔（Novel）的被火烧了。也有许多人没有饭吃，没有衣服穿，没有房屋住，多可怜呵！后来邻村发起去救护他们，方法是用火烧场里发掘出来的东西，比较完整的，定了很高的价格，由邻村人去买。我们就买了这把牛奶壶。这真是一个纪念呵！现在诺弗尔已经全盖好新屋，而且全村都极富有了。今天多冈村当有八十人没有房屋住，恐怕也有人会来发起这种救济呢。”

这一番不期待的话，我听了十分感动。不但是牛奶壶的来历如此，我万万想不到；就是小村落间救灾恤邻而用这种可爱的方法，我以一个平常颇喜留心社会事业的人，听了真是如获至宝了。我清清楚楚的看见，在两朵大玫瑰花的花心里，先映出一副惨景来：火烧场的余烬未灭，灾民扶老携幼，啼饥号寒，不忍卒睹。再映出一副美景来：火烧场上的新屋落成，比前高大，比前整洁，居民个个都丰衣足食。先后相差如此之远，而关键完全在于一把牛奶壶，令人动感也令人起敬的牛奶壶呵！

而预言家老头子到底是未可厚非的，认红光为月色者，一经事实证明，谬误便尔无可遁逃；提早十二个钟头者，及至十二个钟头以后，虽然不像昨夜那般凶猛，而小风小雨迄未停止，气候凉爽且如初秋，谁也不作游湖之想，我们的勇敢的少年也就暂时不谈钓鱼的事了。

美景旅馆的露天餐室今天也不及时了，至于它的室内，那与我们自己的室内有什么分别呢？于是乎我们自己在室内做午饭吃。马铃薯在法国是叫地苹果的，不但人人都爱好，而且人人都替马铃薯揄扬；如果一个外方人，生平没有尝过马铃薯滋味的，听了这种宣传真会流涎百尺。然而马铃薯到底是马铃薯。一个中国江南人的我，心中早有我自己的菜蔬系统：萝卜不如茭白，茭白不如竹笋。至于在这系统以外的马铃薯，那好也可，坏也可，从来以为值不得计较的。三弟却住法国久，性情上也如学问上，受到许多法国的影响。他提到马铃薯便不像我的漠然了。当然，这里确与城市有不同的地方，城市里我们在菜蔬摊上看见标着三倍价值的所谓新马铃薯，在这里几乎到处都是，而且还有更新鲜的呢；昨天看见德立发夫人在自己园地里掘，我们便请她替我们多掘一克千，掘起以后立刻自己去洗，自己去煮，煮好然后剥了皮当点心吃。这是世界上最新的新马铃薯，如果巴黎莱蔬摊上的新马铃薯要比平常贵三倍，那这恐怕比巴黎的更应该贵三倍。我即刻记起我在家乡吃菱角，新掘的马铃薯与新采的菱角两种口味真是相像。爱憎原也是习惯，习惯便是一次一次的不惯堆积成功的，我相信系统以外的东西不久也自然编入系统以内，所以今天三弟提议吃马铃薯我便也觉得大可赞成了。

面包是沙维华式的，是一种一尺直径的大馒头，大概每个一克千，但面包铺的老班娘秤罢以后又添上一小片，使我们格外的满意。牛排虽然也要秤过一道，但照例每块是一客的分量。这样我们的室内午餐，十分法国家常式的，更是十分沙维华式的吃下了。

饭后三弟在家休息，我便与怒安兄出去看溪流。

现在是将近两点钟，怒安兄说，“凡是法国来的信，两点以前在法邮局，两点以后便在瑞邮局了，我们反正走过瑞邮局，不妨先问了他一声。”

“这里没有你们几位的信，法国方面的还没有送过来呢。”瑞邮局的小姑娘答复我们。再到法邮局，果然尚未送出，而且我们三人都有信。

于是我们一直往溪流走去。这溪流便是法瑞两国的关吏终日相对听他的唤声的，也便是前天晚上三弟在美景旅馆听了一夜的。但那都是下流，我们今天却从间道绕向他的中流去呢。圣祥哥尔夫最大的路只有一条，是沿湖的，而且是两国各半的。但小路很多。在法国境，沿溪流便有一条行人小径，渐走渐高，我们叫它法国路。重要的机关都在大路上，如知事衙门，如公立小学，如宪兵部，如邮政局。但城市的发达是由内面渐向湖滨来的，所以在沿溪小路的近旁还有旧城市，而且旧城市里还有一个极重要的旧建筑，便是村庙。虽然现在另有一个新庙已经造好了，但旧庙是村中最古的建筑，村中比它更古的东西只有圣祥哥尔夫这个字了，但那是人名呢，是地名呢，是如传说中所谓是个十字军的名字呢，还是如字形所示是个海湾（Golfe）的名字呢，那是荐绅先生难言之了。除开这个不算，最古的仍是旧庙，所以村人很重视它。我们便也在这旁边徘徊久之。旧城市中还有一样最新的建筑，虽然最新，但也与旧庙是差不多重要的，这便是大战时的战死纪念碑。一九一四到一九一九的大战，法国几乎各城市村镇都死了人。一九一九停战以后，各处都先后草草的立了纪念碑；但是现在经济情形渐渐回复到战前的状态了，战争的余痛也渐渐过去了，人们心中所感觉不安的是战争纪念碑未免太草率，恐不足以纪念死者的光荣。于是重建战死纪念碑的事时有所闻了。圣祥哥尔夫的旧城市里便建立着这样一座新纪念碑。本来在这样的边界里，一脚跨过溪流便是异国，国家观念是未必十分浓厚了的罢，而且这个异国是一个永久中立国，不是很给人以一种躲避战争的启示吗？然而圣祥哥尔夫的法半村竟有八个人死在大战里，也许因此更值得受村人的崇敬罢。

穿过旧城市，我们到了溪流边了。这里也是一条法瑞交界的通路，溪上架一小木桥，法国方面是一道沿溪小径，与桥垂直，瑞士方面沿溪无路，小径是桥的方向的延长。虽是通路，但真奇怪，除了我和怒安兄以外没有第三人了。本村是只有算得出来的那么多人，此刻都在那里工作。湖边各埠的游客，名为来游圣祥哥尔夫，大抵在美景旅馆附近一逛，至多喝一杯咖啡便走了。本地的小孩子们，今天气候清凉，大家在家里玩着不出来了罢。行人既没有第三个，离村宅至少也有半里路，所以除了流水的声音以外，只有间或树丛里漏出一二鸟语，空气是清静单纯到极点了。水的来路我们是知道的，但自桥以上，即被山石丛木遮住；水的去路我们更是知道的，但在我们视线以内不过数十步，以外也被山石丛木遮住了。只是这无头无尾的一段，好像戏剧的一幕，小说的一节似的，给与我们无限大的吸引力，谁也不征求谁的同意，两人默默的在溪边岩石上坐下了。

我们无语。我们是各在想什么吗？我却没有。我在忙乱的时候，极希望有一个清静单纯的环境，让我好好的用一会思想。及至真得到了这样的环境，我的思想却被环境擒住，一丝一毫的作用也没有了。但我觉得我极舒服，一种被擒住时的舒服。不是伟大，便擒不住藐小的；不是崇高，便擒不住卑下的；不是永久，便擒不住顷刻的。我的思想，也是溪流一般的东西，但它敢在溪流的面前显丑么？不是不敢，它是甘愿的降服了。

我们无语。我们是因为溪流冲泻的声浪太高而无语吗？我却不是。语言是怕对方不了解，不得已而才用的。而语言却是极不完美的东西，越解释往往越误会。为消除误会，最好加以解释，为怕越解释越误会，最好是不解释。但天下有极易了解的事情，有如这溪流，永不会发生误会不误会的问题，也永不会发生解释不解释的问题，要语言何用呢！

我们无语。我是因为羡慕溪旁的岩石而无语。他亲眼看见千百年流水的潺潺，如果不是他，早骄矜得不可思议了，而他无语。他亲身遭受千百年人畜的践踏，如果不是他，早呼吁得不成样子了，而他无语。处最活跃者之旁而独安静默，处最朗澈者之旁而独安黯浊。我的思想现在也许是在模拟他于万一了。

远远的一声雷响，引出各处山谷的回声，把我们如在梦中惊醒。

“天要下雨了，倘再像昨天那样的一阵，可没有地方躲雨了。”怒安兄先开口。

“那可不是吗，那两所小房子?”

“那隔溪的两所小房子也是两国税关所谓以防偷漏，但竟没有关警来守候，好像造了专为我们躲雨似的，其实他们也许要得到什么报告时才来守候呢。我们还是回去罢。”

我们从市上回家，买了一支爬山的手杖，杖上刻有圣祥哥尔夫字样，而尖头上带着一个铁钉的。这小百货店的老班是本村的学者，见人常喜欢谈几句巴黎，而且常喜欢把他从前的著作拿出来给人看，这是关于圣祥哥尔夫的风景的描写，可惜一起只有三页余的篇幅。今天老班却不在家，只见老班娘和她的一群小姐。我又买了一把粗瓷的茶壶，是本村的特产，也有圣祥哥尔夫字样的。买好将要走了，我忽然想起一件事来，回过头去问老班娘，“拿到瑞士地界去不妨么?”这也已经变成一种习惯了，凡在法界买了东西，一定先在店铺问一声，这东西可以带到瑞士地界去否，例如面包是决不要紧的，罐头食物之类便宁可小心些了，有时候不等我们问，老班娘先通知我们，这可以放在衣袋里，那可以放在裤袋里。有时候东西多了，口袋里放不下，拼出让他捐，索性打一个包拿在手上。那里知道关警一看见，便笑嘻嘻的问，“是食物罢，过去好了。”

但瓷茶壶到底不比食物，所以照例问一声老班娘。

“关上问你，你们只要说，是到瑞士地界汲矿泉水去的。”因为本村法界没有矿泉，用水都到瑞士地界去汲，所以老班娘教我这个方法。我想，用了同一方法也许可以带酒到瑞界去罢，但这思想未免太荒唐了。

七月二十七日——丽芒湖上

前天自溪流回来，又下大雨。昨天上午有小雨，我们只在湖边走走。圣祥哥尔夫这条大路，其实是沿湖国道，一边达瑞士的蒲佛孩（Bouveret）一边经梅叶离（Meillerie）都红特（Tourronde）而达爱维昂。小雨不足畏，我们便一直向着梅叶离走去。梅叶离是一个渔户和石匠的村子，摆仑（Byron）游丽芒时在这里遇大风的。但是天气变动得太快，小雨忽然大起来了，大雨停止忽然又出太阳了，天空的云块飞快的来来往往了。大雨时我们跑下大路去，在紧靠湖边一所新造别墅的廊下躲着，太阳出来了便在水边劈石子。这种天气很像江南的桂花乌，春夏之交例有一个黄梅时节，这却是秋夏之交黄梅时节了。既不觉得炎热，也不觉着凉爽，但觉略有运动以后，遍身发出一阵微汗，这微汗使人疲倦，使人消极，使人不愿意有任何动作。我们望着前途，虽然圣祥哥尔夫到梅叶离只有七基罗米突路，虽然已经走了一半以上了，但那小半的路上如果没有这样一所别墅，下起大雨来将怎么好呢？“摆仑呵，我们今天不能看梅叶离了。”

回到家里三人自己弄午饭。

下午计划今天游湖的事。茶叶鸡蛋便于携带，先放在家里煮，这是主要粮食。我们再出去买点心之类，却见法界咖啡馆的门口群聚着小孩。我们挤在里面去一看，原来是一个游行音乐家在咖啡馆里演奏。我们也就占据着一席坐下了。各人都叫了一杯屈波纳（dubounet）。音乐家举起杯来向众客人招呼："这是人生呵，美酒妇人和音乐。"大家饮了一口酒，音乐家便续续的将浮士德，斩龙记，等名曲一出一出的弹去。每弹完一曲，各桌上的客人都送过一点钱去到他面前，有一法郎的，有半法郎的，也有二十五生丁的。照例他自己可以来收：但他是没有了一条腿的，而且从他的领徽可以看出，他是一个大战时代的伤兵。法国电车地道车公共汽车里都贴着一种条告："切莫忘记：标着号码的几个坐位是留给大战时代的伤兵的。"但是他们数目到底不多，所以平时客人拥挤的时候，这每辆车里的四个座位也常有客人坐着，只是一边留心，见有伤兵领徽的人来便让他。这是他们敬重伤兵的习惯，今天每桌上的客人都送钱到音乐家面前去也是这个意思。

听罢音乐，买了零碎东西，回家打算今天的路程。

也像西湖的有里外湖一样，丽芒分为大湖小湖两部分。靠近日内瓦的一角，相当于西湖小南湖的地方，湖面忽然收小，这是小湖。其余便是大湖。但丽芒与西湖的成因很不相同。西湖是山水注入，蓄而为湖，形如蛛网。但因地势较高，须筑闸以防之，而昭庆寺一角上，仍终日有水溢出。丽芒却是一条大河（名 Rhône）中间的一段，好像水蛇吞了癞虾蟆，一时不得消化，因而成了鼓起的大肚子。相当于昭庆寺的处所，恰恰与西湖相反，夹于蒲佛孩与维尔纳夫（Villeneuve）两村之间，是丽芒湖水的入口。一边日内瓦则是丽芒湖水的出口。出口以下，入口以上，一般的都叫何纳河。我们今天打算游的是大湖的靠近入口一角的各埠，就是说，从钱塘门起，到苏小墓附近为止的各处。

我们的房东德立发先生是轮渡的驾驶员，我们恰好请教他一切。他说这样最好是先乘船到维尔纳夫，然后一处一处的游过去，到西蓉古堡，到蒙德欧（Montreux），到克拉杭（Clarens），至多到佛佛（Vevey），便可以乘船回来，这几处已经够一天玩的了。而且他今天早上正要去上工，于是陪了我们一同到船上。也是他通知我们，这些村子是真的瑞士了，不比圣祥哥尔夫的瑞半村了，我们须将法国钱换成瑞士钱。瑞士的法郎就是法国战前的法郎，比现在法国的法郎贵五倍。我们从圣祥哥尔夫到维尔纳夫的船价是八十生丁，就等于法国的四法郎。

上船以后我们便与德立发先生分手了，我们站在舱面上自看风景。我们回看圣祥哥尔夫。我们平日自以为村后高山在湖上要算最高的，不错，离开圣祥哥尔夫一看，依然是全湖的最高山。只是圣祥哥尔夫的全村，却出人意外的微小了。圣祥哥尔夫与蒲佛孩两村相距只有五基罗米突，我们在湖上远看去，两村益发宛如一村。所以圣祥哥尔夫高山，也就是蒲佛孩的高山，更分不出什么彼此。只是这带高山完了以后，那边维尔纳夫方面的高山还没有起头，中间却显然的现出一大个空缺，即刻令人看见两高山间大块的天空，这便是丽芒的起点，何纳河流向丽芒的入口。远远的望去，看到丽芒在这角上是黄色的，而且水声都似乎听得见。黄色一角的两旁，是一片丛树，尤以白杨为最多。这一片丛树的地方，未必尽是河流，在地图上也看得出，不但没有高山，连小丘陵也没有，这是洼地，何纳水涨的时候难免要淹没的罢。

当着这个入口上，有一个再小也没有的小岛（Ile de Peilz）曾经摆仑描写过的。我们从前以为三潭印月不算小，阮公墩总要算天下最小的岛了，那知与这个小岛一比，阮公墩也许还是大洲呢。我们虽然没有上去，因为轮船是不停的，但远远的望去，岛上只有两棵树，岛外只有三五只白鹅，我想第三棵树固然未必种得下，这几只白鹅也许因为岛上无可容足才浮到水面上来的罢。

船靠维尔纳夫的岸了。这里也像法国岸的圣祥哥尔夫一样，是瑞士岸的终点，所以没有多少人下去。在下去的客人中间，我却是最先的一个。我看见轮船码头上站着一个穿制服的船员，并不注意他，一心只顾着岸上的一切。他忽然朝我招呼了一下，又伸出一只右手来，我心里想，瑞士人是招呼游客惯了的，看见外国人，所以来拉手罢，便也伸出一只手去和他一拉。谁知拉完以后，他的手还没有缩回去，我便觉得有些奇了。只听他很和蔼的说“票子，先生”，我才恍然大悟他原来是轮船公司收票的，我未免太胡涂了。三人对着大笑一阵。此时还只早上八点余钟，我们反正准备畅游这一天，不妨先去一探何纳河之源，乃一直向何纳河入口走去。谁知走了二三十分钟，觉瑞士街道清静整饬固远出法国之上，而何纳河之源到底没有希望，不如改日再作计较，只在维尔纳夫船坞旁徘徊了一下，便折向摆仑大旅馆这边比较热闹的处所走来，各人都买了一点小纪念品，我是一只角质酒杯，刻有维尔纳夫字样的。

沿湖步行了二十分钟，到西蓉古堡。这原先是一个十二世纪的建筑，因为十六世纪初年在这里监禁过一个为争日内瓦的独立而得罪于沙维华公爵的牧师（Bonivard），十九世纪初年又经过摆仑的歌咏（The Prisoner of Chillon），所以如此闻名世界。上次我们在爱维昂的咖啡馆里远远望过来，说它似在山脚下，似在水中央，现在知道它既在山脚下，也在水中央，——钓桥放下时，古堡与陆地相通，是在山脚下了；钓桥收起时，古堡四面环水，又在水中央了。我们在钓桥边买了一本摆仑的诗，拿在手里，便经过钓桥走到堡中去。进门第一层里，最重要的便是监狱。幽暗阴沉，与其他古堡一样，心上受着一种重压，令人转不过气来。因为现在古堡已成为博物馆性质，故愈加陈设得惟妙惟肖，只恨不能起波尼伐于地下而请他重入一次地狱，乃在波尼伐曾被拴的一支柱上特别加以说明，并在柱旁悬一副大画，画中背景就是这间监狱，丝毫没有差异，只在柱上加拴了一个正气凛然的波尼伐，使观者觉得所游并非博物馆，却明明是十六世纪初年的西蓉便了。第二三层里重要的有餐厅，法庭，武士住室，公爵夫人卧房等。餐厅食具及炉旁烧烤锅叉，后者铁制，前者锡制，都是十五世纪时物。法庭内且有十五世纪时的木质浮雕天花板。其余武士室，公爵夫人卧室中，其陈设除旧有者一概照原位置外，新添的也特别模仿到古气盎然。至于全堡，自远处望来，如一座石英结晶体，棱角玲珑的，那是它的瞭望塔。塔中窗户，仅像门缝那样一线，大队游客，登临极感不便。幸向导的小姑娘处处照顾，我们得了便宜不少。此种小姑娘，大抵十八九岁模样，口头讲得流利的英法德语，因为她所带领的游客中，世界各国人都有，所以匆匆忙忙的讲完一口话，即刻又讲第二口，当然在我们以为是流利可喜，在她自己一定以为刻板可厌的了。

出了西蓉古堡，我们又在它的旁近徘徊久之。我们不禁想到了中国。古堡建筑的时代，正当中国南宋，西湖也正出着风头。但那时有谁歌咏丽芒呢，看古堡的遗迹，沙维华公爵所豢养的，武士以外还轮不到诗人。而他们毕竟脱出了中古黑暗的时代，古堡只供后人的赏玩了，中国即使早把西湖歌咏到烂熟，现代文明的曙光始终未见奈何！

我们乘电车到蒙德欧。蒙德欧的夜景，我们在圣祥哥尔夫的轮船码头上，是天天望见的。江南的夏夜，老农叹息着，星辰这样多，这样明，明天一定要更热了：蒙德欧的电灯仿佛似之。不过这样明而且密的星辰，我在中国北方及巴黎都很少看见，所以我特别回忆着江南。现在我们到了江南的天上了。这样清静，整洁而又繁华的城市，我在法国几乎没有见过。甚而至于我们不敢拿出茶叶蛋等东西来，怕吃完了以后没有地方放蛋壳。但是事有凑巧，湖边凳上坐着一对美国人模样的男女，已经打开了食物包，而且我们自己也发见了每隔一二十步路有一个字纸篓，虽然十分清洁，里面并没有看见字纸，但是我们用报纸包了蛋壳，不也是字纸一类东西吗，于是决定另找一凳坐下吃了。

蒙德欧第一可看的东西是古蒙德欧博物院。然而我们踌躇。如果我们是住在蒙德欧的，那么走进古蒙德欧博物院去，看见如此清静，整洁而且繁华的城市，万千年前不过如此如此，好像住在巴黎时走去参观贾那华勒博物院，一定是很有意思的。然而我们对于眼前的蒙德欧还没有研究，只有一个囫囵的赞美，即使参观古蒙德欧博物院的结果，其能把古蒙德欧的印象清清楚楚摆在眼前了，趣味又在什么地方呢。

我们一边吃茶叶蛋一边商量，结果是舍去古蒙德欧博物院而另提第二个可看的东西，这便是曾觉之兄指示给我们的湖边垂柳。垂柳在西洋是极少见的，诗人缪塞（Alfred Musset）因为爱柳，所以有人到他的坟上去种了一棵，这也许是我们在巴黎看见的惟一垂柳了。垂柳而在湖边，凡是中国人谁不神往呢？所以一提出来三人即刻同意，决定吃完茶叶蛋便去访柳。

蒙德欧现在繁华了，所以范围扩大，与邻近四五村房屋都连接起来，克拉杭也是这样的一村。严格的说，蒙德欧自蒙德欧，克拉杭自克拉杭。若论事实，蒙德欧左边确已合并了德利德（Territet），柏浪墟（Planches）等三四村，左边也包括了克拉杭，甚至有渐向佛佛的趋势。这克拉杭和佛佛，都经卢梭在小说（La Nouvelle Héloïse）里描写过的。尤其是克拉杭收获葡萄的几页，极用力的寄托他那大自然中的家庭理想。今天我们去访的垂柳，便在自蒙德欧到克拉杭去的湖滨一带。

垂柳不是成行的，先看见两三棵，再看见一两棵，这于我们的步行很有用处。我们在柳阴下坐了许久，照着相，谈着天，忆念着中国风景，然而时间难免不够了，正是舍不得走的时候，前面又来了三五棵，于是我们舍此就彼，这样一路的过去，直到克拉杭。

克拉杭浮面一看，无非是蒙德欧的缩小。现在要找葡萄园，恐怕难了。此外，这里有几个名人墓，我们也无心去看。我们把克拉杭只看作访柳的终点，终于硬起心肠，登上电车，向着佛佛的方向去了。

佛佛的交通很繁盛，又因为对湖是梅叶离而愈加得名。卢梭摆仑曾经描绘的痕迹，至今游客还在仔细摩挲。我们先在市场旁近转了一个圈子，观察了一下佛佛的大势，时已将五点，乃在咖啡馆坐下休息。因见有条告不卖酒，便打听他缘故，他说这是公共团体发起禁止的，本城有十二家咖啡馆自动不卖酒，我们如果要饮，他备有没有酒精的果子露。苹果的，梨的，葡萄的，我们饮了，味均甚好。我们直坐到轮船靠近码头，才放下杯子乘船回圣祥哥尔夫。

七月二十九日——山村

前日在湖上只是打了一个小圈子，竟然疲倦到连昨日上午也无意出门。所谓一个小圈子者，就是由钱塘门到苏小墓，或者说由圣祥哥尔夫到佛佛，这可见丽芒与西湖的面积相差实在不少。在西湖上，不但说由钱塘门到苏小墓，就是整个的外湖一周，我也和三弟用半天功夫一同绕过。现在这里有了轮船和电车的帮助，费了整整的一天，结果还落的两腿酸麻，把昨日游诺得尔的原约也打消了。幸而我们当中有一个勇敢的少年，昨日午饭时分，大家的疲倦渐见恢复，他便提议到近地走了。所谓近地者，就是与圣祥哥尔夫相距五基罗米突的蒲佛孩。昨天是蒲佛孩赛船的节日，尤其引动少年英雄们的视听，我们便在烈日下步行着去了。我们到时正值开赛。司令者高叫村名，闻令即有三人快步跑到司令台前，解缆，取舵，携桨，下船，举动迅速，唯恐不及。下船后一人司舵，二人司划桨，飞向湖心驶去。湖心植一红旗，船绕红旗以后，即转舵回向司令台。评判员手持时表，我们虽在远处，也响应着司令台的举动，各人拿出自己的时表来注视。自出发时起，直到船回司令台前，重新系缆，并将舵桨等物安放周妥，第一村需时四分五十秒。然后司令者再叫另一村选手三人动作如前。我们一起看了五六村，最后有四分半钟的，最慢也有五分半乃至六分钟的，但竟不见有圣祥哥尔夫的选手，也不闻司令台上高呼圣祥哥尔夫的村名。这可见我们这个村子实在不大，平日就甚少听见说起有所谓运动员，昨天的不能与赛自是意中事了。圣祥哥尔夫既没有代表，一村一村的照例举动在我们看来也厌呆板，头顶上的烈日逼人实在太甚，而到底昨日的疲倦当未完全恢复，有此种种原因，我们于是看赛船不能终局，便乘轮船回圣祥哥尔夫了。三人约定早早休息，今日一定同去游诺佛尔山村。

诺佛尔山村便是德立发夫人说过前四年曾遭火灾的那个村子。村子是属于法国的，位在溪流的上游。如果从法半村上去，那道路是极为单简的。但我们偏由瑞半村去上，一则喜欢它道路曲折。行人稀少，可以多接近些山野风味！二则溪流是透早一定要渡过的，但在天天必经之路的桥上再去与两国关吏各道一声“好吗”有什么意思呢，倒不如由瑞半村上去，把渡溪这件事留作听天由命的解决，什么时候有一条溪流放在我们眼前了，什么时候我们认为有渡溪之必要了，我们才渡溪到法国地界去。

我们先走过贝格杭木屋。我曾说，它像一座象牙雕刻品放在绿绒桌毯上。我们今天，就是钻向这绿绒深处。说也奇怪，在赏鉴贝格杭木屋时，这绿树，绿草以及绿色的一切，便是衬托这象牙雕刻品的桌毯，但是一旦像微尘般的三粒钻向这桌毯的绿绒深处去，却见里面依然有枯黄的树叶，有平坦的道路，有野生的红果，有嘤嘤的鸟语，似与绿绒的织成完全无关的，又似与绿绒的织成完全无妨的。绿绒之所以为绿绒，就是枯叶，道路，红果，鸟语等等的总和吗？还是绿绒之所以为绿绒，就因为它能容纳这枯叶，道路，红果，鸟语等等以无关又似有妨的东西，才成其为绿绒的纯绿呢？这不是微尘们的眼力所能见到的了。

微尘们的眼力究能见到多少呵！离我们的前面大约十丈路，一位全身黑衣服的老太太，背着一个白布包袱，一步一步的朝前走去。

“教士看报！教士都看报吗？好关心时事呵！但教士在路上看报，我却今天第一回见！”

这是三粒微尘中最少年的一粒说出来的，那其余的两粒此时如堕五里雾中，真不知道他说的什么。及至详细追问，那少年的右手指着前面的老太太，却令那两粒微尘笑不可仰。但此时轮到少年的一粒如堕五里雾中了，又转向其余的两粒详细追问。那两粒中的一粒抑住了笑，叽咕他的近视眼说，

“将包作报，认女为男，不辨腹背，妙哉怒安。”

三粒微尘又大家捧腹大笑一阵。

一路行去，不久却追上了这看报的教士，我们互相招呼了。原来这位老太太一边慢慢行路，一边手上却编着毛绳工作，使得她的步履慢而又慢。这也是我们这位少年所以不辨腹背的一个原因。从此四人一同走去。她自是不及我们走得快，但我们有时忽然听见溪流的声音了，站下来神往一回，有时忽然看见什么不经见的奇花异草了，又站下来赏鉴一回，于是老太太赶在我们的前面了。这条一层一层盘向高处的路，因为是在丛树之中，所以如此清幽，如此静穆，几条清幽静穆到令人不敢走了，如果是在中国。一直到略见村宅的地方，溪流渐收渐小，只要一棵杨树倒在溪上便可以渡岸了，于是我们就靠着这棵杨树及溪中几块大石头的帮助，轻轻松松的又

到法国了。杨树是不认得什么国界的，“只要能联起你们来，倒了我怕什么呢”，它第一天倒的时候也许是这样想的罢，只是渡过溪流以后，却分别了看报的教士。她行了一路，虽慢也感疲倦了罢，就在草地里坐下了。我们所以能在杨树上跨越国界，却也靠她的指示呵！

渡溪就到诺佛尔。一早动身，此时已十一点了。照指南云，从圣祥哥尔夫到诺佛尔，步行但需一小时四十五分钟，我们竟行了半天，因为我们是与看报的教士一般快慢呵。然而无论如何走的慢，其需要休息却是一样，于是便在两三棵大菩提树下坐定，这是一个旅馆（Hotel Grammont）的院子，设有餐桌等等的。院子中除了我们三人以外，只有和我们同住在圣祥哥尔夫的一队旅行的中学生，恰也陆陆续续的来到。但他们是要到勃朗夏峰（Mont Blanchard）去的，当然不像我们一般闲散。前锋的一部分同我们休息了一会，待殿军的教师来到，只停了和我们寒暄几句的功夫，便又率领着大队走了。院子里又只剩下我们三个人。

旅馆的侍女是安纳马司人，姓了一个法国诗人的姓（Musset），却又取着一个中国诗人的名（Blanche），已够给人一种好感了，何况再加上殷勤的招待呢？我们打量这旅馆，虽然也很阔大，但似乎并没有客人，甚至像我们这种过路吃一顿饭或饮一杯酒的，除了我们三人以外也竟没有第四个来到。不错，游人所最注意的是特点，本村的特点在什么地方呢？确不大找得到。固然如德立发夫人所告诉我们，火灾以后新屋比前更高大，村人也比前更富有了，但这种高大与富有，是山村地方的高大与富有，要说到能引起游人的注意，那到底还有天渊之隔哩。村中或者产出过诗人吗？没有听说。村名或者曾见于什么载籍吗？没有看见。如曾有之，我想一定不如现在一般寂寞了。它的特点，依我想，有是有一个的，便是山村。因为湖边的村子，全是近水的，人或厌倦了湖边生活的时候，一定会惦记山村，但可能性到底太小了。那么这样大的旅馆有谁养活它呢？这位姓诗人之姓而又名诗人之名的小姐告诉我们，同时我们也在旅馆招牌旁边一块小牌上看见了，这里是阿尔卑主义者（游山客）俱乐部的支部。即使绝对没有外客，只是本会会友来往的招待，当然是较为便宜的，也已够它一年的开销了。这位安纳马司人的侍女，只来帮六七八九共四个月忙，除了这四个忙月以外，倘有生意，老班娘自己出马做侍女的了。

“人家介绍我来，我真想不到这样一个寂寞的村子!”

“本村人还不少罢?”

“大约一百人，不会再多的!”

她虽然十二分殷勤的招待，自己却抱着一肚子的牢骚。但我们到底与她略有不同，除了同情于她的寂寞以外，我们觉得这样的小村子确也小得好玩。她对我们说，本村没有邮局，只有一个女邮差（factrice）每天下山去一趟，将本村的信送下去，同时将别处寄来的信带了上来分送，这样一趟便完了。女邮差这个字，平常是极少见的，因为略大的村子，大抵便用男邮（facteur）了。诺佛尔居然小到用女邮差，在我也觉得好玩，不像诗人小姐那般哀矜勿喜的。

至于饭菜，却极不寒酸；火腿菠菜泥，子鸡与炸马铃薯，平常乡下饭馆里都未必有的。我们众口一词的满意极了。饭后大雨，我们搬到里面客厅里去坐，直到五时许，觉得如果再不走，只有做阿尔卑主义者，在这旅馆里住夜了，于是冒着雨，由法国路回到圣祥哥尔夫。三人心中都替那班到勃朗夏峰去的中学生着急。

八月一日——瑞士国庆日

自诺佛尔山村回来以后，雨丝陆陆续续的不断。但我并没有什么不满足，我觉得天好便出去游湖，不好则在家谈天，而且从窗口看湖上的雨景，一样都是快事。间或也有雨住的时候，如前天下午，我们便到湖上去钓鱼，如昨天傍晚，我们便到轮船码头去看落日。可惜钓鱼的成绩依然不好，前天五个人乘了划子出去，自己三个人以外加了两个本地邮局里的小朋友，居然钓不到一条鱼回来。当初还怀着好大希望，后来逐渐减少，少到绝望。但那两位小朋友兴味好，尤其是亚尔培，觉得即使没有鱼也该有别的战利品来抵价才好，于是在水面上看见东西便捞，而且大胆的驶去，几乎要到对面的蒙德欧了，才载了满船的木头柴块驶回圣祥哥尔夫。

昨天下午到轮船码头，看雨后的南山（Dentsdu Midi）。丽芒湖上色彩的变幻，本较西湖复杂，其中尤以南山的变幻为最动人。如果照它那样多的变幻推测起来，南山的本身可以说是没有色彩的，完全随着它周围的一切而为转移。但是它毕竟朝朝暮暮都在那里，与它比较接近的或有意研究它的人们，难道说不出一个它最爱表现的色彩么？我说有的，是肉色。以肉色为基本，再在这肉色上面表现出它的喜怒哀乐等等来，这便是在丽芒湖上所看见的南山了。昨晚正常雨后，夕阳在日内瓦一角，光射到南山上，只一二十分钟，我们竟有眼福看到它在闭幕以前表现最精彩的一出，而且是在丽芒这面大镜前，它既不是刘老老般会把自己的影子认作亲家母，自然只有神彩更加焕发，映带更加多趣的。

今天是瑞士国庆日。我们三人都是外客，虽曾躬逢法国的热闹国庆，但对于瑞士情形不熟，不便先向他们问长问短。而且我也想到，法国人的爱热闹，自有他们的特别国情，别国未必和他们一样。凡在这种热闹的大节日里，我想酒是一个热闹的重要分子，而瑞士却是一个禁酒的国家，阅兵也是一个热闹的重要分子，而瑞士却是一个局外中立的国家，所以我们料定，即使有若何繁多的仪式，也一定不和法国一样的了。

但我们只是默察。房东德立发先生在轮船上工作，昨晚并没有回来。丽芒湖上的轮渡是只开六个月的，也像诺佛尔村的侍女只帮四个忙月一样，一交秋冬，游人稀少，轮渡既然停止，德立发先生便家居了。家居的六个月，依然支付半薪，然德立发先生决不肯闲荡的，在这休息的六个月里他便做木匠。至于在作工的六个月里每月四个礼拜日是并在一起休息的；我们也看见过在休息时期里的德立发先生，那是一到家，连轮船上的制服也没有完全脱去，便取一把锄头到园里去工作的。从这些情形推测，今天国庆日的不放假也是当然的了。

德立发夫人是德立发先生的后妻。她自己对我们讲，她在没有和德立发先生结婚的时候，是日内瓦一家大银行里的厨子。所以她不但懂得许多上等筵席的烹调方法，她还善于制作精细的点心。她常常回忆日内瓦的繁华，因为我们打听她到日内瓦去的船价，便给她一个讲述并赞美日内瓦的机会。又因为她常想表现她那高明的手段，所以常常怂恿我们吃这个那个菜，吃这个那个点心。她的工作是一天到晚没有休息的，不是在家里洗衣服或收拾屋子，便是到园里去种菜；不然，便到别人家里去搜罗了衣服来洗；再不然，便到美景旅馆等处打听，是否需要工作，去给他们在厨房里帮三天五天的忙。她对我们说，她曾经替人担保一笔木器店的账款，她那朋友后来搬了木器到别处去住了，这笔欠款完全由她付出。因为上了这个大当，所以非再这样苦苦的工作三年，是填不满这个亏空的。这固然是她苦苦工作的一个理由，但我以为在这样普遍爱作工的空气里，即使一旦还清了亏空，德立发夫人决不会好吃懒做的；不然圣祥哥尔夫全村不见有一个好吃懒做的人，难道他们都因为有着亏负吗？在中国社会里，时常看见有好吃懒做的，例如我自己，难道因为我是富翁吗？决不然的，只是因为情愿饿死，懒得作工罢了。

德立发夫人是这样爱作工的，她今天国庆日不休息倒是意中事；只是她也这样爱怂恿我们吃这个吃那个的，昨天晚上何以竟不怂恿呢？德立发先生前妻的子女，大抵都长大成家的了；只是这位德立发夫人有一个独子，叫亚利斯底特，与法国内阁总理白利安同名，我们常常叫他内阁总理的。他父母因为中年以后得子，所以特别疼爱他，尤其是德立发夫人，工作一有余暇，真是珍护之唯恐不至。但何以今天一早起来他连一件新衣服也没有着呢？从这些小地方看来，大概国庆对于德立发夫人并不十分重要的了。

然而村庙里的钟声终于响了！

在一个远客的心情里，这每一下钟声都敲出瑞士独立的模胡印象来。屈指一算，瑞士是十三世纪末年独立的，到现在已有六百五十年光景了。初独立时只有三州，现在共二十二州，那十九州是陆续加入的；这种一州一州的加入，还不是因为闻了今天早晨一般的钟声而艳羡才来加入的吗，和平真是引动人的钟声呵，尤其是从一个战争国里跑来的远客。

午间在门口遇见贝格杭先生，他正衣冠楚楚的从街上回来。这不消说，今天早晨村庙必有国庆的仪式，而贝格杭先生衣冠楚楚，一定是团拜完了以后回来了。现在我们只要打听晚上是不是还有花炮等等娱乐。昨天在大路旁看见搭好一间临时罩棚，里面挂着瑞士国旗，安好电灯，一定是作今天晚上跳舞之用的了。

于是我心中有了一个大略的概念。瑞士小村的国庆：早上在村庙鸣钟，村人聚集团拜（如贝格杭先生），因工作关系亦可不参加（如德立发先生一家），晚上则有跳舞等。

然而这种杜撰的概念到底是不值一笑的。午饭时分，怒安兄来了。他带了好些消息来。第一，村中死了一位七十八岁的老先生，他一生工作，从未停歇过，直到昨天为止。他是村人的好模范，他死了村人都哀悼，今天早晨在村庙里为他举行丧礼。

“那么今天早晨的钟声，是丧礼不是国庆了！”我问他。

“是丧礼。”

“贝格杭先生衣冠楚楚的也是参加丧礼去的吗?”

“自然是的。”

“那么对于国庆，本村竟全无动作吗?”

“照例是今天白天如常工作，傍晚工作完了后，全国大小各庙鸣钟举行国庆。但因本村只有这一口钟，丧礼固然敲它，火警也是敲它，再不能负国庆的第三重任务了，所以本村今晚不鸣钟。只是沿湖各村的烟火是有的，晚饭以后到湖上去一定大有可观罢。”

晚饭完了以后，在我们窗口对面的山上，黑一阵白一阵的云块，跑也似的经过，好像特别向我们为了晚上的花炮等候一天了的远客示威似的。不但经过而已，又渐渐的沉下来了，渐渐的放出雨点来了。这怎么好呢?“不要紧，现在尚未暗静，即使出去也看不见花炮，而且有花炮也未必在此刻放。”于是三人又静下。而雨点却从未静下。直到真的完全暗静了，三人乃冒着雨出去，在平常晚饭以后必去一转的轮船码头上站着。果然不错，蒙德欧，佛佛，洛沙纳一带的山上，平添了许多红灯，这一定便是花炮的出发点。我们只要等着好了。等着，等着。水云布满湖上，连蒙德欧等的红灯也渐渐被它遮蔽，蒙德欧平日像夏夜星晨般的灯火也完全不见了；这时候忽然想起了本村大路旁的临时罩棚，便跑到那里一看，见有两三对人正在跳舞，但我们已经全身湿透，不能不回去了。

八月三日——在贝格杭木屋

像一件象牙雕刻品放在绿绒桌毯上的，是贝格杭木屋。近去一看，大雕刻品旁边还摆着许多小雕刻品，这是贝格杭先生放在草地上的蜜蜂箱。他和贝格杭夫人，两人一样的都是整日工作不辍，而且工作上无论钜细的。如果前天看见他衣冠楚楚的吊丧回来，以为他平常也是如此，那真是外国人的观察，完全靠不住的了。但就我们看见的说，他有时拿了大镰刀在割草，有时拿了耙在掘地，有时拿了耜在种菜，有时拿了罐去挤牛奶，有时拿了糖在喂蜜蜂。工作是繁复极了。他大概是四十上下的年纪，谈吐是极其温雅的。

“我曾在师范学校毕业，而且当过多年小学教员，”他对怒安兄讲，“但我不愿意再教下去了。我怕作文。要我出题给人做，做后给人改，固然觉得困难；即使有着题目叫我自己做，我也觉得看着题目，无话可说。”

这段话是怒安兄转述给我们听的，他对我们比较客气，还不能讲到这类体己话。

“但初等代数学与文法分析是他的专长，”怒安兄又接下去说，“即使现在拿一个代数题或一句复杂的句子叫他解析，他还可以立就无难色。”

“这是中国人所谓耕读的生活了。”

“但他也曾做过保险公司里的事情，所以保险事业他也有点内行；不过他的终身事业恐怕总是养蜂了。对于养蜂，他已有许多独得的经验。”

“其实单是养蜂，工作还要轻松些哩。”这又是我贪懒的人的观察了，一开口便是轻松这类字眼。

“他也这样对我说，”怒安兄答道，“现在因为前年建造这木屋的时候，负了不少债，不能不这样工作，再工作两年，还清了这些债，那时便只要养蜂，身体可少辛苦一点了。”

真不愧为同村人，这计划完全与德立发先生家一样！

我们怎么忽然谈起这些话来了呢？因为怒安兄此刻来是受贝格杭夫人之托，催我们快到木屋去吃茶点的。贝格杭夫人有艺术的天才，画有丽芒风景多幅，笔法极为工致。又擅音乐，虽然一天到晚工作着，但间有钢琴声流播出来，传到我们耳里。她是本村人，从前她父亲在瑞半村里开着一家瑞士旅馆，她和她的两个妹妹是这旅馆的少东。就在那时候，她受了很好的艺术教育，后来也当过几年小学教员。不幸这旅馆因为生意不好，且与人涉讼，终于关闭了。而贝格杭夫人，却把青春消磨在这丛脞的家务里，至今谈及，还是感慨系之，她的一个妹妹也快四十岁了，至今未嫁，做的一手好点心。据怒安兄云，今天茶会的点心，就是这位小姐的佳作。

我们到了木屋，见了贝格杭夫人，她即将她那妹妹介绍给我们。她的相貌和态度，与她的姊姊一点也不相像，圆圆的脸，略带健康的红色，高高的身材，和着一口飞快的说话。坐下不久，见贝格杭夫人便将茶点搬了出来。现在作品和作家都在眼前了，我们不由得大家饮茶了一回。问起贝格杭先生，说是去接小姐了。

“六点钟可以回来的，和我的女儿，她住在祖母家里快一个月了。”

“可爱的靡靡姑呵！我一天到晚同他玩的，”怒安兄转过头去对三弟说，“我说有一个长头发的画家快要到圣祥哥尔夫来住了，她因为在图画上看见过中国人有辫子，以为长头发当然就是辫子了，当心等一会儿她回来问你要辫子呢。”

此时我们坐在木屋的廊下，时间快到五点，太阳离下山固然尚远，但光线已经倾斜，不像刚才炎热了。廊下有太阳光的一面，遮着帆布帐，微风吹来，布帐翼翼的作响。那没有布帐的两面，好像是一副大立轴，一副大横披，画的都是丽芒湖景。

我们正在一边谈话，一边对着风景出神的时候，看见远远的丛树旁边，两个戴着白馄饨帽的“姊姊”来了。我和三弟相互看了一眼，两人都就明白。今天下午我们在家的时候，听见外面敲门，出去看时，是两个“姊姊”问德立发夫人在家否，我们答以不在家，便要把门关上了。

“先生们，我们是里昂修道院里出来募捐的，”她们不等门关上，其中的一个急急忙忙的向我们说，“德立发夫人不在家也不要紧，先生们可以出一点吗?”

出一点倒未始不可以，不过第一我们不知道本地的规矩，出多出少都怕不合式；第二这种急急忙忙的，有孔便钻的，尼姑道婆的神气，却有点令人不快。我们于是答她们，等问了德立发夫人以后给她们送去。

“多少没有什么关系的，你们愿意出一点吗?”

这近乎硬讨了，我们乃咬定主意不给，口头只答等问了德立发夫人再说。她们的态度本来是不好的，此时便更不好了，“咄”的笑了一声返身便走，连临走的招呼也没有。

现在从丛树旁边远远走来的，分明就是这两个宝贝。我和三弟都不响。不料这回急急忙忙的，却轮到贝格杭夫人了。她一瞥见远远的这两个宝贝，便打断了她在筵上的一切酬应，很抱歉的对我们说道，

“真对不起，我得赶紧出去，这是圣法兰西斯修道院来的。”

说罢以后，她快快迎出去，一直从丛树旁边把她们迎了进来——还不即刻进来哩，先在门口园地里看看花草菜蔬。贝格杭夫人一边对她们讲园蔬的时候，她们却用眼角一边打量着园里的一切：一个贝格杭夫人的妹妹；三个中国人，其中两个便是刚才在德立发夫人家里不肯出捐钱的。这些还不十分重要，一件最重要的发见是席上没有靡靡姑。

“靡靡姑呢？可爱的靡靡姑呢？我们专为看她而来的。”

为母亲者的心上，闻人提爱女那有不快的呢，于是将六点钟可以同父亲一道回来的话对她们说了。然后，三人走到廊下来。贝格杭夫人给我们介绍，两方面都当不认得，像初见一般的招呼了。还有小姐，是不必介绍的。两口机警到极点的谈锋立刻转向到她：

“阿，我知道，这一定是小姐的佳作了。小姐一向都好吗?”

贝格杭夫人引她们到室内，重新为她们煮菜，又为她们拿出点心来，这点心也就是她们所赞美的佳作。问长问短，说这个谈那个，直到五点三刻，贝格杭夫人已经将捐钱给了她们，这两位专为看靡靡姑而来的姊姊却等不得这十五分钟而必要走了。临走又经过廊下，极客气的来同我们招呼，其中的一个从口袋里拿出一叠照相明信片来，挑出一张放到我们三个中国人的面前，说这是她们法兰西斯派在中国所做的工作。我们一看，知道是法兰西斯派在山东宣教时所摄，中间站着说教的是法国教士，旁边围着若干穿棉袍子棉鞋的人听说教，如此而已。但这却令我佩服了，原来她们在室内吃点心的时候，还在那里计划对付中国人的方法。在她们的意思，以为刚才在德立发夫人家里，两方都觉有点不欢，现在这样一谈可以对付过去了。哈哈。

贝格杭夫人姊妹送着两位姊姊出去的时候，怒安兄向我们咬了一下耳朵：

“小姐也是坐不久的。她不愿见姊夫之面，所以等今天姊夫不在家而来探望阿姊。”

“太乖巧了，什么地方给你打听来这种女太太们的消息!”

“但是我还有一件发见在这里呢：两个尼姑所以急急忙忙要走，一定也为怕贝格杭先生。”

三人谈话未毕，送客的两姊妹已经进来，果然，小姐向她姊姊及我们道了歉走了。

这时候廊下只剩了我们四人，各人心中都望着靡靡姑的到来。正在这万木无声待雨来的时候，我们向贝格杭夫人提议，前几天说过我们来做一顿中国饭的，现在趁靡靡姑回家的机会，这顿中国饭就算作今天的晚饭罢。贝格杭夫人十分的欢迎，只怕今天时候太晚了来不及。其实中国饭这个词儿，含义非常复杂，要说它来不及呢，便再宽限我们十天八天也未必来得及；要说它来得及呢，只要有每人一双筷子，中国饭的条件便已十足具备，盘子里面装的是什么菜蔬可以不论的，而恰巧我们刚有筷子多带着。如果在巴黎，我们至少可以到“中法隆”里去买些江瑶柱，虾米，海参之类，再加上一瓶中国酱油，中国味道便十二分了。即使不在巴黎，只要在相距仅十六基罗米突的爱维昂，能够买到新鲜的鱼类，中国厨子的思路便要开展得多哩。圣祥哥尔夫不是买不出鱼类，虽然我们不知道在哪里买，我们却在美景旅馆里吃过，只要向美景旅馆一问便明白了，而此刻已是下午六点钟光景了，还谈得到这些吗？反正基本是筷子，有了筷子以后，无论什么东西都可以在这基本上建筑起来。

三个中国厨子正在推敲他们那一篇创作的时候，刚才看见两顶白馄饨帽子的丛树旁边，一个七八岁的小女孩后面跟着一个提了行李的男子向着木屋走来了，这是贝格杭先生和靡靡小姐。母亲是说不出的欢喜，但是女儿见了生人，却也说不出的畏惧与羞涩。贝格杭木屋里面的家教一定是无微不至的，而靡靡小姐又天生是一个清寡的体格。她见生人几乎怕得要哭，但懂礼节的姑娘怎肯哭出来呢，连口唇的震颤也用劲的压了下去。她刚刚把心定了，便伸出手来与生人们一握，以后还睁圆了眼睛向着人一个一个的看，看了几分钟，生人们劝她去休息，便同着母亲进去了。这边三个厨子依旧推敲他们的创作。

七点钟模样，报道中国饭已经成功，诸位都该就座了。这回的靡靡小姐，已完全变了样子，和刚才行装甫卸的时候大不同了。她已梳过了头发，她已换上了衣服。母亲一定已通知过了她，明天要请长头发的画家替她画相。她已经能和我们应对了。她即刻明白了今天晚饭席上她处的是什么地位：她是主人，但她也是客人。这个态度是处处看得出来的，也处处随着她母亲的。但她父亲还没有到，他回来放下行李，换去衣服，便到牛房里挤奶去了。怒安兄跑去通知他，才把他请了来。于是六个人就坐。

每人面前除了刀叉以外是一双绿色建漆的竹筷。

像魔术般在一个钟头以内变出来的中国饭是：白菜肉丝蛋花汤，火腿蛋炒饭，茶叶蛋。

如果报出或者写出，这三个菜的中国名字来，一定是怪刺眼和刺耳的，好像算术里的“公约数”一样，“蛋”字实在值得约去几个才对。但是在吃的时候，竟丝毫觉不出架床叠屋来，只觉得火腿炒饭和白菜肉丝汤是主体，蛋花只是各样菜里都有一点的作料罢了。贝格杭夫人说得好：

“中国菜里的用鸡蛋，好像我们用奶油一样，各种菜里都放一点。”

被她这样一说，倒把我们刚才枯窘的思想掩饰过去了。

如果在中国，用这样三个菜请了客，连穷乡僻壤都会笑掉牙齿的罢。然而他们，无论父母女，都觉得非常满意了。

只有茶叶蛋，是实实在在的茶叶蛋，即使走到天边，也不会把茶叶当成主体，鸡蛋变成作料的罢。

饭后又饮茶；因为我们住在湖边已近两礼拜，稍稍吐露了一点要回巴黎的口风，贝格杭夫人即有胜会不常的感慨。就是我们也何尝舍得了丽芒呢？好在三弟要给靡靡小姐画像，我们总还得有几日住哩。

八月四日——日内瓦

我们已经在丽芒的大湖一边就是何纳河流入这一边游过一个小圈子了，今天却去游何纳河的出口就是小湖的尽处的大城日内瓦。

我们今天的粮食还是承上章：茶叶蛋。虽然预备走陆路，要过两次国界，先出瑞境入法境，再出法境入瑞境，但茶叶蛋决不是违禁的物品，所以放心的带着。

第一道国界是本村的，关吏见我们带了手提，便问回巴黎去了吗，我们答以到日内瓦去，晚上还是要回来的。于是在法半村上车，经爱维昂多农等而至安纳马司，这便是第二道国界了。在第二道国界里，却没有第一道那样容易；只是在同车站内，从这道月台走到那道月台的一点麻烦，为了验护照，检查行李和等车，足足费了我们一小时半的功夫。自安纳马司到日内瓦，便只有十几分钟了。

从圣祥哥尔夫出发，直到日内瓦为止，这一条路可以说是不曾离开湖边。我们虽然在火车里，却仍一眼不放的赏鉴着湖景。车上遇见了何尚平君，他今年夏天住在安纳西，今天去逛日内瓦，也和我们一样预备早上去晚上回来的，碰的真是巧极了。我们九点半到日内瓦。

日内瓦给我的第一个印象是清静，第二则是富丽。在这两点上，到底同是瑞士的城市，日内瓦仿佛是蒙德欧的放大。

我们决定上午看博物院，下午看风景。先看拉德博物院，次看美术历史博物院，一直看到十二点钟，才出来坐在梧桐树下吃茶叶蛋。

倒不是因为一叶落而天下知秋的预感，我们坐在梧桐树下时，不知怎的忽然觉到暑假旅行快要完了。

“昨天贝格杭夫人听说你们要走了很动感，你们到底还有几天可以住呢?”怒安兄忽然提出了这篇昨天未曾完稿的别赋。

“还是先问你罢，你预备什么时候离开丽芒呢?”

“我是不成问题的，反正巴黎的房子已经退去了。现在巴黎满是游客，回去很没有意思的，不如在这里一直住下去，只要巴黎大学开课以前赶到就行。”

“我们恰恰相反，我们的房子没有退去，现在天气略见秋凉，应该回去了。而且我还预备用极短的时间去看一看安纳西与蒲尔志呢，春苔是从前去过的。”我对他说。

“那么你们在未离开丽芒以前，应该先去看一看弗利蒲（Fribourg）。我是在你们未来以前去过的了。弗利蒲圣尼古拉大教堂里的风琴是天下闻名的。其中有一曲名叫《阿尔卑斯之雷雨》的，听去真如置身雷雨中，值得去听一听。”

“是的，”三弟接下去说，“我有一个朋友阎宗临君在弗利蒲，他已写信来邀过我们了，我们一定去看一看。看了弗利蒲以后，索性也顺便看一看伯尔尼。”

“只是丽芒湖上，我也还有一件心愿未了哩。”我希望着说。

“什么心愿?”怒安兄先茫然，又着急了，想了一想，若有所悟，“阿，阿，我知道，我知道，伏老记得‘诗人小姐’了，要想再到诺佛尔山村去看一趟，是不是?”

“记得不记得是心上的事情，倒不在乎一定要去看一趟。不过我的心愿远没有这样美，比重访诗人小姐的事要迂腐得多哩。”

“那么你且不要说，让我猜一猜。”

“不过这种事情说出来极简单，实在值不得你诗人少爷的一猜的。这是我的老脾气，和你们常说我动不动便要翻语源字典的脾气是一样的，我天天看着这丽芒湖的一泓清水，总存心要想去探一探何纳河入口之源!”

“唉! 这无论什么时候都可以去，还值得这样小题大做吗?”怒安兄似乎失望了。“倒是乌希洛沙纳也该去看一下的，你们到弗利蒲去的时候经过好了。”

我们一边说话，一边吃东西，四面也看看景色，因为博物院出来这块休息的地方是在山上，所以有居高临下之势。三弟眼光锐利，发见了远处一条喷泉。

“这可了不得!”我说，“我们现在是在山上，虽然有房屋遮着，但这条水明明是从平地喷出来的，却喷得比我们坐着的地方还高。这一定就是我们在风景片上见过的所谓日内瓦大喷泉了。”

这时我们已经吃完东西，便望着喷泉的方面走下山去。一走到山下，虽然我们三人都是第一次到日内瓦，但三人都不约而同的叫出来，“阿，原来就是这里了!”好像都曾经来过似的。这是因为我们住在丽芒边上已经那么多日，一看见丽芒湖水，便觉着到了家里；而且我们在未来以前，已经把日内瓦的地图看过多次，尤其是这最重要的一块地方，就是丽芒湖水流向何纳河的一个关键，是这样简单明了而容易记得的。

我们先在英国公园走了一圈，以后便坐着看喷泉。

丽芒湖一到了日内瓦，已经渐渐成河，所以日内瓦两岸相望，已有如在苏彝士那般的风味了，两岸各筑出一条堤来，拱抱着湖水，这大喷泉便从右岸堤尖上喷出的，如果远看，就觉着整个丽芒的小湖，是一个大喷水池。喷泉旁边是什么建筑物或雕刻品也没有，好像是原有一园竹，可惜全园砍去了，却剩着这一颗当风摇曳着。或者更像些，是一支大鹅毛笔，整日插在碧蓝的大墨水壶里，却等不到一个巨人，来握着它写出能使普天下人讴歌的文字。

虽然丽芒与何纳在日内瓦已经是一而二二而一的东西了，但毕竟有着人工的界线，这便是一道有名的白山桥（Pont du Mont Blanc）。白山桥的所以命名，照指南上云，是因为天气晴朗的时候，可以在桥上望得见白山。不错，今天天气确是晴朗，而且我们跑路，跑得把刚才吃茶叶蛋时的一点秋意又跑去了，我们正需要着白山呢。白山的整年积雪，夏间虽有中午一二小时是融化的，但这能动得了“白”字的分毫么！我们走到白山桥的中段，向右斜看过去，群峰的后面，白山居然在望。这是和望梅止渴一样的，电影院里夏天尚且以映演雪景为时髦，何况是真的雪山摆在眼前，有不森森然从头顶凉起凉到脚跟的吗?

白山桥下有潺潺的水声，则是何纳河经过丽芒以后，重新在这里起头了。这一起头，前途可真远大哩：不但就出日内瓦流入法国境，而且还在法国境内灌溉许多有名的大城，如里昂，阿维秾等等，一直流入马赛旁近的里昂海湾。

我们在白山桥上，面向着何纳河的去路，把白山暂且丢在背后，那第一样看见的，就是河口一个极小又极精美的小岛，名曰卢梭岛，岛上居中一个卢梭的铜像，因为他是日内瓦人，日内瓦人所以纪念着他。我们为爱这精美的小岛，就在岛中坐下饮汽水，拍照，谈天，盘桓了久之。

白山桥左边沿湖的一条路，名曰白山街。白山街中有一段已经改为威尔逊总统街了，国际联盟就在这条街里。我们在湖边一直游到四点钟，乃再乘火车经过两道国界而回圣祥哥尔夫。

八月五日——探丽芒之源

丽芒的去路，昨天在日内瓦看见了。但丽芒的来路呢？自然，圣祥哥尔夫两国交界的一条溪流也可以算作丽芒的来路，而且沿湖各村中像这样的溪流还有不少哩。但是丽芒因为是一条大河中的一段，所以既有一条总去路，也有一条总来路，这便是我想了久久而未得机会前去一探的何纳河入口了。我探何纳河入口的动机，第一次发动于研究丽芒的地势。照地图上的色彩所示，湖水是用全蓝色的，湖边各陆地，依地势的高下，而为浅深两赭色。但无论浅深，展开丽芒地图来，总觉得是全赭当中一片蓝，万不料忽然生出第三种颜色来：何纳河入口及河之两旁，既非蓝色，也非浅深两赭色，而是白色。我料定这是低地，但总想去一探。

第二次发动于乘轮船经过何纳口外的时候。这一次看见地图上白色的处所是低地已无疑义，低地上且有大小树丛。而且看见何纳入口是黄色，不像黄河入海时连海也变为黄色了，何纳的黄色竟无害于丽芒的碧蓝，却像丽芒有本领将何纳的黄水染成碧蓝似的。次之，我还在轮船上听得何纳入口的响声，说不定这入口的水势急到一个什么样子，也说不定河上是不是可以造一条桥让我们站在上面叹一声“来者如斯夫!”

第三次发动于到蒲佛孩看赛船的时候，这一次实在是一个最近便的机会了，低地及树丛已经看见一部分，只是水声及黄色却都被树丛遮蔽着。如果不因为日光太猛烈，也不因为看赛船而在日光下站那么多功夫，更不因为前一天游了沿湖各村而疲倦还没有恢复，这一次便已经去过了。

我第四次的发动和决定，是昨天在日内瓦梧桐树下的谈话，和白山桥上观玩何纳的去路。

今天下午天气虽是阴晴，却甚凉快，乃与三弟一同由圣祥哥尔夫步行而去。到蒲佛孩，果然下了一阵大雨，于是逃入浦佛孩车站的待车室里。看法国方面一次一次的来车，和从这里一次一次出发开向法国和本国的。这种火车的来往，我们把它当成晴雨表似的，总是说，下一次车到时一定可以晴的了。然而不知怎样，在这晴雨表的指示之下，刚刚小了，又大起来，刚刚晴了，又下起来，晴雨表也像是忙得应付不及。一直坐了一小时光景，才像有点把握了，乃沿着大路走去。

我们以为大路一定是环湖马路了，一直走过去，可以通到何纳河的入口。入口上如果有桥，那桥上一定可以行车，有如西湖“段桥”的放大；

即使没有桥，也一定有轮渡，像南京浦口间的，也像杭州西兴间的，渡河以后，那边依旧是马路。所以我们沿着大路走。万不料走到后来，峰回路转，把一个丽芒湖找不见了。这时才觉悟到马路不是完全沿湖的，因为要避低地，所以只能沿山筑去。倘再不回头，目的地要达不到了。

“通路，小桥，维尔纳夫。”我们回头走了一大段，却仍走头无路的时候，忽然抬头看见一块小木牌，上面写着这样三个字。维尔纳夫是上次我们坐了船去过的，的确是湖对岸的一个村子，再加上通路小桥等字样，那还不是我们的目的地吗？然而这所谓通路（Passage），实在小得太可怜，简直是中国江南所说野猫路，而且雨后泥泞，即使不至于不通，至多也只能算作半通罢。

路上所看见的，是丛树和牧场。丛树是自己生起来的罢，牧场的分界也只是粗陋的铁丝栏。牧场里面有大群的牛，大群的马，由一个小孩管着。狗看见有人来了，发狂般的乱吠。我最怕这不可理喻的东西，幸而似乎有人管着，人便住在牧场旁的小屋里。最令人注意的是，一路时时看见小溪，上面架着小板桥一般的东西，下面溪水汪汪的流着。这可见所谓一条总来路的旁边，也还有若干分来路的了。

忽然闻到流水的大声了，忽然见到桥梁的铁架了。这原来就是木牌上所谓的小桥（Passerelle），这原来就是轮船上曾经听见的水声了。

水面并不大，而水流却真急。小桥的目的只为行人，所以两边用阶级，惟一的特点就是轻巧，好像整架桥可以一手提了走似的。下面流水中却仍有两个桥桩；桥桩之薄，可谓薄到无以复减了，其用意是为减轻水流的抵抗力。水流固然是抵抗不了的，但我们从桥上看下去，看见仍有若干枯草树枝等物，随流水而下，附着在这薄到无以复减的桥桩上。

我们在桥上来回走了几趟，尤其是我，正体味着一种达到目的时的快乐。看上流，这样富厚的来源，往古来今抒写着，我不赞叹，我只体味。看下流，这样汹涌的声势，一霎那间消灭了，我不惊愕，我只体味。

急流两岸是矮小的丛树，一半在水中，一半出地面，岸是完全看不见的了。原意不是叫我们看不见，却怕急流看见了，才叫丛树保护着的罢。

我们本想走到维尔纳夫去，但是时间已经渐渐向晚，在地图上看，急流偏在圣祥哥尔夫一面，到维尔纳夫比到圣祥哥尔夫更远，而且如果走到那边去，依旧是牛群，依旧是马群，依旧是狗吠，依旧是细流，依旧是泥泞的野猫路，这样单调的重复，是我们受得了的吗？我们既然达到了目的，倒不如循原路回来了。

从日内瓦方面照过来的晚阳，把我们的影子拉得异常的长，好像要把我们的耳朵再拉到轻巧的铁桥边去听一会儿水声似的，然而我们与铁桥到底一步一步的远了。

八月七日——从湖边到瑞士腹地

昨天探了丽芒之源，我是得未曾有的快乐。回家即刻写了信给曾仲鸣兄，他们夫妇两位都是丽芒的老友，问他们可曾走过这条野猫路。不料信刚刚寄走，他们的电报却到了，说今天早上到丽芒来看我们。但我们已经定下今天到乌希洛沙纳，弗利蒲，伯尔尼去，昨天写了信通知阎宗临兄。天下事情真有巧极的，如果昨晚的电报改在今晨到，仲鸣兄来不是整个儿扑空了吗？现在却有稳妥的方法，就是我们两人迎上去，到爱维昂车站里去等他们。

虽然只是两礼拜的小别，而相见时的快乐，却如我昨天探到了丽芒之源。

我先编造了一篇大道理，说这几天住丽芒实在没有什么意思，目的是想煽惑他们同到弗利蒲去听“阿尔卑斯之雷雨”。

“但我总替你们担心着，”仲鸣兄答我道，“万一你们这种书上看来的消息未必靠得住，跑到弗利蒲一问，说是一世纪以前确有这回事，现在老早没有了，却怎么好呢？”

我们谁也辩谁不过，于是曾夫人到旅馆休息，我们三人同逛爱维昂。我和三弟在这两礼拜里，经过爱维昂已三四次了，但都没有好好的逛过，好像有意留下今天畅游似的。

我们照了许多相，吃过了午饭，饮过了矿泉，乘了上山电车看过了山上的景色，凡是爱维昂可以逛的地方都逛过了，而我们的谈话还是没有断，我们都觉得依依不舍似的，于是仲鸣兄又渡湖送我们到乌希洛沙纳。

乌希和洛沙纳，虽然是两个地名，其实就像爱维昂的山上和山下一样，乌希在山下，乘上山电车到山上，便是洛沙纳。

刚才听曾夫人说，丽芒的山景是瑞士岸独享的，自爱维昂望洛沙纳，一点不觉得什么，但自洛沙纳望过爱维昂来，那才美丽呢。现在知道这话真是不错。

游完了乌希洛沙纳，到火车站候车往弗利蒲。我渴极了，而五分钟以内火车便到，不能上咖啡馆了。仲鸣兄去转了一圈，回来说，“你们有瑞士五生丁吗？喝水的地方倒有了，只是藏杯的自动机，须得丢进瑞士五生丁去，才有一只纸杯出来。”我们同去一看，果然。但是我们偏偏都没有瑞士五生丁！“管它呢，我用法国五生丁来试试看。”一只杯子居然出来了。

“这真叫做渴者易为饮，你又有了通信材料了。”仲鸣兄说罢，三人都笑。他直等到我们开车。

自洛沙纳上车以后，一路沿湖行去，好像初到时沿行法国岸一样，不过这一回却刻刻印证着曾夫人的至言，觉得遥望法国岸实在美丽，尤其是圣祥哥尔夫，是法国岸中最多高山的一村。虽然明天下午又会回来了，这十余朝暮竟有那么大的魔力，叫人连短期间的分离也不愿意。当火车渐离湖岸，驶向山村的时候，这心情好像重演一度洛沙纳之仲鸣兄。

到弗利蒲以后，问阎宗临兄的住所，正由一位这样可感的教士领我们步行了二里许路的时候，又碰见一位更其可感的教士领我们到寄宿舍而亲自为我们收拾房间整理床铺。头一位是完全不认得的，第二位是受阎君之托而来招呼我们的，比来尔先生（Buhler），因为阎君自己住在小湖，来不及赶回了。

什么都靠着比来尔先生，这样一个初次认识的朋友，而能给人这样周到的招呼，我几乎生平第一次见。房间等等妥当以后，他领我们出去吃饭。

这里的语言已经是既似法语又似德语的了，他们自己的普通话是德语，和我们周旋却用与法国人说来大不相同的法语。比来尔先生就用这样的法语指导我们一切。连市政厅门口，有一颗带有传说的菩提树，名叫毛拉菩提树（Tilleul du morat）的，也仔细把传说讲述给我们。说是从前弗利蒲和毛拉各各独立的时候，其间曾有着战争，有一个战士从毛拉打了胜仗跑回来，手里拿了一枝菩提树，可惜因为跑得太快，刚到弗利蒲战士便死了。却留下这颗菩提树，至今还活着。

吃完饭一路看着风景，仍由比来尔先生领我们到奏琴的圣尼古拉大庙。照庙门口的揭示，奏琴确有二时八时两次，然此刻已快八时了，何以庙门还关着呢？和我们一样的顾客，也有一二位，一样的在庙门外徘徊。等到八时许，庙门忽然开了，问开门者今天是否有奏琴，他却答道“看人数够不够！”后来居然卖票了，居然开奏了，开奏的时候我点数人数，是十八人，可以见他所谓人数的够不够大约是十八上下了。

奏琴的目录，一共有六曲，最后一曲是“阿尔卑斯之雷雨”。雷声之大，真使人毛发悚然的。约十五分钟，雷声渐渐远去，雨过天青的景色如在眼前，而曲终了。曲终出门，外面却有真大雷雨，弄得人几乎是真是幻都辨不出来，庙内的如果是真，庙外的便是幻了，或者内外都是真的，是较为近理的说法罢。

等雷雨稍住，便与比来尔先生同到他为我们整理好的房子，一夜睡得非常的安静。

八月八日的早晨八时起来，问比来尔先生，知九时二十三分有车往伯尔尼，乃与他一同出去吃早餐。他又陪我们上车，直等到车开走。

十时正到伯尔尼。不用说，到伯尔尼第一件事是看熊，熊是点缀伯尔尼这个字义的。问了一声火车站，说此去过桥便是熊馆了。那末，阿尔（Aare）河既把伯尔尼流成一个舌头形，我们须得通过全个舌头哩。所谓桥者，是怎样的呢？我现在对于瑞士的桥和法国的桥的区别大有所悟了。法国的桥是要行人知道此地有桥，越知道得快越好，经过时越使人留恋越好，经过以后越使人不忘越好，所以是美术家显本领的地方。瑞士的桥是要行人知道此地无桥，越发见得迟越好，但桥名是依然写着的，一见了桥名便使人惊叹原来此地是桥，所以是建筑师显本领的地方。这伯尔尼城舌形地上，共有三条这样令人看不见桥的桥。我们经过时如果不望一望水，真不知道正在走桥，只以为是一条长路，一条两边没有房屋的极长的长路罢了。但是桥身虽长，我觉得桥名比桥身更长：从右颊搭到右舌边的名叫 Kirchenfeldbrucke 从左颊搭到左舌边的名叫 Kornhansbrucke，从舌尖搭到唇上的名叫 Nydeckbrucke，真是长得可观了。

从火车站到熊馆，就是说从舌根到舌端的一条大路，是伯尔尼的繁华部分。我们看完熊以后，便逛这条大路，同别的外国人一样，赏鉴钟楼的大自鸣钟。这条大路不过二三里长，但每一里许有一个钟楼，一过钟楼又换一路名。路旁有一著名大庙（Cathedrale münster），我们便进去参观。逛庙我在法国已成习惯，但法国的庙是尊严的，因为常常有人跪在那里，我们游人也不由得祭神如神在起来。我常常痴想，在这种大庙里，光线依然保持它原有的幽暗，空气却设法输送些新鲜的进去，也没有人相信神龛里面真的还有神明，心愿情服的整天跪在那里忏悔了，那时我们去赏鉴这庙宇的宗教上乃至艺术上的价值，不知多有味道呢？这痴想我在逛妙峰山时也说过一回，有人笑我是痴想，我也自己知道是痴想，但这痴想竟有人拿来实现的，这便是瑞士的庙宇了。初看似乎是极难得的，转折一想也觉得平常。我们不是常常看见王宫博物馆吗？中国的“故宫博物院”便是这样布置的：什么都仍王宫之旧，只去掉了一个皇帝。政治上可以如此，宗教上安有不可以如此的：什么都仍庙宇之旧，只去掉了一个神明。只是没有了神明以后，许多求神的人都不来了，所以空气便连带着干净。我在瑞士逛了许多这种没有神明的古庙，照故宫博物院的例也可以说是古庙博物院，我真是感着十分的满意。

下午去参观了国会及公园。在这样一个精美小巧的城市里，忽而上山，忽而下水，忽而过桥，一走便走遍了，我们自己都觉得好笑起来。本来担心着时间局促，等逛完回到车站，倒还宽裕了二十余分钟。

傍晚便回到圣祥哥尔夫。

八月十日——别矣丽芒

我们在日内瓦梧桐树下计算过的几处地方都逛完了，我们应该与丽芒分别了，但我们真是舍丽芒不掉。直到昨天晚上，我和三弟还发疯，两个人都说，“只要明天早上有阴雨，我们一定再住丽芒一日！”

今天一早便醒了，心上这样想，反正是阴雨，何不多睡一忽儿呢？

然而，太阳从窗门上进来，催促着我们了。太阳！这是理智，这是决断，这是勇敢！它叫我们记得先前的计划，它叫我们实行梧桐树下的谈话，它叫我们觉悟别离的思念也许比朝暮的聚首更加美丽。

车站上的朋友，来替我们运行李的，已经到了门口。

贝格杭先生家送蜂蜜和点心来，这是丽芒的象征，以后凡遇到甜蜜的味道便会一度记得丽芒了罢。我们约定冬季再来，丽芒的雪景一定是比夏日更加美丽的。

我们在六时半离开圣祥哥尔夫。但是我们又与仲鸣兄夫妇游爱维昂和多农，直到下午决定赴安纳西的时候才真正与丽芒作别。

安纳西湖　孙福熙

一

将弦的明月从云端窥露颜面，安纳西湖上陡然蒙罩一层光明与妩媚了。两天来的阴沉，使满湖的一切都现愁色。第一，当此一年一度的七夕佳节，为牛郎与织女着想，希望他们不遇风雨，而且只要他们高兴，就可希望赐予大家多多的智巧。其次，风雨一到，安知他不带来了秋色，一年盛事，将被他收拾净尽。大家一动身世之感，不免都有忧容。可是，这月色，庄严而皎洁，他表示晴光再至的左证，他担保今宵佳节的快活，这安得不使大家喜盈于色呢！薄云散裂，四周钩以金线，千种情态，一样开心。围在湖周的山上与岸边的绿树，本已渐渐暗黑下去的了，但一见月光即返黑还绿。还有最爱游的群鸟，垂头敛翼，倦息的归去睡觉者，一见光明，再来飞舞，再来歌唱，再来继续他们的情爱。

一辆汽车，开到湖上带罗涯（Talloires）村中，在湖滨旅馆的前面停下，少年的薛黛与章雕从车中走出来。他们记得，在车中时，已是暗黑不能互见面貌了，为什么现在又相见了呢？抬起头来，望见旅馆门前大树后的新月，才知月色照临了他们两个，于是薛黛就说：

“有月亮了！我是说会晴的。”

“我是说会晴的。”章雕改正似的也说。

他们吃过晚餐，再回到房中，忽从楼头望见潋滟湖光，不觉满心飞舞，于是急忙整装，携手一同下楼来了。

湖滨旅馆的门前盖满古老的蓓蕾丹，就是称为法国梧桐的。中国的梧桐挺秀高逸，不爱与闻人事，而蓓蕾丹则最喜与人亲近，三十年五十年的树身，很可向上高长的，他们却不生长上去，尽是向四周铺张，给人们以荫影，他们的枝条伸下来伸下来，抚摩行人的头顶，倘若是在水边，还要从岸上俯到水面，让游艇中的人们观赏。因为他们有这种性质，所以湖滨旅馆面前是满院绿叶了。电灯光四布叶丛中，分出一道碧绿一道菜绿的层次。树干上色彩斑驳，幻成宫殿中的雕柱。小藤桌藤椅远近散列在这种雕柱间，乐队的曲调就从这远处传达出来。隐约的树荫之后，远见珠红的栏干；一点灯光，照耀门前的玻璃，返照飞萤似的光彩。七八级石阶上，碎影摇曳，两个人影踏这石级而下了。

他们觉得十分轻快，这是因为音乐的波动，或者因为空气的清凉，或者还有别的更重要的感应；总之，这里与久住的巴黎完全不同，所以使他们轻快，这是无疑的。竹根青的绸衫，依步履而微荡，一望而知是薛黛的身材。活泼爽利，有如晨曦中的飞瀑，醇厚辉丽，有如夏雨后的长虹。圆圆的面貌，遮盖浓黑光润的头发，额上直至眉头，两鬓与耳垂齐。这面貌嵌镶在黑发中，嵌镶在浓绿的树叶中，当此夜色，只能比拟他如一个白鹅绒的香粉扑而已。圆口的衣领露出颈脖，窈窕的两袖露出手臂，这裙衫用中国绸所制，是湖绉中的一种，有所谓薄缘的名字。细簇的回纹，织出杏林春燕，虽然是古图案，近来旧材新用，改善多了。其宽窄配置完全由自己画图，依样裁制，腰间两条长带，毫无时行俗气，却可与中国古装中的飘带比拟；领口垂下一片短襟，利用他的摆荡来与裙边的摆荡相调和，而胸前亦不致平空了；有时搭置肩上，有如领带遇风，吹向身后，可以遮断领口的圆形曲线。他今夜选定这件衣裳，他知道利用湖边的清风，他知道，这淡青的色彩适合柠檬黄月光的映照，适合螃蟹青湖水的衬托。在他旁边的章雕勇敢敏慧，足够与他相配，壮健的身体与广大的头额是最显明的左证。

名称虽然只是湖滨，但波涛冲击，一如海滩，在此静夜，愈增人的兴感。他们两人走到岸边，走到浮搭水上的船码头立下。晚风吹来，湖水潾潾的折皱，这使人觉得微寒了。谨慎的抬起头来，望见对岸 Duingt 的灯光，沿湖岸向左过去，忽疏忽密，但渐远而渐淡，消失在轻柔的薄雾中。不必是远处，就是近地的高山顶上，亦有云片遮断，慢慢的移动，映在青绿的山前，真如记忆一样的缥缈。天色真美丽呵，惟有这样在欲雨的气候中晴来的天色最美丽，正与一切人事在辛苦的希求中得到的最为美满是一样的。满天微带古铜的绿色，云彩有紫有黄，映照融和，都是最精微的色调，离月亮不远，就是一条天河，除出有云的地方，都有繁星闪烁。不错，牛女二星当于今晚在此相会了，这星丛中那个是他们呢？什么时候是相会呢？他们真的要给人以机巧为华彩吗？岸头的人间二星不知天上事，除了仰望以外，没有别的了？一声清亮的禽鸣，掠银河而过，是水鸥或是野鹭，于是他们从仰望天边一转而为俯察自己，两人始知自己同浴在月光中。他们相互体忖，各见对面青青的面色。为什么面色这样呢？或者是月下之故吧，或者是水上之故吧，但总没有是喜是愁的情调。

“时间太迟了，回去罢。”

“对岸明天再去罢。”

两人相对微笑，一同回去了。章雕口占一绝：

屋影参差柳影昏，
系舟犹认去年痕。
湖山依旧潮来去，
底事重看已断魂。

二

流光迅速，不因大家的浩叹而减其速率，章雕与薛黛来此湖上结婚，已是七年前的事了。以法国之富丽，他们偏选在此湖结婚，而且偏选Chaparon的小村，可知他们的嗜好，与此湖山对于他们的感情了。Chaparon在带罗涯的对岸，船到湖的南端，顺小路进去，还有走十余分钟。小路渐渐上升，经过Lathuille的小火车站，远望峻岭之下，苹果树丛中间，有几点红屋，其中较高而较新的一所，就是他们租来建立新家庭的。这小村的人口只有八十五人，新生的小孩也在内了，他们都是种地的，挤了牛奶送到船码头，养了鸡鸭送到城里市场，算是他们与外人最大的交往，别的是没有什么了。外方的人少有到来，在此结婚避暑者从来没有，至于中国人，真是他们第一次看见。正巧今年新建了一所较华美的房屋，希望有游客来租了避暑的，虽然第一次看到中国人，却自己担保自己的出租了。

这红顶房屋也有一层楼，玻璃窗户，再加百叶遮帘，俨然是精雅的避暑山庄了。门前留植原有的苹果梨子数树，绿叶尽够为嵌红砖的白墙配色，还有满树的青绿果实，点缀出几分富有与甜美景象。地面上新种了几种草花，百合花刚刚盛开，攀援的架壁猩（Capucines）红黄相间，沿门墙而上，其余地金钱，秋海棠，东一丛西一行，布置得匀称美满，园外开出铁杆门就是一块石板，下面是一条小溪，水流经过，淙淙不绝。这里的好处还在于四围的外景。后面是一带高山，就是称为平凳（Banc Plat）的，青灰的岩石与林木的绿色相间，望到高处，虽然不是云雾时节，也只能隐约辨其有此两种颜色，不知究竟是岩或是树，因为实在太高了。苍老的果树层层罗列在嫩绿的牧场上，再远去，是挺直的白杨，从行列而远为点线，色调亦渐带蓝色，消失在淡蓝的空气中，这一切是Savoie的普遍景色，正如章雕所说，到Savoie的无论什么地方，闭了眼睛也可默出周围所有的一切。不过，此地有碧绿的湖光，就在屋中可以望见，而湖的对面，又是这样高大的山岩，无穷的宝藏，无穷的希望。

两人在此住下以后，亲朋先后的到来，在举行仪式的一天，大家忙碌而热闹。

为了仪式的庄严，为了朋友的取笑，一切新郎与新娘都有喜悦与恐惧的两种心理，喜悦的是悠远的前途，但也为这悠远的前途而恐惧，不过有的偏重一种，他种只是一现即刻消失了。他们两人当然不能例外，但在热闹与忙碌中没有自觉的过去了。

三

夜是最大的滋补品，安纳西湖面，新张开眼睛，灵活而清醒。昨夜的山色，树木，为了一天的疲倦，昏醉的喷出呵欠；经过一夜的休息，你看，在这晨光中，什么都是康健而少年。蝴蝶花的翠蓝颜色闪出绸缎光泽，自有这样早起的黄绒粉蝶周围飞绕，做他们的陪伴；莉莰龙（liserons）盛开细小的喇叭花，有如舞场里的纸彩，撒了满地，还要攀援门墙与树干之上。一阵嘹亮的笑声，从开满莉莰龙的园门中出来。立刻可以望见树丛下一大群华服的人影，薛黛庄中的众客出发游逛去了。

利用暑假时候，在此避暑旅行；而来参与婚礼的亲族朋友，也都有时间多住几日。这大队的游客中林氏姊妹是新娘的好友，两人一样的服装，一样的妍秀，他们爱中国服装，在此法国风景中行走，见者以为天仙下凡，以为到什么盛会去的歌舞化装。不觉大家已走到Lathuille码头了。往北一望，湖上轮船正迎面而来。白色的船身，在朝阳中喷出浓黑的煤烟，昂起船头，刻刻逼近，坦平的绿水上打起白浪，一直激动码头边系泊的小艇与湖岸一带的蒲草浮游动荡。再看船身，已是很近，水面上露出半个明轮，是许多片揖子构成，所以激动水面，所以行进如此迅速。这轮子上写着一行金字：La France，年幼的希圣急忙告诉新娘，他的姑母："这船叫得法兰西。"且说且争先跳上船里去了。

章雕为全体买了环湖票，走上楼梯，看大家都已在船顶上眺望了。

新娘还有一个朋友薛瑜，因为同姓，所以视如亲妹。他爱讥讽，见新郎来时，他说：

"M. 章，你今天穿了猎装，回来要给我们什么猎品？不错，你的猎枪呢？"

章雕实在装得动人，一身轻灰带紫的猎服，短脚裤子，皮鞋以上是黄皮裹腿，一顶软边细白蒲帽，翻领衬衫的袖口露出壮劲的颈脖。因为他的英雄气象，似乎还缺一支枪的样子。林氏妹妹机警得很，因为看到刚才新郎上来的时候微合了左眼看船边风景，有照相的意思，所以立刻代他回答。用了很流利的法文说：

"Il est un chasseur des images. Vous voyez que son appareil photographique est son fusil.（他是景物的猎人，他的照相机就是他的猎枪。）"

"你也将不免做了我的猎物！"章雕对薛瑜说，而且指点从肩上挂下来的黄色皮套中的照相机，真如背枪的背着的。

不觉船已停过一站，远远的望去，见湖面紧束，有如蜂腰，章君对他的客人们说：

"这远远收缩之处分安纳西湖为两部，我们是在小湖，这外面，北部，名为大湖。大湖深六十五米突，小湖深亦五十五米突。倘若掉下去……龙王拉你们做公主去了！"

"你还可在龙宫里打猎，猎你的景物，或者还要猎艳！"薛瑜说出就逃开了。

"龙宫未必真有，湖深是一点不慌的，这边东岸，是带罗涯，稍稍过去一点，有所谓'爱人岩'者，一片削壁，到水底下还是如此直削下去，离水面有四十米突之深。倘若爱人在这底下，你们肯下去找他吗？不必说了，这最狭的对面，就是 Duingt，我们就要上去了！"

水鸥两三，飞绕船头，薛黛爱极了，看他雪白的背，湖绿的胸腹，于是叫喊的说：

“你们看看，他们的肚子绿得真好看……原来是湖水的反光。”

船行渐缓，望见长堤一条，直通孤立的岩岛。这堤上，密列大树，故船渐靠岸就渐觉凉爽。水中绿影，滚如油滑，艳色服装的青年男女在此垂钓，不必看见钓起鱼来，水中艳影尽够看之不厌了。大家上岸以后，在绿荫下，顺堤走去，岛上建一古堡，中有圆塔，顶上女墙如齿，并有小孔围在塔顶四周，盖备御敌时掷下弹石，凡封建时代的堡垒都如是，现在徒成遗迹而已。到外面来一看，堡基岩石上与水交接出满缀绿苔，不胜表现巩固与久远之感。

沿湖边走来，接连的山庄与旅馆，但几步相隔必有垂柳，印度栗，蓓蕾丹等树蔽阴，这已到了村中了。看过礼拜堂之后，新娘的两个内侄，少年爱游，还有他的夫兄，与几位朋友，还有薛瑜，都愿去看圣母洞，于是约定在湖边蜻蜓旅馆等候，分作两队了。

蜻蜓旅馆贴临湖边，是瑞士木屋式的房子。岸边满植大树，下置桌椅白布桌毯上分置杯盘，而每一顶桌上都有一瓶鲜花。主人命侍者连接桌子，摆够全队人的位置，于是坐下。

树下凉爽，微觉水面风来。仰头见大树枝叶间有日光闪烁，盖湖水波动的返照也。这引动了诸葛女士的兴趣，他说：

“听说中国的西湖与安纳西湖很像，不知究竟相差怎样?”

“中国山水总像中国美人，轻柔委婉；而西洋风景则起伏浓郁，这是汪先生所说的。西湖的山高水深远不及此，不过也别有长处。”

“我想一定天然较多，点缀较少。”诸葛女士说。

“能够天然自然最好，但整理修饰能补天然之不足。”新娘表示他对于艺术的意见。

“我们幼年时到过西湖的，现在也记不清了。”林女士天真的说。

诸葛女士最爱工作，最爱鼓励他人工作，他自己是学雕刻的，所以说：

“黛姊，你可以多画画这里的好风景，等暑假完结，你一定有许多好成绩。我恨我是不会画的。”

游圣母岩的一群人回来了，有的以手帕擦额上的汗，有的以帽作扇，鼓风胸口，热闹的一阵语声以后，坐定午餐了。心情的变换由于环境的变换；兴致好了，所以食量更好。少年活泼的李云岫举杯进酒：

“祝新娘新郎的爱情万岁！”

“祝在在座的少爷小姐们爱情成功万岁！”新郎不肯吃亏的报答。

章雕照了许多相，于是又走到码头去等船。船缆松解以后，迅速的离岸了，这绿荫，这长堤，这蜻蜓旅馆，能不引起何时再来之想，于是大家说：

“再见！Duingt！”

船向对岸行，不到五分钟就停了，一望高山重叠，红屋错落，左边是银灰岩壁，下临深湾，在这暗蓝水上船泊码头了。此时远见红衣女子，跨苜蓿田而来，新娘见了，不禁动感：

“快点赶呵！赶不上了吗？船上的人应该看到的。”

幸而真的赶上了。得失真是只错一点的偶然呵。

“这里就是带罗涯了，风景之好，因 André Theuriet 的描写而更闻名，在他的《秋之爱》小说中真是描摹出神。这里有他住过的山庄。”

“原来秋之爱就是以这里的背景的呵。船上小姑娘所卖的茜克莱曼（Cyclamen）正是书中提到的。”

“从此再过去就是大湖了。看这削壁，爱人岩！”

轮船绕一个大弯，靠岩边进行，因为对面不但半岛突出，即在湖心，亦有浅滩，盖半岛之余峰也。转出这个弯，固然一片大洋，而安纳西城市融在金粉光中，有高塔尖顶做他的旌旗。然而，回头看来处的小湖，满涵灵秀，四围高山，阳光所照，折叠明爽，如一张绿幕，不知将揭露何种奇巧也。

将到安纳西市，船身转向，倒缩港里面去，这一转，弄得绿水返黄，加以白浪，美观万分。

岸边人聚如蜂，见大队的中国人，尤其是如此盛装，安得不人人注目。有人将因此而羞涩，不过，人爱看戏，做戏的就爱人看；你我相看，大家增长智识，大家满足美感。

走出公园的树林，经广场，市政厅，博物馆，图书馆都在这里。再向北走，一座大的战死纪念碑，是 Besnard 的雕刻，他是最爱此湖山者。高大无比的蓓蕾丹伫立运河的两岸，其枝叶相接，如为河上盖一圆穹。河上多小船，可以通湖，男女两三，在此下船，在此起岸，各有其灵敏或初试的畏惧笨拙的姿势，但人人脸上都染了绿叶的映照，各人都因看相对者的颜色而自己觉得凉爽了。一条小桥，轻巧精致，名为爱神桥，真是名不虚传。

沿大街而进，两面均有圆弧过廊，这是本城的旧制。追念罗马盛时，此地亦已为重要城市，兴亡盛衰，全凭人为，留得古迹正可策励后人。新娘爱此古色，凭吊久之，酝酿油画的腹稿。

不觉走到大礼拜堂了，登石级而上，三角形的门面下，开三门，上面一个大玫瑰窗，古旧可爱，盖十六世纪时初建者。进门，大家依习惯脱帽低声，小希圣以手向门边贝壳形的水盆中浸水，学法国人的习惯，欲以手指上的水分润给林姐姐，而游嬉的在自己面前划十字，引得大家要笑。他的姑母向他示意，不要出声。章雕低低的说：

“这里亨利第四来做过礼拜。卢梭在小孩时在此当歌童唱赞美诗，他在忏悔录中说的，有一天他还在此演奏一段箫呢。”

“这画好不好的?”林妹妹问新娘。

“这副下十字架的耶稣是意大利的名画家 Caravage 的作品：十六世纪至今，三百余年了。这种是历史上的价值，所以不能与近代画比较并论的。”

出礼拜堂就是卢梭路，不错的，四十四号门牌是卢梭住过的，古旧的两层房，很小的院子。斜对过十三号，是卢梭在 Lemaiitre 乐师里学琴之地。

大家选买风景片，也有立刻写寄友人者，缓缓的走过港边，一望平波泛紫，湖山全入斜辉中。本来，坐火车沿湖回去亦可，而环湖票与火车联通，可不另买。但为了可以饱看湖景，仍是坐船回来。

呵，满幅的红紫，除了薄绿的远天，除了白鸥几点，红紫的水，红紫的山，又是红紫的满天霞彩。倦游了的人们，无力言语，无力思想，只相对眷顾，如山边落日，湖上轻霭，一任自然之所至。

四

几天来的同游聚谈，很是快活；但众客先后的离此而去了；这对于章薛的新婚爱情或者可以更加亲切，然而相对久之，不免渐感单调。于是他们继之以工作。

章雕先翻阅拉马尔丁的《默思》诗，因为他是离此不远的蒲尔志湖主人，在这湖上产出无数名诗，在这湖上体味爱情与人生的甘苦。他翻到 Le Lac 一篇，回环久之，于是开始翻译，于是研究蒲尔志湖的景物，于是查考拉马尔丁的事迹与思想。此时的薛黛已背了画架与三角凳作画去了。白色的画衣敞开了领口，大边的草帽，不是为时髦而是为遮阳光用的。走到湖边码头，远望晨霭未散，遮断湖南的 La Sambuy 高峰，近山衬托，显出刚柔与主客的层次。一片牧场，有如绿绒，而白杨参差，列阵山麓。正俯视湖水，微风吹过，皱出有青有绿的襟带。这湖水之涯，是轻软蒲苇，恰好融和山与水的界限。这景物能不引动画家的爱好，他坐在码头旁树荫下，张开画架摄取这美景了。

时间已近正午，女画家满带了高兴回来，擎开拿画的手臂，怕沾污画上的油彩。只吟默思拉马尔丁诗句的章雕，因为沉思太久了，立起来散散步，从楼窗口望见树枝缺处一幅湖景，似乎觉得奇幻，瞬目注视，则夫人正进园来，一手在推合铁门，风景在另一手上，所见风景，是他的画幅也。

“画好了吗?”楼窗上问。

“画好了。”窗下仰头回答，伸画给丈夫看。

今天，他们两人新得了一种甜蜜。作了画的，心中想：爱情以外还有工作；读了诗的，心中想：工作之中就是爱情。为了有这发见的缘故，各人各守界限，不匆匆跑上楼去，亦不匆匆跑下楼来，而这当中却是得到另一种甜蜜了。

饭桌已经摆好，两人对坐午餐，新成的画幅放在火炉上的大镜前，两人的视线都注在画上，共同批评。在画者自已得了安慰，同时推度到对方，所以说：

“一个人在家里寂寞吗?”

“没有什么。我想做一篇拉马尔丁，正在翻译他的La Lac，等一等念给你听。”

恬静颇久，两人各各举叉吃菜，举杯饮酒，这不是没有思想，但不是什么恶意，他们各在今天所得的新经验中寻求解答。画家仍以绘画为题，说他的道理：

“艺术上是如此需要统一与绝对的，譬如一幅画上用了各种变化的笔致，就不成东西了。但也最怕单调，你如果绝对的用这种方法，第二幅就没有价值，第三第四幅比机器里推出来的都不如。艺术还是需要变化的。”

“绝对当然是艺术上的不破条例，艺术理论只有凡如何必如何，决不能说应该到几分的程度，如医生的药方，可以某种十格兰姆，某种十五格兰姆，加糖水一百格兰姆，便成最适于病人的药品。然而，人身与人心一样是柔弱的东西，他们最易疲倦，惟一的状况下去，没有不厌憎的，所以需要变换。实际上，这变化是为了要保持绝对。旅行时精神较好，就是这缘故。城市的人到乡间，乡间的人到城市，回到原处，工作更有兴趣了。”

“对了，艺术就是弄这把戏，用了变化来保持不能变易的人生的趣味，因为人生是绝对的，不能忽是忽非的。”

“倘若图画而永远用单调的笔致表现，就坠入平庸，岂能感动他人呢?”

“然而，变化只是养料，绝对是艺术永久的生命。例如我们到这里的风景地，是吸取新鲜的精神，不是要把我们整个的变过一个。”

“这就是艺术家贵乎有操守之故。”

五

湖上的轮船“花冠”号（Couronne de Savoie）靠近带罗涯，等着上船的人颇多，而上岸的只有章薛两人，因为在此早晨，从小湖来者原来是没有什么人的。

蓓蕾丹垂枝水上，两人眺望湖面，有如透隔绿帘，而这生动的枝叶，在湖面画出天然图案。岸边的小船，解缆张帆，向轻柔的黄绿浮光而去。这景物引动了两人的观感，于是对此拍了照，转过头去，绿色的木亭中陈列本地的画片，贝壳与钓竿。还有许多书，章雕要守亭的乡姑娘拿出来看看，是小玫瑰丛书：小诗与短篇，较大本的多数是 A. Theuriet 的小说，因为这是本地久住的作家之故。他再买了《秋之爱》，一则也是一个纪念，一则今天正去寻踪小说中的景物，或者可以参考。此外又买了一只山蝉，是蜜蜡做的，插在薛黛的帽上，真要以为是活的飞来了。

沿斜坡而上，路径曲折，这就是《秋之爱》中与 Villa Tranquille（静庐）中所说到带罗涯村中去惟一的路了。一直到村子将要走完的地方，回转头去，跳过村中的屋顶与树顶，翠绿的湖面展在眼前，而高山一带，有如花墙，远远的积着薄雪，消融在日光与云烟中，这是 Semnoz 如油画馆中 Cabaud 所画的全景。

“这一定是书中所说的微微霭山庄了。”

从门墙中望见蓓蕾丹与印度栗的绿荫，满地小花，正是热闹，而院底屋檐，有紫藤结彩，又极清闲之致。

“Mariannette（玛丽婀娜旦）住在这里了。”薛黛说。

“还是说 André Theuriet 住在这里呢？”章雕略带今昔之感的说。

他们两人正如爱好红楼梦者的寻大观园，在古冢里找灵魂。是的，对此湖山，凭栏望月，听礼拜堂晚祷的钟声，顺蓝色的波光，远去远去，直至隐约的对岸山际水涯，与继续的村歌相应和，在此蓬瀛仙境遇玛丽婀娜旦的妩柔，能不使非立波动情呢？两人徘徊久之，于是走向山径了。葡萄藤繁衍曲径两面，牧草丰彤，螽斯唧唧，有几处的长草已是割倒，太阳照临，放散农村快乐的香味。晚熟的樱桃尚留黑紫的满树果实，栗树，张大如军营的幕帐，锯刻的叶间满是绿色丛刺嫩果。再走是高大的树林了，茂密的枝叶张蔽天空，虽然是很觉凉爽，不禁两人独在林中亦觉有点畏惧，正不知如此柔媚湖边亦有骇人景色。忽见树林缺处，蔚蓝一角，以为是天，近去知是安纳西湖水，临水削壁千尺，不免悚然。而无意中登临如此美景，亦觉欣喜万分。原来这就是玛丽婀娜旦来采茜克莱曼，他父亲最爱的花，与非立波邂逅相遇，他们两人并坐在野花毡上，共赏湖山之处。但非立波永离带罗涯也正是经过这里而去的，这就是“爱人岩”。

“我们采一点茜克莱曼吧。”

“回看姑娘与他讲 Tournette 的美景，对阿尔卑斯群的山峰，与父亲两人相抱对哭，非立波将是他父亲的继承者了，然而季候未换而人心全变，两人终于永不再见。人事之短促一至于此。”章雕坐着有点动感。

“可是山水永远没有变，留给我们欣赏。”薛高兴的说。

“是的，Theuriet 给这景物以永远不死的生命。”

两人望湖上来往的小船，不管湖水如何深，总是浮载这小生命，顺他所愿而忽东忽西。水鸥更是轻快了，欲游欲飞，一由自主，紧张的掠水面一过，游鱼捉在口中了。

两人看了出神，然而时将正午，于是起身回来。章雕说：

“本来，Tournette 不能去爬了，非立波住的 Toron 是经过三角的三人如此来回的，可以去看看，但路径不知道，留在下次去了。”

走到古庵旅馆，两人就在此午餐。这里也是非立波所住，而他决绝阿尔上波夫人之处。

有如爱看喜剧与悲剧，除出怯懦与麻木的人，都爱看强烈的日出与清澈的月色，风景给人等于戏剧。

六

这一天实在有点闷热，然而午餐以后遮上一点白云，太阳可以不晒了，而天色实在变化得很，于是引得画家兴致万分。薛黛带了画具出去了。

他们出门往北走，望湖光尽管在山路中走去，他想免去许多屋顶，最好多留天色，而下幅是湖水。走到一个高坡上，他就坐下了。

天色真美丽呵，他非但没有画过这样丰富的天空色调，而且可以说从来没有见过。风是从他的背后来的，所以浮云渐向安纳西市方面远去。天空本是碧蓝的，但渐远渐带铜绿，在此幕前便有无数层次的云彩。近处的灰白带紫，四周多有玫瑰淡边；稍远则银灰与虾青相间，微有珠色；远去，浮现在闹市的炉焰似的光辉上者，如柠檬与橘子混和，是无数细片，轻浮散迭，消失在远山之后，呵湖水，与云块相应和，块青块绿，这里面又捣散了许多紫罗兰的溶汁。风之所至，忽然波皱幽暗，忽然镜光闪耀。而云山投影其中，又成万种情态。画家先草草的钩了木炭，他想，不能迟留了，于是加油彩。以画家的三寸笔头，追逐这万顷风涛，他只要吹灰之力，使这不尽的大面全盘变易；幸亏兴趣鼓励他，不论他变得怎样快，总要猎取这飞逝的一切到画家的箭头。

忽然，风是迎面而来了，浪花紧急的变了方向，从对面打来，而云彩也愈沉愈下了，他尽是毫不游移的画去。现在真不对了，雨点已经下来，于是只得收画就走。这时才知道是离家如此之远。

章雕因为觉得看书上渐渐的暗了起来，于是都窗口去望天，知道原来是要下雨了。然而夫人到哪里去画了呢？他急忙的跑到园外，推开铁门一看，并没有来。这到哪里去找呢？想必不久就来了吧，还是到楼窗去看，高一点比较可以看得远。于是再跑到楼上，伸头窗外，并不见人，只有大风狂吼，直立的白杨个个歪斜，如一竿细竹，苹果树菩提树都反转叶背，露出银白。落叶飞舞，吹卷湖中，而灰云成块，沉向湖面，遮断对面湖山，雷电并作，而雨点的响声滴在窗边，打在他身上了。

等他再下楼来，园中的花草上已全润湿，大雨倾注，他不能再到园中去了。着急是不必说，他立在檐下发怔。铁门骤开，画先进门，人亦见到了。连忙松解画具，全身浸湿，裙边沾在腿上，而白鞋白袜全是泥浆了。

急急换去衣服，于是始有功夫再来看画。这辛苦的工作给他们甜美的滋味。这时雷声振动房屋，玻璃窗凛凛作响，两人抚贴，从窗内望出去，隔了雨水流滚的玻璃，望见一片迷濛，湖面已成洋海，不见对面山峰，但见浪涛滔滔，打击岸边，如欲吞此山村。远近果树，胡桃苹果，随风堕地，扑扑有声。忽闻哑的一声，黑白相间的一叶飞矢似的过去了。

“一只喜鹊!”薛说。

“他也逃回家里。换衣服去了。”丈夫微笑的说。

“家中也有‘人’在等他吧?”

七

风雨已过，夕阳更艳，流云散布，有乳白带紫，有玫瑰红和朱，轻飘浮游，衬托在从来未见的碧蓝天上，如汪洋大海，各种形式各种颜色的水母在此欢会，如一幅翠毯，天上群星化装羽裳，在此酣舞，用无论什么富丽神奇的事物都可拿来比拟，而结果还是不知他实在表现的神秘意义。一湖绿水，平滑照人，其温娴妍艳决不相信他也有哀愁犷野之时。山林草木，不论是胡桃树苹果树，以至于最小的雏菊青苔，都受风雨洗刷而显得十分少年，却如受父母眉目示意的小孩的驯良服帖。太阳快从西山下去，隔湖，东山前面，一条虹弓，不知爱神把这弓的箭矢射到谁身上去了。这弧桥，如果不是幸福的化身，何必如此美丽，如此诱引，如此迷濛，如此缥缈倏忽呢?

金银花香愈近夜而愈浓烈，晚餐以后，章薛两人，与受风雨洗刷的山水一样少年，乘园中金银花的晚香风中，出来散步，惊喜景色如此壮伟，不禁胸怀鼓动。两人欲往山坡上去远望，于是走向村中经过。

道路已几乎完全干燥，只是石隙小草还满沾雨珠。葡萄叶上加了新绿，而细簇的花球正结下幼果，嫩绿可爱，再添上雨滴。如翡翠穿珠，不知为谁家少女作嫁鬟笄也。家禽三五，在村中散步，雄鸡昂头阔步，红冠耸前，黑羽垂后，追踪草地里飞跃出来的青绿蚱蜢，被他含住了，喜洋洋的叫唤母鸡，让给他吃这鲜美食品。矮屋檐下，斜阳光中，一个小孩，立在门口石级下，手扶小凳，凳上是贝壳与菜叶等等，正在烹调小孩的筵席。石级边盆花若干，有大红的日夜宁（géranium），圆形的小叶簇成一团，而细干三四，擎出绣球一般的密密红花。有芙茜亚（fuchsia）尖细的叶片，满枝的垂下长柄的红紫花朵，极像无数纱灯。门外小园，一树胡桃，一树樱桃，为这村屋配色，完成这幅乡景的安宁幽闲的平衡。当此停步羡赞之时，石级上走出一位青年妇人，他正在拼挡牛酪，故连连以身前白色围裳擦手。一见微笑，就与过客招呼：

“晚上好！先生，夫人。”

“晚上好！夫人。”

“散步去？天气凉爽了！”

“天气好。我们正在称羡你们的房屋，你们的小孩。真好看！”薛黛说。

小孩一见母亲出来，早就丢开他的烹饪工作，靠近他的保护者身边，眼睛圆睁的远望生客。母亲抚他的头顶说：

“他到九月里有三岁了。”

“我们给他照一个相。”先生说。

“好的。路易士，不要动！”且说且到室内急取李子交给小孩，让章雕照相。照相机托的一声响后，他对小孩说：

“说呀，谢谢先生！”又转变口气：“先生会照相，夫人还晓得画画。那天我看他在屋后作画，蓝的湖水好像是真的，一株白杨树，有风吹过，真可说是活的一样。”

“小孩的照片两天内给你们。”颇有告别之意了。

“你们真好意！你们喜欢这乡土吗？”

“好极了。又美丽又清净，我们很喜欢。”

“经画家们称赞，那是真光荣呢！夫人。只是这里太清苦，要你们住起来，就整顿起来了。我们做工过生活，好看不好看是没有心思的，也是不懂得的。”他说到这种有思想的话，更显得精雅了。

“夫人，你就是最懂得的。有了你，这里的风景更好了。”画家放出他的色彩与感情来了。

说过再见以后，两人走到高坡去，草地还是润湿，然而顾不得这些，因为，这时的夕阳正好，从云后射出的辐轴的光线，大小云片如海上渔舟，在此金液炫煌的大海中徜徉。其色彩之丰富匀和，极天然的能事了。紫绿的山岭衬在前景，使这幻梦的天空更显得铤铤溏溏。有如浓色的粉袋，在此山间振拍，无处不现松软蒸腾之感，而随处分其绿褐红紫的层次，这又是天工夺画家的能事了。这样一幕一幕的变换景色，一刻不停的产出瑰丽的情调，非笔墨所能尽致，而画家顺次的采纳胸中，供给他美满的宝藏，一直到了只留一丝暮霭时节方缓步回来。这宝藏是他今天在风雨中辛苦作画的酬报。

八

薛黛庄中新增了热闹，第一，墙上满挂了画幅，有风云中画来的，有夕阳中画来的，有晨曦初现，有薄雾笼湖，还有为他丈夫画的读书时的肖像。热闹的第二原因，是新来了看画的朋友。

晚餐桌前，周围是完全本地风光的绘画，热闹的谈话声中，清茶一杯放在围坐桌边的各人面前，其中新客是寿丁与章非，由诸葛女士陪伴来的。

热烈的谈论渐渐过去以后，主人取出本省的指南，展在桌上说：

“我们来讨论讨论游逛的地方呵。”

“我们听你来报。”寿丁说。

“好。我们总要走得远一点的：

第一是 Fire 峡，离城九基罗米突，可以步行，亦可坐火车。这条水深九十米突，长约半里，在岩隙中流过，阔自三米突至十米突。岩路曲折，树影参差，倒是不坏。

第二是Maure岭，以树林胜，爬山三小时，一面雪岭在望，一面碧绿的安纳西湖展在脚下了。从这条路走下去，可以走到我们屋后的高山上，出海面一千七百余米突。

第三是Thorens，有古堡著名，建于十六世纪，中有Van Dyck的两幅油画肖像，及意大利古画。保存古代木器雕刻甚好。”

“这都是好的，我们由近及远，先拣定一个开手——不是开手，是开步。”寿丁说。

“至于更远的，到Chamonix看冰海；还有，南至蒲尔志湖，北至丽芒湖，可以与把两个湖与安纳西湖比较比较。”

“蒲尔志湖则游Aix与Chambèry拉马尔丁与卢梭的故地。”诸葛说。

“丽芒呢则游Evian与Thonon。我们可以到Thonon附近去看林氏姊妹。”

“明天先来一个环湖游行，怎么样呢？我以为安纳西湖本身已经够一生体味，倘若还能上一次高山，看旭日照雷锋，那是更好了。”

“你们对于三湖的比较意见何如？”这是沙龙主人的考题了。

大家精神很是兴奋，在此假中游览时节，当然什么胜地都觉可爱。章非这次先说了：

“丽芒有时是很犷野的呢！”

“真的，有点像的海。浪涛奔腾时，当然不必说，就是平静时，水色幽蓝，已经够了。你知道，三百米突的深度呢！”

“山峰也是峻峭，给人庄严或闷塞之感。”

“他的名望之大是因为他的面积与山脉的气魄。”

“蒲尔志面积与安纳西差不多，而猫山壁立，又是显出不和谐美的一类特性。不过丽芒四周多热闹城市，尤其是瑞士一岸，虽有高山深水，比较的使人有入世之想。蒲尔志的山麓全是野岸，只有从水上去还可以靠近岸边，步行简截不能通，这是拉马尔丁在此黑夜影中满幻愁思之地了。”

“蒲尔志湖靠拉马尔丁成名，不过自有其原因。因为较自然，少社会性也。”

“Aix-les-Bains 的热闹已害了他不少，幸亏只有这一处。”

“安纳西是刚柔兼有了。”

“水是深的，山是高的，第一因为四周山势的匀称，不如其他两湖周围高低相差之多，而湖面曲折，就有温柔娇袅之态。”

“不过他的名望似乎不及其余两湖之大。因为他没有什么事迹。”

“现在是有事迹了。章薛两人在这里结婚的呢！”

“不必说了，明天先逛这温柔娇袅的湖上。对了，明天是七夕，我们须游夜湖。”

九

畅饮以后，在将弦的明月下，清澈的湖山，狂热的酒酣，少年的豪情，在这配调中，乡村人家已经关门睡觉，十分静默，只听得这章薛家的少年大队，从村中出来，步声，唱声，笑语声，使湖山震动响应，而他们自己毫不觉得。

他们走到湖边了，跳下船去，章雕打浆，于是船已离岸了。

月亮虽只半圆，而光耀明朗，照临全湖。这是要经验过方才知道的，夜间望山，简直高长一倍，湖水，也骤然的广阔，固然是湖面轻雾使然，实在也是自己缩小了之故。刚才喝了酒长大了的身体全被晚风吹去了。然而勇气是要鼓舞起来的。他们歌唱大江东。歌声起处，热血沸腾，打浆愈加用力，水波愈加升沉。他们是把自己扩大，只觉自己是在太平洋上，在扬子江中，昂然有物皆我主之慨。

“我们现在这样高歌荡漾，五年十年后的中国土地上，总有一滴我们现在所沸腾的血了吧?”

“如果不然，这许多到法国来的中国学生完全是无意义，我们的饮酒泛湖完全是无意义了。”

“在哪一块土地上发芽，就爱在哪里开花。我们爱这湖山，为了培养热血送到中国去灌洒。这湖山，不是我们的，我们有赏玩的权利，然而没有保管或修饰的义务。我们要去管保修饰我们所发芽的湖山而赏玩之。”

“赏玩还在其次，第一步要使中国土地可以请人赏玩。”

“如果中国土地不能保管修饰，除非中国青年没有血。”

“不错，新近接到中国来信，广东政府决定再革命，国民党从新改组。在黄埔办军官学校造就军事人材。”

“有一天青年都入党，而党员都当兵，少年中国就已造成了。”

“民族盛衰的原因实在是很简单的，只是青年的血能不能起来的问题。在老民族呢，即使是青年，也是冷冷的，所以不能振兴，然而非绝对的不能热，却是懒得加热之故。”

船已划到大湖，在峻峭的岩边，双桨击水，水击岩涯，于是弯进去，在阴暗中，树枝下，薛黛吹箫，什么声音都静默，但闻圆润凛冽的一个一个声韵，连坠水面，浮向辽远而去。箫声止时，雨蛙群鸣，如苦饥渴。少壮的头脑也最爱听哀怨的声调，慷慨激昂的感觉使他们鼓舞，但抑郁泣诉亦使他们振奋，因为，他们听这种不爱听的声音，就起拯民于水火之中，舍我其谁之想，于是亦昂头奋臂，勇往无敌了。他们之爱听哀音与卑微弱女的听人家哭声以代自己的暗泪者大不相同。

于是他们找更幽黑的地域。回转里湖，顺带罗涯前进，这时月光已斜，离山头不远，就要不见了，凉风润湿，不禁手中的箫上如汗珠一层，颇觉寒冷，而各人衣衫亦都感潮润而单薄。树荫浓密，不辨对面何物，亦不知再进去离岸尚有若干丈尺，然而总是鼓桨前进，贪看这水中黑油似的缭绕波纹。垂下的树枝正扫拂头上，忽然水中响声的一跃，不知是什么东西，同时枝头亦窜出一只大翼黑鸟，急急的振翼飞去。

探头黑影之外，南面湖端已将随青色薄雾而消失，山色淡如轻烟，不必想登临，且不必想像其为何种体质。湖山交界之处，蒲草荡摇，一来一去，如受何物指示，用以引人入迷者。蛙叫格格，就从此处产出。呵，这是有点……有点新鲜了。

再看天上，星数骤然增加了不少，盖月将西沉，光力很弱也。在此渐趋深蓝的天色间，银河斜泻，引得诸葛说：

“真是，今夕七夕，天上双星幽会如何了？”

大家仰视，在银河两岸，各人见其各人的双星幽会。星光闪烁，各有如萤如电的颜色，而有时陨星飞落，正给人以何来何去之想，算是得到一个刚才疑问的答案：

“谁自觉今夕得到智巧的，就可证明双星已经幽会了。”

一直到小船泊岸，一直到摸索回去，一直到各人熟睡床中，各人还听到自己的狂歌，看到这七夕湖上的银河边的形形色色。

十

“山水既不到我们里来，惟有我们到山水里去。”

秋之爱小说中有此名句，秋之爱迷的人们正是顺从这句话，去找书中所描写看日出的Tournette。

他们于午后四时在带罗涯出发。各人轻便的服装，背了御寒的衣毯。有的皮鞋加钉，有的绳底软鞋。尖锋的手杖在手，简便的食物饮料背在皮袋中。一个老年的向导在先开路，不过已不是小说中的Bastian了。

天气正热，幸而走不多路就有茂林，而渐高渐多微风，尚觉比平地为凉。山路并不艰险，景物亦觉平平，好在是大队，趁热闹走去，毫不困倦，忽然，路渐高渐窄，穿过一岭，回头看时，落日满照平湖，此种景色，绝非仅仅浮游湖上者所能想像。

山路起伏，沙砾绊脚，大家都觉胜景的代价也付得不少。每当路面上倾时，则大腿面上的筋肉牵挂作痛，总想有下倾的路；当遇下倾之时，又因小腿后面的筋肉牵挂而痛了。尤其是女子们，今天真是破天荒的步行了，这是天下多少男子也是无福消受的，他们居然满在眼底了。老向导知道他们几步一息的态度，他说：

“走过这山头，我们就在后面的木屋过夜了。”

最美的落日已在山后消失，金红的天空骤然的褪色，但见微绿的天中偷露一粒一粒的星光，一经注意，便愈数愈多，而月亮正弦，光照大地了。他们围坐地上吃过饼干与汽水，想晚间留在此地总是不妙，幸亏尚有月光，但山顶不比平地，日落后骤然寒缩，于是又引起他们续走的勇气，想动动取暖了。

骤见柏林茂密，地上是一片绿草，草面露珠，在月光中闪闪发亮。树后是一所木屋，画出门框中的红色灯光，听到他们大队赶到的喜悦声音，迎出一位老妇，老向导招呼之后告大队来客进去休息。

“先生夫人们没有晚餐过，我能怎样的为你们预备呢?”

“我们自己带了东西。倘若你能为我们做一个汤，那是最完美了。”

“好极了，马铃薯做汤，豇豆我去摘去。”

老太太正在泥浆石块塑成的灶中燃点了树枝，烧起汤来；他们就由老向导的陪伴走去了。

一片清淡的世界中，只留两处光明：上面是一个月亮，下面是一个安纳西湖面。沿湖边断续的星星灯火，有如天上星光的反照。火车的汽笛，夜鸟的鸣声，乡人的村歌，小孩的啼哭，在此山崖，都隐约能辨，当此天下众生都在脚底千尺之下的境况，能不起“惟我独清”之感。正大家沉默中，老人发问了：

“先生们住在湖上哪里呢?”

“Lathuille 附近。”

“Lathuille 是在这湖尖，一个小屋是车站。”

“这才对了。你看，那是我们的住屋，反直是村口第一家。”薛黛说。

“湖面狭窄的地方就是我们来的带罗涯。”

“对了，这里就是我们昨晚泊船时飞出黑鸟的。”说到过去，大家不禁恍惚，又追慕又酸楚，如重婚后之想念前妻。

“M. 章，这是玛丽婀娜旦与父亲同来看日出的地方了，还因此还引了非立波之来。”

“还因此还引了我们之来。”章雕接应。

“一点不错，”老人插语，“你们讲的是秋之爱小说中人，听说自从这小说做出，大家就都要到这 Tournette 来了。”

“M. 寿对于秋之爱有什么意见?”薛黛问。

“他的风景描写我很喜欢，有几处真是出神的。你们鼓励我写安纳西游记，我还不知道怎样能够与他的名作比拟呢。”

“风景太多，似乎气闷一点，因为容易遗失结构的主体。”章非说。

“我的爱看风景确是出于性癖，所以总觉得他并不太多。”寿说。

“你是画家，是风景画家，爱看风景是你的功课呵。”薛说。

“不过，”寿丁立刻辨正，“我觉得这部小说的风景，为主角玛丽婀娜旦布景，决不能嫌其太多。”

老人早就从旁边走近一点，似乎有话想说。一听大家的谈话稍有中断，他就插入的说：

“先生夫人们，我想我们的汤是可以预备好了。”

回到木屋中，一顶小板桌已经摆在屋中了。老太太分送每人一碗汤，热气腾腾的，这时真是需要了。六人围坐桌边，又取出袋中带来的罐头与面包共吃。

“M. 寿，你还没有说完秋之爱呢。”

“我以为，玛丽婀娜旦是安纳西风景的结晶。”

“可惜被非立波一把捏死了。”章雕含似戏似恨之意。

“我倒认为这是作者把他捏死的。作者的描写不必说了，就是叙述他的谈话，亦满绘淳朴色彩。他说决不嫉妒非立波的过去；当非立波的旧情人到来时，非立波在两面讲了多少假话，玛丽婀娜旦看了他的恍惚情绪，以为是自已得罪了他，所以说：倘若所有从昨天起我们所计划的事是要使你发生心事或追悔的，实在告诉我，不要怕使我忧愁。这样纯朴的性质旁边而有非立波的畏怯，欺诈与贪欲，真该羞死天下男子。”

“我却觉得羞死天下女子，”薛黛插人，“等你说完我再说。”

“作者是这样的残忍，以此纯洁如安纳西风景似的玛丽婀娜旦身上，偏要涂画大多数女子的缺点了。”

老太太看大家已经吃完，就来收拾盘碗，问要不要咖啡。大家不喝咖啡，于是搬开桌子，在屋中地上，垫起干草，铺上毯子，就预备在这里睡觉。章非用寿丁的字句说：“我的残忍，要在纯洁的 Tournette 身上的草地里去涂画一下。”笑着出去了。寿丁续说：

“玛丽婀娜旦既承认决不疑忌非立波的过去，那末，不管阿尔上波夫人来否，非立波有情书给他否，都可不问的。实在，婚姻存在一天，这嫉妒一日不能除，即使非立波从来没有情人，他也是要疑忌的。”

“我所要说他的就是这个言行不符。”薛续说。“最羞的，当初是拒绝非立波的忏悔简直交代女工，不准再放他进门来，后来又悔了，还走到非立波的空屋里想一见，却已不见了。这真是我们大多数女子毫无决断的大缺点，被作者残忍而痛快的涂画出来了。男子在这一点上是率直多了，虽然也有男子是到处说爱，说过便忘的，但非立波的爬山远去，只托引路老人带回一束鲜花给姑娘，是十分男性的美丽。”

大家围坐屋中垫毛毯的地上，愈谈愈起劲，诸葛说：

“就是这木屋地上，玛丽婀娜旦与非立波都先后住过一夜的呢！”

“我倒不以非立波为然，”章雕说，“他是过惯了巴黎生活的人，为了一个小女孩偏要来牺牲一切了；他与阿尔上波夫人断绝十五年的关系，哪里是出于志愿的，不过二者不可得兼；就只得丢了他。这何尝是男子气象的?”

“正如作者所说，”寿丁看一看大家的面色，“男子有三次试验的机会，其实连一千次一万次也是有的，而女子也是同样的有无穷次。不过，在事实上，不必第三次，不论男女，第二次就是不纯洁的了。自从婚姻有了制度，凡第二次都不纯洁了，因为他知道对于第一次负道德上的责任，所以，他对第二人非谎骗不可，或者不承认过去的事实，或者说与第一人的关系原来是身在心不在的。这在他是不得不然，因为，婚姻只允许一男一女的关系，如果不这样解释，便违反婚姻原则。”

“一次失败的人就不再结婚了吗?”薛黛问。

“只要没有婚姻制度，就可打破婚姻是卖绝的传统观念，从此不必对婚姻制度负责，也不必对第二爱人说谎了。然而天下痴男女总是不愿听到情人老实说出与别人的爱情，却奖励情人谎骗的说终生专一的爱他。”

“倘若真的终生专一岂不很好吗?”章雕责难他。

“不过，倒是假的当中还有一点生趣。你只要去看，凡完全真的时候，必定如在深坑，于是就要想法与人暗通信札了。你们想，在青年时以谈情为生命的，忽然于结婚之后变为罪命，这是何等难受的变化。如果是一个十分负责的人，当然，连偶然的思想别一个异性身上也是应该认为罪孽的，这将如何生活呢?”

“你的思想如此玄虚，不知你将来过一个怎样的婚姻生活？你是要十二分的忠诚于一个人的呢？还是要毫不说谎的对一千人一万人说爱呢?”章雕笑问。

“两种里面必能做到一种。实在，不能做到也不要紧，只要这样的说出就痛快了。小说就是为不能照小说实行的人而做的。在艺术上，说出就算是做到了的，艺术家在远远的地方画一个好看的箭靶，使人舍命的爱好去射，他的责任已尽；射得准不准是别人的事了。我们在这里如此有小说意味的景物面前，切勿错过机会，自己抑制这景物印出来的我们的思想与说话。天下夫妇大多数是不快活的，我要用这个画饼给他们充饥。人生与小说一样，能够有惊天动地的结构最好，得不到，只是过平庸生活中看看峻险美丽的画景，也就如身历其境的快活过去了。所以，像黛姐那样学画的，看了这安纳西的美景，应该多多作画，供给不能到这里来的人去看，我们也各人用文字描写这风景地，也算一个画饼，供给饥饿的人。”

“如此谈论确是我们这景物中应有的点缀，这是我们的画饼。”章雕说。

“饼是吃过了，现在是应该睡觉了。不要醒不过来看明天的日出，虽然日出也只是画的，不过倒不是一个饼的价值可以替代的。”

旅行的疲劳与旅行的快乐使他们立即睡去；然而，就因为这个缘故，使他们不能立即醒来。老向导再三的叫他们：

“先生！先生！看日出要来不及了！……昨夜尽是谈讲，我是说，今天要起不来的。现在真醒不过来了。先生！先生！”

“呵，几点钟了?”

“我不晓得几点钟，不过看日出的时候是到了。”

一个一个的相互叫醒，大家急忙起来了，寿丁到门边去偷看，究竟太阳起来到什么程度了，但一望黑漆，只有寒风从微开的门缝刺入，有如白刃，他连忙关门，回向老人说：

“太阳还一点没有起来，冷倒是真冷呵!”

“看日出自然要没有出来时看的。”老人回答。“从一点没有的黑暗中看他怎样发生第一丝光线。外面是冷的，衣服要多穿一点。”

室外是一片黑暗与寒冷，幸亏老太太的一盏纸罩提灯，大家靠着这豆大的光明走路。老人大概是为了敷衍日出前等待的时候，所以在满天星斗的黑暗中东指西划的讲解，反直一片是黑暗，除了对此黑暗夜色引起一点疑惧以外，真是不值一听。可是日出真是开始了。

当天与山划出隐约的曲刻界限时就是日出的开始。这天上骤然染了桂红，而且渐渐斑驳变化；山呢，一笔暗紫带绿，沉重，刚强，坚实，凡天下的巍峨都在这里了。星光渐少而渐淡，红的天色愈加燃烧他少壮之火，直线万条，辐射云外，不知他到几万丈而止，于是一片白雪，宛然如白布折叠，棱角凛凛。回头背面层峦，已被日光照耀，玫瑰红的散片云下，摆出神鬼迷阵，真引人登临呵，然而绝非真实。群山之下是如镜绿水，这是安纳西湖，从形态而决定，但他的颜色是变幻已极。

日出是每天有的，湖景亦必随时逞其变化；人们鼓起勇气，竭尽奔跑，算是看到今天的日出与此刻的湖景。这大队的游客今天的所得不在于看了日出与湖景，却是在于从这奔跑所得的这个新觉悟。

正如爬山一样，无论什么盛大的感情，到了最高峰以后，下来时是没有什么可记的了，——可记的就是上去时的追忆与体味而已。章薛与他们的客人就是这样的下去了。

十一

这一切都是往事了，七年前的事了。他们回到中国担任教课，他们入国民党，听总理遗嘱，他们加入北伐，顺长江而东征。他们回到中国，想灌洒法国美景中所涵养的热血。然而都是往事了。七夕的月色如旧，湖山一切，丝毫没有变易，只要拿出薛黛的画幅来，可以看见完全是一个样子。然而人事是经历得多了。

惟有悲哀最能滋生希望，回想过去虽是悲哀，而悠长的未来完全在我们手下，可以让我们致力。正如一本书，翻过的页数最可增加继续翻阅下去的经验。

风景就是最好的书本，你一页一页的看过去，凡各人所需要的，都可在这字句间求得。

湖山虽然未变，章薛两人，从回忆七年前往事的悲哀而新得七年来未有的滋养。且看他们几年后不洒这所得的热血在中国土地！

一九二九年十月

蒲尔志湖　曾仲鸣

蒲尔志湖——诗人的湖

一

沙维华——Savoie！

山明水秀的沙维华！

在历史上，曾为欧洲列强窥伺争夺的区域，不知多少健儿流血于其空谷中，陈尸于其溪流旁。在地理上，界于意瑞法之间，如今已归入法国的版图了。在文学上，沙维华算是浪漫主义的“摇篮”。

我们知道法国大革命以前，古典主义渐渐衰微，一般的作家只知崇古，只求模拟，谨守规则的裁判，绝无生动的文思，用冷淡的辞采，为理智的叙述。及卢梭出，首倡返于自然，一面著书攻击虚伪的社会，一面作文描写飘逸的风景，似在黑云密布的空中，放出淡微的阳光。他在文学界，已是浪漫主义的先驱。大革命以后，中更变乱，复经帝政，文艺思想，亦受压迫，新文学的发展因而停顿，浪漫主义的运动，遂由邻邦的文学家继续提倡，而输入于法国。英的摆仑（Byron）德的歌德（Goethe）或具豪侠的气概，而写悲凉的诗歌，或含热烈的情感，而兴浩渺的愁思。他们都竖起新文学的旗帜，以为号召，使浪漫主义如奔涛澎湃，一泻千里。同时，法国诗人文士如史代埃夫人（Madame de Staël），夏多布里痕（Chateaubriond），拉马尔丁（Lamartime）等，先后辈出，向古典主义派攻击，正如初升的朝日，消残雾，排浮云，光辉四射。浪漫主义得此数人的努力，遂日益兴盛，直至千八百三十年，许峨（Victor Hugo）等继起而奋斗，卒使新主义完全成功，为文学界开一新纪元。

卢梭，摆仑，史代埃，夏多布里痕，拉马尔丁诸人，都是浪漫主义的先驱者或奋斗者，而他们与沙维华却都发生密切的关系，或流连沙维华的景物，而咏为千古不没的诗歌文章，或来往沙维华的湖山，而留着无限的情史逸事，所以我们可以说沙维华没有那几个诗人文士，沙维华的好湖山或亦泯灭而无闻，那几个诗人文士没有在沙维华居住，没有留意过沙维华的好湖山，他们的诗歌文章或者也没有那种柔婉的情绪，和悲怆的兴感。那几个诗人文士，既是浪漫主义的先驱者，或奋斗者，那么，沙维华自然是浪漫主义的“摇篮”了。

沙维华有皓白的雪山，明灭天末，沙维华有碧蓝的邱冈，映媚烟中，沙维华还有三大名湖——丽芒——安纳西——蒲尔志——三湖的形势，完全不同，三湖的波光，亦完全不同，但是三湖的边岸，都有浪漫主义的诗人文士的屐迹，三湖的胜境，也都经浪漫主义的诗人文士的咏叙，那是完全相同呢。

卢梭（Y. Y. Rousseau）少年无所依归的时候，就是在亚勒西湖畔，为华伦夫人（Madame de Warens）所收容，华伦夫人爱卢梭天真而多才，卢梭慕华伦夫人艳丽而温柔，他们遂由朋友而成为情侣，现今亚勒西城卢梭街十三号，尚有卢梭的旧寓，使人徘徊屋前，终不能忘却那个又和蔼又骄傲又放浪又暴躁的美少年呢。卢梭与华伦夫人在安纳西不久，便迁至蒲尔志湖附近的苍白霏城（Chambéry）。他们的小石屋，系在城南查尔默村（Les Charmettes）。他们从千七百三十六年至千七百四十年，在那里度过四年温柔的光阴，那时，卢梭只有二十四岁，华伦夫人已过中年了，所以卢梭爱敬她和慈母一般，他后来在忏悔录中说道：

“在这里，我的梦想开始启发了，在这里，我度愉快而又迅速的时光，然而我在那时起，才觉得有人生的乐趣呢！”

卢梭又在忏悔录记述他们迁入小屋时的情境道：

“我们回至查尔默村隐居，屋系康志耶先生（M. de Cronzié）的产业，在苍白霏的郊外，极为清静，似已离城百里，两冈之间，有一小谷，谷底，溪流潺湲，穿树阴，溅细石而去，绕谷三四家，自成村落，我们的小屋，亦在其间，前有大园，园的下段种葡萄，园的上段植果树，屋面森林，中多栗树，稍远有喷泉，更临高处，群山苍然，绿草芊芊，可以牧畜，我们在此，得安居而过野人的生活了，我初到的那天，喜出望外，抱我的女友而接吻，我的泪珠，因欣喜过甚，不觉脱眶而盈盈滴在她的腮际，我对她说：‘呵！妈妈！今日是我们的幸福与恬淡的生活的开始了！’我们若在这里找不到这两种情怀，我们不用再到别的地方寻觅了。”

离蒲尔志湖的二百里，离安纳西湖约一百六十里，有丽芒湖，半属瑞士，半属法国，丽芒湖畔的日内瓦城（Genéve），便是卢梭的故乡，近日内瓦的哥白村（Coppet），为史代埃夫人的居留地，她因酷爱自由，反对拿破仑的专制行为，千八百零三年，被逐出境，遂亡命瑞士，与文学家刚斯东（Benjamin Constant）同居于哥白村，两人学识皆极深邃，性情甚为融洽，互相爱慕，遂结为情侣，时或携手散步桥边，静观红日西下，时或泛舟湖上，容与月光山影之间，见者皆疑为天仙眷属。史代埃夫人与当代以美丽盛称的夏嘉密夫人（Madame Récamier）相友善，史代埃夫人不能回法，夏嘉密夫人亦时至哥白村探视她，与夏嘉密夫人同行的，有夏多布里痕，他们几个美人文士相聚的时候，多为文学的辩论，所以史代埃夫人在哥白村的“沙龙”，成为历史上有名的会集所，也是浪漫主义的文社的先声。在那时候，拉马尔丁正当少年，久慕史代埃夫人的文名，与夏嘉密夫人的艳名，恨无亲睹颜色的机会，一日，他特行至哥白村，匿在史代埃夫人的寓所旁，乘她与夏嘉密夫人乘车驶过时，他急跑出，匆匆一瞻，便即欣然归去，为人称道不置。如此，可知史代埃夫人的著作，影响当时青年的思想，极为重大，因为史代埃夫人不特天才高，感情富，她还是一个慕豪侠气概的女子，爱激烈奔放的生活，所以当代文学界都视她为领导浪漫主义的灯塔呢。

在哥白的对村有默陆希村（Meillerie），村依湖畔，多险峻的岩石，潮声打岸，激为怒涛，往往穿空数丈，卢梭在朱丽（Yulie）小说中，叙述朱丽与她的情人，尝泛舟遇风，至此逃避，后来摆仑游丽芒湖时，曾于千八百十六年六月十三日夜，泛舟过此，凭吊古迹，正欲咏诗，忽然风浪大作，舟触乱石，几乎沉没，摆仑既归，每语人道：

“我得在那岩石边，也遇着暴风雨，真是我终生的大幸事呢。”

在安纳西湖，丽芒湖，虽多浪漫主义的诗人文士的遗宅或逸史，但还不及蒲尔志湖引起研究浪漫主义之特别留恋。蒲尔志湖是属于一人的，专属于一个浪漫主义的诗人的，那个诗人是拉马尔丁，那个湖自经拉马尔丁居住过，咏叹过，更留下一段韵事，而拉马尔丁自与他的情侣相遇于湖上以后，更大启发他的诗才，咏成十数篇的绝妙诗歌，在法国的文学史中，算为前无古人后无来者的杰作，所以直至如今一般人都称蒲尔志湖为“诗人的湖”，又称拉马尔丁为“湖的诗人”。

二

沙维华有沙维华特殊的空气，沙维华有沙维华特殊的色彩，这些空气，这些色彩，不仅在别的名胜是找不到的，就是一般人们在没有沙维华徘徊瞻瞩过，也决不能想像到沙维华有如何特殊的空气，有如何特殊的色彩。

最近小说家白荷（Béraud）在沙维华志中，说道：

“每处名胜，都有引人游览的特点，每处名胜，也都有何时宜于游览，何时不宜于游览的时节，只有沙维华，便不同了，到了春候，沙维华的山谷里，东风和煦，群花怒发，灿然与浩浩的天色相掩映，待至夏日，湖光山影，互相争碧，皓白的孤帆，每从波上，飒然摇空绿而去，直达天涯，缥缈始不可见，秋季的红叶黄树，或摇曳水边，或横斜远峰，严冬既深，遥峰积雪，长松悬冰，晨受日光，则晕红似玫瑰色，夜照明月，则益觉皎洁无尘，沙维华的风景，真是随时随地，都使人流连呢!”

卢梭居处丽芒湖，为时较久，所以他描写湖上的景象，亦较别人浏亮可爱，卢梭居丽芒时，正度他一生中最甜蜜的生活，所以他记述湖上的风物，极为缠绵细腻，他在《朱丽》小说里，曾说道：

“东有春花，南有秋果，北有冬时的白雪，在一霎那间，可以见到各季的风景……更有皎皎的远山，明灭云际，晨阳晚霭，朝夕在望……”

卢梭爱湖边的“天然”，卢梭更爱“天然”中的伟壮惊人的形态，他说：

“平原纵美，不能使我恋恋不去，我所爱的，是浩荡的急流，奇异的岩石，苍翠的古松，黝黑的深林，或登陟千仞的高峰，或升降危险的峭径，或临深渊，或履峻壁，使我心战身慄，我始引以为快……”

卢梭以为湖景的美，是永远不变的，但湖景里的“人”，因有聚散离合的境遇，对于湖景的观察，遂生出哀伤快乐的情感，他在《朱丽》书中，叙述两情人兰桡并臂，画楼共倚的时候，围绕他们的山影波光，都会比平常更显得秀媚，待至两情人分别，各在天涯地角，遥相想念的时候，不仅山际所萦抱的，是悲愁的白云，水面所漾荡的，是惨淡的绿波，有时连目前所瞻瞩的湖山，亦忽然消灭不见，因为两情侣分离以后，心坎中所缠绵的，只有爱人的形影，脑海里所潮上的，亦只有爱人的形影呢!

安纳西湖在浪漫主义的时代，已有许多诗家文人来去那里，近今的文学家如谭奈（Taine）德希霭（A. Theuriet），画家如伯那（Besnard），沙巴（Chabos），都曾住过那湖边，并且绘写过那湖景，德希霭时时说："安纳西湖薄暮的时候，夕阳留在远峰，天末几片残霞，如美人的红腮，何等可爱呵！""安纳西湖入夜以后，月色如银，横泻波上，轻舟容与其间，使人悠然有出尘之想。""无月的长夜，倚栏闲眺，河汉清明，群星照耀，可以望见远山的黑影。"

至于蒲尔志湖的景状，描写得最婉转的，观察得最精密的，自然是"湖的诗人"了。拉马尔丁在夏佛哀（Raphoël）小说中，述蒲尔志湖边的秋景道：

"我到湖边的那日，秋风已渐起了，但天气还温和，群树的乱叶，为晨霜所欺，变为粉红色，飘散空际，为暴雨骤至，烟雾濛濛，浮绕山谷，徐升至高处，将远山尽掩，只余几片遥峰未没，为渺茫的沧海中，露出两三荒岛。"

他在湖边小住，秋候渐深，他又写道：

"初雪已下，将远峰的松杉染作白色，我已不能在山中散步了，十月底的温和气息，沉聚于山谷里，湖边的空气，与湖上的波浪，尚微暖可近，白杨径间，正午时，受阳光所映，枝影参差，密布地上，深山的声籁，亦时时闻到……"

他流连湖滨，直至秋末，临高望远，又述所见道：

"如今已经不是秋候了，日光从云隙射出，照耀四远，觉得冬天尚带暖气……有时，晨起，忽见微雪片片，如天鹅的白羽，飞翔空际，轻覆晚开的玫瑰花，与园隅的长青草，正午日出，薄雪尽融，湖光更清丽动人，最后的残照，浮漾波间，作光明灭……岩旁的无果花树，叶尚未落，疏枝倒映湖面，随风摇荡，斜阳留影岩石，石色更晕红如醉……"

蒲尔志湖的风景，既如拉马尔丁所述，蒲尔志湖的形势，究竟如何呢？我们在天色渐暮的时候，登湖旁的孙卜德冈（Chambotte），下窥全湖，湖的形状，明白如画，极像一美人横卧于深绿的纤草上；向南，近苍白霏城，在德细维村（Tresserve）微高处；如一娇首，稍下，旁霭克斯城（Aix），仿佛如见一肩一臂；再低，近圣伊洛逊（Saint-Tunocent）与沙尔维山（Montagne de la Charve）之间，纤细如腰，从此以下，湖面渐宽，直达康徐（Conjux）与沙狄恩（Châtileon）两岸，似古代的长裙，拖曳过踵，飘飘然欲凭风而飞；奥德江道院，依傍湖畔，若隐若现，似一白玉的环佩悬于衣襟；远近的淡云轻烟，徐徐而下，微飐湖上，又似舒卷的薄纱，笼住秀媚的纤躯。我们对此形态，忽觉茫然，如见“湖的诗人”的情侣还徜徉于沙维华的青山绿水间，我们忆到“湖的诗人”的情侣，我们就不能不想起拉马尔丁与查理夫人（Madame Charles）在湖上所经过的韵事，更不能不述及他们在湖上所留下的情史了！

三

千八百二十年浪漫主义的运动成功前十年诗人拉马尔丁的《沉思集》出版，大引起文学界的注意，因为集中的诗篇，都含浓密的情感，飘逸的风格，音调和谐，意思新颖，脱去当时古典主义的枯涩拘泥的气味，而开后来浪漫主义的光明灿烂的途径，《沉思集》中有《湖》诗一首，是拉马尔丁于千八百十七年在蒲尔志湖边所咏的，此诗所叙，就是诗人与他的情侣查理夫人在蒲尔志湖的故事，悲恻婉转，如泣如诉，字字都是从心坎吐出，行行都是用热血写成，拉马尔丁咏此诗时，已经二十七岁，他是第二次到蒲尔志湖了，我们如今要追求前一年——千八百十六年——拉马尔丁第一次到蒲尔志湖的情况，我们就可以知道拉马尔丁和蒲尔志湖的关系，我们更可以明白为什么蒲尔志湖会成了“诗人的湖”。

千八百十五年三月二十四日，拉马尔丁以王室侍卫，因拿破仑回到巴黎，随禁卫军逃避至法国北境，在那时，国王准备赴比利时，各侍卫有主张跟国王出亡的，有主张护送国王至边地，各自散归田里的，拉马尔丁赞成后说，出向众人解释，卒得同意，他既归家，常闭居读书，少与友朋来往，翌年，他因病至威斯（Vichy）休养，独处无聊，遂决于十月初往蒲尔志湖边，游览沙维华的名胜，他到湖边霭克斯城时，游客已稀，由友人的介绍，入白希耶（Périer）医生所开设的旅舍，他当日就与白希耶医生闲谈，白希耶医生对他说：

“拉马尔丁先生，你在此时来此休息，极为适宜，因为许多游客都离去了，全城异常冷静，可以安心疗养，就是我的旅舍中，现在也没有几多客人，只有两位老姑娘，一位教士，一位商人，他们都很规矩，不爱吵闹……”

拉马尔丁随后就跟一个仆人到自己的房中，走至楼梯旁，遇一少妇，态度窈窕，举止幽娴，首裹薄纱，匆匆行过，仿佛见着她的颜色淡白，露出倦容，拉马尔丁就想这位美妇人一定不是刚才医生所说两个老姑娘之一了，他便问仆人道：

“这位太太，也是白希耶医生家中的住客么?”

“是的，先生，不过在饭厅中，你不会碰见她，她的房子，就是在你的房子的隔壁，她自从到此以来，极少下楼，她总是在房中用膳，她是巴黎人，她是现今著名的学者查理先生的夫人……”

那个仆人说罢，又低声叹道：

“我们觉得她患重病，不过她异常温柔，爱和小孩子亲近，她虽然少与大家见面，但是人人都喜欢她。”

这一段记述，是最近小说家加余霭（A. Cahuet）在他所著《湖的情侣》中，用实写的笔法，记载拉马尔丁和查理夫人第一次遇见的情状，而拉马尔丁在《夏佛哀》书里自述，却与前面所叙的，稍有出入，他说道：

“我到湖边后，日在房中阅书，时或登山陟岭，瞻望远景，倦极归来，即进晚餐，餐罢，又回房里，独倚窗间而闲思，每每静对碧空，碧空尽吸人的灵魂，如临深渊，轻将心上的秘奥陈诉，晨曦初上，光布全室，楼下泉流亦潺湲作声，我始惊起，又进餐，又临高，日以为常，欲藉此以泄胸中的抑郁。”

“时或凭栏向晚静眺，见隔室的窗际，射出灯光，有一妇人，以手靠额，微掠黑鬓，似亦如我怀有无限心绪。他倚窗看园中的月色，望天末的山影，我在夜景微茫中，只望见清白纯洁的半面，匿于漆黑的细发间，淡影写在窗上，受窗隙的灯光所照，颇模糊可辨，她偶然作两三语，或向女仆谈话，他的声响，清亮中带外国腔，娇媚中带悲愁意，余音袅袅，缠绕我的耳旁，久而不灭，使我非常的感动，这种声音，我从来没有听过，就是在意大利，我也没有听过，这种声音，是从齿际轻微吐出，如夜深人静时，亚芸白岛的小孩们在海边奏钢琴的音调一般，简直是绝妙的乐曲，不是人间的语声，我沉寂地听着，绝不想到这种声音，深深的打入我的心坎，永远留住，终身不忘，我过了此一夜，便不再想念了！

“但是，有一日薄暮，我从花园的小扉进来，我见她坐在木凳，向温和的斜照里取暖。我徐将小扉关闭，她并未闻到，她以为独自一人在园中沉想。我因此可以详细的瞻望她，而她又不见着我，在她与我之间，只隔着二十余步的距离。葡萄树枝的残影，与将没的日光，在她的腮边摇荡，互相争映。她的躯体，似比常人略高，好像‘浴女’石像，飘飘然，使人爱慕她的风度，而不去细察她的形状。她穿着轻松多折的衣裳，缟素的薄纱，紧贴肌肤，只露出一双纤细的白手，抱膝闲坐。手中握一朵红色丁香花，此花多野生在积雪的深山里，不知何故，一般人称许它做诗人的丁香花。她的纱巾，微微的树起一角遮覆额际，如一风帽，以御傍晚的雾气。她的娇首，斜靠左肩，全躯有弱不自胜之态。她的长睫，掩过两眼，似避夕照的光辉。她具沉肃的面貌，淡白的容颜，神态寂然，似一死像。但是此死像却能引人神往，摄人魂魄，使人向光明与爱情的境地，而生活于快乐与幸福的光彩中。我进园中，稍走几步，履触残叶，作声槭槭，她始启目顾视。她的两目苍蓝如海色，向我遥望，似从远处忽然射来，与我的距离若干丈。我从未在别人的眼光中，作一比例，我但觉得那对眼光，如两颗明星，自数万里外的天空射出，在深夜中向人照耀。他的鼻端，正如希腊人，她的额，高而多愁，她的唇，薄而带悲态，唇的两角，因之下垂，她的椭圆脸，从鬓边以上，纤口以下，渐已消瘦，她的容态似非人世所常见的，在她恍惚如梦的沉思中，杂有痛苦与情欲的愁绪……

"我向她行礼，就匆匆的走过，低首无语，我因无意中，扰乱了她的幽思，颇露出抱歉的神气，她当我走过的时候，两腮也微呈晕红色……"

在同一旅舍，两个男女住客，偶然遇见，本来是一件很平常的事情，为什么便发生互相爱慕的念头而在蒲尔志湖边留下一段可咏可歌的韵史呢？在中国照迷信的习惯，就说是人生姻缘，前世注定，冥冥间有人为它们牵合，在外国，也有许多人，相信这种逢遇，是属于"天命"，不过我们要晓得拉马尔丁在那时，正当少年，容貌清秀，举止飘逸，是一个豪爽的美诗家，查理夫人既艳丽又聪明，嫁与老学者，虽出自己意，但年岁习惯，相差太远，绝无夫妻的爱情，一个旷男，一个怨女，生在浪漫主义的时代，居处风景感人的湖山，又相逢于悲愁苦闷的秋候，自然会一见而情生，所以拉马尔丁第一次遇着查理夫人时，不仅低声叹道："她真美呵！她真美呵！……"而加余霭在"湖的情侣中"，亦说查理夫人见过拉马尔丁以后，心中忐忑不已。

拉马尔丁见到查理夫人后，更为关心她的生活，向老医生探查她的身世，他遂知道她系于九月十七日到湖边，她的丈夫是巴黎的著名物理学家，娶她时，年已老髦，彼此虽有夫妇的名义，实如父女的相爱，她因得病，须至乡间休养，查理年事既长，艰于步履，不能与她同来，所以她独带一女仆至白希耶医生家中居住，她的病况危险，将不久于人世，拉马尔丁闻罢，愀然奔回自己的房间，跪在木十字架前，虔诚祈祷道：

"咳！上帝呵！她，她的生命，已临危险的境地么？你可怜她罢！你救了她罢!"

拉马尔丁于不知不觉中，已以对朋友的情谊对她，爱亲族的诚心爱她，这次祈祷，是我们的诗人第一次的呼吁，第一次的悲痛了！

是年——千八百十六年——十月八日，拉马尔丁泛一轻舟，欲往沙狄恩寻友，天朗风清，湖面波平如镜，舟行不久，拉马尔丁遥见有一小白帆，从霭克斯埠出发，他就认得这帆船上有查理夫人在，无何，风起云飞，波涛撼空，查理夫人的小帆船，为狂浪所摇荡，几至倾覆。拉马尔丁就决定不去沙狄恩，令舟人移船近查理夫人的船边。查理夫人因惊惧过甚，已经晕倒，拉马尔丁抱她放在船板上，急将小舟泛至奥德江的岸旁。他又抱她到一渔家，一面派人赴邻村请医生，一面叫渔妇在室中生火。查理夫人，呼吸虽如常人，但面色苍白，两目禁闭，俨如死尸。她静睡一夜，拉马尔丁孤坐隔室，不敢假寐，亦不能假寐，时时探问病人的消息。第二日，黎明，他进到查理夫人的卧房，她方微醒，而又晕去，看护她的渔妇，大为忧惧，跪在床前祈祷。拉马尔丁亦极悲伤，见渔妇跪下，即随着她也跪下，见渔妇祈祷，亦即祈祷，不知不觉间，泪珠如雨，湿腮点滴。他紧握查理夫人的纤手而接吻不止，查理夫人忽然微启倦眼，见拉马尔丁，稍稍忆及昨夕遇风被救的情况，便轻轻的说道：

“呵！我有一个小弟弟么?”

拉马尔丁很惊愕的答道：

“一个弟弟！一个弟弟！不，太太，不，是一个朋友，一个朋友，他只希望能够得你的许可，时时可以想念你！一个朋友，他可以为你牺牲他的生命!”

他们刚刚说到这里，医生已经来了，医生诊视查理夫人后就归去，拉马尔丁又进至房中，此时，查理夫人神色怡然，已有生气，两额微赪，如抹胭脂，两人相看许久，绝无言语，而无限深情，都表露于沉沉对视的眼波中，加余霭说：“他们未曾相遇相谈以前，早已相爱相慕了，现今既已相遇相谈，自然更为相爱相慕呢!”查理夫人先对拉马尔丁说道：

“你以眼泪给我，我醒时，叫你做弟弟，你也愿认我为姊姊……”

她又觉得此种语气过于冷淡，急急的变为温柔些。而又说道：

“我只见过你的面，知道你的姓名，然而我早已认识你的灵魂了！……”

他们既已互相认识，互相深谈，彼此又述身世遭遇，似有同病相怜之概，她长叹道：

“设使你没有受过艰难困苦，你没有经过孤单悲惨的生活，你我的生命中，就少了一点相同的境遇了，……我没有见到你，我就可说我未曾见过我自己的影子呢……”

她忽然记到自己的病躯，将不久于人世，所以又对拉马尔丁道：

“我只是少年的影子，我只是美人的影子，我只是爱情的影子……你的心留住，留住你的心，给你将来的爱人，我是将死的人了，你只好给我一只温柔的手，扶我向黄泉的道路罢……”

拉马尔丁听完，泫然欲泣，拉着她的手而长吻，他的心里又悲痛又愉快，他记起前数日与白希耶医生的谈话，觉得查理夫人的病状，已入危期，她所抱的忧虑，亦非无因，并不是故作伤心语以动人。他又想到当此时，两人得在沉寂的湖滨，窄狭的茅屋，对坐谈心，几几乎不知是在天上，抑在人间，只觉着他们两人以外，似已无所谓尘世，就是山崩地陷，他们埋没其中，他们也只有含笑紧抱而同逝呢！

拉马尔丁本来对查理夫人的爱情，纯粹是男女的爱情，他想查理夫人永远做他的情人，查理夫人的心中，也何曾不作如是想，但是她早已嫁了人，她不愿瞒骗她的“老丈夫”，所以拼命的以理性抑住情感，也不过是“发乎情止乎礼义”罢了，她常常对拉马尔丁说：

“我要拉住你的心，我先要说谎，我一生最恨说谎……并且骗来的幸福，在我看起来，绝非幸福，将来只有懊悔……”

她自己要以理性抑住情感，她又怕拉马尔丁依然幻想，所以她也要拉马尔丁和她一样，以理性抑住情感，她又对他说道：

“咳！要我重新再变更我的生活，已经太迟了，不过你要晓得，我是活着或亦已死去，我永远爱你，像和霭之姊姊爱弟弟一般……”

在查理夫人遇风的第二晚，他们两人坐原船回霭克斯城，不过那晚风清浪平，查理夫人伏在拉马尔丁的怀中，他们腮颊相依傍，时时微笑，仰视天空的明星闪闪作光，既抵客舍，各归房中安歇，他们的房，只隔薄墙，彼此的声息，一一可闻，他们每每谈至深夜，拉马尔丁以口触壁，祝她晚安，始解衣就寝，自是以后，湖畔的柳树下，或山中的野径旁，常见他们并肩闲步，携手密语，查理夫人有时斜睨拉马尔丁而说道：

"我爱你，设使我不告诉你，'自然'也会替我对你说：'我爱你！'或者我可以替我们说：我们相爱呢！"

拉马尔丁乐极而呼道：

"再说一遍罢！再说一遍罢！"

查理夫人继续说：

"我是你的，我是属于你的和属于我自己的一般，设使我要以我的心给你，谁也不能够阻止我，你要我对我的身如何支配，我是全凭你的意思……"

她有时又对他说：

"当你情欲热烈的时候，你要我把我的身体给你，我一定就给你，不过这种的牺牲，不仅有损我的人格，并且可以妨害我的生命……你要那样的时候，不仅毁灭我无辜的情感，并且同时夺去我的残生！"

查理夫人既以心献给拉马尔丁，她的身体，虽然依旧，但是她对于查理的信约，已经背叛，她何以如此拒绝拉马尔丁呢？实则她自己知道她的病已无可救，又会传染他人，所以她不愿意拉马尔丁为她而发情狂，为她而得痼疾。这也是她对拉马尔丁的深情处，一个女子，一个多情的女子，对她的爱人的怜惜，往往不是常人所能料到的。她可以不顾一生的幸福，她可以受尽世间的毁谤，她可以蔑视礼教的缚束，然而她总不忍她的爱人为她而悲哀，为她而苦恼，所以我们可以说查理夫人与拉马尔丁相爱的热度，若非查理夫人的痨疾，早已达于沸点，还计算什么良心的责备，还顾虑什么世俗的讥笑，一般研究他们在湖上所留下的情史的人们，还在那里探求究竟他们只是精神的恋爱呢，——亦称为柏拉图式的恋爱——还是肉体的恋爱，这等工作，不特无谓，且亦无聊，因为拉马尔丁在"夏佛哀"书中，早已对我们告诉过，他们的恋爱，是纯洁的，是超俗的，照平常的观察，两个男女的恋爱，往往分不开精神和肉体，然而有时也有例外，两人间只发生精神的恋爱，而无肉体的关系的，亦非绝无其事，并且纯粹的精神的恋爱，或许还比肉体的恋爱，较有趣味，较为持久，设使拉马尔丁对查理夫人的爱情，稍稍参杂些肉体的欲念，这段"爱史"，或者没有如此高尚，如此超脱，而拉马尔丁的理想，或者也没有那样卓绝，没有那样清洁，至于他的诗篇，也不会有那种深挚的情致，高远的意境，缠绵的心绪，所以他们只达到精神的恋爱，不仅是他们不得已的事实，也是文学界的大幸事！

我们说他们只达到精神的恋爱，是他们不得已的事实，并非我们凭空构造，我们再述他们在湖边所经过的几段小事，便可证明他们也会触起“非精神的欲念”呢。

一夜，天气温和，河汉横空，群星闪耀，他们携手散步于旅舍的旁边，同坐于一废园的墙下，并肩依傍，久无言语，……无何，他们低声细谈，远近沉寂，秋虫似亦不敢作声，恐乱他们的情话，查理夫人每听拉马尔丁发狂热的请求时，一定对他说：“我爱你……我爱你，和一个温柔的姊姊一般！”有时又对他说：“你不好对我多所要求，我们这样的生活，不是大快乐的日子么？我的朋友，随我过这种大快乐的日子罢！这种日子，是我一生最美满，也是我一生最后的日子了……”拉马尔丁到此只好敬爱她。安慰她，更不敢怀着别种的奢望，查理夫人说完这几句话，以首倚靠诗人的肩上，他们的双口紧紧的碰着，接吻许久，不肯离开，他们的接吻，固然是纯洁的，但也是何等温柔的，何等消魂的！他们谈至夜半，始归旅舍，行到中途，查理夫人忽掷拉马尔丁的怀里而呼道：

“呀！我爱你！我爱你！我爱你和一个姊姊一般，实在是不够的，我要爱你和慈霭的母亲一样！”

咳！查理夫人所说“我爱你和姊姊一般实在是不够的”这一句，是她心中所要说的真话，而末了的一句，不过要掩住自己的真心，故意变了语气，硬把理性来抑遏性感，这样的苦衷，似极好笑，然亦太可怜了！

一日下午，他们又到湖畔的小冈散步，她永远是依着诗人的身旁，走了许久，他们停住，遥望远峰的秀影，倒映湖面，风吹波动，影亦随之而摇荡不定，她的病体，虽经长时间的步行，也不觉疲倦，她不好饮食的胃口，也知道饥饿了，拉马尔丁就向牧人的破屋中，求得一碗牛乳，一块干面包，她一边食面包，一边微笑看她的诗人，她对拉马尔丁道：

“我爱你的眼波……你的眼波向我沉视的时候，呈出有天才的精神……我爱你的声音，那些声音虽然说出无理的言语，但是我真爱听呢……我要你爱我！”

她说时抱住拉马尔丁的首，而吻他的长发，她的口里又轻轻的叹道：

“我要你的腮依傍我的面……这样的生活，何等温柔呵！……是的，你跪下来罢！我要你跪下，跪着的爱神呵！我真爱你！我常常觉得你是世间许多女人所要梦想遇见的一个爱神！”

到了斜日西下，余照留在最高峰的积雪上，皎白的积雪，渐渐变为浅红色，如盛开的一朵大玫瑰，排于翠碧的远山间。他们见暮色从湖面徐徐上升，只好携手下冈，同归新舍。又过几日，他们泛舟湖上，斜阳未落，全舟半受日光，半带山影，他们并坐，瞻望风景，两岸枫叶，深红如血斑，浪声拍岸，与野寺的钟声，远相叫应，查理夫人忽对拉马尔丁道：

“呵！我们一齐死罢！”

她的音响极为清明，她的态度极为闲静，她说完此句话，歇了许多，又说道：

“呵！是的，我们一齐死罢！人间再没有别的幸福，可以给我们，天上也再没有别的美缘，可以许我们了！”

她举目四顾，指着湖山而对拉马尔丁道：

“你看罢！我们的一切环境，都已预备好，作我们的葬身地；你看那斜照，多美呵！它下山之后，明日或者不再出来了！你看那群山，多青呵！它的影子，向湖面照着，或者是最后的一次了！它的影子直遮我们的身上，好像对我们说：‘你们用这块大殓布，同沉至湖底去罢！’你看这里的水波，又清洁，又沉静，又深奥，真是一层干净土，我们葬在里面，谁也不能惊醒我们的好梦，而对我们说：‘分离罢！’世上没有人再可以见到我们的双影，世上没有人再可以知道我们的秘事，我们的身体下沉以后，波浪便已依旧闭合，谁也不能找得了，我们的灵魂，团结成为一片，向空间飘荡，永不分散，我们的躯体，葬在湖底，只有波声击岸，随风断续罢了……呵！在这种爱情与‘天然’的沉醉中，我们一齐死罢！这样的死，只有愉快，没有恐惧，此时不死，将来我们要死的时候，或者没有这种快乐呢……我比你大几岁，尔我的年龄，现今的相差，不大觉得，再过了几时，你正中年，我已半老，我的容颜，亦将衰颓，所留在你的心上，只有过去的幸福，而你要找别的爱情了！你若爱了另一妇人，我将为你的变节而妒死，你若因我而不乐，我亦将为你的苦痛而忧死，呵！我们一齐死罢！将一切不可靠的将来，将一切最可怕的将来，都葬在我们最后最柔婉最痛苦的一吻中罢！”

他们犹豫片时，终没有勇气，一同投身湖里，照查理夫人的念头，我们可以知道她对拉马尔丁的相爱，实有“一往情深”的状况，既不是平常的朋友交情，也不是姊弟的爱，更不是什么母子的爱了！

他们不一齐死去，他们的好梦终被人惊醒了！他们的分离之期，果然到了！查理夫人因天气渐冷，她的老丈夫屡屡来函催促，她不能不归巴黎了！十月二十七日，他们离开霭克斯城，他们与蒲尔志湖分别，他们永远不能再在这湖边度甜蜜的时光了！将来诗人重到，湖山依旧，佳人已远，只好独依岩石，对遥巇而感叹而断魂了！

他们离去湖边，先到苍白霏城，住在意大利街的一间小旅舍，他们同到城南查尔默村，寻访卢梭与华伦夫人的旧居，查理夫人心中大有感触，极为沉静，不作一语，拉马尔丁带柔婉的声音问她道：

“你想什么？为什么不告诉我呵！”

查理夫人握着他的手而长叹道：

“咳！我想我若能够做你的‘华伦夫人’……咳！她真有幸福呵！她能够为她的爱人而牺牲……”

他们在苍白霏城，停了一夜，第二日早晨，就向里昂出发，查理夫人为避免人家的注意，独坐车中，拉马尔丁同一朋友，并骑追随车的前后，尽护送的责任，有时他们也跑到查理夫人的车中谈叙，以解她的愁苦，车轮越向北走，她的面色越为苍白，她的心房的振动，越为急促，而她的声音，亦越为低微，她因拉马尔丁的要求，稍作微笑，并唱苏格兰的渔歌，唱到渔人分别的末节，口不成音，泪如雨下，伏在诗人的膝上，呜咽不止，他们由里昂至马江城，休息一夜，即当分别，诗人与他的情侣，匆匆接吻而相离，他后来说："如是迅速的别去，如人裂开伤痕一般，要匆促的裂过，不忍多所留恋，为怕听得伤痕裂开的声音!"他的朋友当日就回家中，他虽已与查理夫人告别，依然行绕她的旅舍，不欲便去，他的袋里存款已罄，想再租车，直赴巴黎，而费无所从出，他只好将身上的金表金链，和旧时的军服付质，得金币三十五枚，他遂决定赁车暗随查理夫人的车后，沿途看护，他跑至查理夫人的旅舍，向车夫探问明日的路程，他又私贿女仆，要她在途中时以查理夫人的消息相告，他曾述此次旅行的情况道：

"没有难事阻碍我的计谋了，我得暗中追随她的左右，保护她的平安……沿途我每想从车中跳下，跑到她的车内，在那车内，装满我的灵魂，而在我的车中，只有我的躯壳，绝不知风吹雪冻的痛苦了，我虽想再去见她吻她，然而终怕她见我时，过于感动而晕绝，再别我时，又过于悲伤而致病，我只有时时以此念头抑住我的热情……"

在半途，她因辛苦过甚，曾晕过一次，女仆急以告拉马尔丁，他就下车以暖水热她的冷额，许久，她始发叹息，拉马尔丁即复回至自己的车中，他嘱车夫和女仆，不要以真事告她，但他独处，仿佛闻见查理夫人醒后呼道："我好像看见他在这里，设使他还在这里呵!"他急又跳下，然而她的双马已奔驰北去了，他仍回原车，一直追送至巴黎，两车进巴黎城门时，天已沉黑，她的车向着自己的屋里而停住，他的车转向一间小旅舍，他找定房子，就行至她的屋前瞻望，屋临森江傍岸，窗际灯光照耀，他还可以见到她的秀影写在玻璃上，他想飞至窗外，以口就玻璃而长吻，无何，她开窗远眺，长叹不止，他欲狂呼，然而终不敢使她过于惊喜而致病，只在桥畔遥望！不久，灯火已熄，连此薄影亦不可见，真所谓"咫尺天涯"了!

拉马尔丁知道夜已深沉，他独自归去愁对寒灯，终夜不寐，翌日，他决心南还家中，未行以前，留一短简，寄与查理夫人，此简虽寥寥数行，然而缠绵婉转，何等深情呵！

“我一路跟你到巴黎，我暗中保护你，我没有见你已受爱你的人们的照料以后，我终不能离开你，我也不忍离开你，昨宵夜半，你开窗望群星而叹息的时候，我就在你的窗下，你或者可以听到我的声息，现今你接到此信时，我已隔你很远了！”

拉马尔丁回去的时候，觉得沿途的风景，与来时完全不同了！路旁的树枝，撼空萧萧，严冬的北风，迎面索索，好像都带悲愁的情感，并且好像对他说：“咳！你的爱人，她已经不在你的左右了！”拉马尔丁越想越苦，多日不落的泪珠，忽然沾湿了衣襟，他以为到了家里，找得慈母的爱怜，看遍故乡的风物，愁心可以稍减，那知道他的心坎，中了“爱神的利矢”，愈想拔出愈觉得矢的穿进愈深，他对着一片碧绿的芳草，就记起湖上的波光，他听着邻舍少女的歌曲，就记起爱人的娇音，他倚栏望薄暮的残霞，便如见着她的颜色，他闲步看空际的白云，便如见着她的形影，他度日如岁，茫茫似有所失，他最快乐的时间，就是接读她的书札，她的书札，都是表露真挚的爱情，写满委婉的辞句。

“你来罢！你来罢！

“你对于我，竟作残酷的责难，我真不能消受呵！我可以表示我爱你，实在是过于我爱一切人们！我可以离开世界，不顾种种的阻碍，投到你的膝旁，而对你说：我的身，任你如何支配，我是你的奴隶，我已失败了，然而我自己觉得有幸福！我为你已经作无数的牺牲，名节呵，荣誉呵，身体呵，我还管这些么！我只要证明我是爱你的！……我能够为你而死，已经是我一生之幸！……设使你以为人们的毁誉，可以不顾，我一定凭你的意思，而不顾人们的毁誉！当你爱我的时候，我总可以找到避身的所在，当你不爱我的时候，我也可以寻着一片草地，以掩遮我的残躯！……”

拉马尔丁读罢这几行由心血涌出而和泪写就的情书，更不能在他的家乡，再作少顷的勾留了！他于千八百十七年一月五日，离马江城而来巴黎了！

拉马尔丁抵巴黎后，当夜就见到查理夫人于她的客厅，她已经是“学者的主妇”，围着许多名人，许多教授，她和他们谈叙，状极亲切，她见拉马尔丁进来，握手微笑——只是一个微笑——拉马尔丁大为失望，蒲尔志湖上甜蜜的生活，已经不可再得了！他已经不是湖上所遇见的“情侣”了！他已忘记他了！前日书札中的情话，都是虚伪的了！他回到旅舍，中心悲伤，暗自饮泣，第二日清晨，他尚未起床，接到她的长函，函中最热烈的几段道：

“是你么？亚吕方斯！刚才投在我的怀中，而即失却，和匆匆逃去的幸福一般，就是你么？……我正在自问，是不是上帝使你发现在我的面前？我又在自问，上帝还肯使你再发现么？……咳！残酷的人们，竟使我们分开了！我们和他们无怨无仇，他们为什么要分开我们呢？我真想对他们说：‘随我去罢！你们知道，我并非属于你们的’……他们走了，你本来可以留住，而我又独自一人在此，然而天命不愿意我们今夜过于快乐而死……上帝许我爱你，亚吕方斯！我相信上帝许我爱你！上帝就是禁止我爱你，我也不能不爱你！并且我爱你的热情，或会因他的禁止而时刻增加呢！呵！不，上天是公正的，上天既已使我们接近而相亲相爱，便不会再使我们忽然分离了！……

“呵！我望今夜快快的飞过，今夜沉沉，使我苦痛……我不会记错了么？你真是来了么？你和我都住在一城里，咳！要等到明天，我才能够确定你已近在我的身边了，要等到我再见到你以后，我才能够确定我实在有幸福了……

“你答复我几个字罢！你告诉我，你是永远爱我罢！你的柔语，可以打进我的心坎，咳！我真爱你呵！这种幸福，难道不许我享受么？

“我亲爱的小孩！我不多说了，我希望你可以安安闲闲的睡几点钟，在这一夜中，我祈祷上帝使我们再有明日的相见！……你睡了罢！明早你起来的时候，便可以收到这封信了……

“我的爱神！我的亚吕方斯！我的心，感动极了！我要快乐死了！我爱你的真情，我实没有力量可以向你说呢！”

两个情侣，在巴黎常常会面，避着许多人而会面，近郊的森林中，在浓密的绿阴下，时时遇见他们的俪影，冬尽春来，野花怒发，群鸟欢唱，使他们更觉相聚的日子，不易再得，目前的幸福，切莫放过，他们有时停止古树旁，沉沉相看，嫣然一笑，他们有时并坐岩石上，深深接吻，誓同生死，查理夫人爱拉马尔丁，爱到极点了！她说："我不怕死，我知道死了！然而我只愿能够爱你！"她说："苦痛是什么一回事？若使苦痛不会杀死人，这种苦痛便不强烈了！"她的爱情异常狂热，一变平日闲静的常态，她对诗人道：

"不是你，也不是上帝，可以夺去我爱你的心了！这种爱情，和我的生命的原素一样，我离去尘世的那日，我就带去这原素而与之同尽……

"我的天神呵！我如今不怕死了！我只怕你离开我了！我是属于你的，你爱我罢！你永远爱我罢！"

诗人快要离开她了！

她所怕的惨事，快要到了！

她所不怕的死神，也快要接近她的身旁了！

拉马尔丁因家庭的催促，不能不归去，千八百十七年五月六日，是他们最后的相见的日子了！

他们想不到这日就是他们最后相见的日子，他们约定八月中在蒲尔志湖再会，他们希望再在湖边，寻觅去年的愉快，再在湖边，继续去年的游兴！

五月六日，他们在巴黎蒙骚公园相会，他们心里有许多话要说，终于不能说出，他们只好无语相看，他们此时，希望生翼并飞，直入云端，他们此时，又希望相抱而死，化为双禽，深藏林际，然而他们只是两个情侣，他们只是两个人，他们不能远飞，他们又不敢同死，他们仅能挥泪分别，拉马尔丁先行，拉马尔丁又回来，他们紧紧的握手，他们凄然相离，拉马尔丁不敢回首，查理夫人立着不动，她知道此次的分散，终无再见的机会，她知道自己的病，日益沉重，不能再至蒲尔志湖了！

果然，八月二十一日，诗人又到湖边了，他等她，他日日等她，他时时刻刻等她，她终不来，她已经病重卧床，不能来了！他重至去年与她同游的岩石畔，他孤坐终日，他的心如刀刺一般，地的泪痕，随风飞散，他太悲痛，他不能不把悲痛说出，他即刻写了一篇哀感顽艳的“湖”诗，蒲尔志湖因此诗而得名，他们的爱情，也因此诗而千古了！

拉马尔丁在湖边等查理夫人，她实在病已沉重，不能离巴黎了，她只好瞒骗他，安慰他，叫他不来看她，他觉得蒲尔志湖的绿波，虽然同去年一样的柔润！但是有时候又像离人的愁泪，飘流不息，蒲尔志湖的夜月，虽然同去年一样的皎洁，但是有时候又像远客的悲容，惨淡可哀，他闭目静思，所见到的，是他的爱人，他残宵作梦，所见到的，又是他的爱人，随时随地，查理夫人的形影，始终不离他的想象，他不能再在蒲尔志湖留恋了，这湖的景物，容易引起他的悲感，太使他伤心了，他在此时，曾对人说：“此世界使我惧怕，我不能再活在此世界了……”他既回至马江城，就想跑到巴黎，然而他的旅费缺乏，他的家人又不放他远游，他由查理夫人的医生处，探得查理夫人的病状，他忧闷至数夜不能成眠！

十一月十日夜，查理夫人勉强坐起，写一封长函给他，这封信，多少凄婉，多少缠绵，使拉马尔丁痛心断肠，不忍卒读呢！

“我不能够早早的告诉你我的病躯，稍为强健，我真苦痛！前几日，我极为衰弱，所以不能执笔——我现在渐觉痊愈，我受尽许多的困苦，我或者可以活在世上，我活在世上，可以赎我的罪过，只有如此，上帝还可以恕我……

“你寄给我的几封信，我都收到了，现在呢，我的朋友！那些信，随便可以给别人看了！我不能够再接你的信，并且我也不想再接你的信，你也不用答复我这封信了！我本来还不可以写这封信，然而我怕你忧念，我不能不勉强起来，我相信上帝也以为我应该安慰一个小孩子，一个那样亲爱他的母亲的小孩子，我并且知道这个小孩子是很规矩的，上帝一定许可我待他和朋友一般……

“我终以为不能和你再见了，我如今稍为强壮些！你要保你的身体，不用来看我了！我以为你不来看我，还为妥当……

“再见了！我的朋友！我爱你，永远和一个慈蔼良善的母亲一样！”

查理夫人写这封信的时候，已经几乎不能说话，眼已经几乎不能观看，然而她实在爱拉马尔丁，她不能不写，她有时也希望可以再活着，可以再爱拉马尔丁，可以永远爱拉马尔丁，她存了这种希望，她与“死神”争斗，一面拼命的争斗，一面遥遥的想念她的“小孩子”，过了五星期，她已气力衰微，不能不脱离尘世了！千八百十七年十二月十八日，诗人的情侣死了！诗人的心碎了！蒲尔志湖永远不能再见他们的双影了！查理夫人临死之夜，时托为她忏悔的教士，将她的木十字架，交与拉马尔丁，以为纪念，过几日，拉马尔丁又得到她的医生寄给他一封短札，并她写完而未寄发的手书数通。

医生的信道：“你要有勇气，你要知道，这是上帝的愿望！你不用在地上找她了，她已升天了！她临去的时候，她刻刻呼你……星期四早，晨阳初出……她已远离人间了……她留下几封未发的函件，她托我交与你，那些函件，直到她手已冻冷，不能再写的片时，她始停笔，最后的笔画，依然是你的名字……”

查理夫人的信，像日记的格式，纸上染满泪痕，有时写罢几字，又停了数日，始再续下，可以见到她在这病危之中，无时无刻不想拉马尔丁，也无时无刻不想留着几行温柔的言辞，以安慰拉马尔丁，她的第一封信道：

“呵！亚吕方斯！呵！亚吕方斯！我的弟弟，请你恕我，恕你的姊姊瞒骗了你许久……我早已不希望和你在沙维华有再见的日子……我知道我的生命，已经危险，我活在人间的时期，早已有限，我也知道我不能再有从前的幸福了……当我在蒙骚公园对你说‘再会’的时候，你虽然不明白，但是上帝已经知道我的苦痛了！在那时，我是要说我们在天上再见，我们在天上永远相怜，永远相爱罢！小孩子，我求我的医生瞒你，我又求他助我瞒你，使你早些离开巴黎，我不愿你近在我的身边，亲眼见着我的痛苦，你若在这里，你的心就要分碎，你的力也就要耗尽了……并且……请你恕我，我完全告诉你罢……我不想你看我的逝世……我要在我未死以前，有一层轻幕，遮住这种惨状……咳！死真冷得可怕呵……我自己觉得如此，我自己见着如此……亚吕方斯！我要在你的脑海中，永远留着你所崇拜你所爱怜的美人的形影……然而现在呵，你不用再到湖边了！……你不用到沙维华等候我了！再有几日，两日或者三日，你不必到别地方等候我了！我的灵魂将随时随地，缠绕你的左右了！”

她想留下一件纪念品给他，所以她又作第二封信：

“……我有一个十字架，昨日教士来此，为我忏悔，我托他将此‘圣木’交给你，我已经将我的心绪告诉他……上帝已经恕我了！他是宽大的，他是仁慈的，他许我爱你！我若还活在人世，你是我的弟弟，我是你的姊姊！我若就死去，我在天上，永远是你的‘安琪儿’……”

她怕拉马尔丁因悲伤过甚而损害身体，所以她又写第三封信，不特安慰他，且望他另找幸福，以解愁怀。

“亚吕方斯！我还有一句话，要对你说，明天，恐怕就不能够再说了，我死之后，你万万不可以死，我在天上，时刻保佑你……你爱我了！你还应该爱别人……上帝一定为你找一个终身的伴侣，亚吕方斯！你不要为我而轻生，我在天上，只有祷祝你有幸福，我不会为你的幸福而嫉妒！”

她的病态，日就危急，她的第四封信，只有几个字，她的死期日近，她与诗人长别了！

“亚吕方斯！你在那里呵？我拖到桌旁，想写几行……然而我已经看不见东西了……我只觉得点点黑斑，在纸上浮荡……亚吕方斯！我不再写了，……呵！最少还可以写几个字……”

她就微闭双眼，泪珠脱眶而出，她病目模糊，似见拉马尔丁立在她的面前，她举手抓他，她的两臂，已经不能动了，她急急的把笔尖在纸上拖过而书道：“亚吕方斯！再见罢！”

查理夫人死了，然而“诗人的情侣”却没有死！拉马尔丁已经在他的许多诗篇——如“湖”如“十字架”如“回忆”如“孤独”——里，描写“她”，追想“她”，我们研究法国文学，就知道有拉马尔丁，知道有拉马尔丁，就不能不知道“诗人的情侣”！因为这位情侣，是诗人的“诗思默启者”，诗人自爱她以后，诗人的作品，细丽密切，委婉柔厚，多是绝唱，而又有荡气回肠，一波三折之概，使人咏竟，不能不挥同情之泪！拉马尔丁常说：“一个人缺乏了，尘世茫茫，全已空虚！”他所缺乏的一个人，就是他的“情侣”了！她临终以前，虽不能与他再见，但她若知他这样想念她，她在天上，亦只有微笑！冥冥中如真有所谓天堂，他们现今，一定久已相遇，依然携手相看，时时并肩，往来于蒲尔志湖畔呢！

四

我们如今到沙维华，必到蒲尔志湖——诗人的湖——我们就去看白希耶医生的旧宅，诗人与他的情侣的房子，依旧保存，两室间的薄壁还留着诗人的吻痕，还染着情侣的泪点！

我们泛舟湖上，又到“拉马尔丁谷”，那里就是诗人第二次重来等候情侣的岩石，她终不能来，诗人在此，匆匆的写就“湖”诗，她接得此诗，放在怀中，时时取出吟诵，恐怕诗人忧念，她还复函给他说：“我的病躯已渐痊愈，我还能够诵读你的诗篇，你的诗篇，真使人感动呵！”

我们循“拉马尔丁谷”，直至奥德江道院，那里就是拉马尔丁与他的情侣，第一次谈心的地方，我们从小径而登，到一小茅舍前，我们在窗外细看，仿佛尚见诗人跪在他的情侣的面前，她以纤手摸抚他的丝发，他以首靠着她膝上，他们的眼睛，沉沉相视，好像说：“我们终有此一日呵！”是的，他们的灵魂依然回来，他们必不忘记蒲尔志湖面的绿波，他们亦不忘记蒲尔志湖边的青山，湖畔的草色月光，都沾染着他们的“爱液”，湖畔的幽径乱石都深印着他们的履迹，他们的灵魂，要重找从前甜蜜的生活，只有再到那里去，我们不要惊醒了他们的好梦，我们不要搅乱了他们的情话，我们静静的转回，我们快快的解缆，我们还是寂寂的离开“诗人的湖”罢！

富麗別舍戲院之裸體表演令人目定心呆神魂飛越

晚到富麗別舍戲院（Folies Bergere）觀雜劇，情節并不相連。但有三種特點不能不表而出之。第一，設備精美佈景華麗，光線配置亦諧和悅目。第二，艷膩的歌曲，與整齊的舞蹈，和那鮮艷的浪漫的服裝，伴以抑揚頓挫的音樂，眞使人益感百觀不厭，樂而忘憂。第三，裸體美的表演。原來法人素重藝術，在人體美方面尤較別國注重，而女子裸體美又更爲有目所共賞。所以法國隨處都可遇見裸女石像，各地美術院自然更集大成。富麗別舍戲院表演裸體美之女伶自然經過了無限的選擇而後得，她們除臍下數寸小帶外，全身盡露，皆是修長合度，曲線柔美。觀衆對之無不目定心呆，神魂飛越。據聞此處所演戲劇純爲外國遊客而設。劇情每年僅換一次，但天天觀客滿座，故獲利亦特別豐厚。十二時閉幕回寓，方才人物彷彿還在目前，嫋嫋餘音好像仍留耳際呢。

二十二日　植物園

二十二日　上午遊植物園(gardin des Plantes)，園分熱帶植物及寒帶植物兩部，收羅頗廣。番瓜（即南瓜）及鴉片煙（即罌粟）亦均種有幾株。南瓜現正開花尚未結子。園內附有動物園，內有象，獅，虎豹蛇鳥之類，種類并不很多。又有昆蟲室，規

1933年

世界一周之实地观察（节录）

黄士谦著

上海世界出版合作社出版

作者小传

黄士谦（生卒年不详）：字亦刚，广西贺州人。曾在英国格林斯科大学留学，获博士学位。回国后历任平桂矿务局局长、贺县第一任教育局长、广西农讲所教授。曾任李宗仁秘书。1926 年参加北伐战争，后任平汉、津浦二铁路局长，也曾任上海棉业总公司总经理。1932 年 5 月赴欧考察。1948 年赴香港定居。

选文导读

1932 年淞沪抗战爆发后，作者深感世界危机的来临，于是抱着“进一步看清世界危机的真象”的愿望开始了环球之旅。作者在法国也参观了一些名胜古迹，但对他触动最深的却是曾经遭受过战争洗礼的旧时遗迹。作者在法国游历期间正值日内瓦裁军大会闭幕，游记的字里行间充满了对此次大会决议的不信任、对自己国家未来的担忧，具有浓重的反战色彩。

第三一页—第六九页

第二部　欧洲（一）

二、法国——从西南海滨到巴黎（七月十四日至十七日）

a 法国西南之著名海浴场（七月十四日至十五日）

名人贵族麇集的海滨　法国国庆纪念日之追忆　海浴场上五颜六色，极尽艳美市民罢选要求政府改良交通之趣剧

十四日　我们今天要离开葡京而往法国了。我们所搭的火车是国际快车（名叫：International sud express），在葡西两国境内的只有头等，在法国的则头二等都有。设备颇称完善，每个厢房只搭二客。白天架床放下，可当椅坐；夜里架床吊起，可坐卧铺。我国津浦，平汉两路都有此种车辆，且华美过之；可惜年来内战频仍已经把它们毁损的不能凑集了。十二时四十分汽笛一声，车轮蠕蠕而动，我们离里斯本了。从车窗外望，沿海一带有无数的田，人烟既密，树木亦多。有人在某种树木身上剥取树皮。问之同车中人，有说剥下的树皮是用来制造木塞的。有说不明用途的。沿途所见此树很多。松木上的松香亦颇多人割取。割取之法与割取树胶相似。下午四点之后，人烟渐稀。乡村房屋与乡民衣服更不似前此所见的齐整。再行则岗峦起伏，乱石满山。偶有民房多是宽不盈丈，高仅及肩，粗石成墙，茅草为盖，他们的生活情形想来是极其恶劣了。

七点四十九分车到葡国边界威拉福摩索（Villa Formoso）。警察上车检验护照，照例盖印放行。不多时又到西班牙的边境凡脱阿挪罗（Fuentes de Onoro）。以较之法，葡两地慢一小时的钟点算来，那时正是七点零六分。

又是警察检查护照，税关检验行李。因为有了前一次出西班牙国境的经验，我们当将所携款项数目报明，负有检查员在护照上批明，藉免出口时的妨阻。车又行了。这里山石俱少，土质亦肥，平原遍地，树木青苍，好像天然地把这里和葡萄牙分开了。日极长，九点半才天黑。是夜虽有卧床，因车行动摇颇甚，睡不能酣。

十五日　七点三十七分到以伦（Trun）。又是西班牙的边境。照例有很严密的检查，我们的款子，因有上面所述在护照上的批明，不用检查，省事不少。

不一会儿便到法国边境的昂达（Hendaye），因为这里用的是法国钟点，已是八点五十五分。赶紧换乘法国火车。这是我们出国后第二次走入法境。这里检查行李，护照的是法国人，没有西班牙方面来的严厉。九点五十分到拉尔格列士（La Negresse）。于是转乘电车，约七分钟便到法国西南边著名海滨卑亚力茨（Biarritz）。我们所住的旅馆名为来福旅馆（Lefevre Hotel），卑亚力茨原是一个小小的渔村。自从拿破仑第三之妻法国皇后爱贞妮（Empress Eugenie）光临后，声价便蒸蒸日上。随后英王爱德华第七，英女王维多利亚都先后到过。而各国帝王，王后及其他世界名人慕名来游的更不知其数。这样，地因人贵，卑亚力茨便成为四季皆宜的海滨。冬天可以避寒自不用说，夏天避暑也很相当；而在凉快的时期，春天可以看花，秋天可以赏月，真怪不得现在已成时髦海滨了。这里的人口约二万有余，房屋亦颇整洁。海湾系沙底，长约半里，为海水浴场。浴场之上为一花园，遍种细叶柏树。稍西为处女石。因何得名，不得而知。此石本与岸相连，后为海水冲断，现已独立海中。不过“人定胜天”，如今已铁桥建起把这石和岸之间依然打通一气。

处女石上有女神石像一个。倘遇海风发作海浪冲来便成隆隆声响。卑亚力茨之右，有一高约四十米突的白色灯塔，正和处女石遥遥相对，好像杭州西湖的保俶塔和雷峰塔各据一方的模样。

下午两点半，乘通济隆游客车出游。经拜让（Bayonne），穿市而过，见满街遍插法国国旗，才想起昨天是法国最重要的国庆日，事缘巴黎之一角于十四世纪时。筑了一座坚实的堡垒，名称叫做巴士特（La Bastille），不久又成为伟大的监狱。往后许多著名的著作家，政治犯都曾尝过此处的铁窗风味。因此巴士特便成为法国君主专制政体的象征，在一七八九年法国革命时代，巴士特便首先于七月十四日为巴黎革命民众所占领。革命成功之后，这个日期便被选为国庆纪念日，至今年年都举国若狂地追念当年革命民众之英勇的行为。它和我国把武昌起义的十月十日定为国庆纪念日有同一的意义。

下午四时，我们的车已经走了一点半钟，到了刚波（Cambo）。是一处小小的村庄，只有百数十家的房屋。在一条弯弯的小河的两岸上，种着两行绿绿的树木，望之令人心神愉快。再行经过爱士别列（Espelette），圣北（St. Pee），亚士强（Ascain），乌伦（Urrugne）各处，一样是小小的村庄，一样是山青水秀，景物宜人。由此再过，则为法，西两国的境界。河之西南是西班牙属的以伦，河之东北为法属的昂达。河上有桥，桥之两端，有法，西两国的警察检查过路人的护照。今晨我们在火车上所受的检查也即在此处。昂达有长约二华里的海浴场，看来似比卑亚力茨为佳。从这里折向北行，约一刻钟，到圣常德录士（St. gean de Luxe）。是一曲折有趣的海湾。海口筑避风堤一道，成为一个极妙的海浴场。是日游人若鲫，细沙滩上，一望尽是五颜六色的帐幕，连绵数百座，极尽妍美。但是奇怪得很，穿着游泳衣的男男女女只是或打秋千或作球戏，或读书报，或做针黹，或三五人围聚一起说地谈天。而其正在水中游泳的，反而只有三两个人。或者因为红日已近西沉，他们早已游多生厌，因而再玩别种花头吧。在此处，我曾用活动影机撮取了二十余尺，将来携回国里，也未尝不是一件好好的纪念。当我们乘车回到卑亚力茨的时候已经是七点钟。海滩游人则仍未散去，不过帐幕仅有数十，比之圣常德录士似乎已多逊色了。

这里的附近有比莲尼（Pyrenèes）者，在今年五月大选举的时候发生一件罢选的风潮。事情虽小颇足借鉴特略述其经过。比莲尼城位于众山之中，峰峦层叠，交通极为不便。居民屡次呈请法国交通部，要求改良山道，设置电话，以利交通。但是当局始终不曾采纳他们的意见。他们愤怒了，该市全体人民议决一致拒绝参加这次的大选。五月一日，初次投票时比莲尼的居民并无一人投票。结果交通部派人疏通，允许了他们的要求。那里的人然后在五月八日的二次投票时一致参加。这事很值得我们注意。法国政治自然不算良善，但法国交通部对于国内交通事业总较我国的交通部为多注意罢。而卒能因为一小城市居民的罢选允许其要求，这恐怕我国当局所不能办到罢。况且小城市的居民能够同心一致为公益要求而努力奋斗，这不更值得借镜吗?

b 波尔多——法国著名产酒地（七月十六日至十七日）

酒为有害抑为有益? 欧战时法曾迁都波尔多。大戏院建筑宏美，公园里小树编成花篮，大可三丈，数百年前英人所建的大钟楼。

十六日　下午二时我们又乘火车北向波尔多（Bordeaux）了。波尔多离卑亚力茨二百零八基罗米突，车行二点四十分而到，平均每小时走七十八基罗米突。速度虽然不算顶高，比之每小时走五十基罗米突的西班牙国际列车及每小时走四十七基罗米突的葡萄牙车，已经快捷三分之一以上。沿途所见尽是苍黑的松林，故此地松木板的出产极为丰富。铁道上所用枕木亦即系就地取材。较之我国铁道要在美国购买枕木者，其有天渊之别。波尔多有人口三十万，系法国大城市之一，地跨加峦河（Garonne River）两岸，离太西洋约一百里。河势湾如初月，街道亦多曲折。葡萄酒为此处大宗出产。富人均属酒商；高楼大厦大都是酒商的产业。酒原是我们平素认为有毒的饮品。但据某德国医生的调查则以为饮酒过多固然伤身，经常饮酒适量的人平均比较滴酒不入口的寿命较长。法国《实用生物学杂志》在今年间也曾发表过赞美酒对健康的种种功用。我想，在波尔多地方尤其容易找得这种思想之不少的信徒罢。

欧战时，波尔多一时成为地位特别重要的城市。那时，德军突然进攻，已距巴黎不远，法国乃一面迁都于此，一面奋力抗战。当时不仅有法国的军队，同时也有许多英法的友军共同防守。我们到后，因为天时尚早，乃止步游市上。房屋无论大小，都由石砖筑成，街道亦是小块石砖所砌，柏油路不见一条。马粪随街都是，臭气迫人。途中所过汽车，亦百分之九十九系一九二五年以前式样。男子外出都不穿领，妇女亦无时髦姿态，街旁无树，即在最热闹的街道上行人亦少。举凡我们这些目击的情形似乎与我们认为欧战时的法都之重要性有些不相符合。

十七日　晨十点钟，我们所住德明旅馆（Terminus Hotel）的门前停着一辆通济隆的游客车。得了通知之后，我们立刻上车。初到著名的石桥。桥长约五百米突，系一八零八年拿破仑征西班牙时所建，颇为坚固。次到圣米施尔教堂，适值星期日不能参观。教堂之前有一塔，高一百一十二米突，系全市最高的建筑物；塔下有古尸四十具亦因星期日不能一睹。转往大戏院，又因夏季例不演剧，只好在外仰望屋顶屹立的宏美的十二座女石像，聊以自慰。据导者之言，院内石梯备极精美，即巴黎之著名国家大戏院（Opera）亦系仿此式样。我们此处既已不能一饱眼福，只好等到。到巴黎时一观国家大戏院的布置了。次到一处，望之，只有残墙一幅，大门一座。经导者解释，才知道系一古宫遗址。宫系三世纪所建，原系一圆形马戏院，可容观众一万五千人。现在统称为加里恩宫遗址（Runies du Palais Gallien）。到一公园，园内花坛几处布置新颖。有一大可二三丈的花篮全用小树编织而成，中藏各种各色的花草，确亦前所未见。过市政厅，停车参观厅前之大教堂。教堂的建筑开始于十二世纪直至十五世纪完工。但其内容远不及西班牙所见的所建各教堂之伟大。与其建筑所费时期之久殊不相称。教堂畜有白鸽甚多，不畏人，游人经此以米麦饲之，群然飞集，颇觉有趣。最后往观大钟楼（La Grosse Cloche）。大钟楼系英人所建。一一五零年此处公主嫁与英为后，波尔多即划归英国管辖，直至一四五零年复归法国。大钟早已不用，留为古迹保存。但时钟犹息息环行，且很准确，实亦难能可贵了。

c 巴黎及其附近名胜（七月十七至八月三日）

长途旅行运行李的方法　通济隆之大敲竹杠，铁案如山　卢森堡公园之美丽　巴黎有七家中国饭馆　卢森堡美术院虽小，所藏均为名作　大名鼎鼎的圣母院　卢佛美术院世界第一　民族自尊欤？夜郎自大欤？　高达二十三米突的方尖石柱为独石所成　装饰博物院一览　蜡人院里的蜡人，非细辨不知真假　身入玻璃水晶宫中几疑人间天上　星状凯旋门街道宏伟　爱丽色路较之葡京大道尤为完善美观　全世界最高之塔——爱菲铁塔　伟人国葬所气象森肃　武器博物馆与拿破仑墓之参观　别有天地的布峦森林　富丽别舍之裸体表演令人目定心呆，神魂飞越　植物园内部分寒热　不用铁栅关闭的动物园　美国人对于裸体舞的观感　明园中的小人跳舞灵活合拍　国际纠纷上的凡尔赛　凡尔赛宫景物蔚然大观　法王路易十六及王后被杀的原因　枫丹不老宫清雅可喜　法国菜恶劣不易下咽　南京陵园孙总理铜像制造之地　再游卢佛美术院　中国某女生赴法船中之遇险　巴黎最热闹的街道　从人类破坏能力想到欧战损失之巨大　欧洲大战场之凭吊　美国一妇人参观战地的悲哀　世界裁军大会与第二次世界大战的危险　国家大戏院之欣赏　一留学生患疯狂之疾　巴黎黑暗世界之探访　妓馆中嫖客的刑架　大肚皮特用的椅子

十七日的下午五点，我们又匆匆乘坐火车离开波多，而北赴全世知名的繁华都市——巴黎了。车行后，迎头所见，遍地多是葡萄。再过渐渐尽为麦类。两日前过西班牙时见麦子已黄熟代收，这里则叶犹青绿离收割时期尚远，足见两地气候寒热之相差颇远。车不断地前行，在黑夜里车外事物什么都望不见的时候，耳中只闻孔隆孔隆的机轮的声音，好像车已在特别开足了它所有的速度。但事实终于证明这只是我一时的幻觉：我们的车到巴黎时已比原定时间迟了十五分钟。

十八日　昨夜宿于巴黎十里外之苏村（Sceaux），因心神不宁，整夜未尝合眼。今晨起极早。早餐后乘火车到巴黎。选住了拉丁区索朋场（Place de la Lorbonne）的最丽旅馆（Lelect Hotel）。这里旅馆，价颇低廉。卧房两间，浴室一间，每日只五十佛朗。长途旅行的人最感麻烦的，便是运送笨重的行李。我们的行李虽仅箱子两只。但为避免搬运麻烦起见，自西班牙京城起至巴黎止，每次搭车均于半点钟前把行李交给车站上的行李运输处，由其放入行李车辆运行，自己只取回收据，等到终站再将行李取出。这种办法对于行李过多或体力不足的旅行者极感方便。而且取费低廉，如不超过规定的重量，仅收挂号费三四角而已。

人生原系在大自然和人类社会当中不断地学习，旅行亦然。我们从马赛起，中经西班牙，葡萄牙，复转入法国各地而至巴黎这样短了的十五日间，我们又获得一件极有价值的新经验。这时期内，除在西京，葡京时午餐晚餐由我们自理外，其余火车票连卧铺，旅馆膳宿，游览名胜风景等费均由通济隆一手包办。全数为七千八百八十佛朗，当时据通济隆所说，火车票一项占三千六百三十三佛朗。其他费用则为四千二百四十八佛朗，自从马赛出发，我们便分门别类，把各项费用，逐日逐件详细记载。结果，十五日间计火车票一项只需二千八百佛朗，其余各项为二千九百三十四佛朗，两共则为五千七百三十四佛朗，较之我们所实给通济隆的少二千一百四十六佛朗。以五千余佛朗的旅费，十五日的短期间，通济隆竟赚到这样巨大的比数，实在骇人闻听。以前，也曾听说通济隆代理旅行事务取利很重，我们也还疑信参半。现在我们是躬亲经历益足证明人言之不虚了。而且所谓包办，亦不过代旅客指定一家旅馆，途中该公司并无一人照料，遇有任何困难仍需旅客自理。至于游观名胜景物，设非订明专用一车，则须按时亲到该公司相候。所以包与不包，便利依然相等。我们自后自然不再问津，国人有志旅行的，也望勿为该公司的广告所愚。

是日下午游卢森堡公园（Jardin du Luxembourg）。二十年前，我曾游过此园，园内景物也还依稀记得。园中一喷水池，池外周围均为花坛。花坛外有许多雕刻石像，铜像，姿态不一，均为著名雕刻家的作品。此外则为大树千章，行行笔直。树梢枝叶，复用人工修剪。整齐划一，极尽美观。

另有一雕刻犹为卢森堡公园生色不少。形式是一地球而由女子五人背负，其意义系环球五大洲人种的象征。作者加波（Garpeaux）系十九世纪的有名雕刻家，他的作品系有精致优雅的特长，又有无限的活力。从卢森堡公园这座雕刻看来也可以充分表现加波的作风。出公园后，便到中国饭馆万花楼晚餐。巴黎有中国餐馆七家。有广东菜，有北平菜。烹调虽不及国内，但较之法国菜之半生半熟而又索然无味者实已胜过多多。巴黎我国留学生多在中国饭馆就食，每餐六七佛朗可得一饱。菜比国内约贵一倍。九佛朗半的红烧肉一碟只有五件猪肉；豆芽炒肉丝一碟值七佛了。这也不算不贵了。餐毕归旅馆早睡，藉以恢复多日的疲劳。

十九日　上午到我国驻法公使馆，此处使馆规模远出我国驻西班牙公使馆之上。左邻还有一中国式的房屋，建筑华丽，不知者常疑为我国公使馆之一部，实则毫不相干。公使钱新之，尚未到任。馆中重要职员大都往外避暑，只见着一位黄君。我们将护照给他，并托他派人携照往瑞典，奥，匈，三国领事馆签字后即行辞退，转往中国总领事馆。馆虽不大，且在二楼。但当时请领护照的倒有数人，不像从前所见其他领事馆之门可罗雀。同时，顺道入卢森堡美术院参观一周，则见铜像数座，石刻女像百余座，近代名画数百幅，真是琳琅满目，蔚然大观。现代画用色浓厚，大点大划，骤望之似很糊涂，粗糙，仔细看来自有独到之妙，实则此种技艺，我国古代画家亦大不乏其人。

圣母院（Notre Dame）是任何住巴黎的人都知道的，是大名鼎鼎的宗教建筑品。我们在今天下午往游了。该院开始建筑于一一六三年，至一二三零年间大部完工。一六九九年以后曾因修理而实损毁不少，但后来卒亦获到极尽艺能的修复。院有大门三扇，门上有石雕人像。屋顶有法国历代君王石像二十八座。尚有三个大窗，阔均十三米突，镶以玫瑰色，及其他色彩的玻璃。灿烂光华，骤观似可与西班牙所见教堂争耀。法人之意且谓为艺术上的结晶。另有宝库一所，中藏法王及王后所赠金，银，珠，宝，钻石之类的东西一百多件。法人常夸称此院为世界七大奇景之一。但据我观察，此院建筑实远不及西班牙故都多勒多大教堂之宏伟。即宝库所藏，这里也没有那里的丰富。

现在且略一记述卢佛美术院（Louvrc）的情形。卢佛在法王路易十四之前本为王宫。现在则分为三部，一为财政部，一为装饰博物院（Musée de Decoration），另一为图画及雕刻收藏之所，亦即现称之卢佛美术院。卢佛美术院雕刻品极多。名画尤富，小仅一尺者有之，大至数丈者有之。宗教画有之，历史画有之，裸体画亦有之，许多都是著名画家，积数年或至数十年的精力而后成。真是五光十色，美不胜观。前在马得里所见美术馆确乎望尘不及。这里忽然想起一件颇有趣味的比较。巴黎的圣母院实际比不上多勒多大教堂，在法人的眼中则认为超过世界上一切的教堂。反之，西班牙人又把马得里的美术院曾作胜过在全世界著名的卢佛。这也许有人以为这是民族自尊的精神，但真正说来，这不是“夜郎自大”吗？不过想起我们身为次殖民地的人民而犹以数千年“文物之邦”自负的，而又彼善于此了。

卢佛之前为杜列里公园（Jardin des Tuileries）。园内有石像，有喷水池，有大树，齐齐整列，井井有条。再前为刚果场（Place de la Concorde），场很宽大，占地六万二千五百平方尺米突。中间竖着一根埃及的方尖石柱柱高二十三米突。系单一红色花刚石雕凿而成。本为埃及古庙的遗物，至今已有三千四百多年的历史。一八三六年埃及王把它运赠法国，从此竖在刚果场上直到现在。石柱之两旁为喷水池，环池有一女子石像，手抱金鱼，水即从鱼口喷射而出。两边又另有女子石像八座，高约二丈，系代表着法国的八大城市，颇为特别。

上述几处著名的地方，都于今天下午逐一游观了。时间已不早了，乃乘地道电车到一中国餐馆晚饭。夜里步游街市中，咖啡馆虽然到处都有，均无音乐，十一点钟以后，行人甚少，似已远不及二十年前的繁盛。

二十日　上午到装饰博物院。院中陈设许多系法国历代王室日常应用的物品，如床，椅，衣服，首饰，磁器之类。别国装饰物也有陈列。中国的则有景泰蓝及乾隆磁器，刺绣女服等等，品质不劣。

下午游蜡人院（Musèe de Grevin）。院中陈列古今人物全由蜡所制成。面目如生，神态毕显，直与真人无异，更有趣的，便是尚有在游人过往的地点塑作游客的人形。一不留心，简直不知谁是游客，谁是蜡人。据说，某年，这院里一角的游人休憩的长椅上，一个游客走得疲倦了坐在那里。无聊地取出香烟来吸，身边没有火柴。于是很自然地向着同坐长椅上正在阅报的人借火。第一次，没有回答；以为不曾听见。第二次依然不睬一声。第三次游客有些愤怒了，骂了一声“无礼!”。但那人动也不动。游客怀疑了，由怀疑而细看，由细看才知受了蜡人制塑者技巧的欺骗，终于哑然失笑了。我们今天虽然没有闹这同样的笑话，但我们确实早就处处留心提防受了蜡人的迷惑。院之楼上尚有一座六角形的玻璃幻宫，四周墙壁均系玻璃镜镶制。互相反映，一望无边。人入其中，即觉宫殿当前千门万户，缤纷华彩，仿佛迷离。无数杂色电灯，转红转绿，则全宫亦红亦绿。埃及式的古乐抑扬顿挫，亦随灯景而不同。一出过后，灯光全灭，只觉有声隆隆，如坐舟中，如行车上。一刹那间，灯光齐放，则见蝴蝶纷飞。翩跹上下，几乎自觉经已置身神话里的广寒宫中，不知还在劳劳终日的人间里。一会儿，隆隆之声复随灯光之熄灭而起，声止而初见的巍峨华丽之宫殿又突然显在眼前。乐停而出楼门，仿佛走向第二世界了。随而有人导观魔术，技艺平平而已。

出蜡人院后，乘汽车经过星状凯旋门（Arc de Triomphe de l'Etoile）。门系拿破仑于一八〇六年所建，但在一八三六年才完成。高四十九米突，宽四十五米突，厚二十二米突。门上雕刻，尽都描写历次的战绩。有一铜牌，上记各战役中三百八十六主要将军的名姓。门下系欧洲大战时无名英雄之墓，设有长明灯，名为纪念火（Remembrance flame），终年不熄。凡游观者例须脱帽致敬。以凯旋门为中心，周围有十二条壮丽的大路，好像星芒的放射，顾名星状凯旋门。次经一大街，名爱丽色路（Avenue des Champs Elyèes）。宽一百四十米突，中有车路三条，树路两条，跑马路一条。人行路两条。葡京所见大路，前以为已完善美观，但若与此相比实又瞠乎后了。继游爱菲铁塔（Tour Eiffel）。塔为著名法工程师爱非所设计，故名爱非。但法人建塔用意则系供给一八八九年法国百年革命的纪念。建筑开始于一八八七年正月，完工于一八八九年三月。材料完全为钢杆所制。其所用钢以重量言之为七百万基罗格兰姆（每基罗格兰姆合华秤一斤十两）；以件数言之为一万二千；单只钢钉一项用了二百五十万枚，钉重为四十五万基罗格兰姆。塔之高度为三百米突，全世界之塔以此为最高。共分三层，有升降机及螺旋形盘梯以供上下。我们乘机而登，中间换机两次始达塔顶。升降机票费每人为十佛朗。由塔顶俯视，则见人小如蚁，车小如蝇。此层又有无线电台及观象台。据说欧战时法军曾以此处为瞭望台，成绩极著。

二十一日　上午游国葬所（Pantheon），国葬所之建筑，原为宗教之用。法国革命才把它改为今名，而用以埋葬法国伟大人物之所。门前有铜像两座，左为卢梭，右为福禄特耳。外观壮丽，屋内壁画亦佳。中有一云石刻有著名的题词“感恩的祖国献给伟大的人们”（Aux Grands Hommes la Patriè Reconnaissante），这也是法国大革命将此建筑物定为国葬所时所刻。葬此者多文人，武功者亦不少。下层为墓。门首有一红色大樽，内葬甘别泰（Gambetta）之心。甘别泰死于一八八二年。他是一个绝端的爱国主义者，普法之役，他极力从事于各省的武力抵抗之组织。后因众望所归，曾任众议院议长及内阁总理。甘氏之心葬于此处是何意义，自然是三尺童子皆知了。入内则为卢梭坟，福禄特耳坟，其他诗人坟，算学家坟，拿破仑时代之名将坟。或一坟一室，或数坟一室。游客入此，不期然而然的肃然起敬。惟其阴气沉沉，倘无导者，又恐怕会令人望而却步。

下午游废兵院（Hotel des Tnvalides）。院系一六七零年法王路易十四所设。愿意用以收养老废或伤残的兵士。现在虽有废兵之名而无其实了。院前广场内陈列大炮不少，院内则分为二部，一为拿破仑墓，一为武器博物馆。拿破仑墓为一金色内巩尖圆顶之屋，建筑极其壮美。内藏拿破仑的遗骸，系于拿翁死后十九年即一八四零年从圣爱莲岛（Sainte-Héléne）运回葬于此处。棺在平地之上，系淡紫红色石制。石棺之周围，有石刻女像十二，及遍插拿翁作战的军旗。旗虽破裂多孔，犹表现当年拿翁的威武。拿翁之帽，剑及马鞍亦保存此处。游客见此以与本院当中所塑奕奕欲生的拿翁像两相对照，益觉凛然生畏。然实际上拿翁亦只剩得数尺藏尸之地为后人作古董赏玩而已。盖世英雄，而今安在？墓之后面为武器博物馆。馆中陈设分东南西北四库。是日为时间所限，我们仅观东库，举凡与东方民族（如埃及，土耳其，我国等）作战所得来的武器均藏此库。内有拿破仑战胜埃及时所获马鞍马垫，镶砌以宝石，灿烂辉煌，最为引人注目。我们走马看花地在库走了一周，即乘汽车迳往布峦森林（Bois de Boulogne）。林在巴黎市区之外，面积八万七千三百公亩。自拿破仑第三亲到散步之后，这林便声价十倍，远近皆知。近年汽车发达，交通便利，巴黎的男男女女都无不以一游布峦森林为乐，因此更成为时髦游息场所了。林内树木青苍，时花焕发。有小湖，有小河，道路整然，草地平阔；可以舟赏，可以车游，更可以缓步谈心。独有天地。不仅景物优美，抑亦空气常鲜，入其中者无不心神畅愉，兴致油然。而日住噪杂喧扰的巴黎居民偶一来此，自然更觉另有风味，几疑与尘世绝缘了。

晚到富丽别舍戏院（Folies Bergere）观杂剧，情节并不相连。但有三种特点不能不表而出之。第一，设备精美布景华丽，光线配置亦谐和悦目。第二，艳腻的歌曲，与整齐的舞蹈，和那鲜艳的浪漫的服装，伴以抑扬顿挫的音乐，真使人益感百观不厌，乐而忘忧。第三，裸体美的表演。原来法人素重艺术，在人体美方面尤较别国注重，而女子裸体美又更为有目所共赏。所以法国随处都可遇见裸女石像，各地美术院自然更集大成。富丽别舍戏院表演裸体美之女伶自然经过了无限的选择而后得，她们除脐下数寸小带外，全身尽露，皆是修长合度，曲线优美。观众对之无不目定心呆，神魂飞越。据闻此处所演戏剧纯为外国游客而设。剧情每年仅换一次，但天天观客满座，故获利亦特别丰厚。十二时闭幕回寓，方才人物仿佛还在目前，嫋嫋余音，好像仍留耳际呢。

二十二日　上午游植物园（gardin des Plantes），园分热带植物及寒带植物两部，收罗颇广。番瓜（即南瓜）及鸦片烟（即莺粟）亦均种有几株。南瓜现正开花尚未结子。园内附有动物园，内有象，狮，虎豹蛇鸟之类，种类并不很多。又有昆虫室，规模极小，种类仅一二百而已。

布峦森林之内尚有一动物园，昨日未能参观。今天下午乃雇汽车直往。则见狮，虎之类的猛兽，均不用铁栅栏关，只隔以深阔之水沟，使其不能跳越。这种别开生面的动物园诚足一新耳目。圆内除动物外尚有游艇，打枪等玩意，只要游客有兴且愿费几佛朗便都可以玩玩。离此之后，我们即转往巴加蒂花园（Pare de Bagatille）游览。园内有好几处布置得极其整美的花坛，与那随地种插并不齐一的树木各有趣味。上海兆丰园亦有此种风格，惟过于单调，远不及这里的谐和。晚间我们约同安南巡抚共观跳舞。舞女多衣不蔽体或竟全裸。许多人到此似乎是“醉翁之意”另有所求。一对美国夫妇看了一半，女的即忿忿地挟其男子而去，大概他们总认为是有伤风化的事情。但另一美国五十多岁的妇人则又好像羡慕奇深，恨只恨年华已老，青春不复长留，当我们出来时候，她还在留恋不忍即去呢！

二十三日　践刘君南溟约赴苏村午餐。十一时乘火车往。乘机往苏村之大小两公园逛逛。大公园内有屋一座，系拿破仑外宠所居，保存直至现在。园中花木，布置得有条不紊，各得其宜。地势颇高，外观风景亦殊不俗。上海法国公园对之实有愧色。饭后稍憩，后往鲁滨孙村（Robinson）。天时颇热，乃共饮汽水于一咖啡店内。店有音乐，可跳舞。这天有行了结婚礼后率同贺客来此跳舞的新婚夫妇四十对之多。白纱纷飞，笑料百出。我们不期遇此，真是有生以来见所未见。晚到明园（Luna Pare）。园中布置与上海明园不相上下。烟花烧来平淡无奇，不值一看。惟有一种小人跳舞颇觉奇妙。舞台大仅二尺，小人高才一尺，头部与身材的配合亦甚相称，面孔也还娇嫩。跳舞起来灵活合拍，不过观众与舞台之间仿佛罩有一层微微的云雾。观罢出来，我总疑心它，是一种幻影，不是真有这样小的伶人罢。

二十四日　本日往游举世知名之凡尔赛宫（Palais de Versailles），宫距巴黎十八基罗米突，火车约半小时即到。路易十三时代，此地仅系法王游猎之所。路易十四始建为宫。后且成为政治中心。路易十五及路易十六更把它扩充成现在的样式。一八七〇年，德国战胜法国，普鲁士王即在这里宣布德意志的统一并自为德意志皇帝。一九一九年欧战终了德国屈服亦签字于此，这当然是法国雪耻之深意。但欧战之后，十余年来，国际间许多纠纷都从此发生，最少亦因凡尔赛和约之订立而益难解决。例如德国赔款问题最近虽已近似解决，而互相缠绕不清的军缩问题与所谓安全问题直接间接均与修改凡尔赛合约有关。世界前途正不能作乐观之想呢。凡尔赛宫油画很多，关于战事者占大部。路易十四临终所睡之床，路易十六的居室，及欧战和约的签字之棹，都陈设一如当年不稍移动。楼下藏云石雕刻，多系男子半身石像。宫外有喷水池，池旁为花坛，花坛中复有喷水池。坛旁环立女子石像多座，石像之侧则为树林。正面喷水池之外，青葱的树木用人工修剪成或圆或方的种种形式，远望犹觉美观。树林之间夹一长长的小湖，可以荡舟游玩。我平生所见的花园未有比这里更美的一处。每月第一星期日只下午四点照例开放水管。于时各喷水池一齐喷射，蔚然极天下之大观。本日非星期日，不能一饱眼福。二十年前我游此地时曾亲见此景，现在只能兀立池旁默忆当年所留下的愉快印象而已。继乘马车往游大离宫（Grang Trianon）。宫建于一六八八年。路易十四常居此处。路易十五更常莳花种菜，且躬自任之以为乐。宫内有一圆台，直径二米突六十生的（约英尺八尺六寸），系单块大木制成，为西班牙王所赠，至今丝毫不损。有一四周镶镜的房间，颇为别致。宫外为花园，树木苍绿可爱。次经过王室马车陈列所。拿破仑结婚时乘坐之车亦陈列于此。另一车备极华贵，为拿破仑第三之子所造，据说这车费了金佛朗一百万，奢侈可想。最后游小离宫（Petit Trianon）。宫外有一爱亭，风致优雅。此宫有乡村之幽静，无成事之烦扰。路易十六王后玛黎安唐纳（Marie-Antoinette），特别喜居此处。她艳丽天生，即现在宫内所陈她那油画的肖像亦仍深具诱惑的魔力。她常常穿着粗衣布裙，扮着乡间妇女的装束。邀同三五女友，或者嬉戏于林间，或则共读于田野。啖鲜果，卧草地，其乐融融。然实际她有轻佻的性质，浪费的恶习和仇视一切改革运动的心情。那时，法国革命潮流正在酝酿，路易十六虽也了解大势所趋，不能不从事于满足进步，人民若干限度的要求。惟生来懦弱性成，优柔寡断，国家大事亦常取决于王后。王后则惟知促其镇压革命，甚至不惜与外国政府作不利于法国人民的勾结。而法国革命民众因亦恨之刺骨。故法国革命成功，他便和路易十六一并被囚，而一七九三年在背民叛国的罪名下双双受了断头极刑，这真可谓“自作孽，不可活”了。

二十六日　上午乘汽车往枫丹不老（Fontainebleau）。枫丹不老，系一小小城市，而以故宫著名。距巴黎六十一基罗米突。车离巴黎之后即见四郊麦子均已黄熟，农民割麦，系用一马拖之小机器，似很简便。回想此机如能应用于稻禾的收获，则我国不仅北方可用南方亦可以用以节省许多人力。车行一小时而到枫丹不老森林。林极大。面积一百六十八万公亩，周围九十基罗米突。欧战时因为前线需用很多木材，这里树木砍伐不少。战后补种的。现在也已密长成林了。车再前行不久，即到枫丹不老宫。下车询问警察，才知是日为星期二日照例禁止游人入内。我们既已不能参观，颇觉不乐，乃穿宫而过，赏览宫侧的花园。外望即见修剪整然的树木。中央有一十余亩的大池，池外为树。花坛，石像点缀其间。虽无凡尔赛花园之伟大和美丽，但亦布置得宜，清雅可喜。游览一周，即到附近餐馆午餐，菜极恶劣，殊难下咽。回想欧战之前，法国菜尚觉可口。这次到法，大小餐馆都已尝过，深觉菜色固已减少，烹调亦远不如前，越食越怕。但我国各大埠旅馆餐馆都沿用法文书写菜名以表其高贵，那真是倒行逆施了。午餐已毕，我们乃复驱车穿森林而过。森林虽大，鸟雀不栖，亦殊奇怪。行约十八基罗米突到巴比庄（Barbizon）。法国著名画家铁倭铎卢梭（Thèodore Rousseau）及米越（Millet）均此村人，他们的画室亦在村内。下车参观，则斗室数椽，用具数建，陈设一如当年，状甚清苦，人说画家如诗人欲穷而画愈工，现在观两画家的故居，益觉此言有据。孙总理陵园铜像亦系此处所制，闻说代价费了一百万佛朗。这小小村庄之以艺术著名，于此可以概见。后经梅冷（Melun）而回巴黎。是日所雇汽车约行一百五十基罗米突，车租二百二十佛朗。晚到邦得安（Panthèon）戏院看电影。系英语的有声影片，在不善法语的我看来，似乎比较法语者为有意味。

二十七日　上午再游卢佛美术院。在楼下参观雕刻部分。此处石刻，有女神，有男像，有宗教名人像，有飞禽猛兽像。共有四五百座，无不应柔者柔，应刚者刚，神情毕肖，肌肤显然，可谓极尽艺术之能事。楼上藏装饰器皿，如玛瑙瓶，及珍珠盒之类，收藏甚富。此室天花板雕刻之精更为别处所未见。其余各室陈列埃及石刻很多。古代艺术亦可以在此赏观大概了。当我们在楼下参观雕刻部分时遇见一位中国女学生正在凝神描画。与之谈，名张贤范。本年五月乘坐法国邮船佐治飞力霸（S. S. George Philipard）来法。船在亚丁海峡突然起火烧毁。许多搭客在这水火夹攻之下，终于葬身鱼腹。张君则跌入海中，幸谙游泳，载沉载浮者久之，结果在万分危急的当中遇救了。随后只身换船来法，现在巴黎学习艺术。张君以一女子而破万里浪以求学，志既可嘉。今又能于万死一生之中，得免于难，其益努力奋发可知，将来成就自更不可限量。因特记之，并为张君前途祝。

下午游马德兰教堂（Eglise de la Madeleine）。教堂之建设开工于一七六四年，完成于一八四二年。式仿一古希腊庙。然其规模颇小，无足留恋，我们在内绕行一周即去。继乘地道电车到蒙麦脱路（Rue Montmartre）一带缓步行过几条街道。这里系巴黎特别繁盛区域。行人拥挤与上海南京路情形相似，而汽车之连绵不断则犹远过之。

二十八日　我们自从在马赛登岸以来到现在已经一个多月了。天然风景以及人为名胜之区也经看得不少。但是古今文物所给与我们的印象，似乎人类虽有种族国界之不同，而其或迟或速地在建设方面进行则无二致。然而历史告诉我们，人类除了建设方面的工作外，也还有任何别种动物所万万不及的破坏能力，而这破坏能力的最大表现便是战争。说到战争，我们谁都会想到那连续四年有余的第一次世界大战，这次战争牵连了全世界主要的各国，在物资上战费及直接间接的损失竟达三千三百八十万万美金；依照全体参战国家一九一三年的国家收入。共八十万万美金算来，这次四年多的大战消耗了它们四十二年的国家收入。在人口方面的损失上言，战时直接死亡达一千万，加上因男子从军及生活条件恶劣而生殖率缩小及死亡率增加而受之损失计之，总共约为四千万。这个惊人的数目倘以十九世纪从拿破仑之战起一世纪间各次战争的人口损失比之，还只当一九一四至一九一八年大战所损失的十分之一呢！我们现已来到这个大屠杀场的附近了，所以除了羡慕西方建设文明之外，很不愿意错过探访那大破坏遗迹的机会。今天便由这样的动机而参观那次大战的战场。我们在上午九点三刻便到通济隆，本意想搭该公司参观旧战场的游客车而往。但该公司的定例须有四人始派专车前去。今天人数不足，心为怅怅。然而无意之中，遇见了一个能作引导的汽车夫。车夫为加拿大人，操英语。据他自述，战时当英兵五车，战后受雇于通济隆，专任导客游观战场者又六年，现则为汽车夫。他可以驶其汽车引我们详观战地，并详细解释。这样我们双方只剩车资的问题了。磋商结果，来回车资连一切在内共二百五十佛郎。比之通济隆之每客收费一百九十佛朗，四人共收七百六十佛朗者还不及三分之一，这在我们更加合算了。最初车到德美战场（The American Battlefield）。经过之地，均由车夫讲解并以手作势指明何处为德军阵地，何处为英，法，美联军阵地。当日对垒情形历历在目。约行四十二基罗米突到摩城（Meaux）停车进一教堂参观。教堂系十三世纪所建，后经重修。战时德军之先头部队曾到此地。巴黎一时大为震动。法国加莲尼（Marshall Gallieni）将军急令征发全巴黎的汽车运送援军。德军知敌人有备乃不敢前进。再行不远而到发德城（Ferté-Sous-Jouarre），这里当时作战颇烈，现有一大英兵坟墓，内葬英兵四千。再前数里为蒙台依（Montreuil aux Lions），亦有英兵墓数百座，树以碑石，围以短墙。由此沿路前行约四十基罗米突，而到蘦茜波加野（Luey-Le-Bocage）。残砖断石，战迹犹存。再数里为白老森林（Belleau Wood），系当日德军之炮兵阵地。路旁一窝一孔尽系当时之散兵战壕。壕边尚存残废水机关枪数架，大炮两尊，使人见之益感自身之已亲临战地。附近大树，枝干毁折者有之，连根拔起者有之。树身弹迹累累，足征战事之猛烈。车夫于此，顺带述及一个参观战地者的悲哀。他说，他引导过一个美国妇人到此参观。这妇人曾有两个年轻的爱子都同时死于这里无情的炮弹。她在沿途的车上早已号陶大哭，老泪横流。及到战场，触景伤怀，益加悲痛。一时不支竟尔晕去。述此事时。这出入枪林弹雨五年的车夫，亦为感叹不已，我们自更忍酸不禁了。呵！战争！万恶的战争呵！过白老森林后即往沙都地利（Chateau-Thierry）午餐。这小城市于一九一四年九月二日为德军所占，七日以后复被英，法联军夺回，固守。但是一九一八年六月一日，这个兵家必争之地又被德军占据了。德军并拟拥着参加此方战线四十七师之众乘胜直取巴黎。而结果未如所愿，但联军方面亦已费过不知多少的牺牲了，其中美军第三师的功绩尤为不可磨灭。故今桥边立有该师阵亡将士之纪念碑，以志不忘。纪念碑侧近有一贫民扶助社（A Community house of Friendness）。参观时由一美国妇人引导。内有幼稚园，英文图书室，法文图书室，儿童工作处，儿童游戏处以及欧战时所用之枪，炮，子弹，防毒面具，手榴弹，火箭，信号，……等等之陈列。她那样讲解详明，招待周到，游客早感愉快，兼以她们在此服务系纯尽义务不受薪俸，则尤令人钦敬了。观后仍回白老森林，观美兵坟墓。每墓之上均树以云石之十字架，上刻死者姓名籍贯。一列一列，望之不尽。据说数共二千二百八十八墓之多。我在此处曾以活动影机摄片十余尺，以留纪念。影毕，乘车取原路迳回巴黎，到时已七点钟了。

竟日奔波，颇觉疲乏，以故晚餐之后，即行就寝，方期早入睡乡，明日好另看其他名胜。不幸那一窝一孔的战壕，连根拔起的大树，残砖断瓦的废屋，屹然独立的大炮，机关枪，数不胜数的坟场以及车夫所述美国老妇人的惨状：这些一切一切都不断地重复反映于眼帘中使我辗转不能安睡。

于是很自然地又联想到那在日内瓦闹得天翻地覆的世界裁军大会。多日未看报章，兹乃急急检阅一星期来的英文某报。才知道日内瓦的舞台上又已不欢而散。原来欧战之后，战败国尤其是德国即被强迫裁兵使其不复为患。但当时协约各国则美其名为一般裁军之初步，而国际联盟规约亦有裁减一般军队之条文。一九二一年华盛顿军缩会议只限于几个强大的国家，且仅限于海军军备的一部。一九三〇年之伦敦海军裁减会议亦只限于英，美，日，法，意之五强。由是国际联盟筹备了七年的世界裁军大会终于在世界经济恐慌紧急，列强亟亟增加军备及上海炮声漫天当中开第一次大会于瑞士之日内瓦。这次大会系本年二月二日开幕。到会代表不限于加入国联各国，总计有六十四国代表之多。各国代表无不各以本国立场，辩护本国主张。就中德，法之争尤为重要。德国以本身先已裁军，主张其他各国亦应在平等原则下一律裁减。法国则谓一般的裁军必须先有安全的保障，而安全的保障必须使国际联盟有国际的军队：这当然是法国藉国际联盟以自护的政策，德国自难赞同。迨后，各国代表相争不决，裁军大会卒至无形停顿。忽然霹雳一声，美国胡佛总统突发各国一律裁减军备三分一之提案。然而这样的建议不啻把企图永霸欧陆之法国及企图独占远东之日本给予严厉的打击，所以法日两国反对特别激烈。结果，不管代表们如何唇枪舌剑，终不能调和列强间不能一致之利害关系，最多亦只落得，如苏联代表李维诺夫所言“美国提案竟提醒与会者使知仍为裁军大会的会员”罢了。终于各国为敷衍面子，及欺掩爱好和平的民众起见，本月二十三日通过了一个空泛而无切实效力的决议案。这决议案包含着下列的内容：

一、欢迎胡佛总统裁减一般军备三分一的建议。

二、同意禁止空中轰击及化学品，导火品，霉菌的战术。

三、促请与会各国限制陆地大炮的口径及坦克车的重量。

四、主张设立经常的裁军委员会。

五、邀请签字于华盛顿会议，及伦敦会议，两种裁军公约的列强，会商裁减海军军备。

决议案是这样马马虎虎通过了，世界裁军问题，绝不曾且也不能因此获得什么解决。在资本帝国主义统治下的世界，尤其在这世界经济恐慌，充满矛盾的时代，不能获得什么解决。单就裁军问题的本身言之，则法之“安全先于裁军”，及德之“平等裁军”两种主张已经是两个不可调和的原则了。另一方面，实际上各国军备之竞争日甚一日，即据胡佛的调查，世界现有军备实已较战前增加百分之七十，这可见世界战祸之不易幸免，而第二次大屠杀的来临只是时间的问题。那时无辜平民之物质的生命的损失恐怕还要比第一次大战时期大大地增加罢。再回想到我国军备之脆弱，人民之涣散，则益不能不令人感觉国亡之无日了。呜呼！

二十九日　今日整整休息了一个白天，精神似已恢复。晚间到国家大戏院（Opera）观剧，院之建筑很为宏伟，雕刻极尽精美，陈设布景亦都华贵适宜，即在波尔多所不能看见的大梯现在也看到了。台前音乐师，总计约有百二十人。今晚所演系著名歌剧《浮士德》（Faust），演来纯熟自然，歌声悦耳，自始至终均无一语道白，确非名角不能胜任。十一时半闭幕，我们便即回寓，犹满含着快慰的心情。惟此院仪注隆重，观剧者均须穿礼服。值此大热天时，不免微感不适而已。

三十日　上午重游卢森堡美术院，固因院内所藏之令人不厌重观，实亦带着散步的性质。下午未出旅馆，数日来的见闻感想，即乘此时笔记之。

三十一日　在苏村刘宅里无意中遇一广西，柳州，谢姓的学生。相谈之下，知故人陈树屏之子，年前来法留学，现则不幸而患疯颠并住疯人院里。至其起病原因，据谢君所述，大约不出下列三种：一，恋爱失败；二，经费来源断绝；三，政治活动失败。这样三重压迫，刺激过甚，陈君精力便不能支。他对于亲人地址亦已不能书写，朋友虽欲代达其家，但亦无法通知。万里求学，竟遭受这种不治之疾，情殊可悯。乃急将陈家地址告之谢君，请其速为代答。想来谢君已经做到了。

晚间，我们到奥特安（Odéon）戏院。所演为一悲剧。自开场以至闭幕都无音乐，无歌唱；纯用疾徐之道白，及各种表情出之。表演艺术极佳，很能动人观听。

八月一日　上午休息，下午参观证券交易所。所内除了备极拥挤的人群和嘈杂无味的声音外，看不出有什么吸引人兴趣的东西。所以我们只停留那里几分钟即行离去。晚到加新娜（Casino de Paris）戏院。歌，舞均臻佳妙。表演虽未能如富丽别舍所见，陈设亦不及富丽别舍华美，但一般戏院比之，当有愧色。

二日　巴黎是欧洲繁盛的中心，也是人类罪恶的渊薮。倘若谁只见过社会上正面的或公开的方面，而没见过反面的或黑暗的方面，那谁就不能懂得社会的真象。巴黎正面的东西很容易看到，黑暗的东西却非有久居巴黎者的引导不行。因此，今晚便邀同张，马，冼三君作一些黑暗情形的探访。先到圣亚婆林街（Rue St. Apoline）妓馆参观。入后，人声嘈杂，烟雾腾腾。一个大厅中靠着墙边摆下几十张桌子，椅子，音乐奏着浪摆舞的曲调，十余对全裸的女子很兴奋地淫态地跳着浪摆舞。有时舞近桌边，格外浪的难堪以勾引男客。乐止，则纷集客前，或索酒饮，或索佛朗。如有好奇的给予佛郎，她便将佛郎摆在桌角，用阴户吸食。一刹那间，佛朗已不知去向。桌角上空留着湿润的余痕。她们挣扎于经济压迫之下，强作欢容，利用仅有的神秘的机能，引客欢笑，藉此取得佛朗，以延续她们可怜的生命。这些，说起来，的确是人类中的耻辱。不过，好奇的人很多，摆在桌角的佛朗被那机能吸进去的，统算起来，倒也不在少数。这里，发现了一件奇特的事情。照情理推想，妓馆的游客谁都会断定是只限于男性的。但事实上却不然。男性固比较的多，女性的也有几位。她们一样地和妓女谈笑，一样地请妓女饮酒。初次见着这样情形的我实在有点怀疑的惊讶。总以为她们是学者的态度实地研究社会问题的。后来听见老于巴黎的人说，这种事实随时都有。看惯了自然也没有什么奇怪。就是巴黎之已婚夫妇，携手同入妓馆的都不知日有多少。如果以百分法计算，恐怕未到过妓馆之巴黎夫妇还要占少数呢。我们本意只在参观，乃付清酒账，转往万国美人馆。馆内陈设的辉皇灿烂。房间数十，装饰各各不同。有仿英国王寝室的，有仿罗马皇寝宫的，中国式的亦有一间，都是华丽奢侈，深具迷人的魔力。另外有一刑架，手镣足铐铁链皮鞭一一都备。导观的为一中年女子，据说，有一种嫖客于性交前，自愿被缚于刑架上，并由别人用皮鞭横扫其身躯，这样刑罚若干时之后，才与预定的妓女真个销魂，谓为另有特别的风趣。说者还举兽类之例以为证。谓有许多猛兽在交尾前，雄者必受雌者凶狠的扑咬，如虎之交媾，雄的必受创伤。又如家畜之猫，在交媾前之扑打，亦为常人所易见。持此说者言之成理，惟已经进化的人类之性欲的冲动，是否有赖于鞭鞑为兴奋剂，那恐怕只有身经者才能知道了。还有一张椅子，看去好像妇科医生诊病用的。据说这是方便大肚皮的嫖客。英王爱德华七世在此参观之后，回到英国闻说也照样做了一张。它的实际效用，可以不言而喻了。随后又游爱神宫（Talais de Venus）及丝芬（Le Sphinx）两处与亚婆林街所见大同小异。酒亦每杯五佛朗。他如女扮男装跳舞之魔娜窟（Monocle）我们也顺道看过，就是穹背屋（La Compole）的宵夜也在最后尝试了。

三日上午写信。下午整理行装。随后张君来谈，至夜始别。

張若谷著

遊歐獵奇印象

中華書局印行

法蘭西巡禮

夢想着歐羅巴大陸的風土人情，已經十多年了。

我承認，我是一個企慕異國情調的人。特別是對於歐羅巴洲，做了多年的憧憬幻夢，六七年前，我寫過一篇文字，記得其中有這樣的一段：

「我渴想到歐洲去走一遭，我不羨慕瑞士的明山秀水，也不留戀羅馬的碑礫遺蹟，却是想到大都會的巴黎，倫敦，維也納，柏林等處去遊覽。我愛看丰姿美麗，肌膚瑩白，衣飾鮮艷，行動活潑的少女；我愛聽出神入化的大規模的交響樂會；我愛看可歌可泣富於魅誘性的歌劇；我愛嗅濃郁馨芬的化裝粉麝；我愛嘗甜蜜香甘的酒醴。……」

多謝造化上智的安排，在一九三三年的夏季，我離開了亞細亞洲的泥土，橫渡了印度洋，紅海，和羅馬人所謂「我們的海，」穿過了歐洲地圖上幾個顏色不同的國土，經過了許多大都市，終於實現了昔日的夢想和志願。

1936年
游欧猎奇印象（节录）

张若谷著

中华书局出版

作者小传

张若谷（1905—1960）：原名张天松，字若谷，上海人。作家、编辑、音乐评论家。1925 年毕业于震旦大学。1926 年任上海艺术大学教授，1927 年任南京革命军日报编辑，1930 年任古巴驻华公使馆秘书，1932 年任上海《大晚报》记者。在一·二八事变后担任随军记者，写下大量战地通讯，获得蔡廷锴将军表彰，被授予抗日军功章。1933 年至比利时天主教鲁汶大学学习，攻读社会学和神哲学。1935 年回国，任《上海时报》记者。1936 年任《南京朝报》主编，后改任《上海神州》记者，创办“大上海人社”，并任《大上海人》半月刊主编。1937 年后就职于《中美日报》报社，编有《马相伯先生年谱》（上海商务印书馆）、《马相伯学习生活》（上智编译馆）等。20 世纪 30 年代发表过很多音乐艺术方面的评论性文章。

选文导读

作者为满足自己到海外游历的愿望，于 1933 年 5 月赴欧。由于一心想要见识自己心目中的“异国情调”，因而游记中呈现的也是与作者的故国同期经验极具差异性色彩的旅行观感。作者在其中以速写的形式呈现了法国繁华都市表象下的种种光怪陆离场景，也揭示了现代城市文明背后的阴暗面。

序

在这一本书里所收集的，是我旅行欧洲的游记，曾发表于国内数种报纸，如《申报》的“欧罗巴洲巡礼”、《时报》的“欧游记”、《大晚报》的“游欧印象”、《时代画报》的“世界都会猎奇记”、《小晨报》的“欧陆猎奇记”等。其中所记的地方，都依我的游踪先后列为顺序。

我于民国二十二年五月十二日出国，去今恰满三年，在欧洲作客共将两年。启程的当初，在二十二天的海行中，先经香港，新加坡，锡兰，印度，埃及；横渡南洋，印度洋，红海，地中海，直达意大利。在罗马淹留一月，朝觐教皇，凭吊人兽圆场，考察法西斯的文物，及新意大利的民俗。六月避暑地中海滨，游摩那哥小王国，观尼斯嘉年华会。七月取道马赛，经里昂，抵法京巴黎。后又折往比利时，在鲁文大学研究社会学及政治学。二十三年的初冬，渡北海至英京伦敦，自苏格兰南旋，经爱尔兰，渡大西洋，沿葡萄牙，西班牙，北非。

统计这一次我到欧洲去旅行，海行五万里，陆行二万里，旅途中随笔笔记所闻所见，这里所发表的，仅限于一部分猎奇的材料。此外还有许多关于政治、社会、文学、艺术的文献资料，将来打算另外加以整理发表；深愿能获安心执笔的机会把两年来观察所得，公诸国内学术界作为借鉴。

张若谷　二十五年五四纪念日

第127页—第163页

法兰西巡礼

梦想着欧罗巴大陆的风土人情，已经十多年了。

我承认我是一个企慕异国情调的人。特别是对于欧罗巴洲，做了多年的憧憬幻梦，六七年前，我写过一篇文字，记得其中有这样的一段：

“我渴想到欧洲去走一遭，我不羡慕瑞士的明山秀水，也不留恋罗马的砖砾遗迹，却是想到大都会的巴黎、伦敦、维也纳、柏林等处去游览。我爱这丰姿美丽，肌肤莹白，衣饰鲜艳，行动活泼的少女；我爱听出神入化的大规模的交响乐会；我爱看可歌可泣的富于魅诱性的歌剧；我爱嗅浓郁馨芬的化妆粉麝；我爱尝甜蜜香甘的酒醴。……”

多谢造化上智的安排，在一九三三年的夏季，我离开了亚细亚洲的泥土，横渡了印度洋，红海，和罗马人所谓的“我们的海”，穿过了欧洲地图上几个颜色不同的国土，经过了许多大都市，终于实现了昔日的梦想和志愿。

最近接到国内朋友们的来信，他们也都是欧罗巴洲的恋人，一个朋友问着：“在古罗马的APPIAN道上，人兽圆场的阴影下，风和日丽的尼斯海滩上，巴黎的圣母堂和比利时的平原中，碰到了什么黄金发或黑发黑眼睛的少女没有？缪赛诗中的意境，在旅程中曾经实现否？请略告欧游后的兴致如何。”

另外一个游历过巴黎、维也纳、日内瓦的朋友写信问起：“你在罗马游得怎样？很希望你告诉我们一些新鲜的事件，尤其是意大利的风情。祝你对于欧洲的姊妹城，都不要失去鉴赏的机会。”

多谢朋友们对于身为海外十万里放浪孤客的关怀，和你们厚情的祝福。我这一次到欧洲来的动机，是很简单，无非是想把自身放在一种新奇异样的环境里，满足青年时期的放浪欲望。同时想多看一点东西，多知道一点事情。

记得厨川白村说过："在外国过着一两年的生活，对于作家是很可喜的而且是很有意味的事。排去在身边牵连的种种困难，从极委曲的生活中翻身出来，在行踪不定南船北马的旅程中，任意来尝自由生活的甘味。即使在旅舍的一隅，片刻的假寐，暂时静悄悄地瞑想一回，或在公园的草茵上享受一种闲散的休憩，不一定要有做什么工作的必要，不管是一年或两年，做一个自由流浪的人，是创造畅舒的整个的生活的良法。"

碧蓝海岸的尼斯

法兰西真是人世的一座乐园，我暂且不说繁华甲天下的巴黎都市景象，先从自然界风景方面，做一个素描。

法兰西在地理上，占有两处不同海岸的特殊优先权，一处是面临着地中海迂回到古文化的国土，另一处是沿着北海遥望见新的世界。其他的国土，自然也都有引人入胜的特征，譬如意大利是充满着艺术和历史，常在一个永久碧蓝天空之下，笼罩在幸福的气候中；瑞士，以山水名天下，在北方天空之下，是一个人间的大花园。

在法兰西的南方，有一个地方叫做"碧蓝海岸"（Côte d'Azur），是世界著名避寒和避暑的唯一圣地，伊兼具有意大利和瑞士两国的优点。这是一个梦境中的世界，一年四季，老是春天的气候，是一个没有冬天的海岸，可爱的太阳，冬天晒暖地土，夏天并不灼热游客们的皮肤，从年头到岁尾，园圃里常常开放着美丽的花草卉木。

欧洲大陆上各国的重要政治家，事业家，富豪，名人，优伶和新大陆黄金国的实业大王，和好莱坞的明星们，一到冬天，都走上旅途，群集"碧蓝海岸"，度假避寒，在那个可爱和暖的太阳底下，追逐嬉戏。

在这"碧蓝海岸"最著名的地方是尼斯（Nice）。尼斯这个名字是从希腊文 Nike 蜕传下来的一个译音，译义解作"胜利"，在那里到如今还保留着许多古罗马帝国的建筑。在一八六〇年，当地居民仅二万六千人，今日已激增至十八万四千余人，每年成千成万的旅客还不计算入内。

自然风景方面，有的是温暖可爱的太阳，碧蓝的天空和海水，金黄色的沙滩，亚尔卑的山麓，翠绿成荫的橄榄树，和各种芬芳奇异的花卉树果。尼斯的“花市”和“百花节”是世界有名的。在较幽静的乡村，到处可以看见房屋的墙上晒满阳光，蔷薇色的屋瓦，环绕着常春藤或蔓延着牵牛花。在赫石性的土地上，滋长着葡萄棚，柔椹和橄榄，和各色各样的松柏。

人工建筑方面，古代的有第十五世纪的教堂古堡，可供考古家的摩挲，近代的有“英国人行道”，可容二十人并肩步行，是世界最大的一条散步广道，从早到夜有各国各色民族的旅客在那里徘徊散步，最注目的是那些戴大阔边草帽和穿着大裤脚管“印度裤子”的女人们，伊们上身穿的是无袖裸胸的游泳衣，手里牵着一头北京小巴儿狗，也有面蒙黑纱穿黑衣的女人，远看好像是小寡孀，但是满街可以看见不少那样服装的姑娘，据说这些都是一九三三年尼斯最流行的女人时装。

尼斯有许多的歌台舞场，都是建筑得非常富丽，最著名的是“堤岸游戏场”（Casino de Jetée），筑于海上，四面临海，全以钢骨建造，坚固异常。内设舞场一，剧场一，赌场一，颇似上海的大世界。此外，有欧洲最贵族化的 Negresco 大旅馆，最摩登化的“地中海宫”（惜于去年冬季已毁于火），闻名世界的大赌窟“蒙德卡罗”（Monte Carlo），距离尼斯只有数小时的路程。

尼斯的狂欢假节

尼斯不单是一个风和日丽避暑避寒的名胜佳境，伊同时是富于浪漫色彩的人间欢乐乡。凡是参与过尼斯狂欢假节的旅客，归去以后莫不娓娓不倦地赞美在假节时期所享受的狂欢乐趣。

每年到了七八九日间，在别处正当溽暑的夏季，在尼斯却是永远和暖明媚的春天，旅囊充实的男男女女，从欧洲各大都会里溜出来，都到“碧蓝海岸”的尼斯，过一个快乐的暑期。蓝的海水，蓝的天穹，蓝的车辆，蓝的眼睛，蓝的宝石戒指，在黄金色的沙滩上，举行盛大的展览会。

夏天在尼斯，永久是风和日丽的晴天，从不会降落半颗雨点，旅客们尽可以悠闲地饱尝海景和太阳光浴的乐趣。到了黄昏，清风徐来，处处是温柔的感觉。一个人静悄悄地独坐在地中海滨冥思，或携了情侣爬越阿尔卑山，或者休憩松柏橄榄树影下披览小说，或者挤在快乐嬉笑的青年男女队伍里欢呼唱歌，多么自由逍遥的生活吓!

在尼斯，每年有许多名目的节假，是欢舞狂歌的日子。在一九三三年的夏季，前后共举行了三个月的节假庆祝。现在把各种节假的名目日期抄在下面，以见当时盛况的一班。（七月二日）地中海宫举行电影节，（九日）儿童球戏日，（十三日）亚尔培王公园（Loie Fuller）舞会，（十四日）法国国庆节，街头跳舞大放烟火，（二十日）国际航空旅行节，（廿三日）摩托脚踏车竞赛，（廿九日）Corso Blanc 夜舞会，（三十日）海上竞技戏，（八月四日）阿尔卑山国际汽车竞赛，（六日）尼斯汽车比赛日，（十日至廿七日）浴装美女选举，（十三日）在古墟剧场表演著名戏剧，（二十日至二十三日）法意两国比赛拳术，（廿七日）足球比赛水球比赛，（九月二日至三日）海龙王节，（七日）美国脚踏车会，（十日）欧洲脚踏车赛会，（十七日）公园夜宴会，（廿四日）葡萄收获节，全城游行跳舞。

每到冬天春天，尼斯的假节比夏天更形活跃，现在根据一九三四年份预定的节假日历，略举重要的节目如下：（一月六日）哥尔夫球戏，（十五日至廿一日）尼斯网球锦标赛，（二十日）皇家旅馆哥尔夫球戏，（廿一日）慈善有奖舞会，（廿三日）法国妇女红十字会游艺会，（廿七日）荣誉勋位会舞会，（二月一日）嘉年华会开幕，（三日）法国救济伤兵会舞会，（四日）嘉年华游行会，（六日）海上竞舟水战戏，（八日）掷花节，（八日至廿五日）尼斯第十届市集展览，（十日）“黄金草”与“红宝石”舞会，（十一日）民众跳舞会，（十二日至十八日）法国南方网球锦标赛，（十三日）法国妇女节，（廿二日）掷花节，（廿二日至廿四日）哥尔夫球戏，是日并举行滑冰锦标赛，（三月二日）“尼斯之夜”盛宴舞会，（三日）哥尔夫球戏，（八日）掷花节，（八日至十日）尼斯哥尔夫球锦标赛，（十日）

白色舞会，（十一日）赛狗节，（十二日至十八日）草地网球锦标赛，（廿一日至廿八日）国际帆艇比赛，（廿五日）孩童掷花节赛鸽节，（卅一日至四月四日）法国外省庆节，（四月一日至二日）国际航空竞赛，（七日至十一日）农产水产展览会，（八日）尼斯游行节，（十六日）运动跳舞会，（廿一日）法国军官舞会，（三十日至五月六日）“碧蓝海岸”草地网球锦标赛。

尼斯的嘉年华会

法兰西外省的人民，都喜欢户外的生活，逢着各种风俗或宗教式的假节，往往都在街头广场，举行各种的游戏、巡行和竞赛。

在从前，举行宗教巡礼时，常有许多教徒，穿了各种颜色的赎罪长袍，——那是一种没有袖子的粗布长褂，背后挂了一只风兜模样的帽子，套在头上只露出面目，在今日有苦修院中的修士还穿这种赎罪袍子的，例如中国前国务总理陆徵祥现也常穿。——到如今，还没有绝迹。在各种保存民俗土风的音乐会中，我们还常可以看见种种古代遗传下来的乐器。

有许多的城市乡村，还按年举行着各种古怪的假节，例如 Tarascon 地方的“怪兽模形像”（在法国南方，每逢圣玛德节日，在游行仪仗队中，常有各种怪物怪兽的演饰），圣玛利亚地方的婆汉迷色巡礼队，和祝海的仪式，圣德罗杯地方的“说大话”等等，都是极有趣味的赛会点缀品。

但在一切法国南方外省举行的假节中，最有精彩而最引人兴奋的，便是尼斯地方的“嘉年华会”。

“嘉年华”这个名词是法文 Carnaval 的译音，是指称一种行乐的节期。本来是一种祭酒神的日子。这个节期，大概都在天主教中禁肉祭节的前几天举行，所以也有人译作“祭肉节”或“狂欢节”的。这一天照欧洲各地的风俗，大家都可以尽量地大吃，大喝，大叫，大闹，大跳，大舞。在欧洲，意大利威尼斯地方，和法国尼斯地方的“嘉年华”节是全世界有名的。

有许多爱寻快乐的人，大半都在二月初赶到尼斯去，专诚去参加每年一度举行的“嘉年华”会。好像中国江浙两省的人，到杭州去赶“香汛”有同样的兴致。

在尼斯，嘉年华会是由当地的市政厅和市政委员会共同筹备组织的，其目的在招揽一般有钱的外方游客到尼斯游览，使市面可以繁荣起来。

法兰西的人民，原有爱寻快乐的性格，常常欢喜借着节假的机会，拼命地寻快活。他们一到了“嘉年华”节会时，分外地玩耍寻快乐。因为这是欢呼畅饮的日子。白天把街道店面装饰得花红带绿，夜上放射灯彩，照耀得像白昼一样。他们组织了各种奇形怪状的游行队，满街乱唱乱走，路上可以跳舞，可以用花朵来掷女人，可以化妆乔扮各式人物，穿上古怪可笑的服装，发狂一般地东奔西跑，拥住了不相识的女人狂舞。大人都变成了顽皮的小孩子，专门和人家寻趣开玩笑，或者散花互相掷击，或者从车辆里拖下美丽的女人搂抱亲吻，因为大家戴着假面具，彼此都认不出本来面目。在这个时节，有许多痴男怨女，都因此而结成眷属的，是数见不鲜的常事。

最好看的，是各式各样千奇百怪的化装台阁。一九三三年度举行的游行仪仗队中，有不少希奇古怪的化装人物，例如：在一部骆驼形的车上，驼峰上高悬一只蛇头戒指，中央坐了一个穿运动短衣的少年，陪了一个拿大毛羽摺扇作公主装饰的少女。在一只马头船上，大肚皮的巴黎男神抱着娇小的海莱纳女神。一只善唱歌的夏蝉，在哀乞一只吝啬的蚂蚁借干粮。一只猴子大王望着座下的牛羊鸡豕，馋涎欲滴。一个秃子头上和大鼻子上顶了许多蚊虫（大约是一个哲学家）。一个长发长须的音乐家，骑在一只三头鸟上乱舞着指挥杖。

巴黎不是天堂

美国人有一句俗语：“生前不能横渡到欧洲，死后灵魂必要飞到巴黎去。”

到巴黎去！到巴黎去！十年来在友侪间当作口号的一句口头禅，居然在一九三三年七月一日实行了。

在没有出国以前，在我理想中的巴黎，是一处仙境，一座天堂，一块乐园。等到跨出了巴黎车站，踏上满地车票戏单的马路，坐上男女杂沓的咖啡馆，闯进男女野合的森林，才发现了巴黎的真相和它的特征。巴黎不是天堂，不是仙境，不是花园，而是人间的欢乐乡。

卢骚失恋时，从瑞士漂流到法国，他企图到魅惑的巴黎去追求欢乐与安慰。结果，等到现实的巴黎放展在他眼前，惊破了他憧憬的幻像中的巴黎。他在《忏悔录》中，他忠实地诉说他的悲哀。

初次到巴黎，巴黎给我的印象，虽不及我想象中那样的美妙。因为，在往巴黎的旅程中，我先在“永久之都”的罗马淹留一月；又在法国南省“碧蓝海岸”一个人过着蜜月生活。看惯了天空碧云、海上碧水的我，一朝跌进了这声色旋涡的万花镜中，的确觉得有些慌张，但是我对于巴黎，并不失望，也没有悲哀的心绪。

记得莫泊桑似乎说过这样的话：“人生没有我们想象中那样的美丽，也决没有想象中那样的丑恶。”凡是真能体会这两句话的意味的人，才可以和他讲谈巴黎欢乐乡中形形色色的生活。

在这一篇都会猎奇记中，我并不描写巴黎的名胜遗迹，因为那样游记式的文章，已有许多人写得很详细了。而且，有《巴黎指南》一类的旅行书籍，可资参考。我也无力把巴黎及巴黎人的生活赤裸裸展陈于读者诸君的眼前，因为我是一个东方的旅客，对于真正巴黎人的欢乐淫逸生活，虽心向往之久矣，但是没有实际的见闻经验。这里所写的，只限于我私人猎奇趣味方面，随便画一张速写罢了。

放浪杂剧场

到巴黎欢乐乡的第一步，便该踏进放浪杂剧场去。这种专门表演放荡不羁杂剧的场所，女优们都是袒胸裸腿，在美玉真珠般的肌肤上，披着稀薄灿烂的衣饰，而美其名为“音乐厅”（Music-Hall）。其中最著名的红女优，芳名迷死登凯德，是一个半老徐娘，因为擅长化妆，而又工于媚术，巴黎人受她诱惑的不可胜计。尤其是来自美国的富豪，为了要博她魅惑的流眄，不惜一掷千金，替她添置衣裳。迷死登凯德所储藏的流行时装，都是她施用煽动富豪情欲手段换来的，她靠了那几千百套炫异妖艳的衣裳，常保持她在放浪杂剧界女王的地位。

在放浪剧场中，有很多的娼妇，她们在座观剧时，谁都瞧不出那一个是闺秀，那一个是神女。因为贵妇与娼妓，个个都是盛装而往，个个都是娇媚万态。直到剧艺中辍休息时，在行廊的天鹅绒栏干前，你可以看见有一个单身女客，裸着大理石纯白的胸脯，一双情欲的眼睛，故意伛身整理齐裾的丝袜袜带，裸出白玉的腿，又摆动着胸部隐约可见的坚圆乳房，这样的姿态，可以挑唆正在偷看她的男人的情欲，必有相当的效果。因为在这种场合的娼妇，出五十方至百方之数，便可以满足男人的雅兴。

至于舞台上且歌且舞的女优们，都穿眩人心目的豪华绢裳，缀着宝石羽毛。初次到巴黎看见女人，觉得巴黎女人是世界上最美的女人。她们都穿极简单极稀薄的蜘蛛罗衣，但是，个个都是健全的肉体美。在舞台上，陈列了百人以上的裸体美人，她们都是半裸或全裸，有腿与腰均齐的曲线美，圆滑的肚皮，饱满的乳房，不啻举行裸体展览会。那些人体曲线所鼓动的波浪，和明眸脸部的优美表情，并可使观众升华到肉的仙境，目眩心惑，鲜有不为隔座娼妇肉体的温味所征服的。

蒙马德之夜箱

捷克人有一首民谣，大意是说“捷克是早晨，英国是正午，法国是黄昏，西班牙是黑夜”。这大概是指称欧洲各种民族日常生活的特征不同点。

巴黎的黄昏固然可爱，——住在上海的人，喜欢黄昏在霞飞路一带散步者，必会相信我这句话——但是，巴黎的夜生活，尤其是可爱。

巴黎夜生活的中心，在蒙马德一区。你若使从放浪杂剧场出来，脑袋中还留着那绚烂绮罗的布景，轻罗半裸乱舞女优的群像，使你神经异常兴奋，不能回寓安眠，不妨到蒙马德区的几家大小欢乐场中去过一次夜生活。

那些欢乐场所，都是有舞蹈表演的食堂，场所并不广大，每夜从十点起开始营业，所以有“夜箱子”的别称。到这些“夜箱子”里去最好是男女两人，占居一小桌，两人持盏依偎，倾听高台上管弦乐队的伴奏，那出神入化的美妙旋律，激动着两个青年恋人的心弦。若使一个人独坐一边，邻桌的女人自然把秋波放送过来，甚至于把香烟喷到你的脸上，使你沉醉在梦想的女人乐园中。要博得这些人间天使的宠爱，全夜的代价，是法币二百方。

有了可爱的女人作伴，你便应该解开悭囊，最好订一间特别隔离小室。两人很亲密地偎坐在一起，遥听细微的音乐，吩咐庖丁预备催情的冷餐，盐渍鲜虾，冷肉，和其他刺戟官能的药剂饮料，阿白生和香槟，随便你拣选。在特别室中香槟的代价，从百方至三百方间。

冷食和烈酒，把男女的情欲燃烧起来，男人搂抱女人软滑的腰，女人偎倚在男人的怀抱中，恣情放浪地接吻，两人的理性都麻痹了，只有兽性和下意识，支配了现代的亚当与夏娃。

爱神的殿堂

法国是一个不禁娼妓的国家，在巴黎各热闹的市区，公娼馆林立，等于出卖商品百货店。但是仍有许多好色的登徒子，不愿在公开的人肉市场中出入，他们喜问津私娼，于是“秘密之家”便应时产生了。

所谓“秘密之家”，颇似中国的“私门头”和“半开门”，从外面瞻望，是一家普通的住宅，不过铁扉虽设而常开，熟悉此道的人，可以自由出入。如有穿夜宴服的男人，一走进爱神“爱罗斯殿堂”时，便有贵妇人模样的女人微笑出迎，领入一间布置井然的卧室，椅桌床几，都有古典优雅的意味。

在“秘密之家”中所能引致的女人，她们都穿宽弛的衣裳，也有上身仅一披肩，略掩乳房，下身缠一幅透明的绢布。问津的客人，可先在一间四面挂着镜子的密室里，窥视女人的光泽的肉体，而后再和那个贵妇人接洽条件，代价大约自二十方起至一百方止。

在这种私娼家里，卧室中贴着有警察厅的卫生布告：预防花柳病，“使用某种药剂”的文字触人眼帘。国家的官场文告，会闯入秘密的卖淫窟，可见法国性的关系的解放一斑。

所谓秘密活动电影，也常假“秘密之家”开映。这不是寻常的春宫电影，是一种变态的性的享乐。映演时，在一间六角形或八角形的秘室中，壁上描绘各种艺术的春画，主持者雇用一个富于肉体美的女人，扃居室内，接待临时不速之客。壁为特制，可供人在壁孔窥视，无异看西洋镜。

还有一种变态性的表演，叫做“拷问室”。在一间秘室中，四壁张挂红色的天鹅绒，象征罪恶的血污。室中设一高台，敷黑色天鹅绒，另置黑色长椅及木制十字架一。表演时，将一全身赤裸的女人，手颈缚在十字架，另一裸体黑奴，持白桦制的鸟羽柔鞭，向女人全身笞击，或将女人仰卧长椅，鞭笞胸腹各部，女人辗转乞怜，使参观的人，觉到一种莫可名状的快感。一般的观客，大抵都是精力消耗的老年人，他们都愿意出很高的代价，以满足他们的残忍的感兴，发泄他们的虐待色情狂。

结婚媒介业

挽近在上海，职业介绍所的组织，颇流行一时。在巴黎，有一种所谓“结婚媒介业”者，是投合一般征妻求夫抱着结婚志愿男女而设立的机关。最初的动机，是在调查男女双方的年龄，趣味，志望，从中介介绍，指导促成理想的和合法的结婚，这种成人美事的组织，原来是值得赞美的。

这种职业的“月下老人”，无论其组织怎样的完备，用意怎样的高尚，总免不了有不良份子掺入，以至于发生种种的流弊。

当初侪于正当事业中的“结婚媒介业”，为了能履行严格的条件，常以理想的合法的结婚为前提，所以尚能受社会相当的信任。媒介业也次第发展。后来，为了贪图金钱酬报的原因，竟致一落千丈，一般善良的男女都裹足不敢顾问。于是，“结婚媒介业”的广告，都被屏弃在图书杂志的猥杂小广告栏了。

媒介业事务所的布置，表面上是和其他的事务所一样，有电话，写字台，打字机等的设备，有会客室，书记室，事务室，有自动旋转椅子，有侍僮，有主任。会晤主任的时候，只要你把理想中的配偶和所希望的详细条件提出来好了。

无论你希望娶得一金发少女，大家闺秀，或小家碧玉，甚至于要求一个变态性欲的对象。媒介业的事务主任，可以在所内登记表内介绍一个恰好如君所望的女人。不过你须缴付介绍手续费，费额最低五十方，最高五百方。

在男当事人方面，十人中有十人，他所要求的女人，是要美貌而且绝对的处女。

这是一个非常微妙的问题。出入于结婚媒介业事务所的男人，他明知道这里是一个商业化的机关，在商品化的女人中，要去物色绝对的处女，这不是故意和媒介人开玩笑吗？但是聪明的"月下老人"，都是具有巧妙的手腕，只要你肯破费最高的代价，缴纳介绍费一千方至二千方。他会使一个在一周前失身的少女，依然不失她的处女性。有时，也会特地到贫民窟中去诱致真的处女，以满足委托当事人的要求。

色情小广告

外方旅客，孑然一身，作客巴黎，如感到孤寂无聊的时候，想和放纵的爱情接触，不妨利用色情"小广告"来解岑寂。这些所谓"小广告"，并刊入日报的分类广告栏中，另有专门的图画杂志登载。最著名的有《巴黎生活》《巴黎杂志》《色狂之页》《性之叫喊》等等。

在这许多色情狂的小广告中，大半都是男人出钱刊登的，譬如你出了十方一行的代价，拟了这几行启事：

"某东方青年，年三十岁，体格健全，受高等教育，富于爱情，征求一相当年龄的淑女，作为伴侣。通迅处由邮局某号信箱转交。"

这样几行广告，登出不到两天，你便可以收到这几种内容不同的覆信。

第一封信，是衣装店里女售货员寄来的，她是一个廿二岁的职业少女，生活独立，富于现代的快乐趣味。每逢星期日，空闲寂寞，理解爱情，能迎合男人的欲望及兴味。

第二封信，是一个有夫之妇寄来的。她告诉你，她的丈夫是一个精力消耗的老年人，而且生性吝啬多疑，她的年龄很青，愿意无条件接受你的一切要求。

第三封信，是一个被人遗弃的女人寄来的。她说二年前她苦恋着一个男人，男人负心，不别而行。她今日无所依归，君如能担负每月三百方的房租，她肯和君同居，肉体与爱情，全归君有。

第四封信，是法国外省某餐馆侍女寄来的。她因为厌恶当地的生活，有志到巴黎的影戏院做卖票员。如果你肯寄她六十方的旅行费，她必定赶到巴黎你的寓所来面谈一切。

在你所刊征求女侣的广告栏中，你同时可以发见其他同样的启事。其中有许多堪玩味的字句。例如："某男，性诚实，求知英语之妇人。""某男，求好笞打之妇人。""某男，性质温良，求有自尊性之英国妇人。""某男，好笞打，求欲得笞打快感之妇人。""某青年，征求旅行伴侣。"甚至于"某女，征男友。""某女，求爱侣。"种种形色的小广告，不胜一一枚举。

此外，还有结婚媒介的广告，有爱人幽会通信，有春药品出卖，以及猥亵写真，春宫秘画，一切全然不道德货品的广告。巴黎之大，无奇不有，那些色情小广告，已足代表巴黎淫逸生活于万一了。

巴黎一昼夜

如果欲在巴黎过整个二十四小时的生活，有几个必须遵守的条件。第一，必须年纪青；第二须有女伴，最好已经结过婚的；第三，最好袋里藏着来回车票；最要紧的条件，便是应该有康健的身体和饱满的精神。

外国旅客一到巴黎，先到旅馆里去洗一次澡，除了清水以外，切忌另和其他的流液接触，换一句话说，不要饮酒。年青的先生太太们，请你们牢记着这第一条节目，上午九点钟，是到“和平咖啡馆”（Café de la Paix）去吃小早点。

在人行道上，咖啡馆老班为了要吸引外国旅客及从乡村出来的外地人，布置着田园风味的花草景饰，咖啡馆的墙壁上画着很鲜艳的蔷薇花图案，对面是歌剧场，两相对照，正像是乡间的市政局管理峙立在田园中一样。在蔷薇花底下，两杯冲牛奶的咖啡杯前，一对青年的夫妻，把二十四小时周游巴黎的节目，商议决定好了，一等吃完了小早点，女人第一个起身，向和平路走去。

九点三十分，在和平街。

在夏天时节，早晨的太阳光，照射在宝石上发出眩目的光彩。到了冬天，晚上的电灯光，朗耀若昼，玻璃窗变成了水晶宫，一切灿烂的珍珠钻石，撩乱人眼，只有真正的老巴黎，可以在这条首饰店的街道上安详地散步，不会受那些发亮东西的诱惑。但是在外国旅客看来，好像是踏进了金玉宝库一样。因为那些雪亮的金刚钻，白热的灯光，红宝石和绿翠玉，可以命令每一个女人驻足不前。在世界上，没有其他的街路可以同样地使她们留恋忘返。在一百年前，巴黎的金银首饰店，都集中在王宫左右。到了今日，都迁移到这条不很广阔的和平街来了。

十点三十分，女帽店。

虽则离开换帽时节还早，年青的女人不妨为保护她的美丽的头发起见，到店里去拣选一只流行的小帽子或大帽子。在兰蒲（Rebonx）那一家帽铺的大镜子前，女人只看见那顶漂亮的大阔边帽儿，男人只看见他的美丽的女人。

十一点，女衣装店。

二十年来，自从欧战以后，世界上各个大都会大大地改变了面目，不消说得，她们还要层出不穷地变化下去；可是只有巴黎，她永久是世界流行时装的策源地。那些专做衣装活动展览广告的年青姑娘们，在主顾面前，故意装腔作势做出种种优美的姿势，看得男人眼红心跳，女人生出妒嫉。结果，是女人夺得了那件动人的美丽衣裳，命令被雇的少女把衣样脱卸下来，披在她那个并不配合身材的身上。男人呢，掏出皮袋数钞票。

正午十二点钟，在亚加雪亚大道散步。

每天到了正午，是豆花球树林荫大道上最热闹的辰光。在这个时间，可以看到巴黎最漂亮的马，最名贵的狗。有钱的巴黎男女，差不多都有声色狗马之好。还可以看见受保姆监护的婴孩们，戴独片眼镜的绅士，阔人的汽车，小孩子的睡车，巴黎的绅士淑女等等。

十二点三十分，饭前的开胃饮料。

现在我们的一对青年男女，安步的走到拉吕（Larus）饮料店里，他们不像其他从乡间来的游客，一到那里，便闯进店里，坐下来，匆匆忙忙点菜吃饭。他们在店前人行道上，拣两人合坐的小桌子坐下，那些红漆的椅子，对着前面淡棕色的建筑物，他们各人饮一杯“巴多”酒，一面鉴赏对面玛达莱纳（Madeleine）庄严的石柱大门。

下午一点，午餐。

到了午餐时间，我们的青年主人公，可以跟他们的口味随便拣一家餐馆。在星角场凯旋门附近，有一家叫做高尼老夫（Karnilof）的，是保存着纯粹俄国烹调的风味。或者到“勒陶亚洋”（Ledoyen）那一家去，他四面装着玻璃的窗户，无论那一个时节，都像坐在香海丽榭（Champs Elysées）的花园中一样。外国的旅客们，如其欲一尝法国历传庖厨的风味，最好是到“大滑蛋”（Grand Vatel）去。如要价廉物美，则莫如到“公使们”（Les Ambassadeurs）那里去。在这里，有红的玫瑰，蓝的墙壁，女人的嘴唇是红的，女人的衣袍是蓝的。

三点三十分，游蜡人馆。

男人发起到蜡人馆去，他以为女人必定要瞻仰那个公债票舞弊案的主犯，巴黎老白相人斯达维斯基（Stavisky）的丰采。因为男人的心理，以为女人都是英雄崇拜者。在参观的时候，看守人告诉他们，在斯达维斯基像原来的位置，本来陈列着那个毒杀亲生父母逆伦案犯紫罗兰姑娘的蜡像。这个女罪犯的模特儿，是参考其他杀人犯的解剖模型而塑成的。

四点三十分，饮茶。

虽则巴黎人不很喜欢到香海丽榭去饮茶或喝咖啡，因为那里的街景太富于变幻。但是外来的旅客，却都视为是一个名胜的所在。

五点三十分，小酌。

蒙巴那斯（Montparnasse）那一个地方，是巴黎另一个幻异的区域。那一家叫做"圆屋顶"（Coupole）的咖啡馆，是艺术家，优伶，娼妓们聚集的中心地。你坐下不到半点钟便可以看见全世界各国各民族的代表典型。形形色色，比日内瓦开国际联盟会时还要热闹好看。

八点钟，晚餐。

吃夜饭到了时间，又发生吃午餐时间同样的迟疑问题了。"路易伯伯"的那一家，原来是从前王家的驿站逆旅。"高丽大"（Corrida）是专门烹制西班牙庖厨者。如其要吃远东的风味，"巴斯加"（Pascal）的中国菜还不坏。这里有一家可以尽兴到第二天早上的，是叫做"马克西姆"（Maxim），那里的管弦乐队，常常奏演"风流寡妇"的乐曲。跳舞厅完全给快乐的女人们占居了，虽则她们并不完全是寡妇，但是可以说都是非常爱干风流事的。至于男人们，也为了要保存古风起见，都喜欢穿镶嵌金钮子的红色制服。他们的制服，穿得长久了，并不鲜艳，可是他们却不愿穿现代流行的黑色夜礼服。年轻的外国男女，都喜欢到这里来享受一世纪前的逸乐生活。

九点钟，到香海丽榭看俄国舞蹈。

我们年青的主人公，知道俄国的舞蹈，是非常流行于巴黎。他们可以在舞台上看见许多跳荡的肉腿，红的缎鞋，那个现代浮士德——彼得契加（Petrouchka）的苍白脸孔，和许多用脚尖舞蹈的姑娘们。在中间休息的时候，观众从大理石的庄严梯阶走下来，在对面大阳台上，可以看见另一个美丽的舞台幕景。巴黎最时髦的女人，穿着最漂亮的服装，在那里开时装展览会。单是她们各种头发的颜色，已足令人欣赏不已，金黄的，雪白的，栗棕的，个个是齿白唇红，眉开眼笑，竟有许多男人，买了票子，特地来看休息时间的妖媚女人的。

午夜三十分，滑稽舞蹈。

最足以发挥法国人诙谐性的艺术表演，莫如“法国的喧嚣舞”（French CanCan）既发嚎，又狂热，而且都是含着幽默快乐的成分。多谢老天，纽约流行的“爵士”歌曲，还没有闯进到这个舞场里来。那些不穿衣服，只用鸟羽，花草，或其他自然界物掩饰的裸体，叫男人看了兴奋，叫女人看了迷惑。

一点三十分，半夜跳舞场。

如果有兴致继续穿过蒙马德（Montmartre）的不夜区，这里有许多的半夜舞场。一家叫做“希海刺若德”（Sheherezade）的，是一家充满匈牙利风味的舞场，常聘请匈牙利的土风音乐家表演各种乡土音乐。一家叫做“佛罗稜萨”（Florenence）的，是意大利舞场，在香海丽榭附近有一家叫做“老海口”（Le Vieux Port）的，完全是海滨的情调，每夜从十点起到第二天清晨，表演各种水手热舞，其中以“法国的喧嚣舞”为最有精彩。每到舞场空气紧张的当儿，男人可以把领带解下，女人可以把头发分散。在那里虽没有投掷“共欢蒂”（Confetti），也没有裸体的诱惑，只有露胸袒背的媚女人，和那野蛮的“萨克松风”的音乐，可以使人回复到原始人类幸福的境界。

三点钟，蝙蝠舞场。

蝙蝠舞场，是戏馆散场后唯一可以消夜的场所，这不是一个专门表演舞蹈，同时也可以供男女跳交际舞的场所，在这里，可以跳舞，可以打趣，可以大笑。音乐来自匈牙利，还有许多消魂荡心的特别余兴节目。

五点钟，赶早市。

天空作鱼肚色的时候，不妨从半夜舞场出来到街头呼吸一些新鲜的空气。到街头咖啡摊上小坐片刻，可以看那重笨的木轮车，从郊外走到城市来赶早市。车上装满了红的果子青的蔬菜。在罗佛美术馆里，看不到这样生动的图画，如果要尝新鲜果子的味道，不妨到菜市场上去自己拣选，不但价钱巧，而且货色又来得清鲜。

六点钟，到“和气伯伯”那里吃大蒜汤。

早上六点钟，巴黎的男女都还在甜蜜的酣梦中。出卖早点的馆子还没有开门。如果肚里要放一点热东西，不妨到“和气伯伯”那里去吃碗大蒜汤，喝一盏锌杯的白酒，一只月弦形的热面包，一杯奶沫咖啡。一夜的疲倦，靠这一顿热食，又把精神振作起来了。

第二天八点钟左右，我们两位的青年主人公回到他们的旅馆里，男人伸一个懒腰，女人打一个呵欠，两人没有上床的时间了。他们要赶上早班火车，洗一次冷水浴，整理简便的行装。在火车上，他们正可以做长时间的休息。

下次再见！不分昼夜的巴黎呀！

巴黎的出差姑娘

一九三三年的夏天，在地中海上我乘着从上海到威尼斯去的意大利特快邮轮，同船的旅伴，忽然豪兴勃发，发起一次化装跳舞会，同船的一位德国太太，平日和我常用上海话有说有笑的，听见乐队奏着“蓝的多瑙河”，要求我伴舞。我想出了一个不成为理由的理由，拒绝了。她老不高兴地回答我道：“你到了巴黎以后，一定会破戒的。若使你不跳舞，你便没法和法国小妮子们亲近。”我说：“等我在巴黎学完了，我一定赶到柏林来专诚伴你跳舞，我给你保留优先权好了。”这样一来，我终算一次逃过了跳舞的难关。

第二次，是在一九三三年的冬天。比利时国鲁文古城的S姑娘，在庆祝耶稣圣诞的夜宴会中，承她青盼，要求我伴舞。我又想出理由来拒绝。S姑娘露出惊讶的神情，她柔声软气说：“你不会跳舞吗？我来教你。”“不，恕我不能奉陪。”“为什么呢？因为我不愿意我将来的未婚妻，和他人跳舞，所以我自己先以身作则。”S姑娘不禁笑出声来：“那你一世不会找到这样一位未婚妻。”我答道：“在欧洲当然不会找到。但是在中国，有许多许多的姑娘，她们是在征求不会跳舞的青年做她们的未婚夫吓!”

一九三四年的耶稣圣诞，我回到了上海。一碰见相别两年的朋友们，大家都问起我在欧洲几个大都会中的生活情景。相熟的朋友，尤其是对于欧洲女性，特别感到兴味。要我写一点关于巴黎跳舞的情景。我当场口头答覆：“鄙人郑重声明，在欧洲住了二十个月，但是从没有涉足舞场。”并非自命清高，实在为了不会跳舞，跳舞文章无从写起，姑且把在巴黎作客时所耳闻的跳舞场的新奇事情，报告一下。至于其中详情，因为没有亲眼看见，如有不尽不实的地方，还须请从法国回国的“巴黎通”加以考证。

在上海，一般会讲英国话或会讲洋泾浜英文的人，都知道“祖克西”这一句话，便是指称“出差汽车”。在巴黎，近年来流行一种新名词，应用英国话中的“祖克西狗儿”，译成中文，便是“出差姑娘”。这里所讲的“出差姑娘”，并不是上海妓院中出堂差的姑娘，而是巴黎舞场中一种舞女的别称。因为有一种舞女，在她们身上挂着有特殊的标识，是一只用珍珠镶成号码的饰针，正好像汽车上的照会号码一样。舞女的职业是迎接客人，谁都可以和她亲近，正像出差汽车专供大众乘用一样。“出差姑娘”这个新名词，正可以日本东京银街头的“手杖座娘”（斯的克狗儿）互相比美。

下面，是一个巴黎“出差姑娘”的写照。

在巴黎舞场进出的人，都久闻“老九”的芳名。她是一个温柔沉静的少女，富于神经质，她有苗条的腰身，喜欢穿袒裸胸背和双臂的黑缎衣裳，右腕带着两副白金的巨镯，衬出冰雪肌肤诱魅的肉色。左胸脯前插着一只钻针，作名片式，缀着一个“九”字。

“老九”是一个标准的“出差姑娘”。她是一个价廉物美的舞伴，大众可亲，她不善饮酒，从不诱劝舞客饮酒，作无谓的消耗。

“出差姑娘”的总制造厂，设在亚美利加。善于作企业的美国人，收罗大批年轻美貌的姑娘当作原料，加以人工的训练，结果大量生产出一般没有灵魂的舞女，一批一批输运到欧洲大都会的舞场中廉价出租。

当“出差姑娘”们没有输出美国的时期，在罗施福上台以前，租一名“出差姑娘”的代价是美金一元。到了今天，自然更加便宜。

后来在美国市场上，发生“出差姑娘”过剩的现象，后起的姑娘们，不得不另求新出路，于是第一次出口，运输到了英国。

最近，又推销到法国，巴黎人士非常欢迎在这种迎合时间经济的出产品。虽则“出差姑娘”们已在纽约伦敦出过了风头，可是在巴黎的号召力，仍旧非常盛大。

“老九”是隶属于一组舞女中的第九名，全组共有舞女十二名。每夜从九点起至十二点半，常出现于蒙买德的某舞场。这家舞场有双层门户，严禁一般抱揩油主义的恶少们闯入。一个面相和善可是体力过人的男子守在门内，这便是舞场的老班。入场者，在一张玻璃柜台上，先付一法郎五十生丁，买一张有号码的蓝票子。若使要跟“老九”跳舞，便买九号票子。在后再向舞女们胸襟或背上挂着的钻针对号，便可以找到舞客们所选择的意中人。

“老九”收到了九号蓝票子，她便先向你送一个微笑，把票子一折为二，撕下一半，投入一只柜内，其余一半，放进到手提袋里。在六分钟内，她便把整个柔软的身体出租给你。

在这六分钟内，你不必客气，可以搂抱着她，她是全部归属于你，你便暂时占有了她。你可以和她说着最大胆的话，最刺激的事件，或者施展诱惑的手段，但是，不能越出跳舞的范围。

“老九”每夜平均出差四十次，都是在光滑地板溜步。若使要她出差到舞场之外，当然须另缴付保证金，数目是由老班临时规定。不过每次回舞场时，须检查一次。因为主持这种“出差姑娘”的主人，正像经营出差汽车的经理一样，常常须检查车身漆色是否有损害，机器是否洗涤干净。因为有关主顾的安全问题，不得不防前善后。可是伶俐的车夫，每乘车主不备，常会很巧妙地揩油。即使察出破绽，最多出一笔赔偿金便可了事。

凡是喜欢跳舞而没有到过巴黎去的人士，在上海，也可以找到变相的“出差姑娘”。据几个上海老白相人报告，最近有几家舞场，舞客付一元钱，便可以任意拣选一个舞女，全夜包下来，不限次数，尽你搂抱着软腰在光滑地上溜步。不过所不同者，那些都是罗刹姑娘，和亚美利加总厂的制造品大不相同。上海的罗刹姑娘，其廉价招揽主顾，在服务一点上，和巴黎的“出差姑娘”或许相同。但至少，还没有编列成汽车照会式的号码。

我是三十岁的人了。足迹总算踏过世界几个大都会的泥土，但是却还没有尝过搂着软腰在光滑地板上溜步的风味。大约此生在跳舞方面，不会有什么新的贡献吧。

里昂風景

我回祖國，已經十二年，這次重新到法境、就好像又到故鄉一樣，尤其是里昂，在讀書時，曾長時居留此地，所以覺得一草一木，都可以回溯我從前的情景，一幕幕的舊事，又重印到我的腦海裏。

里昂城內沒有什麽大改革，郊外的變動，却非常差別得利害，我曾經去拜訪舊日的房東，雖然因爲街市變更了很多，但我究竟是舊地重遊，却也並不難找，等到我進去見着房東主人，他雖然十二年來加了許多老景，額角上已經增添了不少光陰所刻劃的年痕，但是面目却依然一望可辨，他見了我却不能立時認識，大概因爲青年人到

1937年

欧美旅途随笔（节录）

吴琢之著

江南汽车股份公司出版

作者小传

吴琢之（1897—1967）：原名其相，号叔屏，江苏太仓人，企业家。1914年入上海南洋中学读书。1917年辍学，在上海求新机器造船厂任绘图员兼厂工人夜校教员。1919年7月赴法留学，从里昂工业学校汽车专修科毕业后，就职于法国百里安汽车制造厂。1928年回国，历任上海沪太汽车公司机务总管、浙江省建设厅技正、公路局机务总管和代局长等职。1931年，吴琢之任南京江南汽车公司经理，亲自参与设计并研制成功国内首创的行李拖车。1936年秋，赴欧、美等九国考察公路运输。抗战爆发后，任国民政府军事委员会西南进出口物资运输总经理处少将副主任，兼任公路运输组组长。抗战胜利后，先后任上海公共交通公司筹备委员会副主任、江南汽车公司总经理等职。新中国成立后，历任江南汽车公司经理、江苏省交通厅工程师、中国机械工程学会南京分会常委等职。1952年参加中国民主建国会，1957年加入中国农工民主党。曾当选为南京市人民代表、江苏省政协委员。

选文导读

作者此次法国考察属故地重游，每到一处忆及旧人旧事都颇有感触，尤其在其得知想要拜访的旧友早已不在人世后，更平添了许多伤感的情绪。在这部游记中，作者从自身考察的目的出发，对法国的城市交通和公共设施的建造进行了重点关注。此外，还详细介绍了自己参观的汽车制造厂和修理厂。在介绍法国国情时，每有涉及与中国进行对比的情况也会流露出对其时国内状况的不满情绪。

第一四二页一第一七三页

（四四）旧地重游之里昂

日内瓦留仅三日，就到了法境里昂，住的一家旅馆是李石曾先生到法时常住的，这次我去寄宿，他们极表欢迎，招待亦很殷挚。

我回祖国，已经十二年，这次重新到法境，就好像又到故乡一样，尤其是里昂，在读书时，曾长时居留此地，所以觉得一草一木，都可以回溯我从前的情景，一幕幕的旧事，又重印到我的脑海里。

里昂城内没有什么大改革，郊外的变动，却非常差别得厉害，我曾经去拜访旧日的房东，虽然因为街市变更了很多，但我究竟是旧地重游，却也并不难找，等到我进去见着房东主人，他虽然十二年来加了许多老景，额角上已经增添了不少光阴所刻划的年痕，但是面目却依然一望可辨，他见了我却不能立时认识，大概因为青年人到了中年，变动得最剧烈吧！后来经了我的说明，他才想起了，和我欢然道故，我看见会客室内的一切布置，都是旧日规模，壁上的钢笔画，就是我回国时所送他们的，他还依然陈列着，我进去看了之后，推窗四望，觉得庭院面目依旧，而寄宿的主人已非，现在我好像旧日燕子，飞回故梁，不觉起了无限怅惘和憧憬，留恋了好久，直到夕阳在林，暮鸦归巢，才懒洋洋地拖着倦步回到了旅馆。

次日到山上的中法大学去拜访校长宗先生和潘秘书，承他们殷殷地招待，同到山顶上游览小铁塔。

里昂是法国的中心大城，工商业非常发达，我国的留法学生，和华工，因为有中法大学和工厂的关系，所以也比较多些，在中法大学附近有一家中国饭店，从前我在里昂的时候已经开设了，这次去，虽然经历了多少年的人事沧桑，仍然还开着，我不觉为它欣慰，但是这家店主人告诉我说，现在生意已经大不如前，除了星期六或星期日外，简直门可罗雀，因为现在我国的学生大都改吃西餐，言下不胜唏嘘，我晓得这位店主，原是做华工而到法的，他在工作的时候省吃俭用，被他积下了许多钱，这次我去，他告诉我，生意虽然不很好，但他依然苦苦节省下钱供给他儿子读书，现在他的儿子快要在商业专门学校毕业了，在他说的时候，固然非常得意，就是我听了之后，也代他十分欣喜，我想我国在法国的华工人数很多，在从前因工作上而获到优厚工资的人，恐怕也不在少数，但是他们在这纸醉金迷的环境里，都忘记了过去的困苦，也不注意到将来的生活，只管挥金如土的浪费，等到不景气的潮流到了，才知悔悟，已来不及了，这样的人据我晓得的已经很有几位，这位餐馆主人他却能够省俭刻苦，积蓄些钱来做生意，已经是难能可贵，而且能够不惜费用培植他的儿子，使他们读到专门学校毕业，成就了专门人材，虽然营业欠佳，但仍不惜艰难困苦的供给，而便学业成就，在别人眼里好像是为儿女作牛马，可是他这样的行动，不但是完成了做父亲的责任，尤其是对国家也尽了极大的帮助，替国家造就了人才，比起国内一般守财奴只知积蓄金钱产业给子女，对于教育却不注意徒然造就了无业游民社会蠹虫的不知要高到多少倍，我想这样的人，可以说是模范华工，也可说是模范的父亲，所以我代他欣慰之余，更加肃然起敬，最后我替他的儿子祝福。

（四五）前尘影事话巴黎

巴黎也是我旧游之地，在那里很多朋友，因为巴黎的人，是热于情感，感于国际畛域，却是看得很淡漠，不像美国人的势利，英国人的矜持，德国人的傲岸，日本人的阴险，所以我在法国六年中，很有许多要好的法国朋友，尤其是一个青年的同学。

那时候，我们是比邻而居，意气很投，除了读书之外，常在一起，或者同往公园广场闲游，或者同至大道散步，春秋佳日更相约同作郊游，在绿草如茵的地上，天南地北的纵谈，已经忘了形迹，分不出我是中国人他是法国人了，我回国的时候，双方不免都感觉惜别的离情，但是国籍既不同，事业也各异，终于天涯海角劳燕分飞，彼此心里不免都以为“相逢何必曾相识”，但尚存着“似曾相识燕归来”的期望，等到我回国以后，起初尚还通讯，互相表示存念，后来忽然来鸿中断音问杳然，虽然我雪片般去信，但是成了断线的纸鸢，不觉引起我无限的诧异，虽然日子久了，印象渐渐黯淡，但在我个人的友情上，却刻划了一道极深的创痕，永远磨灭不了的。

这次重到法国，不觉又勾起过去的陈迹，满拟此番到了巴黎，一定可以重返旧游，班荆道故，不知要增加多少的欣慰和愉快，不想几度访问，毫无所得，最后经当日朋友的告诉，才知他在我回国不到两年的时期以内，因为环境拂逆抑郁成疾，死了将十年，在失望之后，我才知以前接不到回信的原故，触起前情，不禁引起了无限怆恻，回想往事，脑海里历历分明，觉得他的一言一笑都好像仍在目前一样，想不到那时的挥泪分袂，竟成了人天永诀，生离之后，却是死别，又谁能逆料，起初还怀疑这消息是假，同时更希望这是谣言，但是经了许多证实，才知是千真万确，最后的疑心，还想访到了墓地，献上花圈，洒几滴眼泪，以尽朋友之谊，却因为年代已久，无人晓得，偌大的巴黎更无从寻觅起，要想学个古时树上挂剑的吴季子，坟前碎琴的俞伯牙，也不晓得，苍天！上帝！抑何太酷？得到这样的消息，觉得巴黎这个地方，处处都引起我不快的感觉，处处都充满了愁闷的因素，在旅途中的一点私人愿望，至此成了梦幻泡影，提笔至此，真是“黯然神伤”！

（四六）天赋独厚的法国

法国和德国是世仇，因为彼此土地接壤，历史上就彼此觊觎侵占，经过了多次的战争，到现在还是结下了深切的仇恨，但是法国得天独厚，在海岸上一面靠地中海，一面濒大西洋，土地极肥沃，物产又丰富，所以工业固然很发达，而农业也是立国的基础，因为全国的耕种地要占到百分之六十四五以上，全国的人半数是农民，农产物品欧洲列在第二，只让土地大到多少倍的俄国略胜一筹，铁矿很多，在欧洲各国中又坐了第一把交椅，工业有了天赋的原料，所以极其发达，制钢炼铁和纺织人造丝等重工业都有极丰富的出产，因此造成了法国的富庶，据说各国中，藏金最富的也是法国。

法国人民因为国家原料充实，经济富裕，所以养成了活泼聪明的头脑，因此文化美术音乐……等学问，就蜚声于全世界，而他们的民族性，见人都是热情流露和蔼可亲，人民一致信仰自由平等博爱，罗兰夫人曾说“不自由毋宁死”可以代表法国习性之一般，一般人批评法国人浪漫，也就是因为自由主义极度发达的结果，“自由自由多少罪恶假汝以行”和罗兰夫人说的话，却是各趋极端，也可以想见这两种思想的趋向也。

法国人因为聪明，所以手段圆滑，外交人材很多，为了和德国有世仇，尤其是欧洲战后法国借了协约国的力量，凡尔赛和约里压迫德国缔结了不平等条约，占取了德国煤铁丰富的几处土地，防备着德国存报复的心理，因此也积极的防备着应付，除了国内埋头努力作第二次世界大战的准备外，更在外交上显露手腕，捭阖纵横，除了联络英国和俄国外，东结交亚洲的日本，西向最著名的富翁美国暗送秋波，使德国虽然跃跃欲试但却不敢发动，也是因为法国外交手段的毒辣，国际联盟的大权法国有操纵的力量，我国东北事件，国际联盟主席已死的外交家白里安，不敢得罪日本，单是和我国敷衍延宕，现在阿比西尼亚王又吃了空心汤团，就可以看出法国外交家一贯的政策，但是他们两国这样望衡对宇怒目横眉似的，终有一天爆发在后，他们有准备的，固然和戏院子里的排新剧本一样，排练纯熟就可以择吉登台，但是我们这种自顾不暇一无准备的国家，一朝卷入漩涡，又将如何是好呢？看到了这种情形，又不能不为祖国捏一把冷汗。

法国人因为个性活泼，生活优裕，所以个个是乐天主义派，有人说英国是昨日主义，单留恋着过去的典型，是十足保守的；美国人是明日主义，是努力于创造新的途径；法国人却是今日主义，也可以说是抓住现实，所以是专寻享乐的。尤其是巴黎人，更和花花公子一样，一个个抱着醇酒妇人的宗旨，所谓“今朝有酒今朝醉”可以代表法国人的特性。

（四七）巴黎的一切

巴黎人有唯一的嗜好，就是坐咖啡店，而这些咖啡店，却并不是和我国的茶坊酒肆一样，设在屋子里，大都是摆在马路的人行道上，本来巴黎的马路很宽阔，尤其是人行道几乎和马路一样的阔，这些咖啡店就设在人行道上，要占了一半的地位，桌子椅子，密密层层，一堆堆、一摊摊地摆着，到了华灯初上，一般席丰履厚的公子，劳力终日的工人，政治家，文学家，艺术家，音乐家，和准备把她们肉体和灵魂待价而沽的妖艳少女，以及社会上种种色色的男男女女，个个都带着愉快兴奋的面容，向咖啡座上去寻一点安慰，酬报他（或她）们一天的劳苦，因此沿街的咖啡店上，处处是座客常满，倘使炎夏的季节在路边门口设座，借此乘凉也是乐事，但是事实上却是连冬天都是如此，在朔风怒吼的时候，一样在露天座位上缩肩缩项地吃西北风，虽然有火炉或电热，但是力量有限，效果却等于零，他们并不因此而畏惧扫兴，真是有些莫名其妙了。

在露天咖啡座上，有的是携带爱侣娓娓情话，有的是寻芳猎艳希望得若干时间的安慰，至于政治家，文学家，音乐家，艺术家……也有以咖啡馆开座谈会的，至于既非什么家，又非做粉红色迷梦的老实人，也带着报纸去消磨一些时候，有时候却从报纸角里偷眼看看旁边青年男女打情骂俏的一幕喜剧，报之以会心的微笑后，依然低头去读他的报纸，他们的坐咖啡店，正和我们江南人的上茶馆一样，苏州绅士，每天要到吴园去消磨几小时，南京人早上皮包水（吃茶）晚上水包皮（躺浴室），如果不去，觉得好像少做了一件重要事一样，没精打采的，大概和巴黎人上咖啡馆，可谓有同嗜焉，但是这样，却造成了巴黎夜景的美丽。

巴黎是声色歌舞之场，也是世界时髦的发源地，大概任何有常识的人都晓得，笔者因为与此道不感兴趣，而且这类事实，别的书里说得很多，也毋庸再来介绍，现在我把巴黎的名胜，略为介绍几处。

巴黎的公园，随处都是，马路的建筑，也充满了公园般的美丽，在车道旁边，都有些花草布置着，我已经阔别了十二年，觉得面目虽依然可辨，而景色已经全非，尤其是因为繁荣膨胀的结果，都市已经扩充地盘到郊外了。

巴黎铁塔（Tour Eiffel）是一八八九年法国革命百年纪念日，开世界博览会时候建造的，在夏季是游人乘凉的地方，因为这塔的四围都是广场，平铺着碧绿的草，嫣红姹紫的花坛堆堆簇簇地围绕着，旁边有一座公园，树木葱翠，浓荫密翳，而小塘曲迳，格外表现得风景的美丽，塔高三百公尺，四周满布电灯广告，有电梯可以上去，到了最高处，俯瞰全市，只见灯光上接霄汉，市声喧阗浮动，而自己居高临下的时候，好似登了仙境下视凡尘一样，飘飘欲飞，但是等到下了这塔，谁又不是在脚下这人海里的一个，不禁起了仙凡殊途之想，可是，谁又能离开这尘浊的人间呢。

凡尔赛宫，也是历史上一座纪念的建筑物，它是路易十四时兴筑的，内部的柱宇和门楹都是各种美丽晶莹的石头所建成的，四周壁上和天花板上全是油画，多少艺术家耗费心血精心结构而成的，金碧辉煌，矞皇富丽，气魄究属不同，在宫的四周，园林围绕着，有花草池塘等等布置，宛如一幅图画，也为此宫生色不少，这里虽然美轮美奂，但是陈设品却不像我国清宫里的完善周备，问起来才晓得是所有一切用具器皿在革命时毁于兵燹，不过值得为历史上纪念的是欧战终了后一九一九年德国代表签订和约时的一张桌子，这张桌子雕镂得很精致，想见那时德代表当签字于放在这桌上的和约上时，不知有多少的沉痛，因签了这和约而丧权失地，受尽种种压迫，这张桌子在法国是历史上的荣誉物，在德国民众眼光里是国耻纪念品，人人触目惊心，可是我国从前清到现在所签订丧权辱国条约的桌子，不晓得有多少张，更从何处去触目惊心呢？又想起未签字而失去的东北四省，要想找纪念的桌子都没有，似乎比较干净痛快些呢。

（四八）巴黎飞机展览会

巴黎每年举行飞机展览会一次，我到巴黎的时候，正逢开会期间，因而得到参观的机会，听说从一九三七年后，便要改为每两年举行一次了。

展览会的会场，非常宏大，可以容纳万人左右同时参观，里面的布置非常精美，处处引人入胜，所有陈列品自然以飞机为主体了，陈列飞机的地方，是在一座圆顶的房屋里面，中间并无庭柱，陈列的大小飞机有四十余架，大大小小各种各式，无不完备，最大两翼的，每一翼长到三十二公尺，小的翼长只有三公尺，这一大一小相并排列，格外显着奇特，在种类上说，有侦察机，战斗机，轰炸机，练习机，游览机，各种的式样，至于构造的形式，有直立式的，V 字式的，有圆转式的，最快的一架，每小时能够飞四百八十英里，形形色色，奇怪形状都有，真使人目迷五色应接不暇，而且在陈列的地方，有的发动着引擎，好像要起飞的姿势。

陈列的地方，光线的配置非常柔和，衬着各个飞机的颜色，格外显得美丽夺目，使参观的人感觉着兴趣浓厚，有一架极大的游览机，专门供给旅行游览乘用的，里面的设备简直同一座精美的旅馆一样，装饰的华美，设备的周到，更要过之，在陈列的地方欢迎来宾上去参观。

进口的地方，有一座扶梯，从扶梯上去挨次参观，所有内部的设备，完全可以看到，座位都用极柔韧的皮革做就的，非常软和舒适，烹调有厨房，寝卧有房间，起居吸烟有休息室，读书娱乐有阅书室，甚至卫生设备，亦是应有尽有，比陆上的游览汽车，长途火车更要周到，使登机游览的人，除了可以瞰视天空为陆地所不如外，在里面简直不觉得比陆地有什么两样。

它的发动机在前后的左右面各有一具，共有四具，所以飞行时非常平稳，即使有一二具损坏发生故障，亦不会影响到乘客的安全，我参观了以后，觉得有了这样的设备，自然人人都乐于登临游览，欧美人看了航空认为极平常的事，就因为有这样完善安全的设备，同时在这展览会里陈列着，更给人以深刻的印象。

在会场的中心，有拉刀机，当众表演，拉出建造飞机用的各种铅质角条，大大小小各不相同，也是看用途而各异的，表演的时候，非常迅速。会场的四周，布设各种关于航空用的图表模型，每一种之下，附以详细的说明，使看的人可以一目了然，四周上下，而且有各种飞机用的器具陈列着，各分电机发电机，机身，机翼，保险伞，乘飞机用抵御寒气的衣服，飞机内用的无线电，从飞机上向下摄映的照相机，都在那里陈列着供给人参观，总之关于飞机上用的东西，可谓应有尽有周全完备，我看了之后，叹为大观，同时也庆幸我这次到法的巧遇。

（四九）巴黎的交通

巴黎是世界最繁华的都市，所以一切都市应有的设备，比较格外完善新颖，尤其是公共的交通工具，它是都市的大动脉，关系全市民众行动的便利，所以当局格外注意。

全市设备最完善而其他都市不可及的公共交通工具，要算是地道电车了，它供给市民往来于需要到达的地方，因为是在地的下层，所以减却了道路的壅阻，而使前进时，不因人口过密而障滞，从前地下的通达地点，只限于城市繁盛的地方，现在因为巴黎市的繁华，已经逐渐推移而达于郊外，所以地道电车的路线，也随之而散布于近郊一带了，在巴黎地方任何地面上可以通达的地方，地道电车也都能够到达，因为路线既多且密，所以逐渐增筑到五六层之多，建筑时费用固然很大，但是应用上却很便利，我想如果这样繁密的都市，倘使不用地道电车，恐怕街市上有人满车塞之患了，地道电车的入口处在路中心，拾级而下，进口的地方售票，挂着地道电车的路线图，要乘的人自已到图上去找，每购票一次，可以坐到任何地方，只要不出地道，就可以毋需购票，每隔三分钟就有一次车来，每车都挂着四节车，每车可以容纳三四百人，像这样的容载量，到工厂上下工时，依然密密层层立得喘不过气来，因为地道车比较价格低廉，所以工人和平民大都乐于附乘，至于设备和管理方面，都极完善，在全世界任何都市里比较起来，都远不及。

在十二年前我在巴黎的时候，所看到的地面公用交通工具，要算是电车了，路线和蛛网一样有二百多条，都是营业极发达的，但是这一次去，却看不见电车往来了，满街市上只看见公共汽车，络绎不绝，所有电车大都迁到市的四郊以外去了，所有电车路线，一律变成公共汽车路线，已经有一百数十条之多，就是那条营业最繁盛乘客最拥挤的第八号路线，也在本年八月十六日最后拆除，所以电车绝迹于市上，而公共汽车代兴，这是使我感觉诧异，同时也钦佩他们市政当局的头脑新颖，和治事勇敢的精神（关于为什么要拆除电车，改用公共汽车，在下编内另有比较详细的说明）。

此外临时出租的小汽车，也是停歇在马路上，供人随时雇乘，价格亦系按照表上计算，非常正确的。

（五〇）巴黎拾零

到了巴黎以后，我去拜望顾维钧大使，当时顾大使因为事物很繁冗，所以先派了谢秘书代见，我交出了吴稚辉先生的介绍信，和谢秘书谈得非常详细，谢秘书转交顾大使之后，承蒙延见，又谈了很长久，并且蒙大使夫妇设宴相招，同席有我国派遣出外考察的庄君夫妇，也是工程师协会的会员，刚从西伯利亚到法，席间，顾大使夫妇殷勤款待，谈笑欢洽，尤其是顾大师的言论丰采，真是风生四座，而且诚恳和蔼，使人格外兴奋感动，真不愧为我国名外交家，我参与这次聚宴，实在感觉三生有幸。

巴黎的街市，都是先有计划而后建筑的，全市有广场很多，所有街道，就以广场为中心而放射出若干条马路来，较伦敦的自由发展而施建筑的固然高出多多，就是柏林市上也只有西郊有这样的设计，至于纽约太规律化，横横直直也远远不如此处，所以都市道路的设计，巴黎要算全世界第一，尤其是凯旋门的广场，从中心起散射出繁华宽大的马路十二条，宛如一颗明亮的星，放出巨大的光芒一样，所以这座凯旋门又可称为星状凯旋门，市内的道路两旁，都有行列整齐的树木，夹植着各种花草，到了春天，绿叶浓荫，碧草如茵，间以五彩鲜艳美丽的花，游人联袂散步，真是随处都是公园。

巴黎的中国饭店很多，在巴黎大学区有一家新的中国饭馆营业非常兴盛，不但做中国同胞的交易，就是外国人去就餐的也很多，但是他们却墨守成法，不晓得变更烹调的作风，因为中国菜肴虽然滋味很美，但是太油腻，和外国人平素饮食的习惯不合，现在虽然他们为好奇心所驱使，趋之若鹜，我想如果能加以研究，用中国菜烹调方法而迎合外国人的风尚，使他们感觉到适应于肠胃的消化，我想营业上必能更持久些，这些中国菜馆布置装潢都很考究，大约资本也不在少数，从这吃的文明上，去夸耀我国的文化，也足以自傲的了。

中国的商店，除了这种菜馆之外，还有一种古董店，在法国也很多，里面陈列售卖的夏鼎商彝汉瓦秦砖，以及明朝的铜器，清朝的瓷器，名人的字画雕刻，珍贵的珠翠碧玉等等，古色古香，琳琅满目，不但外国人要目迷五色，就是我这中国人也觉得莫名其妙，不晓得是真是假，听说从前生意也还不恶，但是现在受了不景气的影响，也就减色得多了，我只愁这些东西，如果都是真的，像这样一件一件卖出去，和破落户的败家子一样，终有卖完的一天，倘使这些是假的，那末等于自己在表示商业上的虚伪和欺诈。

除了这二种店以外，至于我国的工业出品商店，简直是没有，至于和法国商店竞争的，却要算是日本货了，他们能够用机械来制造，以低廉的价格，迎合法国社会人士的心理，和法国出品来竞争，尽量推销，本来消费者购买的标准是便宜和合意，经售商人的目标是赚钱和易于出售，这在任何国家都是如此的，巴黎市上的日本货充斥，也基于这两点，货物比本国货精良，而价格比本国货低廉，并且能够适应需要者的心理，所以都乐于舍本国货不买而买日本货，商人因为日本货易于推销，也都愿意贩卖日本货了，这在法国人和日本人没有什么关碍，除了利权外溢之外，良心上并不觉得怎样不安，我国历来所受的国耻，都陈在我们的目前，似乎就不应该和法国人一样，商人贪利而贩卖，消费者贪价廉而购买，应该存点国家观念，才是国民的义务，但是这种感情冲动，是不容易遏制经济上利害观念的，所以每次抵制仇货，只有极短促的时间，有时甚至没有替代的物质，即使有也不如仇货远甚，转不得不觍颜以购买了，所以我想抵制仇货的治本办法，只有自己制造，使出品优良，价格减低，自然不抵制而自抵制了，否则空喊口号，终不过贻人口实。我们只看到日本的关税政策，凡是本国没有的货物，他的海关征税率极低，表示欢迎货物进口，如果本国有的出产，关税率征收得很高，使价格上不能和本国货相竞争，我国恰巧相反，米麦等本国有的出产，关税倒很低，使洋米洋麦输入，以便宜价格和我国农人竞争市价，造成谷贱伤农，使农村破产，汽油在需要交通发达的现在，似乎不应该认为奢侈品了，（实际不专供奢侈用）但是征税率却极高，这和政府提倡公路交通的主旨，实在相违反的，因而交通进展的途程，发生了障阻，这实在是很可惜的。

（五一）参观兰奴汽车制造厂

法国的兰奴汽车制造厂，也是世界上有名的一座汽车工厂，和意大利的飞亚脱齐名于欧洲的，它虽没有美国福特厂的伟大，但也有工人三万五千余人，每日出汽车三百余辆，在法国是首屈一指的了。

我承南京法领事的书面介绍，到了法境，就在十一月十九日下午二时前往接洽，厂方因有介绍，很欢迎，并且派人招待着，陪同参观。

厂内除了造小汽车公共汽车运货汽车外，并且造各种发动机，农场里铁道上用的柴油车，和飞机等。

一切设备，和一般的汽车工厂大概是大同小异的，有车身装配处，各种车样陈列处，各种应用工具的工场，如轧床工场，锻铁工场，翻砂工场，压床工场，浇汽缸工场等等。

翻砂工场的特点，就是所用的砂泥，都经过机械的手续，因为用力平均，使它们的松紧一律，搬运砂泥都用机械，以铁链搬送，这样不但是迅速，而且用力也是平均，浇翻砂的铁溶化成汁以后，在炉子里取出，先送至化验部试验，如果认质地不纯净，立刻电话通知停止应用，这样免得事后因为不合用而使工料损耗，比较要经济得多，溶化铁汁的热度，只须开了炉门，用蓝色玻璃一照，看到如何的光，就可以验出热度的高低，非常正确的，浇模型也是用机械的力量来旋转的，这种机械可以上下移动，非常便利，而且时间也很恰当，浇好以后用齿轮移开，也有一定的时间，打铁也是用极大机械自动捶击，做回气管子的地方很大，用的机械很特别，用一长条的铁皮，一面使它卷起来，而轧成圆径的管子，（大小可以随意伸缩）同时自动的前进再用电焊焊住，而立时自行经过磨机磨光，毫无接合的痕迹可寻，需要多少长的管子，只要按照尺寸做去，分厘不差的，做车身用的铁板，是用整个长方形铁块，经过一次一次的轮轴轧床压床的轧压，变成一片一片，非常迅速，没有多少时候，从化铁炉内出来所需要的大小厚薄铁板已经完成了。

装配车身是用机械推动的，将各种装配所应用的配件材料，都按程序放置在机械上，上层则置放螺丝等，工人立在机械的两旁，一样样由链条传动到面前时，立即动手把它结合，刚一配好，自动的又过去了，自最先部分到最后部分，一座车身即已完成了，而且数十辆同时装配，挨次完成，工人既无从偷懒，工作也迅速而确实，此外淬火油漆校引擎锻炼冲压电焊等工场，都极完善而宏大。

该厂造飞机部分，我没工夫再去看了，因为地方太大，同时造飞机的工作，我们尚不需要研究，飞机的构造原理，本来和造汽车是一样的，所以设备完善的造汽车工厂，都能兼造飞机。

兰奴厂造汽车，除了都用机械外，所有一切机械都是自己造的，就是造机械的各种机械工具——机母，如轧床、压床、刨床、钳床、车床、铣床、钻床……等，都是自己制造，所以成本较低，而效果伟大，需要什么机械，立时可以自造，不必仰求于人，而受他人的剥削和时间的损失。

另外有一部分，是专做刹车来令（制行带）的，它的原料是用石棉掺和了铜丝交织成的，用汽压紧，使刹车时有韧性，不致燃烧而融化或宽驰，或者发热，本来这种织造厂，像德国的朋驰厂是仰给于其他厂的供应，但是兰奴厂是自造的，它的织造工场，也极宏大，除此以外，并织造各种机械上应用的带条，供给本厂出品的机械应用。

兰奴厂虽不像福特厂的一样微细东西不论主要的附属的都是自造，但比起德国朋驰厂的分设多少厂，各造各的互相配合的琐碎，却要完整得多，德国工厂的这样分工合作，大概是从凡尔赛和约以后，军器工厂的制造准备恐条约上关系国的责难，不得不如此做作，因而形成一切工业厂都用这种化整为零的方法了。

（五二）参观巴黎市公共汽车修理厂

在巴黎得到大使馆的介绍，到掌握巴黎市地面交通权威者的巴黎市公共汽车修理厂去参观，我因为感觉到比较重要的，还是修理部分，所以停车处检验处，都没有去。

参观的时候，是大使馆刘先生陪去的，厂方非常欢迎，尤其是使他们诧异的是过去并没有一个中国官员或商人去参观过他们工作，所以我到了之后，和他们一接谈，他们才知道中国现在也有适合时代的公共汽车，尤其是中国首都和他们巴黎一样用公共汽车为交通工具，不用他们所认为落伍而拆除了的电车，所以他们很表示惊异，对于我的参观，很热烈的同情和欢迎，在殷勤招待之后，我便开始参观到他们的修理工作。

他们告诉我说，每一辆公共汽车行驶到八万至九万公里的里程的时候，就须大修一次，大修的手续，先将车辆冲洗干净以后，将车身用机械抬去，装在固定置放的架上，然后将车架的泥，冲洗干净，将水箱翼子板拆除下来，引擎拆除下来置放在曾经放入去油粉而溶化过的水中，自然立时会将油腻涤除干净，不必用人工去洗刷冲濯了，牙齿和地轴，也同时放入九十度热的去油粉水里去，油腻也自动脱落，再逐件拆开，依次分别校验修理，车座铁架也放到大的造就的池子里去洗濯，经过相当时间取出来即干干净净了，然后查看有无松动，有松动，则去掉帽钉，将螺丝加紧。地轴修理时最为注意，用紫铜榔头，逐部敲去，听它有无哑破声音，有时立即找出伤处调换，弹簧则用压力机试验弹力的程度，汽缸和活塞坏掉换都有一定的时期，无论损坏与否，到时期必须换易，水箱用粉水洗净后，验看它有无漏水处，橡皮管开关风扇皮带都要察看它有无损坏，活唧有蚀脱的以及用过相当时期的电线都要换易新的，克拉子也校准过，牙齿箱后地轴也拆开而验看有无损坏，刹车皮带也须换易新的，尤其要紧的是转向盘是否正确，有没有伸缩的地方，也用精密的眼光，正确的方法加以修整，总是它修理以后和新造完成的车辆一样，效用准确运用灵捷，就是铜圈上有了锈痕，也用火油浸透将锈痕铲脱，钢圈上的帽钉也一一拆卸下来，仍复用紫铜榔头细细敲打，听它的声音如果没有损伤破绽也把它修好了，然后重漆一过。

上面所说的各部修理都是分交各部分同时并作的，所以很快的同时完成，也用机械把它装配拢来，装配复原的机械和制造厂的机械一样，也是用机械输送，自动的移运，由工人在旁加以手术，它到各工作部分的时间是看工程上需要的时间而定长短的，总使工人刚刚工作做完便自动移向前去了，所以也不多耽延而给工人以偷懒的机会，也不很快使工人措手不及，这种方法，简直是机械管理人工了。

新修好的车辆，必须经过一度校验，校车的时候，也用一种特制的机械，在起初四五小时之内，每分钟转五百多转，到七八小时，可以加到一千多转，十小时以后便可到一千五百转左右，如果合于这个条件，这辆车便算修理完成了，至于试验马力和引擎，另有特制的机械，试验的地方，这些烟气都用管子接到外面去发散，工厂的构造，也有减除声浪的设备，所以内里不但无臭气，简直声浪也很低。

修理车子所拆下来的材料，如果不可用则挂上黄色的牌子，那就是要毁弃了，如果挂红色的牌子那末还可以加以整理后应用，将这些红色黄色牌子的材料交到材料库里去，重领新的来应用，零星应用的材料，大约每十辆或二十辆做一单位，向材料库领来备用，因为他们车辆多，每年里将全部车辆抽调若干辆进来大修，每次大修都是很多数量同时施工，所以很经济，这样周而复始的工作着，工人既不停废，车辆亦不致失修，因为他们修理的精密，加以他们道路既好，保养和检验工作又极认真，所以行驶路上的车辆，很少有抛锚的事实。

场内除了修理用的特种设备，和特种应用机械外，其他各种修理机械，设置都极完备，很多材料配件是自己制造的，听说这座厂是从前的旧电车厂，因为电车落伍，改用公共汽车，所以这修理厂也一变而为公共汽车修理厂了，此外各停车场散布四隅，我因为时间关系，未能一一前往参观，但是大致也不过大同小异，我承这厂里负责人殷殷招待，陪同各部参观，详细告诉我种种情形，非常感谢。

家，是相當的成功，因而都喜歡過幽閒和舒適的生活。他們最喜歡的玩意兒，是河邊垂釣；他們對付事物，務求其合理，不尙意氣，不激烈，不暴躁。看上去似乎遲緩，但一經決定，輕易不肯讓步。他們曾於極長時期內，不肯承認希忒拉，是個大有作爲的人；他們心目中的希忒拉，只是一隻"Cuckoo"。如今他們也稍經心點了，但使有人對他們說，希忒拉是個先知，他們就會很自然地，給你一個諷刺性的答覆：『先知？現在不會再有先知了！』

不到老虎追到脚跟决不動手

世界急轉直變着，他們並不特別焦急，只暗中計劃着，準備着。他們希望並教育他們的子弟，教他們從幼年時候起，就積極準備，應付將來的危機。他們最喜歡做的事，是不做什麼，過着幽閒和舒適的生活。他們不到老虎追到脚跟，不肯輕易動手，但一經動手，那就不肯輕易放手。所以有人說：『在法國，每件事情，都比它的外表要高出二成；在德國每件事情，都比它的外表要減折二成。』這是批評法德二國最中肯的話。所以萬一戰爭發生，一般的法國人，都積極參戰，而且很不容易擊敗他們。他們的活力，雖因古文明的薰冶而低沉了些，但要振作起來，還是不容輕視的。他們不情願德國佔據他們的任何東西，他們感覺自己無力保護時，寧願燬之於火。法國的老成，並不一定等於頹廢，這一點，德國人已於 Verdun 地方，獲得極好的教訓了。

法國的個人主義，影響於家庭生活，就造成減低生殖率的現象，形成法國最嚴重的問題。而且旁的問

1938年

欧美透视（节录）

詹文浒著

上海世界书局出版

作者小传

詹文浒（1905—1973）：浙江诸暨人。早年毕业于上海光华大学哲学系，1936年赴美国留学，获得哈佛大学硕士学位，回国后就职于上海世界书局，主编《英汉四用辞典》。1939年8月，受时任《中美日报》社社长吴任沧之邀，担任《中美日报》总编辑。1941年12月前往重庆，任《中央日报》报社副社长。1943年，任国民党中史政治学校新闻系主任，后任国民党中央宣传部普教处处长。抗战胜利后，受国民政府委派，任国民党中央宣传部上海特派员，兼任《新闻报》总经理。1946年兼任上海市记者公会理事，解放后请辞。

选文导读

作者此次赴欧是在从美国归国的旅途中。此处作品详尽地介绍了法国人民阵线的形成过程及其结果，从政治的角度剖析了银行业和军火行业的改革措施，继而又分析了法国人的特性，对法国的社会现状进行了一定的评论，包括其较低的生育意愿、频繁改组的内阁、可被金钱左右的新闻界等，作者对法国即将面临的战争威胁表达了的自己担忧。

第九一页—第一一六页

十三　法国的人民阵线

人民阵线的来由

这是1934年七月十七日，法国社会主义党全国大会，经3471票对366票的决议，接受法国共产党的提案，主张两党合并，一面反对战争，一面遏制欧洲法西斯蒂的气焰，于是二党各派代表十人，磋商一切进行方案，其结果，遂组成了所谓人民阵线（Front Populaire）。促进人民阵线的主要因素，计有二端，其一，为对于德国希忒拉的恐怖；其二，为莫斯科的共产国际（The Comintern），决定新的政策，抛弃世界无产阶级革命的观念，允许法国的共产党，在爱国和非革命的立场上，出而做各种政治活动。

社会主义党的领袖赉·勃鲁姆（M. Léon Blum），欢迎共产党的倡议，忘记从前一切怨隙，共同决定今后的方针。其所指定的方案，包括法国银行（Banque de France）的改组，军火制造业的收归国有，法西斯蒂党的解散，法郎价值的维持，每周四十小时工时制的规定，集合契约制的裁定等。适1934，1935两年，法国国内国外的问题，非常错综，希忒拉重据莱茵河区的倡议，竟于1936年三月，由议论变为事实。法国全国人民，异常惊慌，俱觉现政府的处置，不能适当，急需加以改革：不仅在人员方面，须有调动，即在基本主张方面，也须加以变动。于是经过四月二十六和五月三号两次的选举，法国左倾的党派，占据特别优势，并因而执掌政权。社会主义党的领袖勃鲁姆，遂一跃而为第三共和国第一任社会主义者的国务总理，直到1937年六月，因为法郎跌价，激成极大恐慌，内阁方始改组，虽总理一席，改由旭丹继任，但赉·勃鲁姆仍任内阁要职，协同旭丹，实施紧急法案，终于二月之后，把这偌大危机安渡过去。迄后，内阁又有几次改组，但还没有更换人民阵线的旗帜。

好一位斯文的勃鲁姆

我们不要设想，以为这位准备和法西斯蒂集团折冲的勃鲁姆，是和希忒拉或莫索里尼同一型式的人物。恰巧相反，这位群众运动的领袖，竟毫无一点粗枝大叶的气魄，也不是一位从大众中出身的人物。他的弱点，固在于此，他的优势，亦系于此。他也不是一位擅长政治的人，有一位法国大使，当他第一次朝见国务总理以后，曾这样说："感谢上帝，我们这位新国务总理，并不是位政客！"

英国前任外长艾登曾于勃鲁姆任国务总理前，和他谈论欧洲政治及国际情势，二人俱觉无趣索然，后来，转换题目，于是一位年老的社会主义者，一位年青的外交家，约有一个小时光景，越谈越有劲，越谈越不肯中止；原来他们在讨论 Proust 的作风了。1936 年七月，勃鲁姆到了伦敦，和罗伽诺签字诸国，商谈重要问题；他任务完结后，忽然不见了，原来他已走进大英博物馆，在那里重温他的美术旧课了。

他和他所领导的党的关系，最好从下面一段记载中去体会，那是他就国务总理那天的当场记录：

厅内充满了群众，几于每一个人，都不穿外衣，会场的空气，非常浓厚，而又非常扰杂。……忽然，会堂内激起了吼声，大众一面狂呼着，一面向两边退，让出一条路来。一个矮小的穿得非常整洁的妇人，陪同一位瘦长的穿得同样整洁的长者，——他的头发，已经灰白色了。这一对夫妇，加入这一群大众，无论在服装上或举止上，都显出不相衬的形态，他们就是勃鲁姆先生和勃鲁姆太太。

法国社会主义者的老前辈 Bracke，已经坐在讲坛上了，勃鲁姆和他拥抱，并亲他的双颊，恰如一位小学生对所爱的老师，表示亲密一般。

Bracke 准备演说的时候，勃鲁姆显出十分的活泼，他和朋友们打招呼，又和熟人微笑点头，又和靠近的职员耳语，处处都是活力，处处都是生机。好像在他脑中，毫无一点心事，好像他并不准备不久之后，就要对这许多大众，作重要的演说，说明他的政策一般。他所表示的态度，好像只是在会客室中和客人周旋的态度。

Bracke 讲演后，……接着 Mme Moch 演说，她举一个过分高深的隐喻，致使听众不能懂得。勃鲁姆抓住她的主题，听了非常出神，不自主地，把身子斜躺了下去，并用他的细长的手，接连鼓掌。群众既不懂得这隐喻，自然没有喝彩。但在勃鲁姆的引导之下，首先在讲坛上，继而在大厅中，也都鼓起掌来了。终于大家叫喝起来。

Mme Moch 那天所讲的，是关于妇女选举权的隐喻。当她讲完之后，坛上没有空位给她坐，勃鲁姆首先觉察到，立刻站起来，把座位让给她，并亲她的手。不容说，这是并不十分相称的康壮的，强毅的人民阵线的领袖。……他是一个贵族，只凭他那真直的良心，辉煌的智力，受大众的爱戴，作了大众的领袖。

勃鲁姆本是研究文学的人，也曾跟柏格森研究哲学，得有哲学博士和法学博士的学位。但说也奇怪，他于同时之内，又善于决斗，不过自从有一次击伤一位敌手以后，他的决斗机会，也就大大减少。后来，他遇到了著名的 Jean Jaurès，就抛弃文学，醉心于社会主义的研究。欧战爆发后，Jaurès 被刺，他就继任后者的事务，他的继任，并非属下对于上司的补任，却全出于友谊的继志。他知道他的朋友，抱负极大，如今壮志未酬，身已先死，实属最不幸事，他就想在事业方面，能满足他那死友的愿望。他在战时的混合内阁内，也曾担任公务部的常任秘书，这是他于 1936 年担任组阁前的唯一政治生涯。

他有一个怪习惯，喜欢把每一个观念，都笔记下来：也许是他自己的思想，也许是从别人谈话中得到的意见，只要对他具有新奇意味的，他就要记载下来。如此的观念，也许在汽车中发生，也许在吃饭时发生，也许在辩论时，在飞机中，在会议中，只要一发生，他立即取出笔记簿来，很快地记了上去。倘笔记簿不凑手，就用一张纸片，有时竟写在报纸角上。他对这些笔记，时时加以整理，并妥为保藏，他的演说，论文，辩论，几全从这些笔记中取材。

空前的大罢工

勃鲁姆即位不久，在七月一日，遭受了空前的大打击，法国的左派动手了，罢工了。这次的罢工，据多数观察者说，全出于自动，不受任何党派的煽动，也没有任何党派，从中组织，只见一工场的工人，继续另一工场，好像都受了精神上的传染似的，相率罢工。隔不数日，所有全法国的生产，都疯瘫了。旅馆里，百货商店里，船坞里，军火制造所里，酒馆里，矿区里，理发店里，一概都关门了。有的关上一二天，有的关上几个星期。左派是成功了，他们好像有意做给勃鲁姆看，他们竟有怎样大的潜势力！最奇怪的，在这次空前的大罢工中，竟无一件工具受损，也无一架机器被毁，也无一个人受伤，更无一个人流血。据说，即在风势顶紧张的时候，巴黎贫民区的女校，照旧开学，全不感受威胁。在大百货商店中，男女工人，都睡在地板上，——不睡在床上，他们的薪给极小，他们的腹部饥饿，然而从不偷一块牛酪，也不开一个罐头。他们的威势，是空前的，他们的纪律也是空前的。

当然，这次大罢工，就勃鲁姆而论，实是极大的声援。他有如许工人，在他后面，而这些工人，又是如此的具有纪律，上院还敢不接受他的意见吗？他有什么法案，上元还会迟迟不加通过吗？勃鲁姆不用军队，也不用政府的势力，去威胁怠工的工人。他相信，这是避免流血的唯一秘诀。他知道工人占据工厂，实施怠工，是不合法的事，然而让工人静坐在工厂或商店内，对外界毫无一点损害，这岂不比逼他们出来，与警士激战，又与法西斯蒂的团体激战，更来得合理吗？当然，政府尽可运用威势，派遣军警，驱逐工人出厂，但经此驱逐后，工厂当中，还能留剩点什么呢？

他在这些严重的局面下，还是这样地运用理智！第一个星期过去了，怠工的传染，愈趋愈烈，万一发生暴乱，势必难以收拾。迫于情势的需要，政府准备出来干涉了。当即通知共产党的领袖 Thorez，转告他的党员，即时复工。同时，政府方面，也公布民众，“此后的”静坐罢工，将遭受禁止。复工的警钟一敲，静静地，而且极有纪律地，每个工人，都开动机器，重新做起工作来了。

不容说：造成这样好局面的理由，还得归功于勃鲁姆，归功于他的魄力，勇气，以及他那毅然。实施新改革的敏捷手腕。他把人民阵线所决定的方案，向被认为不太理想化的，一件件施诸实行。群众看见他的政策，渐次兑现了，也乐于整齐步伐，作为他的后盾。

他所实施的第一件法案，即为确定每周四十小时的工时制，并规定集合的契约权，最低限度工资，以及工资照给的假期。据估计，这些设施，将使法国产生成本，增加百分二十以上，是极大的开支，然而勃鲁姆愿意承担这笔开支。同时，他又提出许多零碎法案，儿童辍学的年龄被提高了；内阁被改组了——改成七个“区域”，借以促进行政上的经济和效能；前政府所规定的普遍的减薪，现在已有一部分，恢复原薪；此外，又制定养老金的办法，以及农事改良的方案等。这一切，都足以表明勃鲁姆的锐意改制，但并不是他的改革中心；他的改革中心，则为：

第一，他以议会中 444 对 77 的绝对多数，通过法国银行的改革案，把它的权力缩减，把它的理事会（Regency Council）遣散，把银行的适当地位，赋给了它，不使它做国家的主人，只做国家的仆役。这是大了不得的改革，我在下一篇内，将论到它的真正涵义。

第二，他以 484 对 85 的更大的多数，制定军火制造业，收归国有的法案。该法案的人手费用，就需要十万万法郎，这不仅是法国的空前改革，也是全欧洲未知前闻的改革。它的重要涵义，也将在下一篇内，加以阐明。

第三，他用泼辣的手段，对他的主要敌人，作致命的打击：他解散法国的法西斯蒂团体，不准他们作公开的活动。经此努力，Croix de Feu 的组织，只好暂时收息旗鼓了。

末了，他在同年十月，更施行紧要法案，把法郎贬谪了价。约有七年光景，法国始终吃了金本位的亏：因了它，法国的工商业，几濒于破产；因了它，法国的生活费，变成了无理由的昂贵；然而没有一位内阁总理，敢挺出心胸，壮着胆量，把金本位制，一旦废除。勃鲁姆是例外。他一方面改组法国银行，同时，又将法郎的价值，降跌到百分三十以上。英国和美国，共同拥护这政策，认为此后三个民治政府，当更有合作的可能了。法国的群众，也并不以此认为惊奇，因在这事发动之前，勃鲁姆早把人民的工资增高，人民的工时减短，所以法郎虽遭跌价，货物虽因法郎跌价而相对增贵，可是法国的群众，倒并不因此而大吃其亏。

勃鲁姆的内阁，虽因 1937 年六月的法郎狂跌而改组，他所实施的若干法案，例如四十小时的工时制，也因政府要减轻造货成本，而重加考虑，但旭丹内阁的主要关键，在使当时和此后的国家收支，得能平衡，和勃鲁姆的法案，并非根本冲突。勃鲁姆不失为法国的重要政治家，至少，他已把法国政治，领上一条新的道路了。

现在，且让我们来研究法国两大改革案的内幕。

一四　法国的两大改革案——银行案和军火案

著名的二百人

法国的国务总理，直到人民阵线组阁时为止，几于全是法国财政集团的产物。财政集团认为相合的总理，享寿较久；财政集团所厌恶的总理，不久即倒。这个财政集团，包括二百个家庭，即著名的 Deux Cents，而他们运用势力的大本营，即为前任内阁总理勃鲁姆所亟谋改革的法国银行（Banque de France）。后来勃鲁姆一度去职，他所企图改革的法国银行，虽在权限方面，稍减缩，但其存在，将永远和法国政府，持续下去。内阁虽有起伏，银行将永远存在，而银行的二百人，也将随同存在，随同在法国政治舞台上，发出伟大的势力。

银行的历史渊源于拿破仑第一时代，根据当时的法案，只有股份最多的二百股东，有权选举理事；而这些理事，具有该银行的绝对统治权。1933年，该行共有四万股东，内中17889股东，每人得一股；9021股东每人得二股；8021股东，每人得四股；总共24931小股东，共得68015股，至于其余的115485股，则为6069人所拥有；在这6069人当中，只有拥股最多的二百人，有权选举理事。

这二百个人的集团，同时即是法国财政界的中心。实则，单有财富，还不能进入这集团，例如香水大王Coty，和汽车大王Citroën，可算是有钱的了，但不能进入该集团。进入该集团的资格，除财富外，还得具有名门。他们都是革命前期的家系；他们都是拿破仑时代的上等中产阶级；他们共同用过力，在Louis Philippe和拿破仑三世之下，造成他们的权势。只从革命以后，仅有一个人，总算勉强加入了这集团，那就是法国的钢铁商兼军火商Eugene Schneider。

不怕你不听话

二百人所选举的理事，共有十八位，内中三位，由政府指派，一人任总裁，二人任副总裁。他们虽名为总裁，但和其他的理事相比并不具备特权。非独此也，理事团的任何决定，总裁和副总裁，必须连署。这在法理上，并没有特别根据，总裁的签署与否，仅有抉择之权。可是在事实上，不签署就是辞退的别名，因为根据拿破仑当时的法案，做总裁的人，必须拥有银行的股票一百股，两个副总裁，每人须拥有五十股，时值估价每股约为一万法郎。普通的行政人员，决没有五十万或一百万法郎，可投入银行，所以在实际上，政府指定总裁或副总裁后，都由其他的理事，分借股票给他们，凑足五十或百股之数。所以在理事团中，总裁或副总裁，稍有异议，其他的理事，只须把出借的股票收回就得了。何况总裁或副总裁，倘顺服理事团的意志的话，则于其退职后，该理事团必特别设法，给予财政界或金融界的优越地位，因此，更容易牢笼总裁或副总裁，使其听凭理事团的摆布。

一手提拔出来的督察员

还有三个理事，乃是代表法国财政部的官员，他们的主要任务，在于监视全国财政金融机关的账目，通称为“财政督察员”（Inspecteurs de Finance)。这些督察员，在未经受最严厉的考试之前，不能担任职务。他们多是名门出身的优秀青年。智力既强，教养也好，他们的数目，在全法国，只有八十位。他们经过长时期的训练后，得充任“督查”，迨后，又得升迁，而任法国银行的理事。倘他们不愿担任理事，也可担任其他财政界或金融界的要职。他们这八十人，无形中组成了法国财政界的内圈。他们分散在全国各机关，好像各行各事，没有联系一般，实则，他们互相连结，互通声气，组成了法国财政界的重要机构。

其余的十二位理事，代表了私人的利益，实为法国银行的真正统治者。他们的职业，包括财政界，工商界，及农业界，一总在内。就中二分之一的人数，是银行家，在法国银行中，都是世袭理事。他们的位置，从父亲传到儿子，形成一个直系。其他的二分之一，依据 1806 年四月拿破仑的法律，应自工商界之拥有法国银行股票者当中选出，例如著名的 M. François de wendel，是钢铁巨商，其余的四位，一位是工业家，一位是纸业家，二位是化学工业者，连同六位银行家，共十一位，控制全法国百分之六十的工业出品。倘就企业种别来说，他们这十一位大员，主持着三十一家私人银行，八大保险公司，九个铁路公司，八个航业公司，七个镕冶企业，八种水电事业，八大矿务，十二化学工程；尤其值得注意的，他们这十一位，都是著名的锻冶委员会（Comité des Forges）的重要角色。关于锻冶委员会的情形，我预备在后面讲军火案时，加以说明。

还有第十八位理事，是法国农会主席，以法国农民发言人的资格，加入理事团。他的势力，在农业占据优势的法国，自然不容忽视。

惊人的潜势力

银行的理事团，对于政府政策，具有决定的控制力。他们不喜欢某一内阁总理，只须不予以经济支助，就可奏效。我们不妨从历史上举一个例，说明此点：法国银行所代表的，是法国的 Rentier 阶级的利益，主张彻底的通货减缩（deflation）政策，和法国下议院所代表的一般人的利益，恰巧相反。一般人不拥巨资，即使通货膨胀，也不制损失过巨，所以反对通货减缩政策。银行理事团，为欲实现其通货减缩政策，其唯一的办法，即为把这件事情，不交给下议院讨论，怂恿内阁总理，向下议院取得政全权（Pleins pouvoirs）。当时的内阁总理，是组织人民政府（National Government）的老年杜美格（Gaston Doumergue），居然听从理事团的话，向下院要求该项特权。下院知其曲折，不予通过，杜美格的内阁，就此倒坍。继杜美格而组阁的，是坚强有为的弗朗亭，拒绝银行的申请，不对下院作全权的要求，因而遂遭理事团的厌恶。他们开始酝酿一种恐慌，务使弗朗亭的内阁，不能永久存在。弗朗亭为报复起见，居然更进一步，把理事团的总裁撤职，于是对峙形势，即时成立。银行拒绝支持政府的需用。有一天，政府有一笔债务，必须偿付，但手无分文，无从取给，只靠提用邮政储金过活。偏偏法国的富人，恐惧通货膨胀，至于极度，急于购买金子，资本就此外溢。银行的能力，尽可阻止资本的外溢，绰有余裕，但他们不愿及此，他们要攻击弗朗亭，这是他们的最好机会，决不让大好机会，轻易过去。在这恐慌期间，弗朗亭迫于情势，不得不向下院，作“全权处置”的申请，可是到了那时，下院自不加以信任，把他的内阁推到了。银行既获得胜利，就此运用巨大资财，阻止现金流出。这是 1935 年六月法国财政“恐慌”的内幕，一切都只是理事团在那里作梗。我们明白这许多事实之后，就可看出勃鲁姆的银行改革法案，是怎样地重要了。虽则银行的旧势力未除，而他的内阁已倒，但正唯如此，方足表示财阀的积势之厚，和他的魄力之大。

除这法国银行的特殊势力外，还有称为“锻冶委员会”的组织，亦在法国政治舞台上，占据决定的势力。

锻冶委员会

锻冶委员会的名称，似乎稍觉特别，实则，它只是法国钢铁业的联合会。它本身不制造钢铁，也不发售钢铁，但它的属下，包括 250 个会员团体，都是钢铁制造公司。它对它的委员公司，不仅决定它们的售价，而且分配它们的生产量。钢铁是法国的重要企业，而它又是法国钢铁业的总汇，它的重要性如何，我们自可由此体会出来了。在它的委员团体中，最著名的公司，怕要算是 Schneider et Cie 公司了。这个公司，并不产多量的钢，它只从其他委员公司，购买大批钢铁，再用这些钢铁，来制造军火。它在名义上是钢铁公司，实则是个军火制造公司。

军火商的秘密

小小一颗子弹，穿过人的身体，就会把人致于死命，子弹是多使人恐惧的东西，但尽有许多人，全靠这些细小的东西致富。一粒子弹的制造不到一分钱（美金），但出卖起来，高到三分或四分。战场上多死一个英勇的战士，军火商就多赚二三分钱，多替他的累万巨富，树立一个根基。有的奖金，尤其可笑的，是军火商所捐募的和平奖金。

一粒粒的子弹，虽然不大，可是假如你在一小时内，发一百万发，而以每一千发六镑计算，那你的所费，就很可观了。普通一根来福枪，并不怎么贵，也许有五镑钱，尽可买到一根很好的了；但使你有一百万人，每人都须发一根枪，那你就得化五百万镑的巨款了。普通一架机关枪，售价 128 镑，法国人至少具有四万架。一架 37mm 的野炮，需款 200 镑，它的每一个炮弹，就得花三镑钱。法国著名的 75’s，总得 1600 镑之数，购到一架，它们的构造，非常复杂，他们的导火线，综杂联系，简直和表的发条一般。它们的炸弹，每粒五镑钱，一发出去，可化成几百万发，致几百万人于死命。一辆完全的大坦克车，普通都要16000镑，一个普通的轰炸机，就得在你的预算表上，减去20000镑的数目；一艘新式的巡洋舰，大抵需2200000镑；一艘航空母舰，大抵需3800000镑；一艘巨型兵舰；大抵需6000000镑。倘用每镑合国币十七元的汇兑，加以计算，那这几个数字，那这几个数字，真会使你惊奇得不知所措。所以无论如何，战争总是靡费的事。但军火商，却在大家靡费之中，造成他的巨富。战事是惊人的事；军火制造业更是惊人的事。

1935年的军火数字

据国联1935年的报告，那年世界各国用于军备的数目，有855360000镑之巨。我们得注意的，在那一年，英国的重张军备，尚未开始，其他各国的军备热，也没有像现在的利害。其实，即就这855360000镑的数目来说，也着实够惊人了。假定你有这许多钱，你用每天花去两镑的比例来算，那你用一百万年，还是用它不完。又假如你用这笔款子，变买带子，以每里美金一元计算，那你所得的带子，就可围绕地球172169周。又假如你把这笔数目，都化成金币，每币一镑，你用每秒钟数一块的速度来数，那你就得化二十六年的长时间，方才数得完毕。

工业落后的国家，自然不能制造军火；实则，工业相当发达的国家，也不能制造军火；只有工业特别发达的国家，方能制造军火，而获得相当利益。即此一个事实，致使军火商的地位，更为优越，军火制造的企业，更有利可图。全世界的军火数量，约从十个国家出口，内中百分之六十五的数目，却全从英法美瑞典捷克这五个大制造国输出。就法国一国来说，据1932年的统计，她的输出额，约估全世界总输出额的27.9%，而这些输出品，又几于全由Schneider公司供给，观此，可知该公司的企业范围，是怎样的大了。它的范围愈大，它的势力愈厚，它的控制也愈觉为难。对于这样艰难的工作，勃鲁姆于短期间的执政期内，竟通过了法国军火事业收归国有的法案，它的实效究属如何，我们暂且不问，单就勃鲁姆的魄力而论，已够使人钦佩了。

真正奇特的军火企业

回转来说军火业，那真是件奇特的企业。别的企业，同行相妒，竞争一多，就须跌价发售，就须施行倾销，虽不致亏本，在赢利方面，总要减少得多。但在军火业方面，就没有这种现象。它们的利益，非独不相反而且适相成。甲厂得到一笔大营业，同时，乙厂也可得到同样大的买卖。此中原由，是很显明的：例如 Schneider 公司，从甲国方面，做着一批大买卖，那其他的公司，就有较大希望，可与甲的敌国乙，做成一批买卖。甲乙两国，处于敌对地位，决不肯让敌国准备军火，而自己全不动手。假如势均力敌的话，就必敌国进多少军火，自己也进同量的军火，有时，或许要进较大量的军火，以控制敌国。同样，倘甲国购买一种新的军事上的发明物，甲国的敌国乙，也必用尽心思，买到同样新颖的发明物，作为防御。若干军火制造业者，和同一国家做买卖时，也许价钱要上落些，希望自己对该国的买卖，能够成功，那时，稍有一些竞争意味；但使推广范围，就国际的营业而论，那就没有这种竞争了。军火业不仅是大的企业，而且是缺少竞争，包可赚钱的企业。

军火业永久保持中立

军火业还有一个特质，即它的营业，不偏不袒，永久保持中立。两国开战了，它既卖军火给甲方，也卖军火给乙方，既卖军火给与国，也卖军火给敌国。试把欧战时西北前线上战死的英国士兵加以解剖，你或许可以发现，打死这个士兵的弹子，竟是英国自己的出品。法国的议员 Paul Faure 藏有两幅极名贵的照片，其一，表明土耳其和保加利亚的代表，在欧战以前，向法国的 Creusot 公司，购买军火，后来，欧战爆发，该两国的军队，就用法国的军火，来打法国人。其二，表明法国的军火巨商 Eugène Schneider，曾与德国废皇威廉，同在一只小艇上，磋商军火的购置，后来，德国就用这些军火来袭击法国。又如法国与摩洛哥作战时，所有摩洛哥王的军火，几全从法国人方面买去。又如土耳其曾用英国大炮，击退 Dardanelles 上面的英军；英国的战船，就被英国的水雷炸沉。即如最近中日战争中，日本用意大利飞机，轰炸中国领土，中国就用意大利飞机迎战。军火商和其他的商人一样，只知道营利，不大顾到意相莫索利尼不准意国军火供给中国的谕告。军火商更可靠战争的恐怖赚钱

我们曾经说过，军火商靠战争赚钱，其实，他并不倚靠真实的战争赚钱，他尽可倚靠战争的恐怖赚钱。所以自从希忒拉执掌政权以来，法国的 Schneider 公司，和捷克的 Skoda 公司，就营业突进。据说 Skoda 的股息，即在“衰落”之年，还有28.5%。为了这缘故，所以，军火商常用造谣言绝技，传播战争的恐惧，以增进自己的利益。军火商喜欢战争，军火商而要求和平，那简直是欺人之谈。倘各国的军火企业，都能作国有的企图，而如勃鲁姆所曾企图过的，那末真实的战争，虽不因此即可免除，至少，若干战争的谣言，必可因而避免。

一五 法国人的特性

——在法国，每件事情，都比她的外表，要高出两成；在德国，每件事情，都比她的外表，要减折两成。——

法国女子为例

从各方面来讲，法国的国家，总算是个成功的国家。无论她的语言，她的文学，她的艺术，她的文化，都在全世界的人类中，占据优越地位。即连她的女子，也可算是全世界最美丽的女子。

我们从巴黎到柏林，第一个印象，就是觉得柏林的女子，远不及巴黎的美；柏林的女子，也自认为如此。美国的女子简直承认巴黎的装饰，是全世界装饰术的正宗。任凭希忒拉和他的党徒，怎样唱导 Deutschlandüber Alles 的口号，然而柏林的橱窗上所陈列着的，一个个都法国面孔。至少，在这一点上，不是 Dr. Goebbels 的宣传能力所能转移的了。法国女子的美，并不完全因为她们的装束好，同时，也因为她们的举止，她们的谈吐，她

们的气概，都经过涵养；是优秀的法国古文明的产物。不在这种文明环境中生长的别国女子，任凭她们怎样模拟，也决不能到吧，不知不觉间，就会露出她们的狐狸尾巴来。尤其是少年国家的美国女子，任凭怎样检点，可是谈不上半小时的话，就表露出匆忙，暴躁，计较等特性来。法国真可算是全世界最文明最和谐的国家了。不过自从欧战以后，法国人也感觉到单有文明与和谐，是不够的了，世界是变了，而且变得非常的快，世界变动的趋势，决不允许法国的民族，自囿于和谐与美满的理想境中，而不图谋应付。至于应该怎样去应付，法国到了现在，还没有痛快的决定。他们之所以不从速决定，一半也因为他们是有文明的国家，不肯轻易抉择一端，而把其他的方面，都一概掩遮住。

彻底的个人主义者

记得 André Siegfried 曾有这样一句话："除了个人主义者一字外，我们简直不能了解法国。"的确，法国只是一个包括四千两百万个人主义者的国家。它的好处，固然在此，它的坏处，也就在此。我们以后讲它的生育问题，和政治组织，还要说明这点。一般的法国人，都感觉到，他们的国家，是相当的成功，因而都喜欢过悠闲和舒适的生活。他们最喜欢的玩意儿，是河边垂钓；他们对付事物，务求其合理，不尚意气，不激烈，不暴躁。看上去似乎迟缓，但一经决定，轻易不肯让步。他们曾于极长时期内，不肯承认希忒拉是个大有作为的人；他们心目中的希忒拉，只是一只"Cuck-oo"。如今他们也稍经心点了，但使有人对他们说，希忒拉是个先知，他们就会很自然地，给你一个讽刺性的答复："先知？现在不会有先知了！"

不到老虎追到脚跟决不动手

世界急转直变着，他们并不特别焦急，只暗中计划着，准备着。他们希望并教育他们的子弟，教他们从幼年时候起，就积极准备，应付将来的危机。他们最喜欢做的事，是不做什么，过着悠闲和舒适的生活。他们不到老虎追到脚跟，不肯轻易动手，但一经动手，那就不肯轻易放手。所以有人说："在法国，每件事情，都比她的外表要高出两成；在德国，每件事情，都比她的外表要减折两成。"这是批评法德二国最中肯的话。所以万一战争发生，一般的法国人，都积极参战，而且很不容易击败他们。他们的活力，虽因古文明的熏冶，而低沉了些，但要振作起来，还是不容轻视的。他们不情愿德国占据他们的任何东西，他们感觉自己无力保护时，宁愿毁之于火。法国的老成，并不一定等于颓废，这一点，德国人已于 Verdun 地方，获得极好的教训了。

法国的个人主义，影响于家庭生活，就造成减低生殖率的现象，形成法国最严重的问题。而且旁的问题，尽可由大政治家，运用敏捷的手腕，一个个地加以解决，唯独不事生育的问题，因种因于每个人的心理，绝对不能用外力来干预。然而要全国人的心理，那是多困难的一件事啊！

不肯生育是法国目前的大问题

1934 年，法国新生的人数，是 677365 名，死亡的人数是 638525 名，生育超过死亡，为数仅四万名。1935 年的第一季的生育率，比 1934 年同季的生育率，又减少了一万。1934 年的生育率，是每千人中，有 16. 1 人，以后每年在递减着；可是它的死亡率，却是每千人中有 15. 1 人。反之，德国在同年的生育率是 18. 0，而其死亡率是 10. 9。同年，意大利的生育率是 23. 2，死亡率是 13. 1，苏联的生育率是 44. 1，死亡率是 26. 1。

平均而论，德国每年的生育率是一百万。希忒拉还感觉太低，年来公然用政府的钱，津贴人民，养育子女。其法，凡欲结婚而无能力的人，可向政府借款，婚后每产一儿，可减折借款的三分之一；婚后而不生育，该款全须偿还。同时，希忒拉又提倡贤妻良母主义，女子已结婚者，不得在公家机关任职，即在私人机关，也不聘任已结婚的女子，其目的，无非要使女子住在家内，替希忒拉的国防军，制造原料。眼见德国的人口，将愈弄愈多了。反顾法国方面，每年的生育数，仅七十万人，已比德国的每年一百万人，减少三十万，何况它的生育比数，每年不见增高，反而日见递减哩！

在这种情景下，无怪法国四千二百万的人口，看到莱茵河彼岸的德国六千五百万人口，要万分焦急，局促不安了。也无怪著名的福煦将军，曾有一次，发出如此的议论，以为法德问题的永久解决方法，即为阉割二千万的德国人，使其不具生育的能力。这一句话，虽近乎打趣，实则含着极大真理。真的，法国当前最大的问题，并不是内部的经济或财政问题，也不是对外的莱茵河驻兵问题，或对德国的准备问题，它那第一个大难题，就是怎样提高全国生育率的问题。

时时内阁改组

法国的个人主义，影响到政治方面，就造成议会中的无数党派。很显明的，德国是希忒拉的国家，不仅在外表上，满街都是希忒拉式的举手礼，满耳都是“希忒拉万岁”的呼声，即在精神或观念上，也都深受希忒拉和 Dr. Goebbels 的宣传，认为希忒拉是德国前途唯一的希望。这在法国，就全然两样了；不仅没有一个人，可作全法国的号召，更没有一个党，真实领导法国的民众。Léon Blum 和他以后的人民阵线，天晓得，不知包括多少的左派小党在内！法国的下院，共有六百十八个议席，分成无数的小党派，在短短的六十八年的共和史内，已组过九十八次内阁，每一内阁的平均寿命，不过八个月。现在活法国的，从 Paul-Boncour 起，到 Chaulemps 为止，共有十六个前任内阁总理，每一个人的正式称呼，都是“M. le Président (du Conseil)”。造成这现象的原因，虽有多种，但主要的，还因为法国的所谓政治，只是个人的事，下院的代表，如说他是某一党派的代表，毋宁说他是一个个的个人。而且在现在的下院中，共有三十一席，竟是不代表任何党派的个人。法国的党派，有如此之多，以致没有一个党派，得能单独组阁；他们所组的，都是数党联合的混合内阁。

法国的党派名称，也非常特别：它们的所谓“自由党”，是彻底的保守党；他们的所谓“保守党”，却无论在精神上，情调上，或方法上，都表示革命的性质；他们的所谓“社会激进左倾党”，偏偏属于右派；他们的所谓“激进社会主义党”，却又与世浮沉，并不特别激烈。近来，法国最保守的政治家是 Millerand，最奇怪的，他是一个社会主义者。

不过有一点，外国人很容易缠混，原来他们的内阁，虽不时改组，但在实际上，并不表示重大的意义。法国的吏员制度，保持着政府的组织，紧密而又严正。真正统治法国的，不是时刻变动着的内阁总理，而是潜在政波后面的常务吏员。所以在事实上，自从欧战迄今，法国政府的改组，具有真正改张的意味的，不过五次，和英国内阁改张的次数相当：第一次，是 1919 到 1924 年 Bloc National 统治的时期，主要的领袖是 Clemenceau Poìncaré 及财政上的集团；继此而起的，是 1924 – 1926 年 Herriot 所领导的左派混合内阁，即所谓 Cartel des Gauches 者是；迄后，从 1926 到 1929 年，Poincaré 重起组织，维持法郎的地位；自此而后，则有若干左倾混合内阁，施政方针，多少与法国财阀及法国银行相冲突，所历时间，约为从 1929 到 1934 年；继此，则为 Doumergue，Flandin，及 Laval 的“National”内阁，直到 1936 年五月，才由现在的人民阵线，主持政局。

古怪的新闻界

法国的个人主义，影响于新闻事业，形成无数唯利是图的报家，单就巴黎一城而论，日报多至 102 种。最使人惊奇的，就中仅勤王党的 Action Française 和共产党的 Humanité 稍忠实些，能尽新闻界的职责，其他的日报，都有新闻篇幅出售。据说，每次有各国的使节到了巴黎，定有报馆的代表，前去接洽。那时，倘能稍出点钱，以后这个报纸，就会处处捧场，官誉大可增高。其实，巴黎的报纸，不仅接受巴黎人的津贴，且亦受外国政府的津贴。最显著的意国攻伐阿比西尼亚时，意政府曾用六千五百万法郎，收买巴黎巴黎报馆，替它的侵略辩护；同时，法国本国的政府，也多买通报馆，维持自己的地位，拥护自己的政策。法国的内政部和外交部，就各有自己的机关，替自己说话。这种风气一开，非经极大努力，不能剪除。记得勃鲁姆执政时，也曾对这问题加以考虑，并严加禁止，但积习已深，一二次的法令，无济于事。

让法兰西活着

法国民族的另一特点，是憎恶战争，酷爱和平。这在一方面，固因民族的特性使然，同时，也因上次大战，法国人民所受的痛苦，实在太深了，所以一讲起战争，人人都生恐惧之心。其实，这也可算是欧洲民族的一般心理。凡受过上次大战的苦的民族，都竭力要避免战争；即如德国，自从希忒拉执政以来，军备的热心，可算达于极点，然而现在德国的中年妇女，都亲眼看见自己的父兄阵亡，自己的母亲守寡，又亲自经历战后的生活的痛苦，所以一听见战争，立刻谈虎变色，唯恐战神复临。这班中年妇女的惧战心理，至少，可使欧洲的第二次的大战延迟若干年。

法国人本是和平的民族，经受上次大战的恐怖，自然厌战的心理更切。德国人的口号，是“德国高于一切”（Deutschland Über Alles）英国人的口号，是“英国统治一切”（Rule Britannia）；法国人的口号，却为“让法国活着”（Vive la France）。法国人不愿死，他们愿意活着，愿意世世代代经营他们的小铺子，耕种他们的小田园。

法国人爱好秩序。他们所素负盛名的积蓄习惯，他们所念念不忘的安全政策，都是这爱好秩序的本性的表现。他们把金子藏在袜子里，他们把条约藏在边境上，这无非是希望餍足同一的欲望，却希望餍足“经济”和“秩序”的欲望。但这所谓秩序，并不出于强迫，却为内心的自然表现。法国是个文明的古国，在古文明中长大的民族，自然知道和谐生活的好处，他们的爱好秩序，即为这种爱护和谐生活的心理的自然表现。

失望的法国

1919 年的“和平”，在爱好和平的法国人看来，本稍感不足，何况十五年后，日耳曼的军国主义，重新抬头，致使单薄的法国东部防线，更加感觉单薄。他们在一世纪稍多几年的短时期内，曾被德人侵略过三次，尤其是最后一次侵略，几于有二百万人，死于战地；其他财产和经济上的损失，更觉不可计数。他们不愿再受侵略，他们渴望一个安全办法，非独现时可不受威迫，即连将来，也可免受袭击。所以他们的立国口号，自然而然地变为“让法兰西活着”。他们曾费极大心血，于上次大战结束之际，倡立一个“安全”制度，包括许多项目，最主要的是倡立西欧最强大的陆军；组织最惊人的空军；制备最新颖的坦克军和大炮；建筑坚固的东部防线；发展巨大的军火制造业；存储世界最大量的金子；设立国际联盟和凯洛公约；解除德国的武备；缔结罗迦诺公约；和捷克，南斯拉夫，罗马尼亚三国，（即所谓小协约国）结成军事的和外交的协约；和波兰作适当的处置，使其协防德国；和苏联结成不侵犯条约；又和英意二国，建立一般所称为“Stresa Front”的同盟。

他们当时的用心，可算为苦极了，可是到了现在，还有多少留存着呢？法国的陆军，并非欧洲最强的陆军；苏联的陆军比它大，德国的陆军比它强；法国的空军，已经过时了，戈林（Goering）将军的空军，大可和它比个高下；东部的防御工程，根本靠大不住，德国的空军，很容易冲过这个阵线；国联和其他的和平机构，经过意大利的侵略阿比西尼亚；日本的侵略中国以后，威声早已堕地；和波兰的结合，根本就不十分可靠；即连小协约国的罗马尼亚，也因执政易人，倾向于法西斯蒂的集团；和苏联的协约，依然有效，只可惜苏联不与德国接境，策应异常为难；至于所谓“Stresa Front”，则又因为英国的签订“英德海军协定”，意大利的攻打阿比西尼亚，与法国交恶，完全趋于破产了。新近德国并吞奥国，意大利默认，英国只是做到“提出抗议”为止，于是所谓“Stresa Front”者，又完全成为泡影了。

试读法国一般日报上的招租广告，都说：“兹有五开间房子一座，地点适中，交通便利，水汀等一概齐全，还有防弹设备。”这是法国一般人的惧战心理的最具体的表示。

没有一个政府，能够派遣一个法国人，越过自己的国界，对他国作侵略战；可是，万一有人大胆，竟敢跨入法国的边境，那全法国的人民，就可立时动员；护卫祖国，这就是法国民族的真正伟大处！

法國遊記目次

1948年

法国游记（节录）

新儿童基本文库高年级地理科读物（九）

大东书局印行

选文导读

这部游记是为小学高年级的学生撰写的知识普及性读物，以一位担任外交官的父亲与自己孩子之间通信的形式介绍了法国的相关情况。其内容包括：法国的主要产业，法国的首都及其主要特点，具有代表性意义的名胜古迹，法国的自然环境、风俗习惯，以及其他较有特色的城市和地区。书后还附有对应性的问题，便于孩子们进一步巩固习得的知识。

一、喜儿的爸爸

喜儿的爸爸，是一个三十多岁的外交家，曾经做过英国大使，最近接到我国外交部的公事，调任驻法国大使，写信来告诉喜儿和他的母亲，事情很忙，正在办理交代，不久便要整装从英国到法国去了。

他说到了法国，又可以到处去游历一番，他有说不出的快乐。

关照喜儿好好的读书，不要引母亲生气，回来时，一定带许多好玩的东西，送给喜儿。

二、给爸爸的信

喜儿是一个聪明活泼的好孩子，他很爱他的爸爸，得到这个消息以后，十分快活。第二天恰巧是星期日，在家里温习功课以后，就写了一封信，给他的爸爸。

信里面的意思，是这样的：

亲爱的爸爸：

接到您给我们的信，大家很快乐。

母亲身体康健。我和弟妹们，都很用心读书，修养品性，做一个好孩子。请您放心！

最近我在学校里，被选为模范儿童。爸爸！你听了这个消息，一定很快乐罢。

您马上要到法国去，又能游历一番，我们祝您身体康健！一路平安！

不要忘记了给我们写信，免得妈和我们常常牵记您。

这次我不能和您一同去游历，像上次在英国时的情形，使我很不高兴。请求爸爸把游历的见闻，作成游记，寄回来给我们，使我们也可以好像到了法国一样。

祝您一路平安！

儿　喜宝　敬禀

四月十八日

三、地理课上

一排新建的洋房，四周种着杨柳、法国梧桐，操场上，放着各种游戏器具，几百个天真烂缦的孩子，正在做着各种游戏，有的荡秋千，有的玩滑梯，每个儿童脸上，显着微笑。校园内，开着各色的花。孩子们三三两两，有的坐在草地上谈话，有的去捉花上的蝴蝶，欢笑的声浪冲破了寂静的世界。

忽然钟声响了，许多小朋友，依次走入教室。

喜儿知道这一课，是王老师的地理，是他最喜欢也最有兴趣学习的，赶快翻开了教科书，又拿出世界地图来。

今天王老师讲的，是欧洲西部的法国。喜儿站起来，向王老师报告他父亲游历法国的日记。同学们都听呆了，大家一致要求，请将他爸爸的游记，公布在布告栏内，让大家饱一饱眼福，可以知道法国的情形。

星期日的下午，喜儿将日记整理摘录，为了要使大家明白，又画了一幅游历路线图，一幅法国全图，又将爸爸寄来的照片，分别插在里面。最后照着王老师的指导，作了一个简明的纲要。

星期一的早晨，校级的布告栏，贴了下面的游记。

四、喜儿爸爸的游记

（一）以农立国

五月十三日　至巴黎途中　天气晴

最近把这里的事，统统交代清楚，前天从英国动身了。

从伦敦乘火车约二小时，到了多维尔。这个地方，是英吉利海峡最狭的地方。渡过海峡，就到了法国境内的加来斯。海里风浪很大，所以船身颠簸不定，乘客都伏在舱底，呕吐不已，这就是所谓海病了。

据人告诉我说，离此地不远，有一个丹刻克城，是法国北部的商港。筑有炮台，也是海军要塞，以防对岸的英国。使我想起多维尔那里也有炮台，与丹刻克城相对，这便是英、法两国边防要地之一。

离开渡船码头，没有多远，就是车站。我买了票，上了车，一会儿，车便开行了。

火车每经过路的岔口处，都有妇人手里拿着一面红色小旗，对车上的司机挥送，嘴里吹着铜哨，叫两边行人避开。

我坐在车中，远望窗外，都是农田，小麦快要成熟了。又到处都有葡萄架，一望无际。我想到法国是以农立国的国家，农地占全国面积十分之六，农民占全国人口十分之四，是世界第二农业国。第二次世界大战时，虽曾荒芜，最近已渐渐复原，但是没有从前那样发达了。

法国农业发达的原因，是因为欧洲有两大平原，苏联占其东部，法国占其西部，富于水草畜牧种植，全境内气候适宜，雨量充足，有四条大河及其支流，流贯全境，法国人又利用人力，开筑运河，灌溉田亩。

据说法国的农产品，北部盛产小麦、燕麦、马铃薯、甜菜，南部西部盛产葡萄，酿成葡萄酒，是世界上有名的佳酿。全国森林地带，占全面积六分之一。

想到我国土地广大，但是水利不兴，号称以农立国，而农产品不足自给，真有些惭愧。

汽笛呜呜地响了二次，车忽然停止，乘客纷纷起立，原来已到了法国的首都——巴黎。

（二）世界的花都——巴黎

五月十八日　巴黎　天气晴

巴黎的繁华，是世界闻名的。市街宽阔，建筑宏丽。两旁人行道上，都种着高大的树木，行人好像在深林旷野里行走。虽然车如流水马如龙，但是一点灰尘也没有，气象又非常静穆。咖啡馆、戏院、舞场，到处都是。世界的花都，实在是名不虚传。

今天把巴黎的名胜，统统去游玩一下。

阿非尔铁塔　巴黎市的中心，有一个阿非尔铁塔，高达九百余尺，上下均用电梯。塔内有剧场、跳舞场、餐馆、小商店。登塔向下一看，房子像石堆，人物好像蚂蚁。这塔建于一八八九年法国大革命百年纪念的万国博览会时，因工程师名叫阿非尔，所以塔的名字，也叫做阿非尔铁塔。

阿非尔铁塔

露浮博物院　是法国十二个国家博物院中最大的一个，是从前历代帝王的王宫，面积二十万方尺。院中所有陈设，都是雕刻、珍宝、器皿、绘画等珍品。

凯旋门　巴黎共有六个凯旋门，都是在一八〇六年筑成的。法王拿破仑远征埃及，得了胜利回来，就筑这个凯旋门，用以表彰法王拿破仑一世的武功。最大的一个，在星场地方，门下有无名英雄墓，墓旁有一个大洞，终年喷火不息。墓上无论在什么时候，都有花圈放著，是游客来到此地献给第一次世界大战时为国牺牲的许多无名英雄的。

亚历山大桥　桥跨塞纳河，建筑的宏壮，风景的美丽，在巴黎是很著名的。当此桥建筑时，俄皇亚历山大第三，与法王在巴黎相会，行奠基礼，所以叫亚历山大桥，以留纪念。

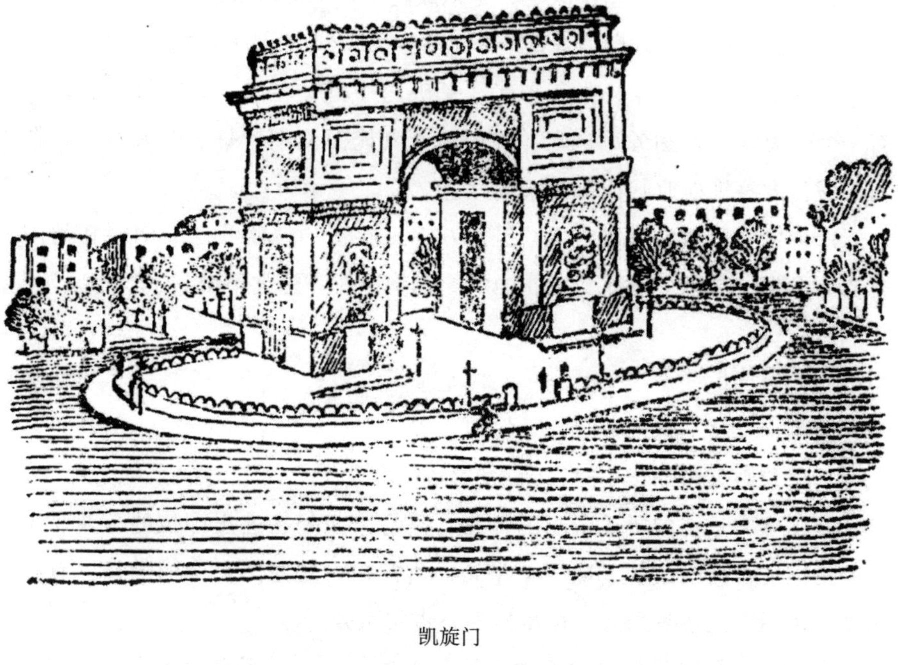

凯旋门

刚果鲁公园　是世界最有名的游览场，又是法王路易十六夫妇断头处。园的正中，有望度柱，是用拿破仑一世在奥地利亚、俄罗斯得到的大炮筑成的。

城外有二大森林：一个叫做巴特布森林；一个叫做芳森森林。那里的人，称为野公园。林木葱郁，中有小湖，可以划船，茶社林立，可以品茗。附近有法王拿破仑一世墓，墓顶为圆形，中间放着石棺。墓后有一块石碑，刻着拿破仑的话："我愿葬在塞纳河畔，常在最爱法国国民中间"。我在墓旁，除对这威震欧洲的大英雄肃然起敬外，也不胜沧桑之感。

蜡人馆　是巴黎胜迹。走进去一看，是真人，是蜡人，几乎不能辨认。因为蜡人馆中，到处都是蜡人，各式各样，种类太多，又有许多游客，故意杂在蜡人中间，所以格外难以分别。

有一间房间里，四壁都悬着图画，中间有一张圆桌，摆着食具，男女围坐，真是富丽堂皇，栩栩欲生，是拿破仑一世的宴客像。

又有一间房子里，塑着拿破仑一世在荒岛上临死时的情形。在破屋的一个角落里，一张坏床，张着布帐，拿破仑一世睡在床上，闭目挺卧；只有一个最忠实的老勤务兵，坐在破椅子上，掩面流泪。每一个人看了，令人心酸，大英雄如此归宿，也太凄凉了。

卢森堡公园　中有加内像，是一八七三年法国侵略我国安南时在河内阵亡的大将。这一个侵略我国属地的纪念物，使我感觉不快。

（三）凡尔赛宫

五月十九日　凡尔赛宫　天气晴

从巴黎乘火车约半小时，到凡尔赛宫。

凡尔赛宫是法国历代帝王的行宫，路易十四是在这里即位的。路易十四是法国文德武功最煊赫的一个皇帝。宫门口，塑着路易十四的像，有喷水池，可以喷出各种形式。树木极多，青翠可爱。

宫中有一个玻璃盖成的长廊。普、法战争时，普军在此走廊上，宣布

凡尔赛宫

统一德意志，是法国史上最耻辱的一件事。到第一次世界大战后，（一九一八年十一月十一日）法国福煦上将，在法国康边森林中第二四一九号餐车上，强迫德国接受停战条件，并在此处建立战胜纪念碑。这个餐车上的一切，后来都保持原状，以留纪念。又在凡尔赛宫走廊上签订合约，就是凡尔赛和约，洗雪普、法战争的耻辱。

第二次世界大战时，德军占领了巴黎，强迫法人接受德国的停战条件，也在康边森林中第二四一九号餐车上举行。签字时，希特勒也坐在当年福煦上将所坐的椅子上，后来又把这车子运回柏林保存。

（四）名山大川

五月二十日　名山大川　天气阴

我为了要想游历一番，不能不寻求游历的路线和法国地理的情形，于是买了一张法国大地图，仔细观看。原来法国位于欧洲西部，东部以莱因河、汝拉山、阿尔卑斯山，与德意志、瑞士、义大利分界。东南滨地中海，西南以比利牛斯山与西班牙相邻。西邻大西洋，西北隔英吉利海峡，望大不列颠岛，东北与比利时、德意志相接壤。

境内有四条大河：第一条长流，叫做罗亚尔河，全长九百六十余公里，与加隆河同注于比斯开湾。罗尼河流入地中海，航利虽少，但水力甚富。塞纳河注入英吉利海峡，流势缓慢，富有航行、灌溉的利益。

有三条大山脉：在与西班牙交界处，有比利牛斯山脉，东部有汝拉山脉和阿尔卑斯山脉。阿尔卑斯山的最高峰，叫勃郎峰，高四千八百余公尺，为全欧第一高山。

全国铁路约有四万三千公里，以北部及西部为最密，巴黎为各线的交会点。水路，各河均有航行之利，又有许多运河，纵横交错，舟楫往来，更为便利，因地处欧洲西端，各国往来船只，都经过这里；但是法国本身，因为粮食充足，不需外求，所以海运倒反而日渐退步。航空事业，发展很快，与英、德、南美及其他各国，均有航空线相通。

我看了上面的情形，决定了我这次游历的路线：

一、从巴黎至里昂。

二、从里昂到马赛。

三、从马赛至摩纳哥。

四、从摩纳哥折回马赛，再至波尔多。

五、从波尔多回到巴黎，休息几天，办理公事。

六、至亚尔萨斯、劳兰。

（五）风俗习惯

五月二十一日　风俗习惯　天气阴雨

法国人民，属于法兰克族，是拉丁民族混有条顿族及凯尔特族的血液，富感情，好自由，长于文学、美术，惟奢侈淫逸之风太重。妇女酷爱交际，不愿生育。巴黎时装，向为世界模仿，无论那种新奇时装的出现，都称为巴黎时装。妇女的化装品，精美芬芳，冠于世界。有以往的繁华浪漫，奢侈淫逸，便遭受这次对德国的失败。

听到在法国的朋友告诉我说，第二次世界大战开始以后，法国人民，仍争八小时的自由工作，每日只造飞机三十八架，其他军用工业，亦复如此。法国陆军，原来不弱，但因为习惯了自由，平时又享受惯了，作战不能持久；又以为有马奇诺防线，全不准备。所以德军避重就轻，很快的攻入了法国，占领了巴黎。

当德军占领巴黎进城的时候，法人沿着马路，站满了人，闲看德军进城的步队；一般少女，且招手扬巾，表示欢迎。咖啡馆、商店还是照平时一样的开门，不减热闹，竟不知这是最大的耻辱。当时被德军俘虏解散的军队，竟有五十万之多。他们平时习惯了繁华浪漫，只知享乐，爱生命，不知有国家，这就是此次大战法国失败的主要原因之一。

（六）丝织业的中心——里昂

五月二十四日　里昂　天气晴

今天照着我的游历路线，乘火车到了里昂。

里昂在巴黎东南方，附近丝织业很盛，是法国重要的制造城，世界丝织业的中心点。

这时候，正是蚕季，乡村里家家户户，采桑的采桑，摘茧的摘茧，随时随地可以见到，也好像我国乡村每年养蚕时的情形一样。所不同的，我国农民以此为副业，而里昂人民，是以养蚕缫丝为主要职业。

里昂养蚕缫丝所以发达的原因，有一个简短的故事是当地的人告诉我的。

欧洲蚕桑先进国，要算是义大利。第六世纪时，义大利到中国来传教的教士，将中国蚕茧，藏在竹杖中间，带回义大利的君士但丁，于是欧洲才有蚕茧。

法国佛兰西一世，下令欧洲丝人："有愿来法国者，由国家给以住室，不征租税，出入佩剑，如王公待遇。"于是义大利的丝人，都来到法国。

最初仅能制纴，经法国人苦心研究，发明机器，再加以里昂本来以美术著名，附近城镇，有专制花边的，有专攻刺绣的，因此织造物，便著名于世界。

我国在很古的时候，就发明了养蚕织绸，但是不用机器，不加改良，到现在丝织业无多大进步，真是太可惜了。

（七）最大的商港

五月二十七日　马赛　天气晴

在里昂逗留了三日，再乘火车至马赛。

马赛位于地中海里昂湾口，扼欧、亚、非交通航路的要冲，是法国的最大商港。我国人从海道至欧洲的，大多数是在此地登陆的。

沿尼罗河平原地带的物产，都运到此地，而后转运至地中海与远东各国。

马赛的船坞，是很出名的。我们到那儿去参观的时候，只见大小船只，停泊在坞内，黑烟缭绕天空，汽笛的声音，几乎无时无刻没有。港口船只进出，有如穿梭。

法国贵族，大都卜居于此，街道的宽阔清洁，建筑物的宏丽整齐，令人赞美不已。

（八）世界的赌国——摩纳哥

五月二十八日　摩纳哥　天气晴

从马赛乘火车东行，到世界最小的国家，叫做摩纳哥，滨地中海，在法、义两国的中间，全国面积二十方公里，人口二万五千余。

此地风光明媚，气候温和，是著名的休养游乐避暑胜地，可惜我来得太早了，还没有到暑天。

国都叫做摩纳哥，全国的收入，大部分靠赌税。境内有一个镇市，叫做蒙特卡罗，设有一个巨大的赌博公司。欧洲人好赌的，大都聚集在这里，所以称为赌国。

（九）酒城——波尔多

五月三十日　波尔多　天气晴

早七时从摩纳哥乘火车到了加隆河口的大城——波尔多。

沿铁路两旁，所见到的都是葡萄树，车行数十里，从未断绝。葡萄林尽，又是一片橘林，连绵不断。浓阴绿叶的中间，男女老幼，在里面工作。妇人头上戴着白帽，穿着短衣，以便做事。小朋友也穿着木屐，做些轻便的工作。

我旅行到各地，常以途中乘车行走而感觉疲倦；但是在法国旅行，沿途树木花草，风景美丽，使人神往，反而觉得火车应该走得慢一些，可以细细地玩赏沿途风景。

波尔多为法国酿酒名城，当我步出车站，小贩极多，有挑担的，有肩负的，有用小车推着走的，叫卖的声音不绝于耳。问问他们卖的是什么？都说是葡萄酒。

据那里的人说，如果将法国每年所酿的酒，给全世界人一加仑，本国还有余酒，可见每年法国境内酿酒之多。

那里所酿的名酒，都藏在地窖中。我们去参观了一下，在地下挖土成室，四壁都是木制的架子，大的酒坛，好像一口缸，小的酒坛，好像一个西瓜，都放在架上。问他们为什么要藏在地窖里，他们说酒越陈越香美，放在酒窖中，可以避免太阳光线，否则味道要改变。

那里的人，每饭必饮，就是小孩子也是这样。成年后，酒量都非常大。产酒虽然多，消费数量，也实在不小。

我在这里，遍尝名酒，觉得实在有特殊味道，与我国各种酒相比，葡萄酒算是味、香、色三者兼有了。

买了四瓶美酒，预备带回巴黎。

（十）亚尔萨斯劳兰

七月三日　亚尔萨斯劳兰　天气晴

在巴黎休息了一个多月，静极思动，星期六的下午，乘车到亚尔萨斯、劳兰去。亚尔萨斯、劳兰，在德、法边境，出产煤铁。亚尔萨斯出产的钾为世界第一，对德、法的工业发展有极大的关系。因此两国不惜牺牲千万的生命来争夺这两块地方。

此地原属德国，一六八四年归法，一八七〇年普法战后，德国夺回。第一次世界大战后归法，第二次世界大战初起时，德国夺回，以后又归法国。

这里的煤矿、铁矿，开采工程，非常伟大，完全都用机器。

在第一次世界大战以后，法国煤的产量约有四四二一九〇〇〇吨，铁的产量约有一一五二〇〇〇〇吨，亚尔萨斯、劳兰这两块地方，要占到百分之八十以上。

五、喜儿的纲要

一、法国略图

二、地势　东南、西南部，尽是山脉，构成高原山地。

　　　　　北部及西南部，河渠交叉，成为大平原。

三、山脉　阿尔卑斯山脉最高峰叫勃郎峰。

　　　　　比利牛斯山脉

　　　　　汝拉山脉

四、河流　加隆河

　　　　　罗亚尔河——注入比斯开湾。

　　　　　罗尼河——注入地中海。

　　　　　塞纳河——注入英吉利海峡。

五、交通　铁路——以巴黎为中心，约长四万八千公里。

　　　　　水路——四大河均有航行之利。

　　　　　海运——不发达。

　　　　　航空——与英德南美等国均有航空线相通。

六、重要城市：巴黎——首都。

　　　　　　　里昂——制造业中心。

　　　　　　　马赛——最大商港。

　　　　　　　波尔多——酿酒业中心。

七、保护国：

　　摩纳哥赌国　首都：摩纳哥

　　　　　　　　面积：二千方公里。

　　　　　　　　人口：二万五千余。

八、巴黎名胜名迹：1. 阿非尔铁塔。2. 刚果鲁公园。3. 蜡人馆。4. 凯旋门。5. 亚历山大桥。6. 卢森公园。7. 露浮博物院。

附研究问题：

一、法国的位置在那里？

二、法国为什么是世界第二农业国？

三、巴黎为什么称为世界花都？

四、你觉得法国人在德军进巴黎时的情形对不对？为什么？

五、马赛为什么会成为法国最大的商港？

六、亚尔萨斯、劳兰对于德、法两国有什么关系？

七、法国山脉河流分布的情形怎样？

八、里昂、波尔多各以什么著名于世界？

九、世界赌国叫什么？为什么称它为赌国？

十、略述法国交通的情形。

图书在版编目（CIP）数据

法兰西印象：民国时期旅法游记选编：1914-1948 / 景春雨编. --上海：同济大学出版社，2022.2
ISBN 978-7-5608-9886-5

I. ①法… II. ①景… III. ①游记-作品集-中国-1914 -1948 IV. ①I266.4

中国版本图书馆CIP数据核字(2021)第173670号

法兰西印象：民国时期旅法游记选编 1914—1948

景春雨 编

责任编辑 张 翠
责任校对 徐春莲
装帧设计 张 微 董 缨

出版发行 同济大学出版社 www.tongjipress.com.cn
地 址 上海市四平路1239号 邮编 200092 电话 021-65985622
经 销 全国新华书店
印 刷 上海安枫印务有限公司
开 本 710mm×1000mm 1/16
印 张 22
字 数 440 000
版 次 2022年2月第1版 2022年2月第1次印刷
书 号 ISBN 978-7-5608-9886-5
定 价 98.00元